소설, 때때로 맑음 1

소설, 때때로 맑음 1

이재룡 비평에세이

현대문학

차례

일러두기

1. 이 책에 실린 글은 현재 『현대문학』에 연재 중인 동명의 에세이 1회-18회분 (2013년 2월-2014년 8월)을 일차적으로 묶은 것이다. 이후 연재 글 또한 이어서 단행본으로 출간될 예정이다.

2. 본문에 나오는 도서명은 한글과 원제 병기를 기본으로 했으며, 국내에 번역·출간된 도서는 한글로만 표기했다.

3. 필자가 언급한 주요 텍스트들은 참고 문헌으로 따로 정리해두었다.

심장과 실핏줄

세상에 나왔더니 아버지가 없었다. 아버지는 이미 몇 달 전에 뇌졸중으로 세상을 뜬 뒤였다. 아들은 아버지의 성姓뿐 아니라 이름까지 그대로 물려받아 알렉상드르 예르생Alexandre Yersin이라 불렸다. 1863년 태어나 1943년 여든 살에 숨을 거둔 그는 눈에 보이지 않는 생명체에게 이름을 물려주었다. 예르시니아 페스티스Yersinia pestis는 악명 높은 흑사병을 일으키는 세균의 학명이다. 한때 유럽인 셋 중 하나의 목숨을 앗아갔던 역병을 통해 후세에 이름을 남긴 것이다. 하지만 역사상 그 어느 전쟁이나 자연재해보다도 무자비했던 이 균을 추출하여 치유의 길을 열었던 그의 이름을 기억하는 사람은 거의 없다. 2012년 프랑스 소설가 파트리크 드빌Patrick Deville이 발표한 『페스트와 콜레라』는 그의 삶을 그린 일종의 전기소설이다. 이 작품은 모든 문학상의 후보 목록에 올랐고 마침내 〈페미나상〉을 받았다. 그뿐만 아니라 프랑스에서 가장 권위 있는 일곱 개의 문학상 수상작들 중에서 다시 한 편을 골라 수여하는, 〈문학상의 문학상〉이라는 묘한 상도 받았다. 거칠게 요약하면 2012년 프랑스에서 발표된 420여 편의 소설 중에서 선정된 일곱 편의 수작을 대상으로 다시 한 편만을 고르는 상중상賞中賞을 받은 셈이다. 무심한 서점 직원이 의학서 코너에 꽂을 법한 제목이지만 한 해 문학농사의 대표 작물이라니 궁금하다.

소설가나 시인, 아니면 화가, 음악가의 생애를 그린 예술가 소설은 흔한 데 비해 대중에게 생소한 분야의 인물이 소설화된 것이 이채롭다. 하지만 작가는 "시와 마찬가지로 과학도 광기에 가깝다"고 한다. 과학 분야의 뒷이야기로는 제임스 왓슨의 『이중나선』이 인상적이지만 화자가 곧 이야기의 당사자인 『이중나선』은 굳이 따지자면 소설이 아니라 자서전에 속한다. 『페스트와 콜레라』는 출생부터 사망까지 한 인물의 삶을 추적하지만 서술의 순서는 딱히 연대기적 순서에 따르지 않는 터라 설명의 편의상 우선 시간 순서에 따라 예르생의 삶을 정리해보자.

예르생은 1863년 스위스 서부 소도시 모르주Morges에서 유복자로 태어났다. 그의 조상은 프랑스에서 스위스로 넘어온 개신교도였다. 먹성 좋은 신부를 피해 검소한 목사를 찾아갔는데 "번식하고 번성하라는 하느님의 마음에 들기 위해 노력하는 목사는 미친 속도로 번식하는 종족이었다. 그들은 이를테면 둥지에서 부리를 벌리고 있는 어린 새들이 우글거리는 대가족이었다". 신도들 입장에선 예전과 별반 다를 게 없어서 예르생 가족은 어쩔 수 없이 검박하고 실용적으로 살아야 했다. 그의 아버지는 공장 설비를 현대화하고 틈틈이 곤충채집에 열중했던 평범한 직장인이었다. 생업에 성실했던 그는 여가 생활에서도 마찬가지라 곤충을 관찰하고 기록한 것을 전문 학술지에 투고할 경지에 이르렀다. 아버지의 얼굴도 모르는 예르생이었지만 그의 핏속에는 신기술에 호기심이 많고 자연을 좋아하는 기질이 흘렀다. 호숫가에 작은 집을 짓고 여학생 기숙학원을 운영하며 남은 가족을 부양한 어머니의 헌신으로 유복자는 의과대학에 진학했다. 스위스에서 대학을 마친 후 그는 독일로 건너가 잠깐 학업을 지속하다가 광견병을 고친 덕분에 유명해진 생물학자 루이 파스퇴르를 찾아 파리로 온다. '아무것도 무無에서 발생하지 않는다'는 파스퇴르의 입장은 기독교의 창조론과 배치되지만 예르생은 굳이 종교와 다투지 않고 오로지 제 갈 길을 갔다. 한 번도 아버지 얼굴을 보지 못했던 그에게 파스퇴르는 아버지나 다름없었다. 프랑스 동쪽을 길게 가로막은 쥐라 산맥 발치에서 태어난 파스퇴르는 히틀러처럼 한때 화가의 꿈을 키웠다. (꿈은 이뤄지는 게 좋을지 나쁠지 가늠되지 않는 대목이다.)

예르생은 "의사가 되면 어머니를 모시고 남프랑스나 이

탈리아에 가서 살 거예요"라고 어머니에게 보낸 편지에 썼다. 만약 그 약속을 지켰다면 동네에서 유명한 의사가 되었을지 모르지만 소설의 주인공이 되기에는 어림도 없었을 것이다. 독일에 머물던 시절 예르생은 칼 자이스를 만났다. 정확히 말하자면 만났다기보다 그가 만든 현미경을 샀다. 칼 자이스도 스피노자처럼 유리알을 깎는 사람이었다. "유리알을 연마하는 일은 사유를 깊게 하고 이상향을 품는 데에 도움"이 되었나 보다. 유리알을 깎진 않았지만 현미경과 망원경을 평생 곁에 두고 산 예르생은 생각이 깊고 이상향을 품었다. 파스퇴르 밑에서 일하던 파리 시절, 주인공은 일단 현미경만으로 세상을 보았다. 그때 발견한 것 중 하나가 예르생 타입의 결핵균이었고 그 업적만으로도 의학 교과서 한구석에 이름을 남겼다.

작은 세상만 보던 예르생은 줄곧 가없는 바다가 보고 싶었다. 알다시피 스위스는 바다가 없는 나라였고 프랑스에 온 후 노르망디 지방을 순회하며 진료와 연구를 한 적 있지만 그것만으로는 부족했다. 스물다섯 살에 의사가 된 예르생은 조상이 등진 프랑스로 국적을 바꾼다. 국적과 정치는 평생 그의 관심 밖이었다. "그는 역사와 그역겨운 찌꺼기에 무지했다. 이타주의자들이 종종 그러하듯 그는 개인주의자였다. 인간을 너무 사랑한 나머지 훗날 인간혐오증 환자"가 되는 경우와는 정반대이다. 소설

의 주인공을 정의한 표현 중에서 밑줄을 그을 만한 대목
이다. 사족을 달자면 대체로 한쪽 구석에 떨어져 자기 일
만 사랑한 사람이 본의 아니게 남에게 도움을 주는 반면
에 인간 사랑을 외치며 무리에 파고들고 마침내 권력을
넘보는 쪽은 십중팔구 남에게 해만 끼친다. 100보쯤 떨어
져서 봐야 미인으로 기억되는 여인처럼 인류는 멀찌감치
떨어져 있을 때만 사랑스럽다.

왕도의 길

　스물여섯 살에 처음 본 노르망디 해안가로는 성이 차
지 않아 그는 선상 의사를 지원한다. 그 시절 "교수 자격
시험에 떨어지거나 큰 실연을 겪은 젊은이들이 외인부대
에 입대하거나 배를 탔다". 그러나 예르생은 박사를 거쳐
교수가 되었고 그때까지 연애라곤 해본 적이 없었다. "파
리를 떠나도 나쁘지 않을 것 같아요. 극장에 가면 지겹고
우아한 사교계 인사들도 끔찍해요. 움직이지 않는 것은
사는 게 아니잖아요." 그는 세계 구석구석을 잇는 프랑스
선박회사의 해양 연락선에 올라 2년간 선상 군의관 생활
을 자청했고 "삶은 움직이는 것"이란 말은 소설에서 누차
반복되며 예르생의 실존적 선택을 정당화하는 구호가 된

다. 독일 체류 시절 우연히 신문에서 읽은 리빙스턴과 스탠리의 기사가 그를 사로잡았던 것이다. 베트남과 필리핀을 오가는 배에서 근무하던 예르생은 베트남 해안가 냐짱에 터를 잡고 오두막을 짓는다. 그리고 탐험가, 의사, 목사였던 리빙스턴과 비슷한 이력으로 첫걸음을 내딛는다. 미지로 뛰어들라는 현대성의 구호를 외치며 인공 낙원에 빠졌던 보들레르와 달리 그는 문자 그대로 전인미답의 인도차이나 오지를 누비고 다녔다. 칼 자이스의 망원경을 목에 걸고 스위스의 바쉐론 콘스탄틴 시계사가 만든 각종 정밀기계로 무장하고 정글에 길을 낸 그는 의학 잡지가 아니라 지리학회에 논문을 투고하고 파리의 인류학회에서 강연을 한다. 실험실 책상물림이 『왕도의 길』의 주인공으로 변신한 것이다. 죽음을 무릅써야만 삶을 실감하는 모험가 페르캉과 무희의 석상을 훔쳐 한몫 잡으려는 미술학도 클로드가 겪었던 모험에 비한다면 예르생의 탐사는 얼핏 밋밋하게 보일지도 모른다. 앙드레 말로의 소설에서 백인의 눈알을 뽑아 평생 연자방아를 돌리게 만들고 두 주인공의 목숨을 노리는 야만인으로 묘사된 모이족이 드빌의 소설에서는 순진무구한 원주민 정도로 그려진다. 그러나 페르캉이 부비트랩에 찔린 상처가 덧나서 제풀에 죽음에 이른 반면, 예르생은 무고한 주민을 해친 비적匪賊 두목에게 덤볐다가 엄지가 반 토막 나고 가슴이 창에 뚫

14

렸지만 파스퇴르의 제자답게 철저히 소독하고 치료한 덕분에 멀쩡히 털고 일어났다.

타고난 모험가이자 남성다움에 집착한 페르캉과 비교하면 예르생에게 유독 두드러진 부재는 성性과 죽음이다. 『왕도의 길』은 관능으로 시작해서 죽음으로 끝난다고 해도 과언이 아니다. 특히 죽음을 코앞에 둔 페르캉이 어린 육체를 탐하는 장면에서 에로스와 타나토스가 절묘하게 한몸을 이룬다. 반면 예르생의 삶에서 여인은 어머니와 누이로 한정되고 그의 내밀한 사생활은 이들과 나눈 편지를 바탕으로 재구성되고 있을 뿐이다. 대체로 전기소설에서는 삶의 굴곡마다 여인이 등장하고, 예술가의 애인은 사실과 무관하게 전설적 주인공으로 격상되기 마련이지만 이 소설에서는 어머니의 권유로 만났던 미나란 여인의 이름만 잠깐 언급될 뿐이다. 미나에게 고백 편지를 쓰려고 했지만 아무리 애써도 연서가 학회지 논문으로 변하는 것을 깨닫고 예르생은 아예 사랑을 포기한다. 소설의 화자는 "미래의 유령"이란 명칭으로 예르생의 곁에 붙어 관찰자 시점을 유지하지만 그의 침실에서 주목할 만한 사건을 찾지 못한 셈이다. 작가는 예르생을 앙드레 말로의 주인공보다는 줄곧 시인 랭보와 비교했고 아예 한 장을 '아르튀르와 알렉상드르'라는 소제목을 붙여 두 인물을 대조하는 데에 할애했다. 시인이 파르나스 시파와 어울려 지옥에서 보낸 한철을 작파하고 사막으로 갔다면, 의사는 파스퇴르 실험실을 벗어나 정글로 들어갔으며, 전자가 무기를 팔러 다니다가 가시에 찔린 상처가 덧나 죽었다면 후자는 왕진 가방과 측량기계를 싣고 다니며 지도를 그렸다. 간단한 소독만으로 목숨을 건질 수 있었던 랭보는 누이동생에게 쓴 편지에 "초등학교에서 쓸모없는 것만 가르치지 말고 제발 소독법 같은 것을 가르쳐야 한다"고 썼다.

부바르와 페퀴셰

열대우림을 탐험하던 예르생은 해발 1000미터 정도의 너른 고원을 발견한다. 아침 안개가 매력적이고 선선한 바람이 부는 풍광이 스위스 고향 마을과 비슷하다고 생각한 그는 거기에 터를 잡고 농장을 꾸민다. 가축을 키우고 스위스에서 수입한 씨앗과 묘목을 옮겨 심은 그는 그곳에 자기만의 이상향을 구축하려 했는지도 모른다. 의사에서 탐험가로 변신했던 그가 이번에는 농사, 축산, 토양학, 기상학 등을 독학하며 약초와 고무나무를 재배한다. 이 대목은 플로베르 최후의 걸작 『부바르와 페퀴셰』를 떠오르게 한다. 19세기 프랑스 소설이 대체로 시골 청년 상경기인 데 비해 이 작품은 파리 중년 낙향기이니 플로베르는 대세를 거스른 셈이다. 플로베르가 말년의 10여 년을 바쳐 1500여 권의 자료를 섭렵한 후 집필한 이 작품은 끝내 미완으로 남아 사후에 출간되었다. 전원생활을 꿈꾸며 낙향한 전직 필경사 둘이 손대는 족족 실패하는 이 이야기는 정원 가꾸기나 술 담그기로 시작해서 건축, 의학, 생물학, 천문학, 철학, 종교, 역사로 끝없이 관심을 넓혔지만 그들의 꿈은 매번 한계에 부딪쳐 용두사미가 된다. 홀로 나무를 심고 가축을 키우고 천문과 기상을 독학한 것까지는 대충 겹치는데 예르생은 정치, 문학, 철학, 종교는 일찌감치 접었고 고무나무 재배에 성공하여 마침내 '고무왕'이 되었다는 점에서 플로베르의 주인공과 영영 갈라진다. 당시 막 등장하기 시작했던 자전거, 자동차, 비행기 등 문명의 신기술에 관심이 많던 예르생은 누구보다 먼저 초보적 형태의 푸조 자전거를 시운전했고 비행기를 사려고도 했다. 온갖 탈것에 타이어가 필요하다는 것을 예견했는지 그가 심혈을 기울인 고무나무 농사는 사업가 미슐랭을 만나 목돈이 되었지만 그에게 돈은 탐험과 실험에 필요한 장비와 서적 구입에만 효용이 있었다. 그가 식물 추출물을 농축해서 만든 묘한 액체도 마찬가지였다. 설탕물에 희석해서 마시면 피로 회복에 도움이 될 것이라며 친구에게 보낸 물약에 그는 코카-카넬이란 이름을 붙이고 편지 말미에 농담 삼아 '예르시니아 코카'라고 서명했다. 그가 조금만 돈에 관심이 있었더라면 전 세계의 타이어에 예르생이란 이름이 붙어야 했고 우리는 코카콜라 대신에 예르시니아 콜라를 마셨을지도 모른다. 예르생은 탐험과 연구라는 꿈을 실현하는 데 필요한 자금을 남에게 기대지 않고 제 손으로 해결했다. 밀림에 자급자족 체제의 자신만의 왕국을 세운 예르생은 코폴라의 영화 「지옥의 묵시록」의 커츠 대령, 혹은 『왕도의 길』에서 자주 언급된 실존 인물 마이에라와 비슷한 인물로 변할 수도 있었다. 전쟁에서 낙오한 탈영병, 문명사회에서 도태된 백수건달이 원시사회에 자신만의 왕국을 건설하고 주지육림에 빠져 산다는 전설에 귀가 솔깃해진 젊은이들이 있었을 테지만 예르생은 그런 축에 끼지 않는다. 그는 시주를 외면하고 울력으로 참선에 몰두한 선승 쪽에 가깝다.

플로베르의 주인공처럼 독학으로 원예, 농사, 축산과 수의, 지질, 기상을 연구했던 그는 연구 성과를 속속 학회지에 발표하며 만능 학자로 커나갔다. 소설가는 열대우림 기후의 번개현상을 논구한 그의 논문이 요즘이라면 〈노벨물리학상〉감이라고 치켜세웠지만 그는 명성을 외면하고 오로지 이기적 호기심을 채웠을 뿐이다. 자급자족 경제체계를 갖춘 이상향을 세운 그는 작가의 표현대로 스위스 칼처럼 필요에 따라 척척 실용적 문제를 해결하고 스위스 시계처럼 정교하게 기록, 관찰, 실험에 임했다. 여자도 포기했으니 부바르와 페퀴셰처럼 동네 아낙을 건드렸다가 실연을 당하거나 매독에 걸릴 일도 없었다. '인간 어리석음의 백과사전'이란 부제가 붙은 『부바르와 페퀴셰』에서 부르주아 실증주의의 파산을 예고했던 플로베르가 그를 만났더라면 어떤 표정을 지었을까. 예르생의 업적으로 가장 주목받는 페스트균의 발견도 그에게는 수많은 실험 중 하나에 불과했다. 질병의 전염 속도는 인간이 이용하는 교통수단의 속도에 비례한다. 하나의 대륙을 파죽지세로 휩쓸었던 페스트가 다른 대륙을 넘보는 데에 멈칫거린 것은 하느님의 자비 덕분이 아니라 대륙간 범선이 페스트에 전염되면 십중팔구 기항지에 이르기 전에 생명체는 몰살하고 배는 유령선이 되어 망망대해를 떠돌았기 때문이다. 중국과 홍콩에 페스트가 돌자 예르생은 간단한 도구만 챙겨 급히 현지로 달려갔다. 영국뿐 아니라 독일, 일본이 먼저 와서 사체 해부와 실험에 박차를 가하고 있었던 반면 변변한 의료 시설을 얻지 못한 주인공은 고전을 면치 못한다. 표본을 구하지 못해 원인균을 추출, 배양하는 것도 어려웠지만 사체의 임파선에서 가장 먼저 균을 발견한 것은 예르생 쪽이었다. 일본 의사 기타노는 표본을 평균 체온에 맞춰 보관, 실험했으나 페스트균은 체온보다 낮은 28도에서 활발히 번식했다. 당시 홍콩의 상온이 정확히 그 조건에 부합했고 열악한 시설에서 실험했던 예르생에게 행운이 돌아간 것이다. 학명 예르시니아 페스티스를 이겨낼 백신은 곧바로 배양되었고 하루에도 수천 명씩 죽어나가던 사태는 금세 호전되어 인류는 페스트로부터 영원히 해방되었다. 예르생은 다시 베트남의 해안으로 돌아와 또 다른 연구에 몰두했다. 평생 문학과 철학을 깔보던 그가 묘하게도 말년에 이르러 그리스어를 독학하며 홀로 고전을 번역하기 시작한 것이다. 그리고 나머지 시간에는 바다가 보이는 베란다에 흔들의자를 놓고 하루를 보냈다. 멍하니 한눈팔기를 한 것이 아니라 한 손에 망원경을 들고 바다를 관찰하여 조수간만의 차이를 꼼꼼히 기록했다. 그가 남긴 마지막 논문은 해양 조류에 관한 것이었다. 흔들의자에서 까무룩 조는데 "한때 살아 있었던 모든 것은 자연법칙에 따라 해체되어 기체 상태로 회귀한다. 그 자연법칙은 산화와 발효 작용으로 이뤄진다"라는 스승의 말이 환청처럼 들려서 그는 기이한 슬픔에 젖었다. 밀물이 들자 합선이 두려워 전기 차단기를 내리려고 흔들의자에서 일어섰다. 머릿속에서 번쩍, 스파크가 일어났고 평생 한 번도 꺼지지 않고 반짝이던 호기심이 영원히 꺼져버렸다.

비오픽션

　실존했던 사람의 삶을 당사자가 글로 옮기면 자서전이고 남이 쓰면 전기가 된다. 전기나 자서전이나 워낙 낡은 형식이라 새로움을 추구하는 작가에게는 그리 매력적인 장르가 아니다. 있는 그대로의 사건과 사실에 충실해야 한다는 장르적 전제 때문에 전기작가에게 상상력과 수사학은 중요 덕목이 아니다. 역사학자나 신문기자가 쓴 글을 소설이라고 부르면 욕이 되는 것처럼 전기작가에게는 그럴듯한 픽진성보다 사실 그 자체가 중요하다. 이런 몇 가지 이유로 자서전과 전기는 소설의 하부 장르쯤으로 치부되기 십상이다. 장기간에 걸친 큰 흐름에 주목하는 역사가에게도 사정은 마찬가지여서, 한 사람의 생애만으로 장기적인 흐름을 설명하기에는 부족함이 있기 때문에 과학을 자처한 역사는 "개별적이며 구체적 개인주의에 등을 돌리고 일련의 통계적 사실에 입각한 익명의 추상적 인간 쪽을 바라보는 양적 학문이어야 한다"고 주장했다. 그런데 맥이 짚이지 않는 실핏줄보다 심장 쪽에만 고정되었던 의사의 관심이 중심에서 벗어난 작은 것, 미세한 현상에 돌아가기 시작했다. 아날학파의 거두 자크 르고프는 1999년 "역사학자라는 직업의 맨 꼭대기에 있는 전기의 중요성을 깨달은 내 생각을 강조하고자 한다"고 토로하며 전기의 중요성을 인정했다. 통계 숫자를 들먹이는 사회학에서도 실존 작가 플로베르의 사례를 들어 아비투스와 장의 개념을 설명한 부르디외의『예술의 규칙』도 이런 흐름에 합류한 사례이다. 조금 더 과감하게 말하자면 "한 인간에 대해 무엇을 알 수 있을까"라는 의문으로 플로베르의 전기 저작에 말년을 바친 사르트르의『가족의 천치 L'Idiot de la famille』야말로 추상에서 구체로 눈길을 돌린 철학 사례가 아닐까 싶다. 평자들은 이 책이 잘 쓰이기는 했지만 플로베르와 아무 상관이 없다고 꼬집었고 심지어 사르트르 자신도 이 글을 "진짜 소설"이라 고백했으니 문자 그대로『가족의 천치』는 소설가를 주인공으로 삼은 전기소설이다.

문학연구, 혹은 비평에서 전기와 작품을 칼로 잘라 구분하는 것은 주로 형식주의, 신비평의 입장이었다. 작가와 글을 잇는 탯줄을 끊어라, 작가의 손을 떠난 글은 오로지 독자의 몫이며 작가는 할 말이 없다, 작가의 이름조차 가리고 텍스트를 읽고 문학성과 구조를 따지라고 주문했던 이론가 츠베탕 토도로프는 2007년『문학의 위기 La littérature en péril』에서 문학 교육이나 비평 현장에서 추상적 이론의 실현 사례로 전락한 문학의 처지를 애도하며 전기의 중요성을 새삼 강조했다.

역사, 철학, 사회학, 비평뿐 아니라 문학에서도 사정은 비슷해서 실존 인물의 삶, 특히 자아의 이야기인 오토픽션이 프랑스 문학의 전면을 차지한 것도 1980년대 이후 오늘날까지 지속되는 주목할 만한 현상이다. 게다가 전기, 자서전이라는 낡은 장르의 흐름에 누보로망의 산실인 미뉘 출판사, 그것도 로브그리예마저 동참했다는 것이 이채롭다. 차세대 누보로망 작가, 포스트모더니즘의 대표 주자라 일컫는 장 에슈노즈의 최근작을 살펴보면 그 흐름이 더욱 뚜렷해진다. 2006년 작『라벨*Ravel*』, 2008년 작『달리기』, 2010년 작『번개*Des éclairs*』는 각기 작곡가 모리스 라벨, 마라톤 선수 에밀 자토펙, 교류전기의 발명자 니콜라 테슬라를 소재로 삼은 전기소설이다. 또한 소설이나 자서전, 심지어 오토픽션이란 명칭도 거부하는 아니 에르노가 발표한 자서전 중 큰 비중을 차지하는 부모의 이야기도 일종의 전기소설이라 분류해도 무방하다. "집단, 구조, 계급이 뒤로 물러나고 개별적이며 구체적 삶이 부상한 것은 마르크시즘이나 구조주의"의 퇴조와 시기적으로 일치한다. 집단의 전형이나 사회의 반영과 거의 무관한 장삼이사의 삶, 혹은 예외적 주변인들이 속속 소설의 조명을 받는 이른바 비오픽션Biofiction이 과연 기존 장르와 어떻게 구분되는지 따지기에는 아직 이르다. 이론가들은 피에르 미숑Pierre Michon의 1984년 작『미미한 삶*Vies minuscules*』을 이 장르의 선구적 신호탄으로 꼽는다. 작가의 삶에 영향을 끼친 여덟 명과 맺은 인연을 일화 형식으로 엮은 이 작품은 자전적 추억과 전기가 작가의 독특한 문체로 완성된 수작으로 평가받는다. 가족이나 동네 친구 등의 평범한 삶을 글로 남긴 덕에 그들은 익명에서 벗어나 영생을 누리게 된 셈이다. 『페스트와 콜레라』에서 작가를 대변하는 미래의 유령은 이렇게 말한다. 지금까지 지구상에 잠깐 머물다 간 인간이 얼마나 될까. 가뭇없이 사라진 그 수백억의 생명은 어떻게 살았고 무슨 생각을 했을까. 빨갛게 달아오른 담배 끝에서 산화된 푸른 연기가 홀연 사라지듯 모든 유정물은 아무것도 남기지 않고 한 줄기 바람으로 돌아간다. 파트리크 드빌은 문재文才를 타고난 소설가들이 바람 같은 삶 중에서 열 명쯤 골라 글로 남겨주면 어떨지 제안한다. 부지런한 시인이라면 만 명도 가능할 테지만 소설가라도 '십인보'쯤이면 할 만하지 않겠느냐는 소리이다. 그중에서도 권력과 관심이 집중된 심장이 아니라 가급적 겨우 맥이 짚이는 실핏줄 같은 삶, 역사의 그늘에서 겨우 존재했던 탈중심적 삶이라면 더욱 좋겠다고.

개의 아포리즘

에밀 시오랑은 인용으로 말문을 여는 사람을 믿지 말라고 했다. 걸핏하면 공맹을 들먹이고 저명 학자를 인용하며 독자를 주눅 들게 하는 지적 허영심을 꼬집은 말이다. 인용을 경계하라는 그의 말을 인용하며 시작하는 이 글도 당연히 그런 부류에 속한다. 그러나 어쩌랴. 그의 사후에 출간된 전집에서 막상 떠오르는 것이 고작 몇 줄뿐이다. 한 작가가 평생 밤을 새워 남긴 역작에서 살아남아 인구에 회자되는 것은 몇 마디뿐인 경우가 많다. 파스칼의 『팡세』를 한 번도 펼쳐보지 않은 사람이라도 '인간은 생각하는 갈대'라거나, '클레오파트라의 코가 한 치만 낮았더라면', 같은 표현을 운운한다. 평생의 시업詩業이 고작 '연탄재 차지 말라'는 표현만으로 요약된다면 시인에게 다소 억울할 테지만 거의 장님이 된 후에도 글쓰기를 멈추지 않은 사르트르의 경우도 '실존은 본질에 선행한다'는 아리송한 말만 즐겨 인용될 따름이다. 말은 원래의 맥락에서 떨어져 나오면 곡해되기 십상이지만 여기서 뜯어내어 저기에 붙여도 잘 통하는 표현은 그만큼 인용지수가 높아지게 마련이다. 인용지수란 학술 분야에서 어떤 학자의 논문이나 저서가 다른 데에서 인용되는 빈도수를 수치화한 것으로, 인용지수가 높다는 건 그만큼 그의 학술적 영향력이나 기여도가 크다는 것을 의미한다. 전문학술 분야는 접어두고 우리 일상생활에서도 보편적 설득력을 지니는 속담, 격언, 사자성어 등은 마치 어느 기계에나 잘 들어맞는 못이나 나사 같아서 언어의 기술자라면 나중의 쓸모를 도모하기 위해 연장 상자에 보관해두기 마련이다. 다만 우리네 글에서 자주 인용되는 인물이나 구절이 비슷한 것은 대체로 해당 저자의 책을 읽는 수고는 접어두고 그저 항간에 떠돌아다니는 인용구를 재인용했을 공산이 크다. 하긴 한입에 들어갈 만한 적당한 크기의 삼겹살에 먼저 젓가락이 가는 것과 마찬가지로 게으른 필자나 독자라면 잠언에 매료되기 마련이다. 글보다도 특히 대화 속에서 인용, 표절, 각색을 거쳐 적재적소에 들어간 잠언은 재치와 현학으로 대접받고 게다가 요즘처럼 두툼한 책을 멀리하는 부박한 우리 시대의 대중은 몇 줄의 트위터에 열광하며 부리나케 퍼 나른다. 바쁘고 게으른 사람들에게 지루한 책보다 짧은 잠언, 긴 법문보다 한마디의 할喝이 뭔가 깨달음을 얻었다는 행복한 착각마저 선사하니 매력적일 수밖에 없다.

재담꾼

1996년 프랑스 감독 파트리스 르콩트가 발표한 「재담꾼Ridicule」이란 영화는 오로지 입심만으로 부와 권력을 휘어잡을 수 있었던 구舊체제 말기의 프랑스 사회를 보여준다. 영화의 주인공 말라부아 남작은 프랑스 남쪽에 작은 영지를 소유한 시골 귀족이다. 영지의 대부분인 늪지대가 자꾸 썩어가고 습지의 전염병에 농민들이 죽어가는 것을 안타깝게 여긴 그는 토지 개간 사업을 원하지만 재력이 달렸다. 그는 루이 16세를 접견하고 손을 벌리려고 파리로 올라간다. 그러나 말단 향반이 왕을 먼발치에서나마 보기란 하늘에서 별 따기만큼 어려운 일이었다. 그에게 길을 열어준 것은 궁전과 살롱을 드나들며 재담으로 입신한 의사 벨가르드 후작이었다. 의사는 강도를 만난 주인공을 구해준 것을 인연으로 그를 우선 살롱에 소개한다. 살롱에서 재담으로 눈길을 끈 주인공은 살롱 여주인의 주선으로 드디어 베르사유 궁전에 입성할 기회를 얻는다. 그러나 주인공은 곧바로 왕과 고위 귀족들의 사교계에 환멸을 느끼고 낙향해서 스스로 늪을 개간하며 새 삶을 찾는다. 개봉 당시 프랑스에서 적지 않은 상을 받은 이 영화에서 흥미로운 대목은 구체제 시절의 살롱과 궁전의 풍습, 혹은 분위기이다. 당시 입신양명을 노리는 젊은이들은 영향력 있는 귀족들의 후견을 받아야 했다. 고관대작들이 끼리끼리 모인 상류사회, 이른바 사교계라는 곳의 구체적 공간이 살롱이었다. 그곳에 끼려면 우선 혈통을 입증해야 한다. 우리의 주인공은 족보 전문가의 면접을 치른다. 수대에 걸쳐 이어온 명문세가의 족보를 꿰뚫는 전문가는 지원자의 외모, 이름과 본관 등을 따져 허명으로 양반 행세를 하는 천출을 가려낸다. 그런 제도는 보학과 관상학으로 인간의 됨됨이를 따졌던 우리네 풍습과 비슷했을 것이다. 면접을 통과한 말라부아 남작은 얼굴에 하얀 분가루를 뿌리고 그럴듯한 옷을 빌려 입은 후 긴 가발을 쓰고 드디어 살롱의 식탁에 앉는다. 모임의 좌장인 귀부인이 각운을 제시하면 식객들은 돌아가며 즉석에서 기발한 문장을 지어내고 대화는 치열한 재치의 경연장으로 변한다. 상대방을 한마디로 제압하는 재치, 먼 나라의 기발한 풍속, 뛰어난 암산 능력, 외국어 실력, 그리고 외모 등 어떤 장기와 재능이든 간에 좌중의 눈길을 끌면 살롱의 단골로 승격되고 나중에는 귀족의 개인교사, 그리고 살롱 여주인의 정부가 된다.

르네상스시대에 이탈리아와 스페인에서 시작된 살롱문화를 프랑스에 처음 도입한 것은 랑부이에 후작부인이라고 알려져 있다. 1608년에 살롱을 개장한 그녀는 대화법, 의상, 화장술 등 이탈리아의 선진 문물을 파리에 유행시키며 문인, 철학자, 예술가, 그리고 정치인을 초대하여 사교 생활의 규칙을 만들었다. 살롱문화의 전성기였던 18세기에는 수백 개의 살롱이 우후죽순처럼 생겨 웬만한 재능을 지닌 인사라면 사랑방만 전전해도 우아한 생활을 즐길 수 있었다. 유행과 풍습은 시대에 따라 달라졌지만 살롱은 19세기 말까지 이어졌으니 거의 400년간 프랑스 사회의 핵심 세력은 모두 살롱의 식객이었던 셈이다. 재사才士, 신사, 문인 등 다양한 명칭으로 불렸던 당시 지식인은 살롱에서 자작시를 낭독한 후 후원자를 얻어 책을 출판하거나 고위층의 환심을 사 정·관계로 진출했다. 영화에서처럼 살롱의 대화를 압도하는 사람은 주로 성직자들이었다. 체계적 교육 과정을 거쳤고 설교에 능숙한 빌쿠르 신부는 좌중을 휘어잡고 귀부인의 환심을 샀다. "파리에서는 여자를 통하지 않고는 되는 일이 없다"(『살롱문화』, 서정복)고 할 정도로 살롱의 귀부인은 문화계뿐 아니라 정·재계의 인사들까지 식객으로 거느리고 프랑스의 막후 세력이 되었다. 영화의 주인공은 즉흥적 재담, 그리고 살롱의 여주인과 동침한 덕분에 드디어 왕에게 소개되는데, 왕의 환심을 사는 데 허용된 시간은 단 몇 초뿐이었다. 왕의 산책 시간을 귀띔받은 주인공은 길목에서 하염없이 왕을 기다린다. 정원에서 주인공과 만난 왕은 "아, 자네가 재담꾼이라는 소문은 들었네, 아무 말이나 해보게"라며 다짜고짜 자신을 웃겨달라고 명령한다. 주인공이 머뭇거리자 왕은 "아무 주제라도 좋네, 왕을 주제로 삼아도 좋지"라고 재치를 채근한다. 주인공은 즉석에서 "왕은 주제가 아닙니다"라고 대답한다. 영어 subject와 마찬가지로 프랑스어로 주제, sujet라는 단어는 묘하게도 신하라는 뜻도 함께 지니고 있다. 즉석에서 받아친 이 한마디 덕분에 주인공은 왕궁에 출입할 기회를 얻는다. 한 사람의 운명이 단 몇 초간의 재담으로 결정되었던 것이다. 영화 속의 또 다른 인물은 우물거리거나 썰렁한 대답으로 이런 기회를 놓치고 실총하여 자살하거나 나락에 빠진다. 그래서 출세를 노리는 사람들은 온갖 재담과 재미있는 일화를 꼼꼼히 정리한 자신만의 책을 집필한다. 나이가 들어 순발력이 떨어진 벨가르드 후작은 매일 저녁 재담과 일화를 수첩에 꼼꼼히 정리하여 암송한다. 당시 모든 지식인에게 출세의 지름길은 사서삼경이 아니라 이런 자신만의 수첩 속에 있었다. 그런 것들을 책으로 출판하면 당연히 베스트셀러가 될 수밖에 없었다. 그런 재담을 모은 글을 통칭하여 잠언집이라 했고 잠언집은 번듯하게 문학 장르의 반열에 올랐다.

18세기의 문인들 중 소위 모럴리스트라 불리는 작가들은 금언집, 혹은 경구 모음집 등을 남겼는데 그것은 앞서 말했듯 언어 기술자의 연장 상자였다. 영화에서 전설적 재담꾼으로 자주 언급되는 인물은 단연 볼테르이다. 볼테르는 뛰어난 순발력과 입심 덕분에 출세가도를 달렸지만 바로 그 재치가 신랄한 야유로 돌변하는 바람에 구속, 망명 등 파란만장한 삶을 살았다. 살롱은 기회주의자, 아첨꾼이 우글거리고 음모와 험담이 무성한 곳이었지만 살롱 진출은 프랑스 문인이라면 좋건 싫건 피할 수 없는 통과의례였고, 살롱이 당시 지식인들로 하여금 특권층을 개화시켜 프랑스 혁명을 이끌었던 계몽주의의 산실이자 인문학의 묘목장이었던 역사적 사실 또한 부인하기 어렵다.

영화를 보면서 데카르트, 몽테스키외, 볼테르, 루소 등 위대한 계몽주의자보다 샹포르가 먼저 떠오른 것은 에밀 시오랑 덕분이다. 그는 루소나 볼테르와 같은 저명한 사상가의 그늘에 가려 뒷전으로 물러난 샹포르에 대해 공감을 표하며 그의 잠언은 패배자들이 품은 독이라고 평했다. 몸집이 큰 힘센 짐승에게는 독이 없다. 독은 먹이사슬의 끝자리에 머무는 작은 짐승이 지닌 무기이지만 자신의 생명을 지키기에는 무력한 무기이다. 다만 큰 짐승의 이빨에 찢기면서 회심의 미소를 지을 수 있는 자존심일 뿐이다. 나를 삼킨 너도 곧 죽게 되리라는. 그래서 독기를 품은 글의 저자는 대개 사회적 약자, 패배자들이고 샹포르에게 니체와 시오랑이 공명했다는 것도 우연이 아니다. 그들뿐만 아니다.

샹포르

알베르 카뮈는 1944년 샹포르의 잠언집에 붙이는 서문을 썼다. 카뮈 전집 18권 『스웨덴 연설 · 문학 비평』(김화영 번역)에 실린 서문에서 그는 샹포르를 "우리의 가장 위대한 모럴리스트 중 한 사람"이라 극찬했다. 카뮈는 샹포르의 인간 혐오증, 특히 여성 비하에는 동의할 수 없지만 "인간들에 대한 엄청난 고뇌인 모럴은 그에게 개인적 열정의 대상이었기에 그는 그 일관성을 죽음에까지 밀고 나갔던 것"이라고 샹포르의 삶(죽음)을 평했다. 그렇다면 샹포르의 죽음은 어떠했을까. 다시 카뮈의 글을 인용해보자.

　　그 죽음은 과연 이 모럴의 비극에 걸맞은 경지를 보여주었다. 그 비극은 도살장의 피바다로 마감되었다. 순수에 대한 격렬한 열정은 이 경우 파괴의 광란과 구별할 수 없는 것이 되었다. 혁명이 자신을 버렸다고 믿게 되자 샹포르는 결정적 실패에 직면한 나머지 스스로를 향하여 권총의 방아쇠를 당겼다. 코가 깨지고 오른쪽 눈알이 패어 나갔다. 아직 목숨이 다하지 않은 그는 재시도하여 면도날로 목을 따고 자신의 살을 난도질했다. 피에 젖은 그는 흉기로 자신의 가슴을 후벼 팠고 마침내 뒷다리와 손목을 가르고 피바다 속으로 무너졌다. 그 피가 문밖으로 흘러나오자 사람들이 놀라 달려왔다.

　자살마저 실패한 그는 코와 턱, 그리고 한쪽 눈을 잃고 극심한 고통에 시달리다가 두 달 후인 1794년 4월 13일, 쉰네 살에 숨을 거뒀다.

　전기작가 모리스 펠리송Maurice Pellisson은 살롱의 재담꾼에서 기자, 시인, 극작가, 그리고 정치인으로 치달리다가 비극적으로 생을 마감한 샹포르의 궤적을 상세히 추적했다. 서론에서 그는 앙시앵 레짐*의 살롱에서 활약했던 지식인들이 대개 입으로는 새로운 시대의 도래와 개혁을 외쳤지만 막상 혁명이 일어나자 그 열기와 폭력에 주눅 들어 숨죽이고 있던 반면 샹포르는 자신이 내세웠던 원칙을 실천하는 데 주저하지 않았다고 평했다. 시오랑이 그의 글에서 감지했던 약자의 독, 패배자의 독이란 우선 그의 출생에서 비롯된 것이다. 보학자에게 걸렸다면 그는 살롱 문턱을 넘지 못했을 시골 평민이었다. 당시 호적보다 정확한 교회의 세례증명서에 따르면 그는 식료품 장사꾼 프랑수아 니콜라와 그의 부인 테레즈 크루아제 사이에서 1740년 4월 6일 출생했고 본명은 세바스티앵 로슈 니콜라였다. 하지만 전기작가들은 여러 자료에 근거하여

---

* 1789년 프랑스 혁명 시기 타도의 대상이 된 정치·경제·사회의 구체제를 가리킨다.

그의 아버지가 당시 세속 신부, 혹은 교단의 세력가였고 샹포르는 불륜의 열매, 사생아라고 추정한다.

그는 어린 시절 뛰어난 문재를 발휘하여 파리로 입성한 후 샹포르란 이름으로 행세했다. 샹은 전쟁터, 포르는 요새를 뜻하니 소위 대검귀족의 후손이란 느낌을 주는 이름을 택한 것이다. 고향에서 학업을 마친 그는 선생의 추천으로 파리에 올라가 살롱 귀족들의 환심을 사고 희곡과 시를 발표하며 성공을 거둔다. 재담과 외모 덕분에 살롱의 여주인, 세력가의 부인들과 염문을 뿌리며 환락에 빠지는 것까지 당시의 모든 문인, 철학자들과 크게 다를 바 없는 이력을 갖게 된다. 베르사유 왕궁을 드나들고 학술원 회원으로 선출되며 당대 파리에서 가장 인기 있는 사교계 인사로 전성기를 구가했다. 그러나 1774년 당시 살롱의 여주인이 쓴 편지에 따르면 샹포르는 귀족 부인을 네 명씩이나 정부로 거느렸지만 성병과 우울증에 시달렸고, 마침내 마흔 살을 앞둔 1779년 더 이상 글을 발표하지 않고 사교계를 떠나 은둔을 결정한다. 자문자답의 형식으로 시작한 잠언집 첫머리에 그는 왜 대중을 피하게 되었는지를 다음과 같이 설명한다. "대중이란 첫날에는 몇 푼 던져주고 즐긴 후 남은 평생 동안 몽둥이질을 당하는 창녀처럼 문인을 취급한다." 여기에서 대중은 문맹자가 대부분이었던 불특정 다수의 독자가 아니라 당시 사교계, 귀족 특권계층을 말한다. 재능과 지성을 겸비했지만 결국 귀족에게 접근하여 그들의 환심을 구걸하는 것만이 유일한 생존 조건이었던 당시 문인은 출세욕과 자기모멸로 인해 두 조각 난 사람들이었다. 인세제도가 없던 시절이라 출판업자나 특권층의 은급恩給만이 그들의 수입원이었다. 샹포르의 표현을 빌리자면 출판업자는 도망을 방지하기 위해 노예를 벌거벗겨 다락방에 가둬놓듯 가급적 문인을 적빈 상태로 몰아넣었고 귀족들은 재담가의 재치가 빛을 잃으면 금세 싫증을 냈다. 그래서 가난과 문학은 동전의 양면, 혹은 동의어나 다름없었다. "독립적이고 가난한 사람은 궁핍에게만 복종하지만 남에게 기대는 부자는 다른 사람, 심지어 여러 사람에게 복종해야 한다"라는 말의 속뜻은 가난과 아첨 사이에 양자택일을 강요당했던 당시 지식인의 처지를 토로한 것이다.

샹포르는 기발한 문장과 멋진 말만 골라 쓰는 문인을 나중에는 결국 다 먹고 말 처지이면서도 체리와 귤을 먼저 골라 먹는 사람들에 빗대어 가련한 식탐가라고 비웃었다. 진솔한 말보다 미문과 아포리즘으로 일단 사람들의 눈길을 끌지만 그런 것은 금세 동이 나기 마련이기에 필히 대중의 관심 밖으로 밀려나는 문인들의 처지를 비꼰 것이다. 영화에서 재담꾼 신부는 왕과 귀족들 앞에서 신의 존재를 입증하는 궤변에 가까운 달변으로 박수를 받는다. 기분이 한껏 고조된 신부는 마지막에 "나는 신의 부재역시도 증명할 수 있지요"라는 재치를 부렸다가 그 한마디로 나락에 떨어진다. 이 일화의 주인공은 샹포르의 잠언집에도 등장한다. 혈통만으로 부와 권력을 지닌 사람과 그들 앞에서 출세를 엿보는 지식인들이 연출하는 희극에 환멸을 느낀 샹포르는 "부디 못된 놈은 게으르고, 못난 놈은 침묵하길"이라고 일갈했다. 또한 그는 사교계의 대화에서 발언권을 독점하려 드는 재담꾼을 고대 철학자 세네카의 말을 빌려 꾸짖는다. "일장 연설을 하려고 입을 열었다가 첫 문장을 찾지 못해 우물거리는 아들에게 세네카는 네 능력을 넘어서는 말을 하려고 나서는 것이 부끄럽지 않느냐고 꾸짖었다. 자신의 능력으로 감당할 수 없는 강한 원칙을 취하는 사람들에게도 똑같은 말을 할 수 있다." 샹포르는 줄곧 모든 것을 일반화하여 관념적 원칙으로 수립하려는 철학자를 비웃었다. "네 능력을 넘어서는 철학자가 되려고 드는 것이 부끄럽지 않은가?" 또한 알량한 재간으로 출세욕에 불타는 문인 지망생에게 "궁전보다 초가집이나 지푸라기에 쉽게 불이 붙듯 야심은 대인배보다 소인배에게 잘 타오른다"고 꼬집는다. "마흔 살이 넘어도 인간을 혐오하지 않는 사람은 한 번도 인간을 사랑한 적이 없는 사람"이라고 했으니 그가 줄곧 인간을 미워한 것만도 아니었다.

"사건은 18세기 말, 무기력한 어떤 사회의 한복판에서 전개된다. 위험천만의 화산 언저리에서 오로지 무도회에만 정신이 팔려 있는 듯이 보이는 사회이다. 그러니까 당시에 이른바 사교계라 불리던 곳이 소설의 무대이다. 이렇게 되면 샹포르가 언급한 내용이 일반적인 것과 거리가 멀다는 사실을 미리부터 지적해둘 필요가 있다. 글을 쓴 사람이 몇몇 정신 나간 이들에 대하여 언급한 것에 불과한 말을 인간의 보편적 심리로까지 확대해서 해석하는 것은 대부분 성급한 독자 쪽이다"라는 카뮈의 말처럼 샹포르가 일컫는 인간은 당대의 특권층과 지식인이며 샹포르의 표현을 빌리면 개들이었다. "그들은 왕과 평민 사이에 있다. 마치 사냥꾼과 토끼 사이를 오가는 개처럼." 이해관계에 얽힌 계층의 타락상을 보며 그는 카인에게 묻는다. 세상에 고작 네 명만 있었던 시절에도 신의 계명을 어기거나 근친 살인을 저질렀는데 이제 손바닥만 한 데에 수천 명이 우글거리는 이 현대 사회를 본 소감이 어떠냐고. "인간들은 모이기만 하면 작아진다. 그들은 지옥에 들어가려고 난쟁이가 된 밀턴의 악마들과 같다" 혹은 "사회가 인간을 얼마나 부패하게 하는지 알고 싶은가? 가장 오랫동안 그 영향을 받은 사람, 다시 말해 노년에 이른 사람을 살펴보라. 늙은 궁정 사람들, 늙은 신부, 늙은 판사, 늙은 검사, 늙은 의사…… 등등"과 같은 잠언에서 샹포르가 경멸한 인간은 대체로 당대의 특권층임을 알 수 있다.

짧은 경구를 가장 능란하게 다루는 부류는 단연 성직자들이다. 그들은 잠언의 보고인 성경을 인용하며 인간에게 사랑과 희망을 권한다. 그리고 과거의 성직자를 이어받은 이 시대의 멘토가 권하는 미덕의 꼭대기에는 사랑과 희망이라는 막연한 단어가 빠지지 않는다. 샹포르는 그런 허망한 단어에 재를 끼얹는다. "희망은 우리를 끊임없이 속이는 사기꾼에 불과하다. 내 경우에는 희망을 저버리자 비로소 행복이 시작되었다. 이곳에 들어오는 자는 희망을 버리라고 단테가 지옥문에 써 붙인 간판을 천국의 입구에 옮겨 붙여야 한다" 혹은 "이웃을 내 몸처럼 사랑하려면 적어도 내 몸을 이웃만큼이라도 사랑해야 할 텐데" "지금 이 사회에서 존재하는 사랑이란 두 개의 착각과 두 개의 피부의 교류에 불과하다" "사랑에 빠진 사람은 자신의 원래 모습보다 더 사랑스럽게 보이기를 원한다. 그래서 사랑에 빠진 사람들은 모두 우스꽝스럽다".

개

『20세기 프랑스 문학의 냉소주의*Chiens de plume : Du cynisme dans la littérature française du XXᵉ siècle*』를 쓴 장 프랑수아

루에트Jean-François Louette는 샹포르에 대한 흥미로운 일화를 인용했다. 베르사유 왕궁에서 돌아올 때마다 샹포르는 뼈를 뜯어 먹는 개들을 유심히 보았다고 한다. 개를 키워본 사람은 알 것이다. 뼈를 대하는 강아지의 열정은 순수와 집중 그 자체이다. 그것은 샹포르가 인간 사회에서 보았던 "사랑 없는 사랑, 우정 없는 우정, 충성심 없는 충성"이 아니라 오로지 순수한 본성 그 자체이다. 문명의 극치에 이른 인간 사회에서 본성은 타락하고 관습과 허식만이 활개를 친다. 샹포르의 잠언집은 그가 죽은 후 한 친구에 의해 발표되었는데 그 원고에 저자가 붙인 원제는 '완벽해진 문명의 산물들'이다. 허례허식에 가득 찬 문명의 정점에 이른 구체제 말기의 풍습을 개탄하고 본성을 모색한 이들을 일컬어 모럴리스트라고 했다. 시쳇말로 바꾸면 멘토쯤 될 것이다. 재담과 훈계로 한 시대의 멘토로 활동했던 샹포르가 인위적 제도와 관습에 환멸을 느끼고 개의 본성, 즉 자연을 물끄러미 보았던 까닭은 무엇이었을까. 일상적 어휘에서 개는 주로 비루한 인간을 비하할 때 쓰이지만 저 멀리 디오게네스부터 샹포르, 그리고 에밀 시오랑에 이르기까지 일련의 작가들에게 개는 인간이 추구해야 할 전범이었다.

견유학파Cynique, 냉소주의Cynisme 그리고 엄격한 계율과 적빈을 강조한 가톨릭의 도미니쿠스Dominicus 학파

등과 같은 명사에 공통된 어근은 개이다. 개처럼 살기 위해서는 인간사의 가치와 규범을 포기해야 할 텐데 그것을 가능하게 하는 첫 번째 조건이 자족적 적빈이다. 견유주의자는 디오게네스처럼 통 속에 살며 최소한의 의발衣鉢만 지닌 채 탁발해야 한다. 사용하는 말도 옷차림처럼 화려한 장식적 어휘를 버리고 진실을 향해 돌진하는 간략한 직언을 택하거나 아예 침묵하는 쪽이 최선이다. 샹포르 표현을 빌리자면 견유주의자는 "간단한 시계가 정확"하듯 공허한 관념보다 직접 경험한 일상적 현실만을 관찰하고 묘사하는 데에 그치며 일반화하거나 보편적 원리를 찾는 형이상학적 작업을 자제한다. 그래서 체계적 사유를 수미일관하게 정리한 철학을 의심하고 그저 단상을 파편적으로 나열한 형식을 취한다. 시오랑은 "나의 기질에 부합하는 유일한 장르인 단상은 순간의 변형, 그런 변형이 유발하는 모든 모순까지 곁들인 순간의 변형이다. 일관성에 집착하고 구성의 엄격한 원리에 입각한 긴 호흡의 책은 진실이기에는 너무 수미일관하다"라고 했다. 이것이 루에트가 나열한 견유학파의 몇 가지 특징이다. 그런데 샹포르가 꼼꼼히 번호를 붙여 정리한 1340개의 잠언의 백미는 바로 잠언가와 그 독자에 대한 비판이다. 복잡한 기계가 고장이 잦다며 정확하고 짧은 문장을 추구했지만 그는 잠언에 매료되는 독자를 멍청하고 게으르다고 빈정거렸다. 잠언은 오랜 관찰과 사색의 결과인데 그 독자는 짧은 시간의 독서만으로 잠언가가 기울인 노역에서 면제되었다고 믿기 때문이다. 잠언은 특정한 상황에 적용 가능한 것인데 그것을 아무 데나 남용하여 일반화의 오류를 저지르는 멍청한 독자의 지적 나태와 미숙성을 꼬집기도 한다. "똑똑한 사람은 대번에 유사성과 차이를 파악해서 잠언이 이런저런 경우에는 들어맞지만 다른 경우는 전혀 그렇지 않다는 것을 안다." 그것은 마치 삼류 학자가 만물을 유사성에 입각해서 분류하고 체계를 세우지만 위대한 학자는 삼라만상이 제각기 지닌 섬세한 차이를 파악하고 분류와 체계를 의심하는 것과 같다고 했다. "철학자는 의사와 마찬가지로 많은 약을 가지고 있지만 좋은 치료제는 드물고 특히 한 사람의 특정한 병에 대한 치료제는 거의 없다"라는 그의 말은 잠언이 무엇을 겨냥하는지를 잘 드러낸다. 카뮈는 현실에 밀착한 구체적 대상을 묘사하는 샹포르를 철학자라기보다 진정한 소설가라고 했다. 형이상학적 관념을 버린 철저한 물질주의자, 사실주의자라는 점에서 샹포르는 소설가이자 견유학파의 후손이다. 그리고 그가 진정한 모럴리스트인 것은 자신마저도 기꺼이 비판의 대상에 올렸다는 데에 있다. 엘리베이터, 심지어 소변기 앞에까지 붙어 있는 잠언의 홍수, 넘쳐나는 멘토들의 힐링에 지친 우리들에게 필요한 것은 개다.

숲 속의 빈터

과일도 제철이 있듯 관혼상제도 계절을 탄다. 눈 녹을 무렵이면 문상이고 꽃이 피면 청첩장이 날아든다. 고령화 사회에 만혼 풍조가 겹친 탓에 청첩장보다 부고가 잦아지고 일면식도 없던 영정 앞에 몇 차례 향 사르고 나니 겨울이 지나갔다. 2013년 1월 16일자 『르몽드』에 프랑스 작가의 부고 기사가 실렸다. 분향 참배할 처지는 아니지만 그의 『정신분석학 어휘사전』(국내 소개 제목: 『정신분석 사전』)과 일련의 이론서가 오랫동안 내 곁에 있었다. 우선 신문에 실린 부고 기사를 요약해보자.

장베르트랑 르페브르퐁탈리스, 일명 지베Jibé가 1월 15일 화요일 파리에서 사망했다. 상원의원 앙토넹 르페브르퐁탈리스의 손자이자 사업가 루이 르노의 질손姪孫인 그는 자신이 그랑 부르주아 집안이라는 혈통을 숨기고 살았다. 2차 대전 직후 좌익에 깊이 참여했고 스피노자를 전공한 후 교수 자격시험을 통과해서 몇 해 동안 강단에 섰다. 사르트르가 창간한 『현대Les Temps Modernes』의 필진으로 참여하고 메를로 퐁티와 더불어 현상학을 공부하며 1945년부터 비평 활동을 시작한다. 1953년 자크 라캉과 함께 프랑스 정신분석학회에서 '변증법적 분석'을 수행하며 라캉의 세미나를 요약해 심리학회지에 보고하는 역할도 맡았다. 그가 정리한 세미나는 라캉의 사상을 이해하는 데에 가장 핵심적 참고 사항으로 간주되었다. 그러나 『현대』에 정신분석과 라캉의 입장을 해설하는 글을 썼지만 라캉을 사상적 스승으로 받아들이지 못한 퐁탈리스는 라캉과 거리를 둔다. 사르트르와 메를로 퐁티가 결별한 후에도 퐁탈리스는 여전히 『현대』에 남아 1962년 편집위원이 되었고 1964년 프랑스 정신분석회를 조직하여 핵심 일원이 되었다. 1967년 라플랑슈와 공저로 발간한 『정신분석학 어휘사전』은 26개 언어로 번역되었고 지금껏 사전의 가치는 누구에게도 부정당한 적이 없다. 철학 교수, 사르트르의 제자, 메를로 퐁티와 라캉의 동반자였던 퐁탈리스의 이름이 대중에게 깊이 각인된 것은 갈리마르 출판사 덕분이다. 사르트르와 라캉의 그늘에서 벗어난 그는 1966년부터 갈리마르 출판사의 중요 필자이자 편집위원, 기획위원으로 활동했고 정신분석과 관련된 저서를 총괄하며 프랑스 정신분석학 발전에 기여했다.

철학 교수, 소설가, 수필가, 비평가, 정신분석가, 편집인 등 부고란에 소개된 퐁탈리스의 직함은 다양하다. 그 다양한 이력을 관통하는 일관성은 '언어'이다. 그는 자신을 "평생 언어에 복무한 사람"이라 규정했다. 1986년에 발간된 자서전 『시작하는 것들에 대한 사랑L'Amour des commencements』의 도입부에서 그는 모든 것의 출발에는 "언어에 대한 사랑과 증오"가 있었다고 고백한다.

사랑과 증오 중에서 어느 쪽이 우세했는지 모르지만 내가 이 책을 쓰기로 결심한 것은 일견 아무 관련이 없는 것처럼 보인다. 하지만 나의 모든 고통을 지배한다는 생각이 드는 이 열정을 파악하고 싶었으며 지금까지 내가 다양하게 펼치고 싶어 했던 모든 직업 활동은 오로지 언어적 현실과만 연관된다 : 정신분석가로 활동하고 책과 잡지를 편집하고 원고를 읽고 가끔 글도 쓰고 번역도 한다. 나는 다양한 분야에 걸치고 있지만 전적으로 오로지 하나의 대상에만 매달리고 있다. 즉 단어들이다.

그러나 같은 책에 실린 유년기 회상에 따르면 실제로 그가 원했던 것은 오히려 언어가 불필요한 삶이었다. 그가 보기에 언어란 한번 빠져들면 평생 빠져나올 수 없는 감옥, 혹은 일단 들어가면 영원히 떠날 수 없는 유배지처럼 보였다. 모든 인간이 그리워하는 마음의 고향, 즉 유년기의 프랑스어 단어 앙팡스enfance는 언어 없는 시절을 뜻한다. 언어에 복무하며 보냈던 일평생은 영원히 돌아갈 수 없는 묵언의 세계에 대한 끝없는 향수에 시달리는 삶, 모국어를 그리워하며 어설픈 외국어를 쓰며 살아야 하는 이방인의 삶, 혹은 오른손을 묶인 채 아무리 노력해도 어설프기 그지없는 왼손만으로 살아야 하는 고달픈 삶이었다고 그는 회고한다. 그리고 이 언어의 왼손잡이를 감옥으로 이끈 사람은 사르트르였다.

명증과 투명

1941년 봄, 철학반이라 불리는 고등학교 마지막 학년을 맞아 강의실에 들어갔던 그는 넥타이를 매지 않은 작은 남자를 발견한다. 새로 부임한 철학 교수 사르트르였다. "사실판단은 있는 그대로의 것에 관련되고 가치판단은 있어야만 할 것에 관련된다. 이것이 사르트르가 했던 첫 번째 말"이라고 그는 기억한다. 전임 교수였던 샤를리에 선생이 "물컹한 베르그송주의로 우리를 품에 안고 감미롭게 흔들어"주었던 반면 사르트르는 무엇이든 칼로 두 동강이 내는 단호한 사람이란 소문이 돌았다. "사르트르와 더불어 모든 것이 바뀌었다. 그는 막연한 생각을 용서하지 않았다. 사르트르가 부임하고 여드레째 되는 날 나는 강의실에 붙어 있던 페탱 장군의 사진을 떼어버렸다. 몇 달 동안 사르트르는 비시 정권이나 그 패배에 대해서는 한마디도 하지 않았다. 그가 벗어난 포로수용소에 대해서도." 비록 몇 권의 철학서와 소설을 발표했지만 무명에 가까웠던 사르트르가 훗날에 누릴 명성을 예감하는 사람은 강의실에 드물었다. 그러나 사르트르는 퐁탈리스에게 신과 다름없었다. "나는 사르트르를 교수로 보지 않았으며 그를 하나의 직능에 한정하지 않았다. 그는 오로지 그 자신이었다. 존경, 감탄, 매혹, 그 어떤 단어도 적절치 않으리라. 나는 그를 신과 비슷한 어떤 것으로 받아들였다. 왜냐하면 나는 사르트르가 말하는 모든 것이 인간 사르트르와 완벽하게 일치하는 것을 발견했기 때문이다." 이전까지 젊은 피를 뜨겁게 달군 앙드레 지드, 젊은이들에게 일용할 양식이 되었던 『지상의 양식』은 이제 뒷전이었다. 고등학생 퐁탈리스가 보기에 사르트르 앞에서는 모든 것이 명증하고 투명하게 변했다. "저런 것을 어디에서 읽었을까" 혹은 "어떤 체험에 근거한 말일까?"라는 의문이 들지 않을 정도로 사르트르의 말은 그 자체가 자명하고 말과 현실이 밀착했다. "평생 스키를 탄 적이 없더라도 상관없었다. 그는 스키 타는 사람의 쾌감에 대해 몇 시간이고 철학을 펼칠 수 있었다." 특히 퐁탈리스는 사르트르의 변신술에 매료된다. 사르트르는 철학, 문학, 정치, 어느 무대에 서거나 능란하게 최적의 언어를 제조하는 재능을 발휘했다. 사르트르는 "로캉탱은 곧 나"라고 고백했지만 고등학생 퐁탈리스는 『구토』를 줄줄 외는 로캉탱이 되었다. 대학에서 철학을 전공하며 다른 강의를 접했으나 그는 사르트르의 잔상 때문에 모두 시들했다. 심지어 바슐라르의 강의마저도 그의 귀에는 싱겁게 들렸다.

어느 날 카페에서 곧 잡지를 창간할 텐데 거기에서 일할 생각이 없냐는 사르트르의 제안을 받자 퐁탈리스는 환희에 빠진다. 물론 자신에게 맡겨질 일이 사르트르와 합석하는 자리가 아니라 사환boy이라는 것을 알면서도 말이다. 여러 사람들 사이를 부지런히 오가며 그들 간의 끈을 유지하는 데 발품을 파는 허드렛일을 그는 기꺼이 받아들인다. 그리고 사르트르처럼 철학 교수 자격시험에 합격하여 교수가 된다. 사르트르와 퐁탈리스의 이력에는 겹치는 부분이 많다. 두 사람 모두 넉넉한 부르주아 출신으로 일찍이 아버지를 여읜 점에서 우선 공감대가 형성된다. 사르트르는 한 번도 아버지를 본 적 없는 사생아였고 퐁탈리스는 아홉 살에 아버지를 잃었다. 그리고 마침내 1948년 창간된 잡지의 편집동인으로 한지붕 아래에서 일하게 된다. 평론과 소설을 겸하던 퐁탈리스가 쓴 자서전 『시작하는 것들에 대한 사랑』은 1963년에 사르트르가 발표한 자서전 『말』의 패러디라 할 만큼 여러 면에서 유사하다. 그러나 자유에 대한 실존주의적 태도, 특히 정신분석의 고갱이라 할 수 있는 무의식에 대한 조롱을 견디지 못하고 결국 사르트르와 결별한다. "나는 초자아가 없다"는 선언으로 시작되는 『말』처럼 사르트르가 프로이트를 대했던 태도는 무지, 무시, 조롱, 그리고 경쟁의식에 물든 호기심에 이르기까지 매우 복잡하게 전개되었다. 그리고 익명의 기고였지만 사르트르의 입장을 대변하는 것으로 판명된 「녹음기를 든 인간 L'homme au magnétophone」이 1969년 4월 『현대』에 실리자 퐁탈리스는 결정적으로 그의 곁을 떠난다. 상징적 아버지, 동일화의 대상이었던 사르트르를 떠나고 퐁탈리스는 '애도 작업'에 돌입한다.

말의 광기

1954년 매주 수요일 오후 열두 시 15분에 시작하는 라캉의 강연에는 100명 남짓의 학생이 참석했다. 메를로 퐁티, 이폴리트를 비롯한 당대 파리의 지식인이 맨 앞줄을 차지했고 거기에 퐁탈리스도 끼어 앉았다. 강의실은 라캉의 나라, 곧 '라카니'란 이국이었고 모두 '라카니엥'이란 공용어를 써야 했으며 당연히 라카니의 시민, 곧 라캉주의자가 되었다. 퐁탈리스는 그 외국어를 번역하여 글로 옮기는 일을 맡았지만 곧 그는 일단 라카니에 들어서면 라캉주의자가 될 수밖에 없는 사실을 견디지 못했다. 매번 잔뜩 불만에 찬 표정으로 강의실에 들어온 라캉은 묵묵히 안경알을 닦으며 침묵을 지키다가 거의 들리지 않는 음성으로 입을 열었다. 그리고 일단 말문이 트이면 점차 자신의 말에 취해 언어의 광기에 빠져들어가는 것처럼 보였다. 퐁탈리스의 자서전 중 '거대한 타자'란 소제목이 붙은 9장에서 묘사한 라캉은 "비합리성과 타협했다기보다 합리성의 과잉이 그의 결점"이었다. 그리고 "모든 합리주의자가 그렇듯 그는 논쟁을 좋아했고 모든 정열가가 그렇듯 상대방을 추호도 존중하지 않았다. 라캉의 생각은 항상 주제에서 벗어나 나선형을 그리며 치솟았는데 청중은 자신이 중심을 향해 다가가는지, 아니면 점차 멀어져가는지를 도통 알 수 없었다". 라캉은 마술사처럼 청중을 최면에 빠뜨렸음에도 세미나가 끝나고 최면이 풀리면 청중에게는 아무런 기억도 남지 않았다. 퐁탈리스는 세미나가 끝나고 여자 친구와 카페에서 나눈 대화를 자서전에 옮겼다.

"자, 오늘 너의 라캉이 무슨 말을 했니?" 나는 "사랑하는 것은 자신이 갖지 않을 것을 주는 것이라고 하던데"라고 했다.

기의에 대한 기표의 우위성도 그녀에게 설명했다. "그건 소쉬르의 말이잖아. 아니 그 이전에 라 로슈푸코도 한 말이고." 나는 다시 상징계를 부풀려 설명하고 그것이 우리를 구성하는 것이며 체험이란 헛것이라고 설명했다. "그런데 그건 레비스트로스의 말이네"라고 그녀가 대답한다. 그리고 나는 다시 압축과 전치보다는 은유와 비유를 논하는 것이 훨씬 흥미롭다는 말도 전했다. "그건 야콥슨의 말이네." 나는 다시 죽음의 본능에 대한 진정한 명칭은 엔트로피라고 설명했다. "그건 이미 프로이트가 한 말인데." 말싸움에 지쳐 짜증을 내며 라캉을 그의 발화에 환원시키는 것은 바보짓이며 라캉은 그의 발화행위 속에서 전모가 드러난다고 했다. 그녀는 "그건 추종자들의 전형적 대답일 뿐이네"라고 반박했다. 그녀는 라캉에 대한 나의 맹목성과 그녀에 대한 신경질을 전이현상 탓으로 돌렸다. 모든 전이현상 중에서 가장 자아를 소외하는 현상이며 결코 해소되지 않을 것이라고 덧붙였다. 그리고 "『집단심리학과 자아의 분석』을 다시 읽어보는 게 좋을 거야"라고 했다.

여자 친구의 권유를 따랐는지 알 수 없지만 퐁탈리스는 1963년 『근원적 환상, 근원들에 대한 환상, 환상의 근원』을 발표하며 라캉과 이론적 결별을 선언하고 새로운 학회를 창설했다. 『세미나』 11권에 실린 1964년 1월 15일자 라캉의 강연 제목은 '파문'이었다. 교황이 사제를 파문하듯 라캉은 프랑스 정신분석계로부터 완전히 따돌림을 당하고, 퐁탈리스는 『프로이트 이후_Après Freud_』에서 사르트르와 라캉을 언어의 광기에 사로잡힌 사람이라고 회고했다.

꿈을 만드는 사람

프랑스 문학의 마지막 전위라 일컫는 울리포 그룹의 대표작가 조르주 페렉은 2차 대전 중에 부모를 잃었다. 아버지는 전투에서 입은 부상 후유증으로 죽었고 어머니는 집단 수용소에 끌려간 후 필경 가스실에서 죽은 것으로 추정된다. 전쟁이 끝나 고모의 도움으로 자랐던 페렉이 거리를 배회하고 관절이 비틀린 운동선수와 비슷한 그림만 반복해서 그리자 양부모는 열세 살의 페렉을 정신과 의사에게 데려간다. 프랑스 정신분석, 특히 유아 치료의 일인자로 꼽혔던 프랑수아즈 돌토는 미래의 작가에게 언어 치료와 그림 치료를 병행했을 거라 짐작된다. 그리고 스무 살 무렵 작가는 한때 헨리 밀러와 아나이스 닌이 살았지만 이제 정신분석가 미셸 드 뮈종이 상담실을 차린 집으로 찾아갔다. 『햄릿』을 읽고 혼란에 빠져 정신분석 상담을 받은 페렉은 그해 11월 1일 처음으로 아버지의 무덤을 찾았고 그 장면은 『W 또는 유년의 기억』에 상세히 묘사되어 있다. 퐁탈리스는 페렉의 세 번째 의사였다. 때는 그의 나이 서른다섯 살이던 1971년 5월이었다. 유대인이 아닌 정신분석가이며 특히 작가라는 세 가지 조건을 갖춘 사람을 찾았던 페렉에게 퐁탈리스는 적격이었다. 의사를 만나기 직전에 페렉은 3년가량 『W 또는 유년의 기억』을 『문학순보La Quinzaine Littéraire』에 연재했는데 진전 없는 암울한 이야기에 분노한 독자의 항의가 빗발쳤고 작가 자신도 글줄이 막혀 연재가 중단된 처지였다. 퐁탈리스의 정신분석 치료를 받은 후 마침내 1975년 책은 단행본으로 발간되었지만 원래 기획했던 구성에 미치지 못했다. 어린 시절의 기억과 가스파르 뱅클레의 모험. 그러니까 자서전과 소설을 번갈아 연재했던 『문학순보』의 원고에 자기분석적이자 비평적인 글을 덧붙이려 했던 페렉의 시도는 무산되었던 것이다. 그 대신 퐁탈리스의 분석 대상이 되었던 꿈, 그러니까 치료 기간 중 페렉은 자신이 꾸었던 꿈을 매번 기록해서 '어두운 상점La boutique obscure'이라는 제목의 책으로 묶었다. 그리고 페렉은 『속임수의 장소들Lieux d'une ruse』에서 정신과 치료를 발모제에 비유했다. 발모제 광고처럼 전과 후를 비교해서 과장하지만 결국 대머리에 특효약은 없듯 정신분석은 그의 우울증에 무력했다는 조롱이다. 사르트르가 "나에겐 초자아가 없다"고 선언했듯 『W 또는 유년의 기억』의 첫머리에서 페렉은 유년기에 대한 기억이 없다는 말로 퐁탈리스에게 도전한다.

나에겐 유년기에 대한 기억이 없다. 거의 열두 살까지 나의 역사는 몇 줄로 충분하다. 네 살에 아버지를 잃었고 여섯 살엔 어머니마저 잃었다. 전쟁 중에 비야르 드 랑의 여러 기숙사를 전전했다. 1945년, 고모와 고모부가 나를 입양했다.

이런 역사의 부재가 내게는 오랫동안 위안이 되었다. 그 객관적 메마름, 눈에 드러나는 명백성, 그 순수성이 나의 보호막이 되었는데, 그러나 그것이 무엇으로부터 나를 보호했을까, 바로 나의 역사, 내가 겪은 역사, 나의 생생한 역사, 결코 메마르지도 객관적이지도 않고 눈에 드러나게 명백하지도 않으며 명백하게 순수하지도 않은, 오로지 나만의 역사로부터 나를 보호해준 것은 아닐까?

(……)

이번에도 역시 글쓰기의 함정에 빠져들기 시작한다. 이번에도 역시 나는 과연 자기가 가장 원하는 게 무엇인지, 가장 두려워하는 게 무엇인지 알지 못하고 계속 숨바꼭질을 하는 아이가 되었다. 몸을 감출 것인가, 아니면 들킬 것인가.

정신분석의 초석이나 다름없는 유년기의 기억을 부정하는 환자를 어떻게 대할 것인가? 우리에게도 연탄가스 탓에 유년의 기억을 잃은 빼어난 소설가가 있다. 페렉의 경우는 열세 살에 정신분석 치료를 받은 이후 유년기 기억이 지워졌다고 알려져 있다. 퐁탈리스는 치료에서 얻은 정보, 특히 환자의 실명을 밝힐 수 없는 입장이었지만 그의 자서전에서 언급한 "꿈을 만드는 사람", 엄청난 기억력을 지녔고 잡동사니를 방에 끊임없이 쌓아놓는 수집광이자 그것을 광적으로 정리했던 남자, 방 안을 가득 채우는 행동을 통해 결국 어머니가 죽은 수용소의 빈 가스실을 채우려 했던 피에르란 인물은 여러 가지 측면에서 페렉이라 추정할 수 있다. 유년기에 난 기억의 구멍을 페렉은 꿈으로 채우려 했다. 아침에 일어나면 꿈을 기록해서 퐁탈리스에게 털어놓았다. 그런데 잘 알다시피 우리는 대체로 꿈을 기억하지 못한다. 게다가 정신분석가를 곁에 두고 꿈을 말로 표현할 기회를 갖는 경우는 드물고 그것을 다시 글로 옮기는 경우는 더더욱 없을 것이다. 우리가 꾸는 일반적인 꿈은 앞뒤가 뒤죽박죽 뒤섞인 혼란스러운 이미지뿐이라 딱히 그것을 언어로 옮기는 것 자체가 복잡한 검열 과정을 거치게 된다. 프로이트가 무의식에 이르는 왕도라고 불렀던 '꿈'은 평탄대로가 아니라 실은 검열로 왜곡된 험난한 미로이다. 꿈이 당사자에게마저 혼란스러운 시각적 이미지인 이유는 그것이 이미 검열을 통해 1차 가공을 거친 결과이기 때문이다. 그것을 기억해서 언어로 옮기게 되면 다시 2차 가공을 거치게 된다. 분석가와 피분석가 사이에 형성된 전이 과정을 통해 검열의 위장막, 페렉이 말한 보호막이 벗겨져야 비로소 무의식의 속살이 드러난다는 것이 프로이트의 입장이다. 그런데 퐁탈리스는 시각적 이미지가 언어화되는 과정에서 상당 부분이 누락되며 그 결핍, 언어화에 저항하는 어떤 것, 낮의 언어로 번역되지 않는 밤의 이미지에 중요한 열쇠가 있다고 생각한다. 꿈을 꾼 후 매번 글로 기록했던 페렉은 나중에는 꿈을 꾼 후 글을 쓰는 게 아니라 글을 쓰기 위해 꿈을 꾸고, 꿈꾸는 중에 자신이 꿈을 꾼다는 사실을 의식하다가 결국 꿈속에서 자신의 꿈을 통제하는 지경에 이르고 말았다. 그렇다면 『어두운 상점』에 기록된 페렉의 꿈은 어떤 꿈일까. 그리고 기억을 잃고 꿈마저 훼손당한 사실과 울리포라는 마지막 전위를 선택한 것과 어떤 관련이 있을까.

말에 저항하는 어떤 것에 육체를 부여하는 일이 퐁탈리스가 환자와 더불어 수행하는 정신분석 치료이며 행간을 읽는 그 방식은 문학비평과 유사하다. 그러나 언어화된 결과물은 여전히 미진하고 결핍이 남는다. 밤의 이미지가 낮의 언어로 번역되면 모든 번역이 그렇듯 반역이 될 운명에 처한다. 퐁탈리스에 따르면 말을 할 줄 모르는 아기의 옹알이는 오선지의 음표뿐 아니라 그 어떤 기호로도 표현할 수 없는 풍요로운 다중언어지만 말을 배우면 아기는 근원언어, 모국어, 어머니의 말을 상실하게 된다. 그래서 모든 언어는 상실의 결과, 결핍을 품고 있는 불구이다. 입말보다 글말에서 그 상실과 결핍은 더욱 뚜렷해진다. 대부분의 글쓰기는 단어가 지칭하는 대상이 더 이상 현존하지 않는 상황에서 이뤄진다. 지금 내가 컴퓨터를 마주하고 장미, 하늘, 바다, 혹은 패, 경, 옥이라고 쓰지만 그 지칭의 대상은 내 앞에 없다. 글은 대상의 결핍, 그 부재증명이나 다름없다. 그래서 언어는 마음의 그림을 미진하게 그릴 뿐만 아니라 그림의 대상이 부재한다는 사실을 끊임없이 확인하는 행위이다. 『시작하는 것들에 대한 사랑』의 후기에서 퐁탈리스는 "글쓰기는 언어를 통해 사물을 소유했다는 욕망에 사로잡힌 상태에서 수행되지만 매 페이지, 심지어 단어 하나하나가 결코 그렇지 않다는 것을 증명하는 것! 그 때문에 글 쓰는 행위에는 항상 초조함과 우울이 동반된다"고 지적하며 백지를 마주하면 느끼는 흥분과 좌절을 일컬어 "글쓰기의 우울"이라 했다. 글쟁이에게 우울은 직업병일 수밖에 없는 존재론적 이유가 여기에 있다.

그가 사랑했던 단어

퐁탈리스는 여러 직함을 지녔지만 그가 가장 긴 시간을 보내며 사랑했던 일은 정신분석과 월간 문예지 『NRF』의 편집이었다. 20여 권의 책을 썼지만 자신의 책을 바라보면 범죄의 현장을 돌아보는 죄인의 두려움, 회한, 글쟁이의 우울에 빠지는 반면, 25년간 매월 잡지가 나오면 신생아의 발가락 수를 확인하며 느끼는 산모의 안도와 보람을 느꼈다고 고백한다. 또한 그는 정신분석가를 고통의 그릇이라 생각했다. 타자가 쏟아내는 고통이 고이는 그릇 노릇을 묵묵히 감당하며 그는 그 고통을 정화하는 일을 사랑했다. 진료실을 찾아왔던 사람들의 고통을 통해 그는 인간의 마음에 대한 이해가 깊어졌으니 환자에게 무한한 고마움을 느꼈다. 사르트르와 더불어 시작했던 사환의 삶을 그는 사이의 삶go between이라고 자평했다. 갈리마르 사무실과 정신과 상담실 사이를 오가며 살았던 그의 삶은 환자의 기억을 현재화하며 과거와 현재 사이에서 보냈던 시간이었고, 밤의 꿈을 낮의 언어로 번역하며 어둠과 밝음 사이에 걸쳐 살았던 사이의 삶이었던 셈이다. 언어의 우울을 직시했던 그였지만 창문, 새벽 등과 같이 그에게도 사랑했던 단어가 몇 개 있었다. 그중 하나가 숲 속의 빈터이다. 대도시 파리에서 어느 골목 모퉁이를 돌면 전혀 예기치 않은 데에서 나무 몇 그루와 벤치가 전부라서 딱히 공원이라 할 수 없는 공터가 나온다. 혹은 사방을 구분할 수 없는 울창한 숲을 걷다 보면 돌연 지질학적, 생태학적 지식으로 설명할 수 없는 공터가 나온다. "숲 속의

빈터: 빛, 나뭇잎 사이로 스미는 연약한 햇살, 오랫동안 불투명했던 것의 뻥 터짐. 정신분석을 하면서 몇 주, 몇 달간 끈기 있는 전진 끝에 숲 속의 빈터에 도착했다는 느낌을 얼마나 받았던가!" 그는 이 단어에 무엇이 압축되었는지 딱히 몰랐지만 무한한 매력을 느꼈다.

철학자 여자 친구가 장난기 섞인 말투로 그 단어는 하이데거 전공자들이 독점권을 가지고 있다고 내게 환기시켜주었다. "존재의 공터"에 얼마나 많은 어두컴컴한 주석들이 쌓였는지! 그러면 어떠랴. 누구도 내게서 그 단어를 압수할 수 없다. 이 단어는 나의 오감을 건드린다. 나는 그 단어를 무한한 명상의 대상으로 삼지 않고 그저 눈으로 맛보고 입으로 만끽하며 귀의 빈터에서 부드럽게 들어오도록 한다. 그것은 나의 것이지만 나를 위해 간직진 않는다. 나의 공터에서 나는 결코 혼자인 적이 없다.

아쉽게도 우리말에는 퐁탈리스가 오감으로 음미하는 숲 속의 빈터를 지칭하는 하나로 된 단어가 없는 듯싶다. 번역어일지라도 우리는 대충 그것이 환기하는 것, 퐁탈리스에 따르면 지금 나에게 결핍되어 있는 아쉬움과 향수를 상상할 수 있다. 숲 속의 빈터를 뜻하는 프랑스어 단어 클레리에르clairière는 어원상 '밝다'를 뜻하는 형용사 클레르claire와 연관이 있을 것이다. 그곳에 가려면 반드시 어둑선한 숲길을 숨이 가쁘진 않지만 적당히 땀이 흐를 정도로 걸어야 한다. 예기치 않은 데에서 만나는 공터는 땡볕이 아니라 나뭇잎으로 걸러진 햇살이 반짝거리며 밝아야 한다. 바닥은 정강이 정도만 감싸는 풀이 자라고 지친 다리를 쉬게 할 만한 바위나 나무둥치가 있어야만 한다. 얼핏 부는 실바람의 냄새가 깊은 숲 속과 어딘가 다르고 매미나 새소리가 뚝 끊긴 정적이 새삼스러워야 한다. 가급적 하늘은 맑고 파랄수록 좋겠지만 그것은 까다로운 주문이다. 그리고 가장 중요한 것, 숲 속의 빈터를 이루는 마지막 조건은 반드시 일어나 엉덩이를 털고 다시 숲 속으로 들어가야 한다는 것이다. 그리고 사는 게 참 지랄 같다고 속으로 투덜거려서는 안 된다.

파리의 황금기

1966년 발간된 『코뮈니카숑*Communications*』 8호는 잡지로는 예외적으로 별도의 단행본이 출간되었을 뿐만 아니라 오랫동안 대학 교재와 논문의 서지목록에 등재되는 반열에 올랐다. 롤랑 바르트가 집필한 「이야기의 구조적 분석 입문」을 비롯하여 움베르토 에코의 「제임스 본드, 이야기의 조합」, 츠베탕 토도로프의 「문학적 이야기의 범주」, 제라르 주네트의 「이야기의 경계선」 등 잡지 8호에 기고한 아홉 명의 필진은 소위 구조주의시대를 연 맹렬한 기사들이었다. 68혁명을 거친 후에 다가온 1970년대는 후기구조주의, 혹은 포스트모더니즘 담론을 생산했던 기라성 같은 철학자, 비평가가 열변을 토하던 시대였다. 몇 해 전 한국을 방문했던 앙투안 콩파뇽은 강의실을 옮겨 가며 바르트, 푸코, 알튀세르, 들뢰즈의 강의를 듣고 복도에서 토론하던 시절을 프랑스 인문학의 황금기로 회상했다. 지금은 전설이 되어버린 사상가들을 반나절이면 한꺼번에 만날 수 있었던 1970년대의 대학 풍경을 그리워하는 그 자신도 지금은 구조주의의 계승자, 혹은 바르트의 제자로 집필과 강의에 진력하지만 인문학에 대한 열광, 문학의 품격은 예전만 못하다고 단언한다. 그는 1960-1970년대 인문학의 황금기를 여러 각도에서 설명했는데 첫 번째로 꼽는 것이 인구 증가였다. 전후 베이비붐 세대가 고등교육의 혜택을 받은 시절이 바로 인문학의 붐과 일치했다는 것이다. 1960년대 중반 50만 명까지 폭증한 대학생을 기존 대학제도는 감당하지 못했고, 당황한 교육 당국은 고등 인력을 실용학문으로 돌리려고 기술 인력을 양성하는 공업대학 IUT의 정원을 1972년 16만 명까지 뒤늦게 대폭 늘렸지만 지원자는 4만 명 정도에 그쳤다. 노동자의 아들은 아버지의 삶을 답습하길 거부하고 모두 인문대학으로 몰려 문전성시를 이루었던 것이다.

문사철文史哲로 대표되는 인문학은 전통적으로 소수 상류층이 지원하여 교육계와 문화계로 진출하는 엘리트 과정이었지만 베이비붐 세대에 이르러 양상이 달라진 것이다. 소위 블루칼라의 자식들이 대거 진입한 인문대학은 전통과 품위에 입각한 고담준론高談峻論으로 강의를 채울 수 없었다. 어린 시절 문학과 예술을 접해본 적 없었던 젊은 세대가 처음 대면한 인문학은 낯설고 이질적이었으며 그들 손에 쥐어진 책은 딱히 사용법을 알 수 없는 장난감에 불과했다. 콩파뇽은 그 시절 젊은이가 겪은 혼란과 좌절은 우울증이 아니라 단지 잘못된 대학 제도가 낳은 "대학병"이라 진단하고 페렉의 『사물들』, 르 클레지오의 『조서』에 등장하는 젊은이가 그 전형적 환자라고 했다. 구조주의는 대학병에 걸린 젊은이에게 내려진 처방전이었다. 조금 과장해서 말한다면 전통적 교양과 감수성이 전무해도 문학을 읽을 수 있는 가능성을 열어준 것이었다. 『코뮈니카숑』 8호를 교과서로 읽은 젊은이들은 이제 대학, 고등학교에 퍼져 문학 교육을 담당하는 세대가 되었다. 그런데 그 결과가 심상치 않다. 그 전설적 잡지의 기고자 중한 명이었던 츠베탕 토도로프는 2006년 "문학에 대한 무관심이 점증되는 현상은 문학 전공을 택하는 학생 숫자로 드러났다. 몇십 년 사이에 고등학교 졸업자 중 33퍼센트에 달했던 문학 전공 지원자가 이제 10퍼센트대로 떨어진 것이다"라고 지적한 바 있다. 바르트, 푸코, 알튀세르, 라캉, 데리다 등 프랑스 인문학의 황금기를 일궜던 지식인에 견줄 만한 인물이 그다지 눈에 띄지 않는 것도 인문학의 몰락에 동반된 현상이다. 앞서 거칠게 요약했던 역사적 배경이 재현될 기미가 없으니 그런 시대는 다시 오지 않을 것이다. 그리고 지식인의 황금기가 젊은 세대의 방황과 고통을 배경으로 삼았다면 그런 시대는 오지 않는 것이 차라리 나을 것이다.

파리의 밤

할리우드에서 시나리오 작가로 그럭저럭 사는 길 펜더는 본격문학, 이른바 진짜 소설을 쓰고 싶어 한다. 그는 할리우드에서 노트북으로 시나리오를 쓰는 것보다 파리의 다락방에서 낡은 타자기로 소설을 쓰는 꿈을 버리지 않는다. 파리의 다락방과 낡은 타자기, 그에게는 이것이 예술가의 기본 조건인 셈이다. 게다가 파리는 현재의 파리가 아니라 1920년대의 파리라야 적당하다. 결혼을 앞둔 그는 약혼녀 이네즈와 함께 며칠간 파리로 여행을 온다. 거기에 장래의 장인과 장모를 대동한 것이 파국의 불씨였고 약혼녀의 옛 남자친구 폴과 우연히 부딪친 것은 불씨에 기름을 부은 것이나 다름없었다. 현실을 불평하고 1920년대의 파리를 동경하는 길에게 폴은 "그런 정신 상태는 황금기 증후군"이라며 현학적 판잔까지 곁들인다. 사실 "왕년에 나도"라는 말로 소위 '잘나갔던 한때'를 떠올리며 불행한 현실을 추억으로 보상받으려는 심리는 누구에게나 조금은 있지 않을까. 낮 동안 장인, 장모, 이네즈, 폴에게 무시당해 겉돌던 길은 파리의 밤길을 산책하다가 신기한 일을 경험한다. 자정의 종소리가 들리자 나타난 구형 자동차를 얻어 탄 그는 밤새 카페를 전전하며 이상한 세계를 접하게 된다. 스콧 피츠제럴드와 젤다라는 묘한 부부의 소개로 헤밍웨이를 만나고 장 콕토의 파티도 구경한다. 자정에 얻어 탄 자동차가 타임머신이 되어 1920년대의 파리로 돌아간 것이다. 그는 피카소와 달리를 만났으며 그의 원고를 검토한 거트루드 스타인으로부터 극찬을 받기도 한다. 게다가 모딜리아니, 브라크의 애인이었다가 피카소의 여인이 된 아드리아나에게 연정을 느낀다. 길이 보기에 문학의 황금기였던 1920년대의 파리로 돌아가 사랑에 빠진 것이다. 2011년 발표되어 적지 않은 상을 받은 우디 앨런의 「미드나잇 인 파리」의 줄거리이다. 그런데 1920년대를 파리의 황금기라 여기고 황홀경에 빠진 주인공과 달리 아드리아나는 그 시절마저도 부정하고 1차 대전 직전의 벨 에포크Belle Epoque, 이른바 아름다운 시절을 그리워한다. 주인공은 그녀와 더불어 다시 로트레크, 고갱, 그리고 드가가 살았던 시절로 거슬러 올라간다. 원래 디자이너가 꿈이었던 아드리아나는 드가에게서 귀가 솔깃한 제안을 받는다. 발레 의상을 제작할 수 있는 기회를 주선한다는 드가의 말에 그녀는 주인공을 따라 1920년대로 되돌아오는 것을 포기하고 벨 에포크를 택한다. 현실의 여인과 파혼하고 과거의 여인으로부터 버림받은 주인공은 우연히 만난 평범하지만 젊은 파리 여인과 함께 비 오는 파리의 밤길을 걸으며 다시금 모험을 꿈꾸는 것으로 이야기는 마무리된다. 파리와 시대적 배경을 걷어내면 지극히 현실적인 여자, 예술적 환상에 빠진 여자, 그리고 마침내 또 다른 젊은 여인에게서 사랑을 시작하는 이야기쯤으로 요약되니 우디 앨런의 또 다른 자전적 영화로 보이기도 한다.

앨라배마 송

이 영화에서 주인공을 1920년대의 술집과 파티로 안내하는 피츠제럴드와 젤다는 부부치고는 최악의 조합이었다. 북부의 가난한 문학청년과 남부 대가문 출신의 여자가 악연으로 맺은 결혼 생활은 지옥에서 보낸 한철이고 그 자체가 파란만장한 소설이다. 영화 속의 헤밍웨이는 피츠제럴드에게 젤다를 떠나라고 충고한다. "당신의 재능을 질투한 나머지 당신의 인생을 망치는 최악의 여자"란 것이다. 이것은 대충 지금껏 떠도는 풍문, 혹은 공식 기록으로 우리에게 각인된 피츠제럴드 부인에 대한 이미지이다. 젤다는 남편의 재능을 이용해 낭비와 쾌락을 즐겼을 뿐 아니라 자신도 소설을 쓰겠다고 나섰고 심지어 남편이 자신의 글을 훔쳐갔다는 낭설을 퍼뜨렸다고 알려졌다. 『예술가의 부인들Femmes d'artistes』에서 19세기부터 현대까지 예술가의 연인들을 검토한 J.-P 클레베르의 견해도 이런 소문과 크게 다르지 않다. 예술에는 무지했지만 착실하게 가정을 지킨 현모양처, 예술가에게 영감을 준 시신詩神, 남편의 재능을 시기하고 스스로 작가로 나서서 남편의 최악의 경쟁자로 자처한 사이비 예술가 등으로 예술가의 여인을 분류한 클레베르는 젤다를 최악의 여자로 꼽는다.

그에 따르면 플로베르의 연인이었던 루이즈 콜레도 젤다와 비슷한 유형에 속한다. 산골 마을에서 태어나 평범하게 살 운명이었던 루이즈 레부알이란 여자는 음악가, 시인, 화가, 그 무엇이라도 좋으니 아무튼 예술가가 되려고 인근 소도시로 떠난다. 자작시를 낭독하며 서로 격려를 나누는 자칭 위대한 여류 시인들의 모임에서 시를 쓰고 지방신문에 투고도 했지만 그 정도에서 멈추기엔 레부알의 꿈이 너무 컸다. 그녀는 여름휴가차 고향에 들른 음악 선생 이폴리트 콜레를 만나 그에게 피아노를 배운다. 그러나 음악에 재능이 없다는 것을 깨달은 그녀는 시만큼은 놓칠 수 없었다. 음악 선생과 결혼한 레부알은 이제 적어도 이름만은 문학사에 길이 남을 마담 콜레가 된다. 파리로 올라온 음악가와 시인 부부는 빈곤한 처지에도 불구하고 예술에 대한 사랑을 공유한 화목한 부부가될 수도 있었다. 다만 음악 선생으로 만족한 남편을 못마땅하게 생각한 그녀는 더 큰 무대를 기웃거렸다. 조각가 프라디에의 화실에 빅토르 위고를 비롯한 당대 최고 예술가들이 출입한다는 소문을 듣고 그곳을 드나들던 마담 콜레는 파리에 막 상경한 시골뜨기 청년 플로베르를 만난다. 빅토르 위고 곁에서 막강한 유명세를 떨치는 쥘리에트 두르에 같은 예술가의 연인이 되고 싶었던 여류 시인은 미래의 소설가에게 집요하게 결혼을 요구했다. 남편과 이혼했지만 결국 플로베르와 결혼하지 못한 그녀는 문학사에 전남편의 이름을 버리지 못한 채 루이즈 콜레로 기록되었다. 그녀는 플로베르와 헤어진 후 당대 유명했던 비평가 생트뵈브와 연인 관계를 맺었고 빅토르 쿠셍, 알프레드 드 뮈세의 애인이 되었지만 결코 첫 남편의 이름을 떼어내지 못했다. 그리고 그녀가 플로베르에게 검토를 부탁했고 훗날 출간까지 했던 작품들은 후세에 남지 않았다. 예술가의 연인들은 대체로 루이즈 콜레와 비슷한 운명에 처했다. 남자들의 역사에서 여자의 재능은 호사가들의 뒷담화거리로 전락한다.

2007년 〈공쿠르상〉을 받은 『앨라배마 송』은 일인칭 화자 젤다가 자신의 삶을 회고하는 자전적 형식의 소설이다. 날짜를 소제목으로 하거나 본문 여백에 작은 활자로 날짜를 밝힌 덕분에 이 소설을 읽는 독자는 쉽사리 사건과 연대를 연결시킬 수 있다. 주지사의 손녀, 대법관의 딸 젤다 세이어는 1918년 군복을 입은 장교 스콧 피츠제럴드를 만난다. 1차 대전에 참전하기 위해 앨라배마에 집결한 북부의 장교들 사이에서 스물한 살의 미남 장교와 사랑에 빠진 것이다. 다행히 참전하기 전에 전쟁이 끝나는 바람에 두 사람은 결혼한다. 결혼과 더불어 곧 시작된 술과 약물, 외도와 말다툼은 연대기순으로 젤다의 시점에서 전개되고 간간이 1940년 하일랜드 정신병원에서 회고하는 젤다의 독백이 끼어든다. 젤다의 관점에서 보면 결혼은 이미 시작부터 피츠제럴드의 음주와 낭비벽으로 파탄에 빠졌고, 그녀가 남프랑스 바닷가에서 프랑스 공군 조종사와 사랑에 빠진 것은 피츠제럴드가 그녀의 방에 반년 동안이나 들어오지 않은 후의 일이었다. 그녀가 보기에 피츠제럴드가 그녀를 스위스 요양원에 입원시킨 것도 적막한 침묵의 세계 속에 그녀를 가두기 위한 것이었다. 남편의 소설을 영화화할 계획이 부상하자 자신이 배우가될 수 있는 기회가 있었음에도 불구하고 무산된 것도 남편의 시기심 탓이었고, 그림을 그리고 발레를 배우고 마침내 남편의 작품을 능가하는 소설을 썼지만 남편이 그녀의 글을 몽땅 표절해버린 탓에 작가가 될 수도 없었다. 사실 여부를 접어두고 소설은 정신과 의사와 상담하는 젤다의 입을 빌려 그녀의 환상, 혹은 피츠제럴드의 광기를 묘사한다. 젤다의 독백은 1943년 2월자로 끝난다. 소설의 도입부처럼 앨라배마에는 2차 대전 중인 유럽에 참전하기 위한 부대가 집결했고 젤다는 젊은 병사로부터 그녀의 글을 좋아한다는 고백을 듣는다. 어린 병사는 그녀의 마지막 숭배자인 셈이고 피츠제럴드와 마찬가지로 이제 곧 전쟁터로 떠날 참이었다. 소설가 지망생인 어린 병사는 혹시 자신의 글 때문에 주변 사람이 상처를 받지 않을지, 그래서 벼락이라도 떨어지지 않을지 걱정한다. 젤다는 그에게 이렇게 충고한다.

젊은이, 나는 지금 젊은이가 빠진 난관이 어떤 건지 잘 몰라요……. 나는 이 시대의 도덕적 문제에 대해 알지 못해요. 그러나 한 가지는 알지요. 작가에게는 모든 것이 자양분이 되며 소설가라는 직업에서 차지하는 가장 큰 부분은 해석과 전환에 있어요. 글쓰기가 남을 위해 헌신하는 일은 분명히 아니에요! 내가 당신이라면 계속 글을 쓸 것이고 나의 친지들에게 나 자신을 해명하기 위해 서점의 진열장 앞에서 기다릴 거예요. (……) 어쨌거나 당신이 용서를 구해야만 할 확률이 대단히 높아요. 글 쓰는 일에 대해 사죄해야만 하는 날이 필연적으로 올 거예요. 글 쓰는 일은 올바른 짓이 아니거든요.

이 대목은 자신의 삶을 소설화하여 서로에게 상처를 준 피츠제럴드 부부에게 해당되며 동시에 이 소설의 작가 질르루아의 작품세계를 드러내기도 한다. 남성적 관능미를 풍기는 동성애 작가로서 가족에게 상처를 주었고 특히 이 소설을 집필하게 된 계기도 한 남자와 연관되었음을 작가는 후기에서 밝히고 있기 때문이다. 스무 살 시절 작가는 매우 명석하고 해박한 남자와 사랑에 빠졌다고 고백한다. 다만 그는 작가 르루아가 글을 쓰는 것을 가로막았고 "사랑하는 연인끼리는 모든 것을 공유해야 한다거나, 혹은 서로 사랑한다는 것은 일심동체가 되어 세상과 담을 쌓고 자급자족 체제로 사는 것"이라는 통속적 연애관에 빠져 있었다. 그런데 어떤 이유에서인지 분명치 않지만 그 애인은 위대한 작가는 윌리엄 포크너와 카슨 매컬러스라고 주장했다. 어쩌면 그 정도의 작품을 쓰지 못할 바에는 아예 글 쓰는 일을 그만두라고 억지를 부린 것인지도 모른다. 그러나 작가는 오히려 이 두 작가에게 큰 감명을 받아 더욱 소설가의 꿈을 키웠다. 그리고 다시 그 애인은 피츠제럴드 부부도 숭배한다고 고백했다. 재능 없는 여인이 문학을 동경한 나머지 정신병원에서 죽은 사례를 언급하며 작가의 꿈을 꺾으려 한 것일지도 모르지만 작가는 이 부부의 이야기야말로 재능은 그 무엇으로도 막을 수 없는 눈부신 번개 같은 것이라 생각하고 곧바로 소설에 착수했다. 그리고 소설은 "아듀, 젤다, 당신을 만난 것은 영광이었습니다"라고 마무리된다.

망명지에서 글쓰기

한나 아렌트, 발터 벤야민, 존 도스 파소스, 로맹 가리, 헤밍웨이, 이오네스코, 제임스 조이스, 헨리 밀러, 사무엘 베케트, 나보코프, 조르주 심농, 그리고 피츠제럴드와 젤다. 얼핏 공통점이 없어 보이는 다국적 작가들은 모두 한 시절을 파리에서 보낸 작가들이다. 『망명지에서 글쓰기: 프랑스의 외국 작가들 1919-1939*Ecrire en exil : Les écrivains étrangers en France 1919-1939*』의 저자 랄프 쇼르Ralph Schor에 따르면 양차 대전 사이의 약 20년간 프랑스, 특히 파리에 외국 작가가 대거 몰려든 현상은 세계문학사에서도 드문 특이한 사건이었다. 당시의 프랑스가 유독 문학의 황금기, 경제 호황기를 누려서 예술가가 몰려든 것이 아니다. 자세히 살펴보면 오히려 그 시기는 전반적으로 프랑스의 암흑기라 해도 과언이 아니다. 우디 앨런이 황금기라고 생각했던 프랑스의 1920년대는 세계대전을 막 치른 후 전쟁의 상처가 아물지 않은 애도 기간에 해당된다. 52개월의 전쟁 동안 150만 명의 젊은이가 전사, 실종되었고 생환 후 부상 후유증으로 죽은 자까지 포함하면 프랑스는 미망인, 고아, 그리고 상이군인이 우글거리는 흉흉한 분위기에 빠져 있었다. 게다가 일반 병사보다 지식인 계층이 주류를 이룬 장교의 사망률이 높았던 1차 대전 후 프랑스는 '지식인의 공백'을 겪고 있었다. 그리고 망명객이 몰려들었던 양차 대전 사이 20년간 정권이 마흔 번씩이나 뒤바뀌었으니 정치 상황이 얼마나 혼란했을지 미뤄 짐작할 수 있다. 전쟁을 겪은 사회는 승패와 무관하게 심성이 거칠어지고 폭력에 익숙해지기 마련이라 이른바 감성의 폭력화 현상이 심화된다. 예술이 꽃필 수 없는 척박한 토양인 프랑스에서 예술의 황금기를 보았던 우디 앨런의 환상은 어디에서 기인한 것일까.

랄프 쇼르가 대충 이름난 작가만 골라 작성한 명단에 따르면 22개국 311명의 작가가 양차 대전 사이의 기간에 파리로 몰려들었다. 우선 1917년 볼셰비키 혁명을 피해 국경을 넘은 러시아계 망명객이 프랑스에 유입되었는데, 1922년 마르크시즘에 동조하지 않는 지식인 150여 명은 공식적으로 러시아에서 추방되었다. 1933년 1월 히틀러가 독일에서 정권을 잡아 수많은 독일 지식인이 해외로 몸을 피했고 1938년 오스트리아가 독일에 합병되자 오스트리아 인파도 파리로 밀려올 수밖에 없었다. 이탈리아는 1922년 10월 로마 행진 이후 무솔리니가 실력자가 되었고 스페인에서는 1923년부터 1930년까지 프리모 데리베라, 그리고 내전을 거친 후 1939년부터 프랑코의 독재가 본격적으로 시작되었다. 포르투갈에 살라자르 독재 정권이 들어선 것은 1928년이다. 우디 앨런이 상상하듯 프랑스가 한때 황금기를 누렸다면 그것은 모두 주변 국가의 독재자 덕분이었다. 특히 유대계 작가는 폴란드를 비롯한 동구권부터 독일에 이르기까지 대규모로 자행된 대학살을 피해 고국을 떠나야만 했다. 유럽 작가의 파리행이 주로 정치적 이유였다면 미국 작가의 파리 동경에는 보다 문화적, 예술적 배경이 깔려 있었다. 문화예술인에 대한 평가가 대중성, 나아가 환금성으로 평가되는 상업주의와 위선적 청교도주의에서 벗어나고 싶었던 미국의 예술가들에게 파리는 여전히 모더니즘의 산실이자 문화적 향기가 남아 있는 빛의 도시로 여겨졌다고 한다. 그리고 일단 유명 예술가가 한둘씩 모이기 시작하자 점차 그들을 둘러싼 후광 효과에 이끌려 막연한 동경심을 자아내기도 했을 것이다. 게다가 같은 나라에 있었지만 멀리 떨어져 소원했던 작가들도 파리라는 한정된 지역에 몰려 있기에 자연스럽게 친분이 생겨났다. 우디 앨런의 영화 속에 등장하는 피츠제럴드도 파리에서 비로소 헤밍웨이를 만났고 이전에 뮌헨에 살았지만 토마스 만과 리온 포이히트방거도 1933년 파리에서 처음 친분을 쌓았다.

미술, 음악, 무용의 경우 언어의 장벽이 문제되지는 않았겠지만 모국어를 버린 작가에게 망명지에서의 생활은 꽤나 막막했을 것이다. 비교적 어린 나이에 프랑스어를 익힌 이오네스코는 사정이 나았지만 같은 루마니아 출신의 엘리아데는 모국어가 아닌 언어로 소설과 종교학 저서를 써야만 했다. 그나마 젊은층은 거리 청소나 수위 같은 단순 육체노동이라도 할 수 있었지만 아무리 방대한 지식과 예민한 예술적 감수성을 지녔더라도 노작가들은 궁핍에 시달리다가 비참한 최후를 맞이할 수밖에 없었다. 망명객, 유민끼리 돌려 읽은 모국어 소식지에 짧은 글을 발표하거나 모국어를 프랑스어로 번역하는 일이 원래의 직업과 비슷한 일이었으나 그것만으로는 생계를 유지할 수 없었다. 예컨대 65세에 망명 생활을 시작한 테오도르 볼프는 그의 재능을 발휘할 수 없어서 무명의 노인으로 죽어갔고 러시아 작가 콘스탄틴 발몽은 75세에 홀로 조용히 숨을 거두었다. 우디 앨런의 영화에 스치고 지나가는 무수한 예술가들은 모두 형편이 나은 축에 속한다. 멋진 콧수염을 자랑하며 횡설수설하는 달리, 그의 친구 만 레이나 피카소는 야밤에 술집과 파티를 전전하는 댄디처럼 그려졌고 비록 큰 명성을 얻지 못했으나 끊임없이 영화를 구상하는 브뉘엘도 그다지 궁핍해 보이진 않았다. 밤새 호화스러운 자동차를 타고 샴페인을 마시고 남프랑스 바닷가의 별장을 빌려 파티를 벌였던 피츠제럴드와 젤다는 특권층에 속했다. 헤밍웨이와 주인공을 맞이한 거트루드 스타인은 1903년부터 파리에 머물며 망명 예술가에게 큰 영향력을 행사했는데 피카소, 브라크, 세잔의 작품을 그들의 무명 시절에 싼값에 사들여 소장한 작품이 131점에 이른 그녀의 집은 개인 박물관이나 다름없었다. 동성애자였던 그녀 집에 드나들던 애인들과 수많은 예술가들 중에서 거트루드 스타인은 피츠제럴드를 일컬어 "모든 사람들이 머지않아 잊혀도 그는 남을 것"이라 예견했다. 우디 앨런의 영화를 보면 주인공 길 펜더가 만난 사람들은 프랑스인보다 외국인이 많았으니 1920년대 파리의 밤은 외국인 예술가가 활개를 쳤던 공간처럼 보인다. 이제 세상이 달라져 정치적 이유로 파리로 망명할 작가는 그리 많지 않을 것 같다. 러시아와 동구권 같은 대규모 작가 공급원이 끊어졌으니 밀란 쿤데라, 이스마엘 카다레 정도가 명실상부한 망명 작가로 남아 있고 나머지는 그리 절실한 이유가 없는 프랑스 문화 애호가쯤으로 분류될 수 있을 것이다. 미술과 음악은 접어두고 문학만 하더라도 20세기 프랑스 문학사에서 차지하는 외국 작가의 비중은 꽤나 묵직하다. 딱히 정치적, 경제적 이유가 없는 지금까지도 외국 작가들이 비좁은 파리의 다락방에서 자발적 망명을 즐기지만 그것이야말로 낭만적 호사 취미 생활에 가깝다. 근래 사회당 정권이 부과한 세금을 피하려고 유명 배우, 스포츠 스타가 프랑스를 떠난다지만 아직껏 프랑스 작가가 망명길에 올랐다는 소문은 들리지 않는다.

모호와 양가

예술과 기술은 중심은 다르지만 경계선에 이르면 서로 겹치고 엉켜서 엄밀한 구분이 어렵다. 우리말에도 術자가 겹치듯 서양 말 art도 딱히 미학적 대상만 지칭하는 것이 아니라 기술, 기교, 심지어 다소 경멸적인 뜻의 요령, 잔꾀란 뜻도 포함하고 있다. 예술을 지칭할 경우에는 형용사를 덧붙인 단어(fine art, beaux-arts)를 쓸 수밖에 없는 것도 필경 이런 속사정 때문일 것이다. 프랑카스텔P. Francastel의 『19세기와 20세기의 예술과 기술Art et technique aux XIXᵉ et XXᵉ siècles』은 주로 산업화가 조형예술에 미친 영향을 다뤘고 특히 기술과 재료의 발달이 주목할 만한 변화를 일으킨 건축 분야에 큰 비중을 두고 있다. 인쇄술의 발명이 문학의 대중화에 기여했지만 그 이후 글 쓰는 도구나 책의 모양이 달라진 것이 과연 작가의 생각이나 독자의 수용에 어떤 영향을 미쳤는지 쉽게 짐작하기 어렵다. 최근 캐나다의 기자 F. 데글리즈의 제안으로 25명의 작가가 140자만으로 쓴 25편의 소설을 전자

책으로 발간하여 이른바 트위터러처twittérature를 시도했다. 프랑스, 캐나다를 비롯한 프랑스어권 작가가 참여했는데 거기에 알렉상드르 자르뎅, 타하르 벤 젤룬, 얀 마텔 등과 같은 유명 작가뿐 아니라 한때 TV 문학 토론 진행자로 이름을 떨쳤던 베르나르 피보가 끼어 있어 눈길을 끌었다. 몇 작품을 읽어보자.

치명적 오해. 그는 그 사람이 돈 많고, 착하고, 교양 있는 여자라고 믿었다. 신혼 첫날밤에야 그 사람이 가난하고, 거칠고, 편협한 남자였다는 것을 알았다. ─베르나르 피보

그는 슬픔에 가득 차 잠에서 깨어났다. 사람들은 그에게 "꼴이 엉망이군"이라 했다. 다음 날 어떤 남자가 슬픔에 가득 차 잠에서 깨어났다. 같은 사람이 아니었다. ─타하르 벤 젤룬

조Jo의 일생. 어머니의 배 속에서 나오면서 바닥에 떨어지는 바람에 조는 의식불명에 빠졌고 94세에야 깨어났다가 다음 날 늙어 죽었다. ─파트릭 세네칼

악어에게 팔 한쪽을 물어뜯긴 그는 두 동물 중 누가 더 냉혈동물인지 과시하려고 파충류에게 말했다. "난 왼손잡이인데!"─토니오 베나키스타

내게 이런 말은 하지 말았어야지. 특히 이런 말. "우리는 모든 걸 다 지워버리고, 새로 다시 시작할 수 있어." 나는 그를 차버렸다. 용서는 좋지만, 잊는 것은 결코! —미셸 트랑블레

트위터 문학의 특징은 속도이다. 자간을 포함하여 140자로 한정된 글이니 읽는 시간이야 당연히 짧겠지만 무엇보다 전파 속도가 기존 책과는 비교할 수 없을 정도로 빠르다. 아포리즘, 유머, 시적 이미지 등을 통해 '짧은 글, 긴 감동'을 기치로 내건 트위터 문학을 덮어놓고 외면할 수는 없지만 위의 사례에 비춰보면 과연 제한된 분량의 글로 서사구조까지 갖춘 모양새가 나올지 의문이다. 현대기술의 집적체인 스마트폰이 광고에서 오로지 빠름, 빠름만을 부르짖지만 문학마저도 속도가 미덕이 될 수는 없다. 헌데 근래 어떤 소설을 두고 빠르게 읽힌다든가, 속도감이 있다고 평하는 것은 대체로 해당 작품에 대한 찬사로 해석된다. 경박단소輕薄短小라는 기술의 미덕이 예술적 가치로 치환된 관점에서 본다면 소설『라디빈느*Ladivine*』는 느리게 활주로를 맴도는 육중한 비행체, 요컨대 시대착오적 작품이다. 그래서 자투리 시간을 틈타거나 지하철에서 읽기에 부적절한 작품이다. 서평자들은 문학성이 뛰어나지만 매우 불친절하고 가독성이 떨어진다고 불평했다. 웬만큼 끈기와 집중력이 없다면 줄거리조차 파악하기 어려

울뿐더러 고양이 귓속 같은 묘사에 책을 놓기 십상이다. 형형색색의 실타래가 엉켜 있어서 독자는 꼼꼼히 한 올씩 풀어야 하거나 어지러운 덤불에 숨겨진 작은 바늘을 찾아내야 한다. 요샛말로 하면 소통을 외면하고 독자에 대한 배려가 전무한 작품이다. 2013년 마리 은디아이가 발표한 이 소설은 형식적 구분은 없지만 내용상 세 부분으로 나눠볼 수 있다. 그 첫 번째 이야기는 이렇게 시작된다.

열차에 오르자마자 그녀는 다시 말렝카가 되는데 그것을 의식조차 하지 못한 지 이미 오래기 때문에 그 일은 그녀에게 기쁨도 괴로움도 아니었다. 그러나 이름이 바뀐다는 것을 알고 있었다. 드물긴 하지만 같은 기차를 탄 아는 사람이 멀리서 아는 체를 하거나 클라리스라는 이름으로 부르면 그녀는 즉석에서 대답할 수 없을 테고 당황스럽거나 멍청한 표정으로 막연한 미소를 띠며 조금 얼이 빠진 채 짐짓 자연스러운 투로 안녕, 어떻게 지내, 라는 말만 하면서 어색한 상황으로부터 벗어날 수도 있겠지만 그런 생각조차 하지 못한 탓에 서로 부자연스러운 상황이 연출될 것이기 때문이다.

소설 도입부에서 독자는 검은 대륙이 연상되는 말렝카, 그리고 희고 맑은 느낌을 주는 클라리스란 두 개의 이름을 지닌 주인공과 만난다. 그리고 한참 후에나 그녀의 어머니를 지칭한 "흑인 여자"란 구체적 단어, 또한 클라리스가 어릴 적부터 아버지 없이 가난한 홀어머니와 함께 살았으며 철들 무렵 필경 아버지로부터 물려받았을 밝은 피부색을 더욱 창백하게 하려고 짙은 화장을 했다는 구절을 통해 주인공의 모습을 그려볼 수 있다. 그러나 어디에도 불행의 근원을 노골적으로 피부색과 연관시키는 구절은 보이지 않는다. 그녀가 불행과 좌절을 느끼는 것은 어머니의 근거 없는 낙관과 선의이다. 건물 청소나 식당 설거지와 같은 허드렛일로 가난에서 벗어나지 못한 어머니 밑에서 자란 주인공은 어머니의 낙천성과 순진성, 그 해맑음을 도무지 이해하지 못한다. 어머니에게 허용된 유일한 생존 무기가 미소와 선의임을 그녀는 수긍하지 못하는 것이다. 번듯한 거처가 없는 모녀를 동정한 사람이 주선한 집을 어머니가 거절하자 클라리스의 불만이 폭발한다. 어머니는 언제, 어디에서 아버지가 불쑥 나타나길 기대하고 그런 행운이 찾아오기를 굳건히 믿고 있다. 물론독자는 주인공의 어머니가 일찌감치 아버지로부터 버림받았고, 어머니의 희망과는 달리 아버지가 찾아올 가능성은 전혀 없다고 판단하는데, 그것은 전지적 시점으로 기술된 주인공의 속마음에 근거한다.

아버지가 찾아올 수도 있기 때문에 이사하지 못한다고! 그렇다면 아버지는 이미 15년 전부터 우리의 주소를 알고 있었다는 소리가 아닌가. 그럼에도 불구하고 그동안 오지 않았던 아버지를 기다리려고 이사하지 못한다고? 말렝카의 어머니는 두 손을 마주 비비기 시작했다. 그리고 머뭇거리며 말했다. 이제 보니 나도 잘 모르겠다. 네 말이 맞아. 아버지는 우리가 어디 사는지도 모를 거야. 어떻게 알 수 있겠니? 내가 그곳을 떠날 때에 아버지에게 주소도 전할 수 없었는데, 어떻게 연락해야 할지 몰랐거든. 여기 오면 어렵지 않게 아버지를 찾으리라 생각했어. 이곳이 넓은 줄은 알았지만 이토록 넓을 줄이야. 하지만 여기에서 떠나면……

고등학교를 마친 클라리스는 어머니를 버리고 카페 종업원으로 일하며 독립된 삶을 꾸린다. 바닥에 울리는 자신의 구두 굽 소리에서 당당함을 느낀 그녀는 겸손과 비굴이 구분되지 않았던 어머니에게서 영영 벗어났다고 생각했다. 카페까지 찾아온 어머니, 소설에서 처음 언급된 "흑인"이란 단어로 수식된 어머니 때문에 수치심을 느꼈지만 그녀에게는 리샤르 리비에르란 애인이 생긴 터였다. 그녀는 필경 어머니에게서 물려받은 헌신과 희생으로 남자를 사랑한다. 둘 사이에서 생긴 딸을 클라리스는 '라디빈느'라고 부른다. 그토록 부끄러워했던 어머니의 이름을 딴 것이다. 그러니까 소설의 제목인 '라디빈느'는 그녀의 어머니와 딸의 이름인 셈이다. 남편과 더불어 클라리스의 가족은 25년간 평범하고 정상적인 생활을 해온 것처럼 보였는데, 어느 날 아침 남편 리샤르는 뜬금없이 집을 떠나겠다고, 그녀 곁을 떠나겠다고 선언한다. 그녀가 어머니에게 답답함을 느꼈던 것처럼, 흠 잡을 데 없는 사랑과 헌신을 그 또한 지겹다고 느낀 것이다. 버리고 버림받는 사연이 어머니와 클라리스로 이뤄진 두 세대를 관통하는 비극이다. 클라리스는 자신을 버리고 떠나는 남편을 어떻게 대했던가.

클라리스 리비에르는 결코 불평하지 않았고, 그 어떤 소란도 피우지 않았을 것이다. 그녀는 자기 곁을 떠나는 사람이면 남편이건 누구건 비난한 적이 없었고 심지어 자신이 힘들고 괴로운 것이 누구에게 도움이 될 경우에는 결코 그 고통이나 수고도 아끼지 않겠다는 배려심으로 리샤르가 짐을 싸고 이사하는 것을 거들기까지 했다. 주어진 업무를 훨씬 넘어선 일까지도 개인적 시간을 할애하여 거들고 마치 자기에게는 아무런 피해도 없다는 듯 행동했기에 그 누구도 그녀에게 고맙다는 생각이 들지 않도록 섬세하고 정열적 힘을 발휘해 식당에서 일했던 것처럼 그녀는 리샤르의 이사가 조용히 이뤄질 수 있도록 도왔다.

25년간 곁을 지키던 남편이 불쑥 떠난다고 선언했을 때조차 그녀는 남편의 이삿짐을 꼼꼼하게 챙겨주고 길모퉁이를 돌아 사라지는 자동차를 묵묵히 배웅했다. 모든 것을 선의로 해석하고 친절과 미소로 세상을 대했던 흑인 어머니의 생존 방식을 그의 딸 클라리스도 그대로 물려받은 것일까. 그러나 남편은 선악의 구분을 의도적으로 회피하고 오로지 순응만으로 대처하는 클라리스의 태도를 견딜 수 없었다. 남편의 눈에는 그것이 그녀의 무지, 책임 방기로 보였다. 혹은 그녀의 선량한 태도가 오히려 타인에게 부담스러운 부채 의식을 강요했던 것은 아닐지 의심하기도 한다. 트위터 문학과는 달리 은디아이의 만연체 문장은 이런 모호함을 직조하는 데에 힘을 발휘하지만 작가는 자신의 문장이 표현하는 세계는 모호한 것이 아니라 양가적이라 주장한다. 사실 겸양과 굴종, 선의와 나약함, 결단력과 가혹성 등 우리가 지향하고 배척하는 가치와 규범이 슬그머니 분기하는 지점이 작품 속에서 선명하게 드러나지는 않는다. 작가의 의도에 적극 동의한다면 우리의 현실은 이 양가적 지점에 엉켜 있거나 선악, 미추, 정의와 불의가 동전의 양면처럼 밀착되어 선명한 구분이 불가능한 그 어떤 것이다. 악을 인지하지 못하거나 적절히 대처하지 못하는 태도가 어리석음과 우유부단으로 치부되어야 할지, 아니면 우리가 회복해야 할 순수성, 지고한 가치로 존중되어야 할지가 분명치 않다. 조금 범박하게 생각한다면 작가는 독자에게 윤리적 삶과 관련된 문제의식을 제시하고 있다. 윤리의 첫 번째 조건은 순수한 마음이 아니라 선악을 구분하는 지식, 혹은 이성이 아닐까. 우리의 판단과 행위에 있어서 선의에 선행되어야 하는 것은 균형감각, 따라서 차가운 이성이어야 하지 않을까. 작가가 사용하는 윤리라는 단어에 주목해서 다음 대목을 읽어보자.

그들은(클라리스와 리비에르) 외동딸을 중립적, 혹은 유동적, 혹은 언제나 상대적인 윤리에 입각해서 키웠다. 그래서 어린 시절부터 라디빈느는 그 어떤 사안에 대해서도 단호한 의견을 표명하거나, 아무 말을 하지 않더라도 어떤 생각을 품는 것조차도 커다란 결례이며 우리가 내세울 수 있는 유일한 태도는 우리를 둘러싼 사람들의 사생활이나 공적인 행동의 모든 측면에 대해 절대적 관용의 눈길을 갖는 것이었다. (……) 10대에 이른 라디빈느는 부모에게 학교에서 벌어진 일을 더 이상 이야기하지 않았다. 선악과 관련된 어떤 가르침도 부모에게서 얻을 수 없다는 것을 알았고 자신만의 개인적 도덕적 원칙을 수립하고자 애썼던 터라 그녀 부모의 변함없는 순응주의가 그녀의 원칙에 완전한 혼란을 일으킬 것을 두려워했기 때문이다.

딸의 입장에서 기술된 소설의 두 번째 이야기는 클라리

스가 견지한 삶의 태도가 어떤 비극적 결과를 초래했는지 보여준다. 남편을 떠나보낸 클라리스는 카페에서 생업을 이어가다가 모든 면에서 전남편과 대척점에 있는 한 남자를 만난다. 독한 제초제에 누렇게 타버린 잡초 같은 머리카락에 세파에 거칠어진 얼굴의 프레디 몰리간을 만난 그녀는 클라리스란 이름을 버리고 다시 말렝카가 된다.

그녀는 난생처음으로 동질감을 느꼈다. 그녀는 분명히 전남편을 미친 듯 사랑했고 딸과 어머니를 열정적으로 사랑해서 그들에게 온몸을 다해 단호하게 헌신했으나 그들과 한 번도 공감한 적은 없지 않았는가? 프레디 몰리간과 가까이 지내면서 그는 결코 그렇지 않았다고 믿게 되었다.

그녀가 느꼈던 공감대는 프레디의 신산한 유년기에서 비롯된 것이다. 일찌감치 부모에게 버림받고 어린 동생이 열차에 치여 죽었지만 어디에 묻혔는지조차 몰라 무덤을 찾아가지 못한 알코올중독자 프레디를 만난 클라리스는 이번에야말로 그녀가 사랑할 만한 진정한 짝을 찾았다고 믿었다. 그리고 이번에도 불행의 연대의식 탓에 그녀는 선악을 넘어서는 맹목적 헌신에 몰두한다. 험한 유년기를 겪으며 오로지 생존만을 삶의 원리로 삼은 프레디는 어쩌면 클라리스와 유사한 증세, 요컨대 선악을 판별하는 능력을 상실한 환자였다. 진심과 위선, 거짓과 참을 구별하지 못하는 것은 순수성의 발로가 아니라 악의 공범 내지는 방조에 가깝다. 클라리스는 헤어진 남편이 보내주는 돈을 그대로 쌓아둔 채 예전의 삶으로 돌아갔지만 결국 그 돈을 노린 프레디에 의해 잔혹하게 살해된다.

소설의 두 번째 장에서 라디빈느는 어머니의 살해 소식과 재판일자를 통고받는다. 독일인 남편과 두 아이를 둔 라디빈느는 유럽 바깥의 낯선 나라로 여름휴가를 떠난 터였다. 라디빈느 가족은 관광지 박물관 앞에서 우연히 만난 웰링턴이란 아이의 안내를 받고 그의 집에 초대까지 받는다. 그런데 그날 밤 선량해 보이던 아이가 가족이 잠든 숙소에 침입하자 남편은 그를 테라스 아래로 떠밀어 죽인다. "뭔가 훔치려고 혹은 우리를 죽이려고, 아니면 그 두 짓을 모두 저지르려고 들어왔다"고 짐작한 남편이 가족을 보호하기 위해 살인을 저지른 것이다. 그리고 다시 태평스레 잠든 남편의 숨결에서 라디빈느는 어머니를 죽인 살해자의 입김을 느끼며 생각에 잠긴다.

아버지

3대에 걸친 여자 이야기로 구성된 『라디빈느』는 2009년 발표된 『강인한 세 여자*Trois femmes puissantes*』와 대칭을 이루는 작품이다. 이 작품은 2009년 〈공쿠르상〉 최종심에서 경쟁작이었던 장 필립 뚜생의 『마리에 대한 진실』을 누르고 대상을 거머쥔 후 베스트셀러 목록에 올랐다. 3부로 이뤄진 이 작품을 『라디빈느』와 겹쳐 읽으면 작가가 지속적 관심을 기울이는 주제와 작가의 실제 삶까지 얼핏 엿볼 수 있다. 노라, 판타, 카디 이렇게 세 여인을 둘러싼 이야기 중에서 작가의 삶이 짙게 반영된 1부를 요약해보자.

두 딸의 어머니이자 변호사인 노라는 오랫동안 헤어져 살았던 아버지로부터 편지를 받고 아프리카로 향한다. 30년 전 아버지는 아프리카를 떠나 파리로 와 백인 여자와 결혼했다. 하얀 아이가 태어나길 기대했지만 까만 피부색의 노라에 실망한 데다 "시시한 직장에 묶여 살기"에는 너무 야심이 컸던 그는 편지 한 장을 남긴 채 아들 소니만 데리고 아프리카로 돌아가버렸다. 노라, 혹은 작가 마리 은디아이가 한 살 때의 일이라 어린 딸은 아버지, 나아가 아프리카 문화나 언어를 전혀 접하지 못한 채 가난 속에서 성장하며 어쩌면 말렝카처럼 아버지의 이름을 버리고 싶어했을지도 모른다. 중년의 딸이 노령의 아버지를 마주한 부녀 상봉 장면은 다음과 같이 묘사되었다.

상호이해가 전적으로 불가능하고, 애정은 있는지 항상 의심스러운 그런 남자를 아버지로 둔다는 건 역시 의미도 이점도 없는 일임을 노라는 또 한 번 확인했지만, 그래도 이번에는 냉정을 유지할 수 있었다. 프랑스에서 산 세월이 몇 년밖에 안 되는 냉혹한 열정을 지닌 이 남자와, 프랑스에서 평생을 살았고 상처받기 쉬운 뜨거운 가슴을 지닌 그녀 사이에는 그동안 받은 교육과 세계관, 관점의 벽이 있었기에 정면으로 부딪치는 상황이 닥칠 때마다 분노와 무력감, 실망에 사로잡혀 괴로워하기도 했지만 말이다.

아프리카에서 벌인 부동산 사업 덕분에 생활이 넉넉해진 아버지는 젊은 여자와 결혼하여 두 딸을 둔 터였다. 그런데 집 안에는 아버지가 노예처럼 부리는 하인들만 있을 뿐 젊은 부인과 노라의 남동생 소니는 없었다. 노추가 역력한 괴물로 변한 아버지에게 혐오를 느낀 노라는 금세 파리로 돌아가려 하지만 아버지가 만류한다. 노라가 소심한 왕자처럼 자란 남동생의 행방을 묻자 아버지는 그가 감옥에 있으니 변론을 맡아달라고 부탁한다. 동생은 계모를 살해한 혐의로 수감되었다는 것이다. 아내와 딸을 버렸지만 아들만은 왕자처럼 키웠던 아버지였다. 그리고 아버지는 만약 어머니가 아들을 찾아와 "비행기에서 내리는 모습이 보이기만 하면 당신 앞에서 그 아이의 목을 베고 내 목도 베고 말겠어"라고 협박할 만큼 아들에게 집착했다. 노라는 인터넷을 통해 사건 개요를 파악하고 경악한다. 동생 소니는 새엄마와 사랑에 빠져 함께 도망치자고 했으나 여의치 않자 그녀를 목 졸라 죽였다는 것이다. 소니는 판사 앞에서 범행을 순순히 고백했다.

새어머니와 나는 3년간 정사를 나눴어요. 그녀는 나와 동갑이었고, 나의 첫사랑이었습니다. 그녀가 임신한 아이는 나의 아이가 틀림없었어요. (……) 난 그녀를 평생 사랑할 수 있었는데 그녀는 그렇지 않았습니다. 그녀는 불만을 내비쳤고 갑자기 나를 혐오하기 시작했습니다. 나더러 집을 떠나라고 했어요. 다른 데서 인생을 시작하라고. 하지만 내가 어디 가서 누구를 사랑한단 말입니까. 나는 아버지의 집, 내 집에 속해 있었고, 돌이킬 수 없는 방식으로 내 아버지의 아내와 연을 맺었으며 내 아버지의 아이들은 내 아이였습니다.

소니는 새어머니를 살해한 정황을 구체적으로 묘사하여 자신의 진술에 신빙성을 더했다. 그렇다면 이번에는 소니의 고백을 뒷받침하는 아버지의 진술을 들어보자.

나는 자수성가한 사람이고 그에 대해 마땅히 자부심을 가져도 좋지 않나 싶습니다. (……) 명석하고 젊었기 때문에 프랑스에서 공부했고 다섯 살 난 아들 소니를 데리고 귀국했습니다. 그리고 사업에 뛰어들었습니다. (……) 그날 집에 들어오자 온통 울부짖는 소리가 들렸어요. 내 아들 소니가 그런 일을 저질렀다는 걸 시인해도 난 받아들이고 그 아이를 용서할 겁니다. 그 아인 내 아들이고, 난 아들을 있는 그대로 변함없이 사랑하기 때문입니다. (……) 내 아들 소니는 나보다 나은 사람입니다. 내가 아는 그 누구보다도 고귀한 성품을 지녔어요. (……) 난 그 여잘 모르고 용서할 수도 없습니다. 그 여자를 향한 내 증오심은 사그라지지 않을 겁니다. 그 여잔 내 집에서 날 우롱하고 무시했으니까요.

사건의 핵심 당사자들의 두 진술은 어긋나지 않았고 따라서 아들은 명백한 살인범이, 아버지는 그런 아들을 용서하는 너그러운 노인, 그리스 고전 비극의 주인공처럼 연민을 자아내는 인물이 된다. 그러나 면회를 통해 노라가 파악한 사실은 그렇지 않았다. "누가 죽인 거야?"라는 노라의 질문에 동생은 "그 사람이야"라고 대답했고 "아버지?"라고 되묻자 "고개를 끄덕였다. 마른 입술을 몇 번이고 혀로 축이면서". 노라에게 똑같은 질문을 받은 아버지는 "소니는 자기가 했다고 시인했어. 그렇게 말했고 앞으로도 그렇게 말할 거다. 난 그 앨 알아. 그 앨 믿는다. (……) 소니가 죄를 인정했고 사건은 종결되었어. 그게 전부다"라고 대답한다. 노라는 진실을 위해 두 사람과 싸우기로 결심한다. 아버지의 죄를 뒤집어쓰려는 아들, 아들에게 자신의 죄를 떠미는 아버지, 이 두 남자 모두 노라에게는 진실의 적이었다. 노라는 동생을 반드시 감옥에서 꺼내 집에 데려오겠다고 다짐한다.

2009년 작『강인한 세 여자』가 독자들의 환호 속에 〈공쿠르상〉을 받은 반면 2013년 초에 출간된『라디빈느』에 대한 반응은 다소 유보적이다. 어떤 평자는 2009년 작은 세상의 불의에 맞서는 강한 세 여자가 등장한 반면 2013년 작은 남성의 힘과 폭력에 무너지는 연약한 세 여자를 그렸다고 도식화했다. 강함과 약함, 선과 악, 가해자와 피해자가 선명히 드러나고 악에 대한 도전과 응징의 의지가 단호한『강인한 세 여자』는 복잡한 문체에도 불구하고 독해가 쉬운 반면,『라디빈느』는 책을 덮은 후에도 여전히 어두운 터널에서 벗어난 느낌이 들지 않는다. 그것은 필경 독자가 약자의 연대에 쉽게 동참하지 못하고 망설이는 데서 기인한 것이리라. 마리 은디아이는 1967년 프랑스 피티비에서 출생하여 한 살 때에 세네갈 출신의 아버지가 귀국하는 바람에 어머니와 함께 파리 근교에서 성장했다. 이른 나이에 글을 쓰기 시작했고 열일곱 살에 문턱이 높기로 소문난 미뉘 출판사에서 첫 소설을 발간했다. 10대에 이미 프랑스의 중요 작가 반열에 올라 〈페미나상〉 〈공쿠르상〉을 휩쓸고 생존 여성 작가로는 최초로 코미디 프랑세즈 공연작 목록에 오르는 등 누구도 부정할 수 없는 문재를 발휘했다. 우파 대통령이 당선되자 공개적으로 정치판을 비난하고 독일로 떠나는 결기를 부려 물의를 일으키기도 했다. 2008년 발간된 『프랑스 문학사』는 그녀의 작품을 베르나노스, 도스토옙스키, 뒤라스의 울림이 있고 왜곡된 남녀 관계, 가족 관계를 드러내며 작품에 종종 개입되는 환상적 대목이 인상적이라고 총평했다.

가족작가, 대중작가

하고많은 직업 중에서 왜 작가가 되었을까? 문학의 숲에서도 왜 하필 소설을 골라 목을 매었을까? 가지가 굵고 동아줄이 튼튼해야 그나마 근사한 삶(혹은 죽음)이 될 텐데, 가지 부러지고 동아줄 끊어져 민망한 꼴 당하는 것이 다반사 아닌가. 자서전『말』에서 사르트르는 책 속에서 태어났으니 책 속에서 죽으리라 다짐했지만 그의 실존적 선택이 과연 필연이었을까? 모름지기 작가라면 한 번쯤 나는 무슨 이유로 문학의 길로 들어섰으며 그 첫걸음은 언제쯤이었을지 자문해볼 법하다. 2011년에 그레구아르 들라쿠르Grégoire Delacourt가 발표한『가족작가L'écrivain de la famille』는 일곱 살 아이가 쓴 글을 두고 가족이 둘러앉아 천재 시인의 탄생을 축하하는 장면으로 시작한다.

엄마는 꼬마를 품에 안았고, 아빠와 할아버지와 할머니는 박수를 쳤다. 칭찬이 쏟아졌고 축배가 오갔다. 중요한 단어가 튀어나왔다. 타고난 재능. 필경 1941년 독일의 포로수용소에서 멋진 편지를 썼던 할아버지로부터 재능을 물려받았을 것이란 추측도 했다. 시인. 일곱 살의 랭보. 아빠의 뺨에 흐르는 눈물. 무거운 눈물이 느리게 흘렀다. 수은 같은 눈물. 눈길이 오갔고 미소가 길어졌다. 네 개의 각운을 맞춤으로써 나는 가족작가가 되었다.

계관시인, 국민작가, 〈노벨문학상〉 수상 작가가 되기 전에 일단 가족작가가 되는 것이 순서이다. 이렇게 가족의 축복을 받으며 일찌감치 삶의 행로가 결정된 아이는 단어의 각운을 맞춰 문장을 꾸미는 일에 매진한다. 그러나 시인의 길은 금세 험난해져서 가족의 찬사와 달리 담임 선생은 가정통신문에 "아무거나 씀. 교육 전문가의 자문 요함"이라고 했을 뿐 아니라 심지어 "낙제해야 함, 치료가 필요한 경우"라는 선고를 내리기까지 한다. 아이의 운명을 결정하기 위해 긴급 가족회의가 소집되었다. 교황의 선출을 알리는 연기처럼 방에서 담배 연기가 피어오르며 최종 판결이 내려졌다. "에두아르는 기숙학교에 가야 한다." 그레구아르 들라쿠르는 이 한 편의 소설로 그해 다섯 개의 소소한 문학상을 받았고 이듬해에 발표한 『내 욕망의 리스트』가 베스트셀러에 올라 연극과 영화로 각색되었으며 2013년 작 『우리가 바라보는 첫 번째 것 *La première chose qu'on regarde*』은 독자보다 먼저 할리우드 여배우 스칼렛 요한순의 주목을 받아 6월 5일자로 소송을 당했다. 영화화를 앞두었던 이 소설은 자칫 해외 번역의 길이 막히고 영화화가 중단될 위기에 처했다. 어쨌거나 쉰 살에 등단한 늦깎이 작가가 내리 3년간 화제의 중심에 있는 셈이다.

가족과 작가

제목 '가족작가'에서 방점은 가족에 찍힌다. 가업으로 물려받은 옷 가게를 운영하는 아버지, 박하 향 담배를 물고 사는 엄마, 한 살 터울의 자폐증 남동생과 다섯 살 아래의 여동생, 그리고 할아버지, 할머니까지 이른바 정족수가 충족된 가족에 둘러싸인 에두아르는 자신의 선택으로 소설가가 된 것은 아니었다. 가족은 그를 작가로 추대했고 그는 가족의 기대에 부응하기 위해 글을 써야만 했다. 작가의 꿈은 온전히 화자의 것이 아니었던 셈이다. 꿈의 주인은 원래 남, 그중에서도 특히 가족인 경우가 많다. 남의 꿈을 자기 것으로 삼아 시작된 미미한 옹달샘은 1970년대부터 1990년대로 이어지며 가끔 바닥이 마르고 물길이 뒤틀렸지만 언젠가 큰 강을 만나리란 믿음을 버리지 않았다. 에두아르는 "글쓰기가 사람을 치유한다"는 아버지의 말을 금과옥조로 삼았지만 과연 글이 어떻게, 누구를,

무엇으로부터 치유하는지는 영영 아리송했다. 어린아이의 눈으로는 알 수 없는 이유로 아버지는 우울증에 빠져 가족과 떨어져 홀로 살고 있고 어머니는 줄담배에도 불구하고 점점 젊어진다. 말수가 적은 아버지는 귀까지 어두워져 종종 보청기마저 끈 채 자기만의 세계에 칩거한다. 때마침 발명된 워크맨을 들고 이어폰을 귀에 꽂은 자폐증 동생은 두 팔을 천사의 날개처럼 펼치고 소리가 나지 않는 노래만 부른다. 보청기와 워크맨을 빌려 제각기 자기만의 세계로 도망친 가족을 떠나 예수회의 기숙학교에 들어간 화자는 고작해야 익명의 낙서를 하는 것으로 작가의 재능을 발휘하지만 주임신부에게 발각되어 혼이 난다. 그 덕분에 한 외톨이 학생의 호감을 사게 되나 훗날 그 학생은 교내에서 무차별 총기 난사를 자행하여 악명을 떨친다. 어렵사리 고등학교를 졸업한 화자는 문학과 동떨어진 회계학을 수강하지만 이내 싫증을 낸다. 다만 강의실에서 만난 모니크는 화자의 불확실한 미래에 매력을 느꼈고 두 사람은 금세 같은 침대를 쓰는 사이가 된다. 당신은 숫자가 아니라 글자를 써야 한다며 등단을 재촉하는 동거녀의 말은 이미 가족의 기대로 무거워진 어깨를 더욱 짓누른다.

알제리 전쟁의 후유증에 시달리던 아버지는 결국 어머니를 떠나 새 여자를 찾았고 자폐증 동생은 요양원에 맡겨지고 등단이 좌절된 화자는 일자리를 찾아 고향을 떠난다. 글쓰기로 생계를 유지할 수 있는 길을 모색하던 화자는 광고계에 입문하여 제법 승승장구하며 한 줄의 광고 문구로 프랑스 최저임금보다 수백 배나 많은 연봉을 만지는 계층으로 수직 상승한다. 남의 꿈을 제 것으로 삼았다가 좌절한 화자가 이제 다시 남의 꿈을 부추기는 전문가가 된 셈이다. 광고는 자본주의 토양에서 가장 화려하게 핀 꽃이었다. 제각기 다른 꿈을 좇아 해체되었던 가족은 동생의 자살로 오랜만에 한자리에 모인다. 소설에서 가족을 모았던 것은 모두 죽음이었다. 가족 회동을 보다 길게 묘사한 장면은 사람의 죽음이 아니라 가게의 폐업이었다. 아버지에서 아들로 이어지는 옷 가게를 마침내 폐업하는 장면은 가족의 해체뿐 아니라 혈통의 단절까지 뜻하니 처절하기 그지없다. 1830년에 문을 열고 옷, 포목, 레이스를 팔며 "두 번의 세계대전, 68혁명의 투석전, 그리고 컴퓨터의 도래까지 이겨냈던 가게는 대형 마켓" 앞에 무릎을 꿇고 말았다. "저 세상 끝 어린아이들의 손으로 싸구려 옷감을 안감도 없이 꿰맨 기성복"의 대량 공세에 가업으로 이어온 가게가 무너진 것이다. 가라앉는 타이태닉호에 마지막까지 남아 있던 선장은 재고품을 헐값에 팔아치우려고 "사흘간 지속된 가게의 임종"을 지켰다. 1970년부터 시작하여 10년 단위로 소제목을 붙인 소설에서 1990년에 해당되는 장면이다. 대형 상점의 등쌀로 문을 닫는 상인의 모습, 약육강식의 자본주의가 과연 이 시기부터 비롯된 사건일까. 에밀 졸라의 소설 제목이기도 한 '여인들의 행복 백화점'은 1822년에 개장한 곳이다. 졸라의 소설 한 대목에서 소상인이 토로한 "단순한 직물점에서 온갖 잡동사니들을 다 판다는 게 이치에 맞는 일인가. 예전에 다들 정직하게 장사를 할 때는 직물점에서는 오직 옷감만 취급했다. 다른 건 팔지 않았어. 그런데 지금 저들의 머릿속은 온통 이웃을 짓밟고 먹어치우려는 생각만으로 가득 차 있어……. 그래서 온 동네 사람들이 못마땅해하고 있는 거야. 저놈의 백화점 하나 때문에 우리 같은 소상인들이 다 죽게 생긴 거란 말이지"라는 이야기는 19세기뿐만 아니라 21세기에도 가열차게 진행되는 자본주의의 한 과정이다. 졸라의 시절에 100년 전통의 '엘뵈프' 상점이 문을 닫았듯 그 시절에 시작된 또 다른 가게가 1990년대에 무너진 것이다. 에밀 졸라의 시절에는 지방에서 생산된 싸구려 상품이 백화점으로 몰려든 탓에 파리의 가게가 무너졌다면 21세기 소설에서는 제3세계의 아동노동 착취로 생산된 저가상품 공세로 상권이 교란되고 가족이 해체되는 것이다.

10년을 거슬러 올라가 '80년대'라는 소제목의 장에서 주목할 만한 사건은 에이즈이다. 광고 회사에서 큰돈을 벌던 시절 화자는 직장 상사였던 여자와 깊은 관계를 맺은 적이 있었다. 그리고 그녀를 잊을 만한 시간이 흐른 후 모르는 여자로부터 전화 한 통을 받는다. 그녀의 딸이었다. "열흘 전 어머니가 폐렴으로 돌아가셨어요. 몇 해 전부터 에이즈를 앓았었지요. 당신에게 알려주려고 전화를 했어요. 하지만 어머니 수첩에 적힌 497명의 명단 중에 당신의 연락처를 찾는 게 쉽지 않았어요." 목이 메어 말문이 막힌 화자는 겨우 입을 열어 묻는다. "고통이 심했나요?" "누구나 사는 게 고통이죠." "맙소사……." "그래도 어머니는 기뻐했어요. 떠날 수 있었으니까요." "뭘 떠난다는 말이죠? 무슨 말인지 모르겠는데요." "더러운 것들, 남자들을 떠날 수 있었으니 기쁘다고 했어요. 더럽고 끈끈한 돼지 새끼들 말이죠. 이런 말 해서 죄송해요." 옆에서 통화를 듣고 있던 아내가 그녀를 사랑했었는지 묻는다. 그녀의 눈은 "폭풍 직전의 구름처럼 새카맸다. 가축, 지붕, 집, 그리고 이성까지 모든 것을 날려버리는 거대한 폭풍 직전의 구름처럼". 그리고 화자가 "사랑했었다고 대답하자 폭풍이 터졌다".

소설의 화자처럼 작가는 등단 직전까지 광고 카피를 쓰는 일에 종사했고 그가 만든 광고판과 몇몇 슬로건은 1980년대 프랑스인 누구에게나 익숙한 것이었다. 브뤼셀과 파리에서 승승장구하며 돈과 사랑이 넘쳤던 시절이 소설의 소제목 '80년대' 부분에 해당된다. 감각적 광고 카피로 성공을 거둔 후 소설을 쓴 프랑스 작가로는 들라쿠르에 앞서 프레데릭 베그베데가 있다. 소설『99프랑 *99francs*』의 작가 베그베데야말로 1980년대에 글과 돈의 관계를 앞서 꿰뚫어 보았고 광고계의 뒷이야기를 적나라하게 소설화했다. 신의 속성 중 하나가 편재성遍在性이라면 광고야말로 이 세상 어디에 숨어도 피할 길 없는 신의 눈길과 같다. 그 신의 눈길이 노골적으로 묘사된『99프랑』의 한 구절을 보자.

요새는 거대한 광고 사진을 벽, 버스 정류장, 가옥, 바닥, 택시, 화물차, 철거 중인 건물 벽, 가구, 엘리베이터, 지하철 표 자판기 등 모든 거리, 심지어 시골에도 붙여놓았다. 우리의 삶은 브래지어, 냉동식품, 비듬샴푸, 삼중날 면도기에 점령당했다. 인류 역사상 인간의 눈이 이만큼 유혹당한 적이 없었다. 태어나서 열여덟 살이 될 때까지 모든 사람은 평균 35만 번의 광고에 노출된다는 계산도 나왔다. (……) 위에서 인용한 연구에 따르면 서구인은 하루 평균 4천 번 상업 광고에 시달린다.

일주일에 한 번 복음을 듣는 것이 기독교인의 필요조건이라면 현대인은 모두 물신교 신자나 다름없다. 하루에 4천 번 눈과 귀를 사로잡는 호소와 간증과 권유에 견딜 단호한 무신론자는 어디에도 없다. 베그베데의 말처럼 지구에 인류가 출현한 이래 드디어 모든 사람이 단일 종교에 귀의한 셈이다. 그 경전은 매우 소략하나 정곡을 찌른다. "우리 모두 광고 속의 인물처럼 삽시다."

양질 전환

욕망의 시장에서 잔뼈가 굵은 들라쿠르는 보다 자극적인 소재로 2012년 두 번째 소설을 발표하고 상업적 성공을 거둔다. 『내 욕망의 리스트』는 산골의 작은 마을에서 수예점을 운영하는 평범한 부부의 이야기로 시작한다. 부부는 모음 하나만 빼고 이름마저 비슷한 조슬린, 조슬랭이다. 화자인 부인은 그런 이름의 남자와 결혼할 확률은 "수백만분지 일인데 그런 일이 내게 벌어진 것"이니 천생연분이라고 생각한다. 가난한 형편이지만 종업원으로 일하던 가게를 인수해서 자기 이름을 딴 간판을 거니 감개무량하고 부러울 것이 없었다. 남편은 평면 TV, 007 DVD 전집, 그리고 스포츠카 등등을 원하지만 모두 희망사항에 그칠 뿐이다. 세 번째 아이를 사산한 후부터 남편은 아내를 가까이하지 않았지만 따지고 보면 그것마저 다른 부부와 그다지 다를 것이 없는 평범한 세목일 따름이다. 다시 베그베데를 인용하자면 우리 시대의 남녀는 "첫해에 가구를 함께 고르고, 이태에 가구 위치를 바꿔보다가 3년째에 가구를 나눠 갖는다". 적어도 이 부부는 가구를 나눌 생각은 하지 않고 여전히 함께 평면 TV를 욕망한다. 산골 마을의 소소한 일상을 묘사하던 이야기는 중반에서 발칵 뒤집힌다. 아내 조슬린이 복권에 당첨된 것인데 당첨금을 현재의 우리 돈으로 계산하니 (이런 것을 계산하는 내 모습이 한심하지만) 27,855,820,425,88원이다. (혹시 이 숫자를 일 단위부터 역으로 세어보는 독자도 있을까.) 조슬린은 그 일확천금이 두려워 돈을 찾지 못한 채 망설이지만 지방신문에 대서특필되고 동네 사람들이 들뜨기 시작하자 마침내 복권을 들고 파리에 있는 복권 회사를 찾아간다. 난생처음 발이 폭폭 꺼지는 양탄자를 밟아본 조슬린은 계좌이체를 마다하고 자기 이름으로 발행된 수표를 고집한다. 친절한 직원은 조슬린에게 동료 직원을 만나보길 권한다. "심리학 의사였다. 1800만 유로를 갖는다는 것이 질병인 줄은 몰랐다. 하지만 나는 토를 달지 않았다. 의사는 여자였다. (……) 그녀가 내게 벌어진 일이 큰 행운이자 불행이라는 것을 설명하는 데에 40분이 걸렸다. (……) '조심해야 합니다. 돈이 생기면 갑자기 사람들이 당신을 사랑합니다. 갑자기 낯선 사람까지 당신을 사랑합니다. 그들은 당신에게 청혼을 할 것입니다.

시를 적어 보내기도 할 것입니다. 연애편지, 증오의 편지도 받을 것입니다. 당신 이름과 똑같은 조슬린이란 아기가 백혈병에 걸렸으니 치료비도 요구할 것입니다. 가학 행위를 당한 강아지 사진을 보내며 당신에게 후견인, 구원자가 되어 달라고 부탁할 것입니다' 등등." 복권회사는 이 모든 위험으로부터 그녀를 보호해주겠다고 제안하지만 조슬린은 등을 돌린다. 그리고 수표를 신발창 밑에 깔고 다시 일상으로 돌아가고자 한다.

남편과 친지에게도 당첨 사실을 숨긴 채 그녀는 예전부터 사고 싶었던 물건, 하고 싶었던 일의 목록을 작성한다. 평면 TV, 다리미, 세탁기……. 그다음의 이야기는 의사의 경고 사항에는 빠져 있지만 대충 우리의 짐작대로 전개된다. 아내의 수표를 발견하고 흔적 없이 사라져 호사를 누리는 남편……. 다시 베그베데의 생각을 빌리자면 사랑을 포함해서 이 세상 모든 것은 돈으로 환산되며 변질될 수 있다. 양이 축적되면 질적 변환이 일어난다는 물리학의 법칙처럼 인간의 영혼마저도 임계점에 이르면 그 본질이 변한다는 것이다. 사람이 달라지는 임계점이 어디쯤인지 가늠할 수는 없지만 27,855,820,425.88원이라면 이른바 소설적 개연성이 있지 않을까. 일확천금으로 팔자를 고치는 일은 난망難望이나 6분마다 새 인생을 사는 인물이 이 소설에 등장한다. 요양원에 있는 조슬린의 친정 아버지이다. 그는 치매에 걸려 기억이 6분마다 지워진다. "아빠, 저예요, 조슬린"이라고 늘 자기소개부터 시작되는 자잘한 일상생활, 그리고 마침내 복권이 당첨된 이야기를 들으며 맞장구까지 치던 노인은 6분이 지나면 "저…… 누구시더라?" 하고 딸의 얼굴마저 까맣게 잊는다. 6분마다 죽음과 부활을 반복하는 노인은 27,855,820,425.88원이 없더라도 인생을 수없이 다시 시작할 수 있도록 축복받은 인물이다. 통속소설을 쓰기로 작정하고 나서도 십중팔구게도 구력도 잃게 마련이지만 복권 당첨이란 황당한 이야기를 쓴 작가는 일단 대풍을 맞은 모양이다. 확률은 비현실적으로 낮지만 복권의 당첨은 어쨌거나 실제로 우리 삶에서 일어나는 현실이다. 그런데 2013년 3월에 발표한 들라쿠르의 세 번째 소설『우리가 바라보는 첫 번째 것』은 순수한 환상에 가까운 이야기를 들려준다.

네이밍과 명예훼손

1984년 11월 22일 뉴욕에서 태어난 미국 여배우 스칼렛 요한슨이 1990년 프랑스의 롱에서 태어난 자동차 정비공 아르튀르 드레퓌스 앞에 2010년 9월 15일 수요일 저녁 일곱 시 47분에 불쑥 서 있었다.

아르튀르 드레퓌스는 두메산골 언저리에 홀로 사는 자동차 정비 견습공이다. 불행한 어린 시절은 나중에 밝혀지지만 요약하자면 아버지는 산속으로 들어가 자취를 감추었고 여동생은 맹견에게 잡아먹혔다. 연이은 불행에 실성한 어머니는 요양원에 들어갔지만 자신의 팔을 뜯어 먹어 중태에 빠지기도 한다. 믿기 어려운 불행을 겪었지만 아르튀르는 정비소에서 일을 배우며 그럭저럭 홀로 살아간다. 핏물이 고인 사고 차량을 수리하다 발견한 장 폴렝의 시집에서 자신의 불행을 읽기도 하지만 그의 교양은 TV나 영화에 한정돼 있다. 소설의 첫머리에서 아르튀르는 여자와 마주치면 첫 눈길이 가슴에 집중된다고 고백한다. 그래서 언필칭 그의 이상형은 스칼렛 요한슨 같은 여자이다. 할리우드 유선 방송사에서 조사한 바에 따르면 그녀는 세상에서 가장 아름다운 가슴을 지닌 여자로 뽑혔다. 그런데 어느 저녁나절 누군가 문을 두드리는 소리에 열어보니 눈앞에 떡하니 그 배우, 꿈에 그리던 여자가 서 있는 것이다.

스칼렛 요한슨은 우아하게 고개를 들더니 거의 억양이 없는 프랑스 말, 혹은 로미 슈나이더와 제인 버킨의 억양이 겹쳐진 감미롭고 섬세한 억양으로 프랑스 말을 할 줄 안다고 했다. 그래요, 프랑스 말을 할 줄 알아요. 내 친구 조디 포스터처럼.

조디 포스터라고! (……) 스칼렛 요한슨은 그에게 미소를 짓더니 따스한 숨을 내쉬며 전혀 어색하지 않은 몸짓, 「이창」의 그레이스 켈리처럼 우아한 몸짓으로 헐렁한 수제 편물 스웨터를 벗고 작은 핸드백에서 모슬린 잠옷을 꺼냈다.

여배우의 이력, 특히 남성 편력을 줄줄 꿰는 아르튀르는 도무지 그의 눈앞에서 벌어지는 일을 이해할 수 없다. 그래서 "도대체 여긴 무슨 일로 오신 거죠?"라고 묻자 그녀는 "며칠간 사라지고 싶었어요"라고 대답한다.

할리우드 여배우의 등장으로 산골 마을에 소동이 벌어진다. 게다가 기름때에 까맣게 찌든 정비공과 함께 나타난 것은 복권 당첨보다 더욱 비현실적인 사건이었다. 이장, 면장이 달려오고 지방신문 기자가 들이닥쳐도 세계적 스타는 소탈한 태도로 인터뷰에 응하며 그들을 친구처럼 대한다. 며칠이 지나자 아르튀르는 그녀의 고백을 듣는다. 그녀는 시골 장터를 떠돌며 물건 파는 일을 거드는 프랑스 토박이로 이름은 자넌 프캉프레즈이며 우연히 꼬마의 자전거를 고쳐주는 아르튀르의 모습에 반해 그의 집에 들렀다는 것이다. 의붓아버지의 은근한 시선과 어머니의 냉대를 견디지 못해 어린 시절부터 세상을 떠돌았던 그녀는 가슴에만 시선이 멈출 뿐 속마음을 읽지 못하는 뭇 남성에게 지친 터였다. 이제 자신을 진심으로 대해주는 아르튀르를 사랑한다는 그녀의 고백에 아르튀르는 양심이 찔렸다. 하지만 이전까지 침대를 내주고 소파에서 자던 아르튀르는 비로소 그녀와 첫날밤을 보낸다. 그 장면은 소설에서 지나치다 싶을 정도로 길게 묘사되는데, 마지막 순간 아르튀르는 무심코 "사랑해요, 스칼렛" 이라고 말한 뒤 깊은 잠에 빠진다. 하지만 자넌은 뜬눈으로 밤을 지새우고 새벽녘에 차를 몰고 나가 벽을 들이받고 죽는다. 자동차는 그가 폴렝의 시집을 발견한 사고 차량처럼 피가 흥건했다. 몇 날 며칠을 틀어박혀 스칼렛 요한슨이 등장한 영화를 반복해서 보던 아르튀르는 마침내 미국행을 결심한다. 단 한 번이라도 그 여배우를 직접 봐야 살 것 같았기 때문이다.

들라쿠르의 최근 두 작품은 황당한 소재에도 불구하고 독자의 관심을 끄는 데 성공했다. 광고세계에서 단련된 재치와 문체로 무장한 그는 영화나 유행가와 같은 대중문화의 코드를 동원하여 매우 효율적으로 독자의 향수를 자극한다. 시공을 초월한 고전, 보편적 논리와 감성에 기대지 않고 그는 특정 시대의 분위기와 감수성을 건드리는 길을 택한 것이다. 문자 그대로 유행가는 일정 시간이 지나면 흔적 없이 휘발된 것 같지만 우리들 마음 깊숙한 데에 파묻혀 있다. 현재가 각박할수록 과거는 아무리 누추할망정 아련하고 소중해지기 마련이다. 언제부터인가 과거에 대한 향수, 요컨대 복고 취향이 이 시대의 중요한 트렌드임을 감지한 작가는 소설 도처에 향수 지뢰를 매설해놓았다. 이런 기법은 주로 대중적 호소력을 노린 그의 소설뿐 아니라 이미 고전 반열에 오른 페렉, 모디아노의 작품에서도 감지된다. 특히 최근 발표된 아니 에르노의 『세월들Les années』은 돌올한 소설적 구성을 무시한 채 오로지 과거의 사소한 흔적을 나열한 것만으로도 깊은 감동을 자아내고 있다. 어쨌거나 들라쿠르의 세 번째 소설은 거물 여배우의 소송에 걸려 자칫 번역과 영화화가 취소될 기로에 처했다. 영화나 TV, 혹은 스포츠 중계방송에서 특정 상품, 로고를 부각시키는 간접광고를 '네이밍naming'이라 한다. 그것의 의미가 확장되어 생존하는 유명 인사를 소설에 실명으로 등장시키는 문학적 네이밍은 현실과 허구를 넘나드는 소설세계를 구축하는 기법 중 하나로 지금껏 별다른 충돌 없이 용인되어왔다. 예컨대 미셸 우엘벡의 소설 『지도와 영토』는 생존하는 동료 작가뿐 아니라 정치인, 기자 등 여러 유명 인사를 등장시키고 심지어 풍자의 대상으로 삼았지만 2010년 〈공쿠르상〉을 받았다. 프랑스의 여러 언론을 통해 들라쿠르는 현대 소설가의 입장과 기법을 애써 설명했고 『타임』을 비롯한 미국 언론도 이 사건을 주시하고 있다. 2013년 6월 12일자 인터뷰에서도 작가는 아직 영역본도 출간되지 않은 상황에서 여배우가 예단한 것 같다며 직접 만나 해결하고 싶다고, 내년에 제작될 영화에 출연해달라는 부탁을 하겠노라 밝히는 한편, 그녀의 매력에 대한 헌사를 모욕으로 해석한 것은 문학에 대한 몰이해, 혹은 문화적 차이에서 비롯된 오해일 뿐이라고 강변했다.

우유 같은 소설

글을 처음 배우기 시작한 시절부터 학교를 벗어날 때까지 우리는 문학작품을 읽고, 감상하고 음미하는 법을 익히고 시험도 쳤다. 클래식이란 더도 덜도 할 것 없이 교실에서 배우는 작품이라고 정의해도 무방하다. 지겹도록 배우고 익혔건만 교실 바깥에서 독자가 되어 찾는 책은 사뭇 다르다. 풍금 소리에 맞춰 부르던 동요와 골목에서 친구들과 어울려 흥얼거리는 유행가가 다르듯 책을 소비하는 방식도 현실과 이론은 어긋나게 마련이다. 평론가와 대중에게 공히 환대받으며 학술연구의 대상이 되는 소설가는 그리 흔치 않다. 이와는 반대로 평론가와 대중에게 외면받는 작가는 저주받은 천재, 시대를 앞서간 선구자를 자처하며 사후 영광을 꿈꾸기도 한다. 그리고 이런 경우에서 제외되는 나머지 작가를 상상해볼 수 있다. 작품은 팔리지 않지만 권위 있는 문학상을 받으며 학술회의의 주제로 오르는 작가는 언필칭 고급 독자의 존경을 통해 자존심을 지킬 수 있다. 그리고 마지막 경우는 오로지 대중의 환호와 물질적 보상만 받는 작가이다. 프랑스의 경우 자국에서 최소한의 상업성이 검증된 작가는 십중팔구 전 세계로 번역되어 제법 이름을 떨칠 수 있다. 물론 자력보 다는 모국어의 위상과 조상의 음덕도 작용했을 것이다. 어쨌거나 상이한 서식지와 존재 방식으로 문학 생태계는 그럭저럭 유지되어왔다.

시사주간지 『엑스프레스L'express』는 프랑스에서 가장 많은 책을 팔아치운 열 명의 작가들을 모아 연례 파티를 주관하는 모양이다. 비록 해당 연도에 발표한 신작이 없 더라도 기존 작품의 한 해 판매량을 고려한 모임이니 수 시로 발표되는 베스트셀러 저자와는 다소 차이가 있을 수 도 있다. 기욤 뮈소, 마르크 레비, 베르나르 베르베르, 아 멜리 노통브 등은 수년간 이 모임의 단골이고 그레구아르 들라쿠르, 다비드 포앙키노스는 최근에 초대된 신참에 속 한다. 이 중에서 다비드 포앙키노스는 2011년에도 일간 지 『피가로Le Figaro』가 조사한 "가장 많은 독자를 얻은 다 섯 명의 작가"에 꼽히는 호사를 누렸다. 이 모임에 초대된 열 명의 작가 중에서 안나 가발다를 제외하곤 딱히 진지 한 문학연구나 평론의 대상이 된 이는 없다. 이들은 문학 연구나 비평보다는 경제학이나 통계학, 혹은 사회병리학 에서 다루어질 대상들이다. 어쨌거나 숫자는 논란을 불허 하는 요지부동이라서 장사꾼과 공무원이 맹신하는 종교이다. 주한 프랑스 대사관은 다비드 포앙키노스를 초대해서 2013년 6월 20일 한국 독자를 위해 저자 사인 행사를 곁들인 강연을 주최했다. 『내 아내의 에로틱한 잠재력』 『시작은 키스』 『레논』이 우리말로 번역되었고 특히 저자가 직접 영화화한 「시작은 키스」가 2012년 국내 개봉에서 좋은 반응을 얻었던 터라 재상영회를 겸한 일종의 프로모션 행사쯤이었으리라 여겨진다. 근래 프랑스에서 잘 팔리는 소설의 공통점 중 하나가 소설을 곧장 영화로 만들어 독자와 관객을 동시에 동원한다는 데에 있다. 이런 식으로 열 명의 낚시꾼이 그물을 펼쳐 건어 올린 독자는 프랑스 독자의 3분의 1이라고 한다. 문학 생태계를 위협하는 승자독식병病을 프랑스라고 피할 수 없다.

살구 주스

"여자에게 버림받은 남자는 경찰에 쫓기는 도망자처럼 유년의 장소로 은신한다." 서른 살의 남자가 도망치듯 찾아간 곳은 부모의 집이다. 짐도 없이 빈손으로 고개를 숙인 채 초인종을 누른 아들을 본 어머니는 대번에 알아차린다. "너 우울증에 걸렸구나." 화자는 자신의 처지를 이렇게 고백한다. "서른 살에 부모 집으로 되돌아온 것은 사

회적 성공의 수학적 대척점에 위치한다." 부모의 집에 그
대로 보존된 유년기의 방, 유년기의 침대에서 뜬눈으로
밤을 새운 서른 살의 작가 모습이 그의 첫 소설 『백치의
반전*Inversion de l'idiotie*』에 그려졌다면 그로부터 10년이 지
난 마흔 살의 모습은 『누가 다비드 포앙키노스를 기억하
는가?*Qui se souvient de David Foenkinos?*』에서 찾을 수 있다.

　나는 방금 마흔 고개를 넘었다. 마흔은 행복이 횡단보도를
건널지 말지를 망설이는 나이이다. 나는 돈을 거의 벌지 못했
다. 나의 저작권 수입은 인적 없는 왕국에서 발버둥 치고 있
다. 책임감 있는 남자로서(나는 거의 프로급의 테니스 선수인
딸 빅토리아를 슬하에 두고 있다) 내가 할 수 있는 선택은 전
업 외에는 남아 있지 않다. 유일하게 생각한 것이 스무 살 때
했던 일을 정확히 되풀이하는 것이다. 그것은 기타 연주를 가
르치는 일이다. 사회적 몰락으로 치자면 거리의 거지보다 조
금 윗길에 자리 잡는 퇴보인 셈이다.

　작가의 연대기를 짧게 정리하면, 스무 살에 기타 강습
으로 연명하며 소설가를 꿈꾸었고 서른 살에 소설가로 입
신했다가 마흔 살에 다시 스무 살로 퇴행한 것이다. 그런
작가가 열한 권의 소설과 한 편의 영화라는 이력을 쌓고
2013년 한국을 찾아왔다.

『누가 다비드 포앙키노스를 기억하는가?』의 화자는 제목에서 짐작할 수 있듯 다비드 포앙키노스 자신이다. 그는 2002년 『백치의 반전』으로 등단하여 2004년 『내 아내의 에로틱한 잠재력』으로 대중적 인기와 그에 따른 물질적 보상을 톡톡히 만끽했지만 이후 몇 해 동안 변변한 소설을 쓰지 못했다. 기발한 구상이 떠올라 밤새워 쓴 원고가 낮이면 번번이 휴지로 변하는 것이 그의 오랜 일상이 되었던 터라 곁을 지키던 아내도 서서히 지쳐간다. "작가들은 뮤즈와 하녀의 중간쯤 되는 여성 동맹군을 찾는다. 그러다가 여자는 소설의 시도가 완전한 빈껍데기란 사실에 직면하고 불현듯 자신의 모든 희생이 가소로웠음을 깨닫는다." 견고한 응원군이던 아내가 회의에 빠지고 작가역시 필력의 소진을 슬그머니 아내 탓으로 돌린다. 아내는 뮤즈도 하녀도 아니고 남편보다는 테니스 선수인 딸에게 희망을 거는 눈치이다. 하긴 끼니를 챙겨주는 하녀이자 끊임없이 성적 매력을 발휘하여 작가의 청춘을 지켜주는 뮤즈가 한 여자에게서 구현되는 일은 불가능에 가까울 것이다. "평생 한 여자만을 사랑하는 것, 이것이 마흔 살의 모든 남자가 꿈꾸는 유토피아이다. 사실을 말하자면 최근 몇 달간 내가 꿈꾸는 여자는 나를 대신해서 소설을 써줄 여자이다. 나는 로맹 가리와 결혼했어야 했다." 문학적 무력감을 보상할 만한 남성적 매력마저도 미심쩍었던 작가는 여류 사진작가와 열애를 모색한다. "가슴이 두근거릴 만큼 그녀를 사랑했고 함께 떠날 여행지도 생각해두었다. 제네바이다. 그런데 그날 아침 그녀를 떠나는 것이 행복했다. 글을 쓰고 싶었고 식욕도 되살아났고 마치 여름 해변에서 옛 친구를 만난 것처럼 삶이 내게로 되돌아온 듯했다." 포앙키노스의 여러 소설에서 반복되는 장면이다. 화자는 눈앞에 보이는 여자를 사랑한다고 확신하는데 문제는 그 눈앞의 여자가 연신 바뀐다는 데서 발생한다. 그리고 작가가 꿈꾸는 이상형을 딱히 묘사하기 어려웠던지 "'나라로 치면 반쯤은 스위스, 반쯤은 러시아' 같은 여자", 2008년 작 『이별들 Nos séparations』에서는 "스위스에서 태어난 호주 여자" 혹은 "독일어를 유창하게 구사하며 우산을 잃어버린 표정을 짓는 프랑스 여자"라는 표현으로 대신한다. 여자를 선택하는 기준은 그의 대표작 『시작은 키스』의 한 장면에서 재치 있게 서술되었다.

프랑수아는 나탈리에게 무엇을 마시겠냐고 물었다. 그녀가 어떤 음료를 택하느냐에 따라 일의 향방이 결정될 것이었다. 만일 이 여자가 디카페인 커피를 주문한다면 자리에서 일어나 가버리겠어, 그는 생각했다. 이런 자리에서 디카페인 커피를 마신다는 것은 있을 수 없는 일이다. 누군가와 얼굴을 맞대고 앉은 테이블에 절대 어울리지 않는 음료다. 홍차, 그것도 더 나을 게 없다. 만난 지 얼마 되지도 않았는데 벌써부터 자기만의 고치를 지어 혼자 들어앉는 꼴이다. 그렇게 된다면 매주 일요일 오후를 텔레비전이나 보며 보내야 할 테지. 혹 더 처참하게는 장인 장모의 집에서. 그렇다. 홍차라는 것은 처갓집 분위기에나 딱 어울릴 법한 것이다. 그렇다면 무엇을 주문하는 것이 좋을까? 술 종류? 아니다, 이 시각에 술은 좋지 않다. 단숨에 술을 들이켜는 여자라면 겁이 날 것도 같다. 레드 와인 한 잔이라 해도 용인될 수 없다. (……) 그래, 주스가 좋겠군. 마주 앉아 마시기에도 적절하고 너무 위협적이지도 않으니까. 주스를 마시는 여자는 온화하고 안정된 인상을 주지. 그런데 어떤 주스가 좋을까? 주스의 고전들은 피하는 게 낫겠다. 이를테면 사과 주스나 오렌지 주스. 그런 건 너무 흔하니까. 엉뚱하지 않으면서도 조금 독특한 음료일 필요가 있다. 파파야나 구아버 주스는 왠지 모를 불안감이 느껴진다. 진부하지도 생뚱맞지도 않은 딱 중간을 선택하는 것이 최선이다. 살구 주스 같은. 그래, 바로 그거야. 살구 주스, 그거라면 완벽해. 만약 이 여자가 살구 주스를 주문한다면 나는 이 여자와 결혼하겠어.

이 대목은 1957년 롤랑 바르트가 『신화』에서 구조주의적 시각으로 포도주와 우유를 비교 분석한 것에 감히 비견할 만하지 않은가. 바르트는 적포도주의 의미론에 긴

지면을 할애한 후 술과 우유를 대조했다. "바슐라르가 술에 반대되는 것으로 물을 제시한 것은 아마도 적절할 것이다. 신화적으로는 그의 말이 맞지만 오늘날 사회학적으로는 덜 적절하다. 경제적, 역사적 상황에 의해 물의 역할은 우유에게 돌아갔다. 오늘날 우유는 진정한 반反술이다. 멘데스 프랑스의 시도 때문뿐만 아니라(마튜렝이 스피니치를 마셨듯 그는 재판정에서 우유를 마셨다. 의도한, 신화적인 태도였다) 물질의 거대한 신화적 형태론에서 우유는 그 분자적 밀도, 크림과 막이 갖는 신경 안정적 속성으로 인해 불火과는 정반대이다. 포도주는 절단하고, 외과적이며, 변화와 배태를 유발하지만 우유는 미용에 도움이 되고, 연결하고, 감싸주고, 복구한다. 게다가 유아적 천진함을 연상시키는 그 순수함은 유도적이거나 충혈적 성격이 없고 차분하고 하얗고 명징하여 현실과 아주 동등하다." 바르트가 제시한 분석은 소설과 비평, 바르트와 포앙키노스, 그리고 20세기와 21세기의 대조에도 공히 유효하다.

포앙키노스가 보기에 살구 주스는 아마 스위스와 러시아의 중간쯤 되는 음료일지도 모른다. 러시아는 접어두고 프랑스와 붙어 있는 스위스를 즐겨 찾던 화자는 스위스행 열차에서 섬광처럼 소설의 발상이 떠올랐다고 기뻐하지만 막상 책상에 앉자 그것이 도무지 기억나지 않는다.

소설 『누가 다비드 포앙키노스를 기억하는가?』의 절반은 그 잃어버린 발상을 되찾는 과정에 할애되었다.

그건 중요한 사건이다. 그것은 이 소설의 중심 사건인데 어떻게 그것을 잊었는지 나도 의아하다. 망각은 중요한 만남의 가장 극단적 형식이다. 모든 게 떠올랐다. 내가 두 객차 사이를 통과하다가 잠시 그녀가 지나갈 수 있도록 비켜서야만 했던 그 순간에 내 소설이 떠올랐던 것이다. 나의 육체적 예의를 이용하기 위해 그녀가 몸을 비스듬히 비키는 그 순간 그녀는 발걸음을 늦추며 그저 고마워요, 라고 말했다. 이토록 오랜 시간이 지난 후에 나는 그녀의 고맙다는 말이 떠올랐고 친절한 얼굴 표정도 기억이 났다. 그 장면은 마치 슬로모션처럼 아주 느렸다. 인상은 흐릿했지만 그 순간 영감이 떠올랐다는 확신이 들었다. 객차를 건너간 후에 나는 위대한 소설을 쓸 수 있겠다고 장담했다. 결론. 그녀를 찾아서 함께 제네바─파리 열차를 타자고 설득해 정확히 18시 15분에 나와 두 객차 사이에서 마주치도록 수락을 받아내야만 했다.

화자는 프랑스 국영 철도 회사로 찾아가 예약자 명단을 열람하고자 한다. "아, 작가시라고요. 이럴 수가 있나……. 그리고 열차에서 벌어지는 사건을 소설로 쓸 계획이라고요……. 아주 훌륭한 생각입니다……. 당신을 도울 수 있다면 우리 회사로서는 큰 영광입니다. 소설 제목은 정하셨나요?" 작가는 "'변모Modification'입니다"라고 대답한다. 이 대목에서 독자는 미셸 뷔토르를 떠올리며 슬그머니 웃어야 한다. 포앙키노스가 발휘하는 유머는 대충 이런 식이다. 천신만고 끝에 승객 명단을 손에 넣은 작가는 스위스에서 문제의 여자 집으로 찾아가지만 그녀가 며칠 전에 죽었다는 말을 듣는다. 작가는 묘비에 붙어 있을 법한 영정 사진을 확인하려고 공동묘지를 찾아간다. 그는 그곳에서 같은 묘지를 찾아온 여자를 만나고 그 여자가 바로 열차의 여인임을 확신한다. 작가는 자신의 딱한 사연을 하소연하려고 여인을 공동묘지 앞에 있는 카페로 데리고 간다. 카페의 상호가 마침 '테르미누스'이다. 우리말로 번역하자면 '종점 다방'이다. 이것도 포앙키노스식 유머이다. 소설가는 결국 여인과 더불어 열차 장면을 재연하지만 소설은 여전히 지지부진하다.

그런데 영감이 떠오른 장면을 재연하는 여인에게서 작가는 일종의 완미緩美를 발견한다. 느린 아름다움이란 무엇일까. 첫눈에 반해 운명의 여자라고 확신하게 만드는 아름다움과 정반대로 서서히 매력을 발휘하는 것을 작가는 완미라고 칭했다. 소나기가 아니라 짙은 안개에 온몸이 서서히 젖는 것처럼 사랑에 빠진 소설가는 그녀와 결혼하고 장인 덕분에 스위스 은행의 높은 지위에 올라 풍족한 삶을 누린다. 그리하여 행복에 겨운 작가는 그간 겪었던 일을 마침내 글로 옮긴다. "나는 첫 문장으로 이렇게 썼다. '당신 중에서 혹시 나를 기억하는 분이 있는지 모르겠다.'" 이 문장은 『누가 다비드 포앙키노스를 기억하는가?』의 마지막 문장이자 첫 문장이다. 소설 속의 소설가가 쓰는 소설이 궁금하면 이 소설의 처음으로 되돌아가면 된다. 처음의 두 번째 문장을 읽어보자. "나는 몇 해 전에 『내 아내의 에로틱한 잠재력』을 출간했다. 자서전이 아닌 이 소설은 수많은 언어로 번역되어 확실한 성공을 거뒀다. 〈로제 니미에상〉을 수상한 후에 〈공쿠르상〉의 여름철 후보 목록에 올랐다."

로캉탱의 요통

사건이 언제 시작되는지 나는 안다. 나는 어떤 일이 벌어졌다는 것을 대번에 알아차렸다. 물론 그 후로 벌어질 모든 사건을 짐작할 수는 없었다. 맨 처음에는 막연한 통증을 느꼈을 따름이었다. 등 아래쪽의 단순한 신경통이었다. 그런 적은 한 번도 없었고 딱히 불안해할 것도 없었다. 십중팔구 근래 누적된 걱정거리와 연관되어 근육이 긴장한 것이리라.

2013년 작 『나아지는 중입니다_Je vais mieux_』는 이렇게 시작된다. 이번에는 영감의 고갈이 아니라 요통이 문제이다. 대학생 시절 막연하게 소설을 쓰려 했던 화자는 금세 포기하고 건축 분야에서 생업을 찾았다. 그런데 어느 날 불쑥 발병한 요통이 지속적으로 그를 괴롭힌다. 마치 반세기 전에 로캉탱이 시달리는 헛구역질을 중심으로 『구토』가 전개되듯 2013년에 발간된 소설도 원인 불명의 집요한 요통이 이야기의 근간이 된다. 그러나 두 인물은 포도주와 우유만큼이나 서로 다르다. 『구토』의 로캉탱과는 달리 이 소설의 주인공은 끈질기게 의사를 찾아다닌다. 다만 현대적 장비를 동원한 정밀 검사를 받아도 딱히 원인을 규명하지 못하고 스트레스가 원인이란 뻔한 대답만 들을 뿐 정신과 의사, 민간요법 치료사 등을 전전해도 여전히 치료법은 제시되지 않는다.

소설 각 장의 소제목은 통증의 정도를 나타내는 숫자와 심리 상태를 간략히 요약한 문장이 대신한다. 예컨대 「통증 강도 : 6, 심리 상태 : 불안」「통증 강도 : 7, 심리 상태 : 러시아풍」 등등이다. 소제목을 읽은 후 독자는 과연 통증과 심리 상태가 어떤 관련을 맺는지 따져보게 된다. 요통 때문에 신경이 곤두선 나머지 직장 상사를 폭행하여 해고되었을까. 아니면 평소에 직장에서 쌓인 스트레스 탓에 요통이 생긴 것일까. 남녀가 처음 사랑에 빠졌던 방식처럼 이별도 어느 날 벼락 치듯 찾아왔다. 주인공은 아내에게 우리 가정은 불행하지 않았다고 강변하지만 아내는 "불행하지 않다고 행복한 건 아니"라고 반박한다. 주인공은 "나는 더 이상 아내도 없고 직장도 없지만 여전히 요통이 있다"고 중얼거린다. 이혼 후 아내에게 생활비를 받고 사는 덕분에 화자는 "여자도 없고, 아이도 없고, 직업도 없고, 경제적 고민도 없다. 살다가 몇 번이나 이토록 아무런 제약 없이 살 수 있을까? 한 번도 이런 일이 없었다. 나는 미증유의 삶을 살고 있었다"라고 이야기한다.

그는 로캉탱이 롤르봉 백작의 전기를 쓰는 것으로 공허한 존재 기반을 채우려 했던 것처럼 쇼펜하우어에 대한 책을 쓰려고 한다. "너는 운수가 지독히 나쁘다. 그 운수를 얼른 잡아라"라는 쇼펜하우어의 역설을 음미하고 "고통스럽게 살지 않는 유일한 길은 고통을 사랑하는 것"이란 우디 앨런의 잠언도 되씹고 시오랑의 책에서 "무수한 비관주의"의 금광을 발견한다. 그것은 "인생에 대한 매우 멍청한 문장의 모음집들보다 훨씬 독창적이다. 긍정적 생각들만큼 소란스러운 것도 없다. 모든 것이 얼마나 나빠지는 중인지를 과장한 이 음산한 짧은 문장에는 매일 아침 음미할 만한 유머가 들어 있었다". 로캉탱이 전기 집필을 포기한 것처럼 주인공은 결코 쇼펜하우어에 대한 책을 쓰지 않았다. 다만 로캉탱이 공원의 나무뿌리를 보고 깨달음을 얻고 막연하게나마 예술을 통한 구원을 꿈꾸었다면 우리의 주인공은 여자에게서 치료법을 찾았다. 그는 민간 요법 치료실에서 얼핏 마주친 여자와 함께 베를린으로 여행을 떠나고 마침내 요통을 잊는다. 파리로 돌아가는 비행기를 놓치지 않으려고 공항 역사에서 질주하는 여자의 뒷모습을 보며 주인공은 드디어 행복을 느낀다. "폴린은 앞장서서 달려갔고 나는 뒤에서 사방으로 나부끼는 그녀의 풀어진 머리카락을 보았다. 그것은 나를 가장 안정시키는 혼란스런 모습이었다. (역설) 우리는 달리고, 달리고 또 달렸다. 나는 아주 오래전부터 뛰지 않았다. 하지만 아무런 통증도 느끼지 않았다. 그것은 미친 듯한, 무한한 자유의 희열이었다. 나는 이 행복을 모든 사람에게 이야기하고 싶다"라는 문장으로 소설은 마무리된다. 과연 그는 이 행복을 모든 사람에게 이야기하려고 소설을 발표한 모양이다. 반면에 여자를 통한 자유의 희열을 로캉탱은 전혀 느끼지 못했다. 옛 애인 아니와 재회한 자리에서 로캉탱은 그녀가 추구하는 완벽한 순간이 얼마나 허망한지 절감했을 따름이었다. 두 작가의 소설은 술과 우유만큼이나 다르다.

우리나라를 찾은 작가에게 나는 그의 작품이 모두 '지나치게 착하지 않느냐'고 물었다. 그의 인물들이 겪는 갈등과 고통은 모두 사회적 진공 상태에서 벌어지는 듯하고 화해와 해결은 너무 순조롭고 결말은 해피엔딩이다. 그의 특기인 유머와 재치도 동시대의 다른 작가에 비해 사회나 남을 아프게 찌르는 풍자나 비판으로 이어지는 법이 없다. 예컨대 우엘벡은 삶의 상처가 아물지 않도록 손가락으로 찌르는 것이 소설이라고 했지만 그의 작품은 흉터조차 남기지 않도록 위무하는 고약 같다. 포앙키노스의 소설에서 삶의 의미는 이성 간의 육체적 사랑으로 환원되기 일쑤라서 고통은 뜻밖에 찾아온 사랑으로 해소된다. 인간의 불행은 신데렐라의 구두처럼 자기 발에 딱 맞는 여자를 만나는 것으로 해소되어 "그 후로 오래오래 행복하게 살았다"로 마무리된다. 『누가 다비드 포앙키노스를 기억하는가?』에서 이웃 노부부가 죽음을 맞는 장면이나 『이별들』에서 첫사랑 여자의 여동생이 죽는 장면이 등장하지만 죽음은 삶의 의미를 반추하는 것으로 심화되지 않고 살아남은 자들의 재회와 화해의 계기로 작동될 뿐이다. 이런 질문에 대해 작가는 소설을 주제의 심각성에 따라 서열화할 수 없다고 반박하며 자신의 전작을 보다 꼼꼼히 읽을 것을 주문했다. 하긴 사소한 것을 심각하게 다루기도 하고 심각한 것을 경쾌하게 해석할 수도 있다. 그러나 혹시 그것은 구역질과 요통, 20세기와 21세기 사이에 벌어진 괴리는 아닐까. 2011년 발표된 그의 자서전 『추억들Les souvenirs』에서 작가는 처음으로 소설을 쓰고 싶은 마음이 일어났던 계기를 회고했다.

나는 여러 차례 부역에 관한 소설을 시도했다는 말은 차마 하지 못했다. 숙청 직전 부역 시절의 마지막 나날들에 대한 이야기. 점령군의 모든 잔챙이 앞잡이들이 갑자기 쫓기기 시작했던 시점. 나는 로베르 브라지야크가 하녀의 방에 은신했고 그를 나오게 하기 위해 어머니를 체포했던 사건에 대해 수많은 메모를 해두었다. 나는 그의 몰락에 대해 아주 자주 생각했었다. 그리고 드골이 사무실에서 홀로 브라지야크의 운명을 결정했던 장면도 써보려고 애썼다. 그는 사형선고를 내렸다. 어느 날 문득 펜대로 한 사람의 머리를 잘라버리는 입장에 처했던 그 용감한 병사, 위대한 투쟁가, 프랑스의 수장이 된 장군에 대해서도 생각해보았다. 나는 바로 이 장면 때문에 소설을 쓰고 싶었다. 그런데 너무 생각하다 보니 그것이 불가능해졌다. 집착은 반생산적이다. 이것은 여자에게도 유효하다.

2차 대전 중에 독일에 부역했던 프랑스 소설가, 해방 직전 목숨만은 건지려고 하녀 방에 은신했던 구차한 그의 행동, 그에게 사형선고를 내린 드골, 이런 시대적 고찰이 금세 여자 문제로 전이되는 그 경쾌함이 포앙키노스의 장기이다. 전위문학의 비판적 기능을 중시했던 아도르노는 언어가 소통 중심으로 흐르면 필연코 교환가치를 숭배하는 상업문학에 기여하는 꼴이 된다고 경고했다. 포앙키노

스의 소설을 읽으며 실컷 킬킬거리고 난 후 공연한 생트
집을 잡는 건 아닌지 모르겠다.

토요일 오후 네 시

장 에슈노즈는 고양이이다. 털실을 굴리며 노는 고양이처럼 그는 이야기할 대상을 덥석 물지 않고 거리를 두고 관찰하다가 날쌔게 달려들어 앞발로 쳤다가 먼 산을 보고 딴청을 부리기도 하고 한 올이 풀린 이야기 자락을 마냥 길게 풀어내기도 한다. 또한 그를 자판기로 재즈를 연주하는 피아니스트라고 부르기도 한다. 서사 속도를 조정하여 긴장을 조성하는 이야기꾼의 재간이 한껏 발휘된 것이 추리소설 형식을 차용한 그의 초기 작품이었다. 구절양장九折羊腸과 같은 심리 묘사를 거부하고 겉으로 드러난 행동의 정교한 관찰과 묘사에 한정된 그의 서술 방식은 누보로망을 닮았지만 자칫 무미건조할 법한 묘사에 곁들인 언어유희와 유머는 그의 개성으로 꼽힌다. 특히 추리소설의 틀을 차용하되 슬쩍 고전 작품의 한 구절을 암시하는 대목에서는 마치 유행가를 부르다가 시치미 떼고 오페라 아리아를 부르며 장르를 능란하게 넘나드는 가수 같기도 하다. 이런 점에서 '유머러스한 로브그리예'로 평가되는 그는 1980년대에 포스트 누보로망 작가로 꼽히며 학계의 관심을 끌었지만 대중적 인기는 비교적 늦게 얻은 편이다. 초기 소설이 탐정소설의 패러디에 치중한 것이라면 『번개』 『라벨』 『달리기』는 실존 인물의 삶을 그린 전기소설에 해당한다. 추리소설과 전기소설에 뒤이어 그가 2012년에 새롭게 도전한 장르가 역사소설이다. 제목을 숫자로 표현한 소설 『14』의 줄거리를 다시 숫자로 풀어보면 대충 이렇다. 1914년 8월 1일 다섯 남자가 전쟁에 동원되었는데, 한 여자가 그중 두 남자와 편지를 주고받았고 그중 한 남자의 딸 하나를 낳았다. 두 남자 중 하나가 죽고 나머지 한 남자는 한쪽 팔을 잃은 후 4년 후 제대하여 그 여자에게 아들 하나를 낳게 했다.

『14』는 프랑스에서 일반적으로 대전쟁이라 불리는 1차 세계대전을 배경으로 삼았다. 이 전쟁에서 프랑스는 86만 명의 정규군이 참전했고 개전 직후 넉 달 만에 30만 명이 사망했으며 4년 동안 참전병사 중 16.8퍼센트가 사망했다. 이는 25세부터 45세 프랑스 남자 열 명 중 두 명이 죽고 한 명은 원호 대상자, 세 명은 장기적 육체 손상자, 소위 상이용사가 되었음을 의미한다. 거칠게 말해서 프랑스 남자의 절반이 죽거나 장애인이 된 셈이다. 이 참상을 과연 에슈노즈는 어떻게 그의 개성이 된 유머와 재치를 곁들여 무난히 다룰 수 있었을까. 예술적 실험이란 구실을 들어 레퀴엠을 흥겨운 재즈로 변주하는 것이 용납될 수 있을까. 전쟁서사를 실험과 전위의 이름으로 패러디하는 것이 윤리적으로 허용될 수 있을까. 또한 거대한 벽화, 장편 대하소설로 정중히 다뤄야 할 대전쟁을 15개의 장으로 나뉜 100여 페이지의 분량으로 담아낼 수 있을까. 서사의 큰 줄기보다는 잔가지, 실뿌리로 증식하는 형식을 즐겨 사용하는 작가가 어떻게 전쟁의 핵심을 짚어낼 수 있을까. 앞질러 말하자면 일부 평자는 이 작품을 두고 미뉘 출판사 사장인 제롬 랭동이 살아 있었더라면 결코 허락하지 않았을 소설이라고 악평을 했다.

93

날씨가 기막히게 들어맞고 토요일이라 하루를 쉬는 것이 허락된 자리라서 앙팀은 식사 후에 자전거를 타고 산책을 나갔다. 8월의 태양을 만끽하고 운동도 조금 하면서 시골 공기를 쐬고 자전거 짐칸에 아주 두꺼운 책을 철사로 묶어둔 터라 잔디에 누워 독서를 할 계획이었다. 도시 밖으로 나가 평지에서 그다지 힘들이지 않고 10여 킬로미터를 페달을 굴리다가 언덕이 나타나자 안장에서 일어나 춤을 추듯 몸을 좌우로 흔들며 자전거 위로 땀을 흘려야만 했다. 알다시피 이 정도 높이를 고개라고 할 순 없지만 방데 지방에선 야산이라 할 수 있고 탁 트인 경치를 보기에는 넉넉하게 돌출된 곳이었다.

소설의 주인공 앙팀은 1914년 8월 1일 토요일 점심 식사를 마친 후 한가한 산책을 즐긴다. 토요일 오후의 평화와 여유는 곧 이어질 미증유의 대참사와 극적 대조를 이루기 위한 잔잔한 서주에 해당된다. 서주에 이어지는 흥미로운 대목은 주인공의 눈에 마을 여기저기에 흩어진 성당 종탑에서 벌어진 규칙적 움직임이 들어온 것이다.

그의 시선이 심드렁하게 이 마을, 저 마을을 보고 있었는데 그때까지 앙팀이 한 번도 본 적 없는 현상이 일어났다. 여러 종탑들 꼭대기에서 한꺼번에 아주 미세하지만 규칙적인 움직임이 발생하기 시작한 것이다. 까만 사각형과 하얀 사각형의 규칙적 반복이 2, 3초간의 간격으로 이어지면서 점멸하는 빛, 공장 기계의 어떤 자동 밸브 장치를 연상시키는 이진법적 깜박이 빛이 작동되기 시작한 것이다. (……) 현재 세상 돌아가는 사태로 미뤄보아 저 종소리는 분명히 동원령을 의미했다. 다른 사람들처럼 긴가민가했고 조금은 예상하고 있었지만 그는 이것이 딱히 토요일에 떨어질 줄은 상상하지 못했을 것이다.

부대로 가려고 자전거를 타고 마을 광장으로 내려오는데 "덜컥 자전거가 흔들렸고 앙팀도 모르는 사이에 두꺼운 책이 짐칸에서 굴러떨어져 덜렁 배를 깔고 바닥에 드러누워 '아우레스 하베트, 에트 논 아우디에트Aures habet, et non audit'라는 소제목이 붙은 페이지를 드러낸 채 영원히 길가에 남겨질 터였다". 눈치 빠른 독자는 '그들은 귀가 있어도 듣지 못한다'라는 뜻의 라틴어로 된 이 소제목이 빅토르 위고의 소설 『93』을 암시한다는 것을 알아챌 것이다. 숫자만으로 된 에슈노즈의 소설 제목처럼 빅토르 위고의 소설 『93』은 프랑스 대혁명 이후 1793년 공화파의 공포정치에 대항한 왕당파 랑트낙 후작의 모험을 그린 작품이다. '귀가 있어도 듣지 못한다'는 소제목이 붙은 이 소설의 1부 4권 2장에서 랑트낙 후작은 앙팀처럼 언덕에서 마을을 내려다보는데 성당 종루가 번갈아가며 흰색과 검은색으로 보였다. "종루의 윤곽이 선명히 드러났다. 탑 위를 피라미드 모양의 지붕이 덮고 있었고 탑과 피라미드 사이에 종을 넣어두는 종집, 바람막이도 없이 사방에서 훤히 안이 들여다보이는 브르타뉴 양식의 종집이었다." 멀리서 종탑을 보니 소리는 들리지 않지만 종이 규칙적으로 흔들리는 바람에 네모난 종집에 명암이 교차하는 것처럼 보였던 것이다. 소리는 빛보다 늦게 전파되기 때문에 먼저 종의 흔들리는 모습이 보인 후 종소리가 들린다는 뜻에서 이 장면에 '귀가 있어도 듣지 못한다'라는 소제목이 붙은 것이다.

주인공이 토요일 오후 편안히 잔디에 누워 읽으려고 가져갔던 책은 『93』이었고 위급한 상황을 알리려고 성당의 종들이 동시에 흔들리는 장면이 바로 1874년 빅토르 위고가 발표한 소설의 한 대목과 공명을 일으킨다. 그 대목에서 혁명군은 랑트낙 후작을 추적하는 중이었고 그를 체포하는 데에 큰 현상금을 걸었다는 포고문이 마을에 걸렸다. 후작은 어느 거지의 도움으로 은신하게 되는데 거지는 공화파나 왕당파의 대의에 무심한 채 오로지 후작에게 적선을 받았던 과거를 떠올리며 그의 생명을 구해준다. 장 에슈노즈는 종소리를 고리로 『14』와 『93』을 겹쳐놓았지만 이 짧은 암시만으로 위고의 장편소설이 지향한 주제를 경제적으로 드러낸 것이다. 정치인과 장사꾼의 공모, 전쟁을 둘러싼 허황된 대의명분은 접어두고 장삼이사가 겪는 참혹한 일상을 재현하는 것이 소설가의 몫이라는 생각을 슬쩍 내비친 것이다. 과연 『14』에 등장하는 인물 중 누구 하나도 전쟁의 의미나 현황을 제대로 알고 있거나 발언하는 경우가 없다. 그들의 체험과 생각은 여타 다른 전쟁서사와 비슷하다. 할리우드 전쟁영화가 보여주는 긴장과 모험과 화려한 활극, 거기에서 부각되는 위대한 영웅담과 달리 전쟁소설의 인물들이 겪는 주된 체험은 권태와 피로이다. 낯선 환경과 지루한 행군에 지친 초라한 남성상이 소설 속의 인물들이다.

다시 『14』의 다음 장면으로 돌아가보자. 종소리를 듣고 사람들은 모두 마을 광장—광장의 명칭이 '로열' 광장이다. 즉 왕당파를 기리는 광장에 모인 것이 흥미롭다—에 모였다. 마을 광장은 의외로 축제 분위기였고 나중에 주인공의 형으로 밝혀질 샤를르는 이 전쟁을 "보름치 일감"이라고 장담한다. 보름이 4년이 되었고 그 발언의 당사자는 자신의 예언이 오산이었음을 깨닫지 못한 채 개전 직후 인류 최초로 기록될 공중전에서 죽는다. 전쟁 특히 1차 대전을 다룬 소설에서 반복되는 테마는 인간이 처음 겪는 현대 기계전의 잔혹성, 특히 참호전의 참상이다. 소설에서 전쟁에 참여한 멀쩡한 장정 다섯 중 하나는 팔이 잘리고, 다른 하나는 독가스에 눈이 멀고, 또 다른 이는 탈영병으로 오인받아 총살당하는 등 참담한 전쟁의 결과는 앞서 인용한 통계 숫자와 대충 들어맞는다. 다만 장 에슈노즈는 『곤충기』를 쓰는 파브르, 혹은 수술대 앞에 선 외과 의사처럼 그들의 모습과 행동을 꼼꼼히 묘사하는 데 그친다. 게다가 그 묘사의 초점마저도 다른 전쟁서사와 사뭇 어긋난다.

배낭

피로 흥건해진 참호 바깥에 조각난 시체를 쌓아 올려 바리케이드를 친 1차 대전의 풍경은 이미 다른 전쟁소설에서 생생하게 그려진 바 있다. 물론 『14』의 작가도 이런 대목을 건너뛸 수 없었다.

폭격으로 무너진 참호를 다시 쌓아 올리던 공병은 외투를 벗어 흙더미 바깥에 불쑥 솟아난 시체의 팔에 외투를 걸었다. 시체의 팔이 옷걸이가 된 것이다. (……) 폭격이 마무리되는 듯했다. 참호 주변에서 아직도 웅장한 폭음이 울렸지만 멀리 떨어진 데라 메아리처럼 들리면서 앞이 보이지 않던 참호 안의 흙먼지가 서서히 사라졌다. 군인의 살점 조각과 흙먼지를 뒤집어쓴 살아남은 사람들이 몸을 일으켰다. 턱이 사라진 머리 하나, 약혼반지를 낀 손 하나, 군화를 신은 발 하나, 눈알 하나 등 시체의 부스러기를 먹으려고 벌써부터 쥐들이 앞다투어 몰려들었다. 다시 정적이 찾아오는 듯했는데 어디에서 왔는지, 어떻게 왔는지, 한마디로 말해 마치 편지 말미에 붙은 추신처럼 지각생 포탄의 파편이 튀어 올랐다. 신석기 시대의 돌도끼처럼 매끈하고 뜨겁고 연기가 나며 커다란 유리 조각만큼이나 날이 선 주물 파편이었다. 마치 개인적 원한을 청산하려는 듯 다른 사람은 쳐다보지도 않고 그것은 곧

장 공기를 찢고 마침 허리를 펴는 앙팀에게 달려들어 거두절미하고 정확히 어깨 바로 아래쪽에 박히면서 오른팔을 깔끔하게 절단했다.

이런 묘사를 한 후 장 에슈노즈는 덧붙인다. "이 모든 것은 수천 번이나 묘사되었으며 이 음산하고 악취 나는 오페라를 묘사하기 위해 지체할 필요는 없을지도 모른다. 게다가 오페라가 전쟁만큼이나 웅장하고 감동적이고 과장이 심하고 고통스러울 만큼 길고 특히 소리도 엄청나게 커서 나중에는 결국 아주 지루해지기 때문에 오페라를 그리 좋아하지 않는 사람에게는 전쟁을 오페라와 비교하는 것은 유익하지도, 적절하지도 않을 것이다." 이 대목은 아마도 틀에 박힌 전쟁서사에 대한 에슈노즈의 태도를 드러낸 것이리라. 그렇다면 그의 시선이 멈춘 전쟁의 세목은 무엇이었을까? 어느 작가도 그다지 눈여겨보지 않은 대목이 무엇이었을까. 그중 하나만 골라보자.

처음 비어 있을 때의 배낭은 고작 600그램에 불과하다. 그러나 세심하게 분류된 첫 번째 규정 품목으로 인해 금세 무거워지는데 그것은 박하술병, 커피 대용품, 통조림, 그리고 설탕과 초콜릿 봉지, 수통, 주석 수저, 줄무늬 쇠컵, 깡통따개, 주머니칼과 같은 식량 관련 품목, 그다음으로 긴 팬티, 짧은 팬티, 면 손수건, 플란넬 내복, 멜빵과 각반과 같은 의류 관련 품목, 옷솔, 구둣솔, 총기수입용 솔, 기름통, 구두약, 단추, 예비 군화 끈, 바느질 쌈지와 끝이 동그란 가위 같은 수선용품이 있고 개인용 붕대, 위생 솜, 면봉, 거울, 비누, 면도기와 칼갈이, 면도거품용 솔, 칫솔, 빗과 같은 위생용품, 그리고 담배가루와 담배종이, 성냥, 라이터, 회중전등, 알루미늄 손목부착용 인식표, 병사 신앙표, 신상명세서와 같은 개인 소지품으로 이뤄졌다. 이것만으로도 이미 배낭 하나에 들어가기에 적지 않은 분량이지만 거기에다가 띠를 이용해서 다양한 부속품을 매단다. 배낭 꼭대기에는 우선 둘둘 만 담요를 올리고 그 위에 텐트, 기둥, 부속 끈을 매단다. 그 위에 머리에 부딪치지 않도록 개인용 반합을 올려놓고 뒤쪽으로 야영지에서 국을 끓일 때 사용할 마른 나뭇가지 한 단을 반합 위 끈으로 잡아맨 솥에 고정시킨다. 수직으로 도끼, 절단기, 낫 등 야전 연장 한두 개, 삽, 곡괭이, 혹은 삽과 곡괭이를 겸한 것 등이 가죽 싸개에 싸여 매달려 있고 물주머니와 캔버스로 만든 휴대용 자루도 매달려 있다. 이 웅장한 물건은 마른하늘 아래에서도 적어도 35킬로그램에 육박한다. 그러니까 비가 오기 전에 그렇다는 소리이다.

다섯 명의 병사가 전쟁 중에 겪은 참사 장면보다 이 대목을 묘사하는 작가의 손에서 신바람이 일어나는 듯하다.

작가의 눈은 철모, 군복, 장화, 소총에 고정되었고 작가의
손은 그 시대의 사물들을 꼼꼼히 나열하고 묘사하는 데에
머문다. 특히 소설의 12장은 인간뿐만 아니라 전쟁의 잔
혹상을 겪은 동물들의 운명에 할애되었다. 전쟁이 인간에
게만 한정된 폭력이 아니라 모든 생명에게 영향을 끼친다
며 작가는 말과 소처럼 유용한 동물, 그중에서 야생으로
돌아간 황소를 다루고 애완용 동물의 운명에 관심을 쏟
다가 개구리, 새, 물고기가 전쟁 중에 어떻게 인간에 의해
다뤄졌는지 궁금해한다. 그리고 다시 돋보기까지 동원한
작가의 시선은 쥐, 파리, 벼룩, 이에까지 좁아진 후 "이는
항구적인 적이며, 끊임없이 번식하여 우글거리는 쥐야말
로 제일의 공적"이라고 지적한다. 참호 속에 있는 병사들
이 처한 "상황은 단순하다. 진퇴양난이다. 앞에는 적, 곁
에는 쥐와 벼룩, 뒤에는 헌병들이 있다. 유일한 해결책은
전쟁 부적합자가 되는 것인데 그것은 물론 누구나 기대
하는 좋은 부상, 앙팀과 같은 부상을 입는 것으로 문제는
그것이 당신의 뜻에 좌우되지 않는다는 데에 있다". 참호
병사에게는 죽거나, 다치거나 양자택일밖에 남지 않았는
데 13장에서는 제3의 해결책이 제시된다. 지겨운 추위가
잠깐 물러난 어느 날 봄기운을 느끼려고 발길 닿는 대로
숲 속에 들어간 병사는 탈영병으로 오인되어 즉결 처분
되고 만다. 한쪽 팔을 잃은 주인공 앙팀은 원래 일하던 신

발 공장으로 복직한다. 군화를 납품하는 공장은 전쟁 덕분에 번창하고 외팔이 앙팀은 평안한 일상으로 돌아간 것이다. 다만 일상생활에서 바나나를 까서 먹거나 신발 끈을 묶는 것이 불편했다. "당시에 바나나는 희귀한 열대과일이었으니 그리 자주 부딪치는 불편도 아니었거니와 껍질째 먹을 수 있는 과일도 많았던 터라 첫 번째 불편함은 금세 해결"되었다. 문제는 한 손만으로는 신발 끈을 묶을 수 없었던 것인데 주변을 돌아보니 자기처럼 전쟁 중에 팔을 잃은 사람이 적지 않았다. 마침 신발 공장에서 일하던 터라 앙팀은 끈 없이 신을 수 있는 신발 제작을 시도하고 이렇게 해서 세계 최초의 끈 없는 구두인 단화, 일명 모카신, 혹은 로퍼가 탄생한 것이다.

지옥

장 에슈노즈의 열네 번째 작품으로 2012년 10월 4일 발간된 소설 『14』는 절제된 문체로 전쟁과 인간의 본성을 꿰뚫은 작품으로 고평되어 순식간에 베스트셀러에 올랐다. 100여 년 전의 전쟁담이 뜬금없이 이토록 주목을 받는 것도 이채롭다. 비교적 최근에 1차 대전을 소재로 삼은 소설로는 1990년 〈공쿠르상〉을 수상한 장 루오Jean

Rouaud의 『전장*Les champs d'honneur*』을 꼽을 수 있다. 처녀 작으로 〈공쿠르상〉을 받은 것은 40년 만에 처음인 데다가 그 작가가 거리의 좌판에서 신문을 파는 38세의 무명 청년이었다는 것이 화제가 되었다. 오랫동안 관심에서 멀어졌던 1차 대전을 장 에슈노즈가 소설의 소재로 삼은 것은 1차 대전에 참전했던 먼 친척이 병영에서 쓴 수첩과 편지를 우연히 읽었기 때문이다. 참전병사가 남긴 자료와 더불어 전후 발간된 소설과 영화를 참고했는데 그 참고 소설 중 하나로 앙리 바르뷔스의 『포화*Le feu*』를 꼽았다. 1차 대전의 원인과 결과를 따지고, 되풀이되는 인간의 어리석음과 폭력성을 들여다보는 문제는 역사학자뿐 아니라 정치학, 외교학, 그리고 프로이트와 같은 심리학자까지도 관심을 기울인 주제였다. 그런데 막상 전쟁을 현장에서 직접 겪은 이들의 회고록은 공식적 사료의 영역에 낄 수 없었다. 개별적 체험은 진실성을 보장할 객관적 거리가 확보되지 않았다는 것이 주된 이유일 것이다. 또한 전쟁의 진실은 죽은 자만이 증언할 수 있다는 생각과 죽은 자들에 대한 부채 의식으로 살아남은 자들은 침묵을 지키는 것이 온당한 예의처럼 보이기도 했을 것이다. 마치 아우슈비츠의 증언은 모두 진실한 체험이 아니라 구경꾼의 말이므로 신뢰할 수 없다는 것과 유사한 논리이다. 바르뷔스의 『포화』도 그런 대접을 받았다. 1873년에 태어난 바르뷔스는 나른한 퇴폐주의에 경도된 작품을 발표했고 특히 호텔에서 옆방을 훔쳐보는 독신남의 이야기인 1908년 작『지옥』은 훗날 사르트르의 처녀작『구토』에 영향을 끼친 철학적 작품이다.

독신남의 욕정과 내면적 고민이 벌어지는 호텔방을 '지옥'이라 명명했지만 정작 바르뷔스가 지옥을 본 것은 마흔한 살 때 동부전선에 투입된 이후였다. 그는 눈으로 보고 몸으로 겪은 전쟁의 참상을 그린『포화』를 1915년부터『작품 L'œuvre』이란 잡지에 연재했다. 후방의 독자나 지식인들은 그의 체험담을 도무지 믿지 못해서 추악한 현실을 과장하는 못된 자연주의의 소산으로 치부했고 잡지사는 그의 원고의 일부를 잘라낸 후 게재했다. 후방의 시민들은 믿음직하고 용감한 영웅을 기대했지만 그의 연재에 등장하는 인물들은 공포에 질린 나약한 병사, 광기에 휩싸인 장교, 자국 군인들에게 바가지를 씌워 한몫 잡으려는 후방 장사꾼, 독일 포병대에게 뇌물을 상납하여 전답을 지키려는 농민 등 비열한 인간 군상들이었다. '어느 소대의 일기'란 부제가 붙은 이 작품에는 장 에슈노즈의 소설에서 볼 수 없는 잔혹상뿐 아니라 전쟁에 대한 반성과 회의가 곳곳에 배어 있다.

이 친구야, 결국 너는 네가 여기에 있는 이유를 이해하지 못하는 거야. 따지고 보면 네가 여기에 있는 유효한 이유는 없어. 우리는 지금 이 시간에 자연스럽게 어떤 톱니바퀴 속에 끼인 거지. 계속해야만 하고 이겨야만 해. 그러나 영원성의 관점에서 보면 작은 역사적 일화에 불과한 현재의 이해관계보다 더 크게, 더 멀리 내다봐야만 하는 거야. 국민들이란 제각기 다른 인종이라고 주장하는 사람들을 조심해야 해.

작가는 화자의 입을 빌려 독일인을 보쉬boche라고 낮춰 부르며 무한정한 증오심을 품고 있는 전우에게 반성을 촉구한다. 인종과 국적을 기준으로 피아彼我를 구분한 민족주의, 그것이 부추기는 애국심과 적개심이 전쟁의 원동력이라면 소설의 도입부에서 "두 개의 거대한 군대가 맞붙은 형상은 하나의 큰 군대가 자살하는 것과 다를 바 없다"는 발언도 위의 대화와 공명하는 일관성 있는 주장이다. 추풍낙엽처럼 죽어간 무명의 동료들을 기리기 위해 기록한 그의 일기에서 전쟁의 참상과 더불어 죽음의 부조리와 무의미를 반추하는 대목은 주목할 만하다. 특히 국민개병제로 동원된 민주적 군대였지만 최전선 참호에서 목숨을 잃는 사람은 모두 무산 계급이었다는 점을 작가는 강조한다. 과연 사회의 계급이 군대에서도 정확히 유지되었다.

우리의 직업이 뭐냐고? 거의 모든 직업이 다 섞여 있지. 빗

물과 총알이 쏟아지는 이 두더지굴에서 운명을 여전히 반복해야 하는 우리가 사회에서 무엇을 했었느냐고? 대부분 노동자, 농민이지. 라뷔즈는 농가의 머슴, 파라디는 대장장이, 바르크는 파리의 전차와 택시 사이에서 곡예를 하던 배달원이었지. 항상 무뚝뚝하고 뻣뻣한 베르트랑 하사는 공장의 십장이었지. (……) 우리 전투병 중에 지식인, 예술가, 부자는 단 한 명도 없고 설령 있다 해도 참호 총안 앞에서 생명을 걸지는 않고 그저 높은 계급장을 단 채 순찰만 할 따름이야.

정치가들이 금세 끝나리라 장담했던 전쟁은 4년을 끌었고 늘어나는 사상자의 빈자리를 채우다 보니 나중에는 한 참호에서 손자, 아버지, 할아버지가 함께 싸우는 지경에 이른다. 스물네 장으로 구성된 『포화』는 이들의 삶과 죽음을 생생하게 기록한 실록소설이다. 무수한 죽음의 기록 중에서 조제프와 앙드레 형제의 사례는 참혹하다. 여섯 형제가 모두 참전하여 네 명이 일찌감치 포화에 사라지고 조제프와 앙드레 둘만 남았다. 격렬한 폭격이 잦아들자 동생 앙드레는 형 조제프가 사라진 것을 발견한다. 동생은 형의 시체만이라도 찾으려고 위험을 무릅쓰고 진흙 구덩이가 된 벌판을 헤매지만 며칠이 지나도 흔적조차 찾지 못한다. 사흘이 지난 후 동료 하나가 화자의 소매를 끌고 무너진 참호 한구석으로 데려간다. 그는 며칠 전부터 밤마다 작은 기계음이 반복해 들려서 처음에는 환청인 줄 알았다고 했다. 참호의 벽에 난 작은 구멍을 보니 거기에 조제프의 시체가 있었고 그의 손목시계는 주인이 죽은 후에도 여전히 작은 소리를 내고 있었다. 흙더미에 파묻히고 썩어가는 시체와 달리 손목에 달린 시계는 여전히 숨을 쉬며 소리를 내고 있었다. "자, 사태가 이러니 이제 여섯 형제 중 앙드레만 남은 거야. 나는 그마저도 오래 버틸 것 같지 않네. 하늘이 도와서 적당한 부상을 입지 않는 한 그 역시도 죽을 거야. 여섯 형제가 몰살당하는 꼴이지. 이건 너무하다고 생각하지 않나? 게다가 그토록 찾던 사람이 바로 우리 곁에 있었다니. 그의 팔이 바로 내가 머리를 대고 자는 곳에 있었던 거야."

비극적 희극

바르뷔스의 『포화』가 전쟁을 생중계한 글이었다면 피에르 드리외라로셸의 『샤를루아의 희극La comédie de Charleroi』은 전쟁이 끝나고 10여 년이 지난 1934년에 발표되었다. 여섯 편의 단편을 모아 작품집을 발표한 그는 그해에 자신의 정치 신념이 파시즘이라고 선언한 터였다. 비평가 J. 르카름은 이 작품을 전쟁문학 중 으뜸으로 꼽았지만 드리외라로셸의 작품은 그의 정치적 행적 탓에 프랑스에서 외면당하는 편이다. 이 작품집의 표제작 「샤를루아의 희극」의 시점은 전쟁이 끝난 직후인 1919년이다. 화자는 가난한 퇴역군인으로 프라겡 부인의 비서로 연명한다. 아들을 전쟁에서 잃은 귀족 부인 프라겡은 아들의 전우를 곁에 두고 위안을 삼다가 어느 날 그를 앞세워 아들의 묘지를 찾으려고 한다. 남편에게 버림받았지만 전쟁 영웅을 아들로 둔 자부심, 혹은 허영심에 부푼 귀부인은 간호사복에 훈장을 달고 포화가 그친 전쟁터를 누비며 아들의 흔적을 찾고자 한다. 귀부인은 화자에게 아들의 영웅적 모습을 들려달라고 종용하지만 일반인이 상상하는 전쟁은 실상과는 너무 달랐다. "8월의 햇살 아래 모인 천만 군인들은 역사가 한 번도 끌어안은 적이 없는 가장 수동적인 소 떼와 흡사했고 이제 그곳에 백정들이 입장할 터였으며 나는 막연한 의심이 들었다. 이 시카고 도살장의 통로는 나의 젊은 자부심에게 필요했던 영광의 길이 아니라는 것이다." 영웅이길 꿈꾸었던 드리외라로셸은 쥐와 벼룩이 우글거리고 악취 나는 참호 속에 틀어박혀 4년을 지냈고 그에게 적의 포화보다 절박한 문제는 설사였다. 장에슈노즈의 『14』에서도 묘사되었듯 무수한 병사가 이질과 설사로 목숨을 잃었기에 총알보다 위생에 주의하라는 것이 장교가 병사들에게 내린 첫 번째 명령이었다. 포탄을 피해 시궁창에 엎드려 있다가도 5분마다 바지를 내려야 하는 드리외라로셸은 심한 자기 모멸감에 빠진다. 당시의 첨단 기술이 동원된 현대 전쟁에서 정작 인간은 원시적인 상태, 거의 짐승으로 몰락하는 것에 작가는 절망한다. 드리외의 작품에서 현대성, 모더니티가 곧 반문명, 미개와 동의어가 되는 기묘한 현상은 이러한 전쟁 체험에서 비롯된 것이다. 그에게 전쟁은 "예기치 않은 자연으로의 회귀, 원시세계로의 귀환"을 뜻했다.

'글쓰기의 개'라는 소제목의 단편에서 바르뷔스가 개탄한 전쟁의 계급성이 제기된다. 개전 당시 3천 명의 병력을 이끌던 장교는 2년이 지나자 단 한 명의 부대원도 살아남지 않아 다시 병력 충원을 받는다. 다른 병사와 달리 깔끔한 차림의 신병 하나가 오만한 태도로 다른 병사들과 말을 섞지 않는다. 파리의 고위 정치인과 인맥이 닿은 병사는 베르뎅 전투가 개시되자 후방지원군으로 차출되어 동료들의 따가운 눈초리를 뒤로하고 파리로 돌아간다. 전쟁이 끝난 후 화자는 우연히 전쟁과 관련된 기록영화 시사회에 초대되어 화면을 마주한다. 성장한 사교계 인사들이 귀부인을 동반한 시사회에서 화자는 영화를 보며 참혹했던 시절을 회상하며 진저리 친다. 그런데 뒤에서 들리는 남녀의 대화가 수상적었다. "당신도 베르뎅에 있었지요? 끔찍했겠네요. 처음엔 기계화 부대에 있었다가 나중엔 보병 부대로 갔지요. 당신도 보병이었다고요? 그래요. 바로 내 부대가 베르뎅에 투입된 첫 번째 부대였지. 아, 가엾어라! 보병이라니 너무 멋져요. 나의 사촌도 거기서 전사했어요. 다른 데에서도 많이 죽었지요. 아무튼 베르뎅에서는…… 독일군의 진군을 막은 것이 바로 당신이었군요." 화자는 그 목소리의 주인을 알아차렸다. 전우를 버리고 고위층의 권력을 이용해서 목숨을 구한 사람이 이제 허풍을 떨고 있는 것이다. 극장에 불이 켜진 후의 장면이다. "나는 일어나 돌아서서 그를 바라보았다. 그는 나를 알아보았다. 그는 휘청거렸다. 얼굴이 창백해지고 눈을 내리깔았다. 그리고 그의 눈길은 본능적으로 곁의 여자 쪽으로 향했고 나도 그녀를 쳐다보았다." 작가는 두 번 절망했다. 전쟁의 진실을 옮기기에 무력한 언어에 절망했고, 침묵하는 진실 대신에 거짓과 허세만 득세하는 현실에 절망했다. 1차 대전은 한 세대에게 깊은 상처를 남겼다. 전쟁이 끝난 후에도 드리외라로셸은 삶이 곧 전쟁이라는 생각을 떨치지 못했고 1934년 프랑스 파시스트 정당에 가입한다.

앙리 바르뷔스는 전후에 평화운동을 주도했고 막연히 사회주의에 경도되었다가 전쟁과 갈등의 주범이 자본주의라는 확신이 들어 1923년 2월 18일 프랑스 공산당에 가입한 첫 번째 작가가 된다. 로맹 롤랑과 '암스테르담-

플레이엘' 평화운동을 주창하고 1933년 스탈린을 만나 그에게 바치는 책을 집필했다. 스탈린은 앞서 인용한 빅토르 위고의 『93』을 탐독한 애독자였다. 바르뷔스는 모스크바에서 개최된 제7차 인터내셔널에 참석했다가 폐렴에 걸려 1935년 8월 30일에 죽는다. 드리외라로셸은 자본주의를 타파하기 위해 공산주의와 파시즘 사이에서 망설이다가 후자를 택한다. 그는 독일 점령 기간 중 프랑스 문단을 이끄는 부역 작가로 활동하다가 전후 체포령이 내리자 1945년 3월 15일 음독자살한다. 바르뷔스와 드리외라로셸이 프랑스 쪽 참호에서 싸웠다면 건너편 참호를 누비는 상병이 있었다. 화가가 되기를 꿈꾸던 왜소한 청년은 미술대학 입시에 실패한 후 거미줄 같은 참호 사이에서 전령을 나르는 연락병이 되었다. 그는 훗날 독일 국가사회주의 당수가 되어 제2차 세계대전을 일으켰지만 전세가 기울자 1945년 4월 30일 오후 세 시 30분 애인과 함께 자살했다.

이별 4부작

딱히 고소공포증이 없어도 우리는 절벽 끝에 서면 아찔한 현기증을 느낀다. 무한 공간이 불러일으키는 공포심은 본능에 맞닿은 터라 이성적으로 따질 노릇이 아니다. 아무리 튼튼한 사다리라도 사정은 비슷해서 아래를 보지 않고 올라가는 것이 상책이다. 공간적 공포와 마찬가지로 시간에 대한 공포도 상정해볼 수 있다. 태어나기 전부터 시작되어 죽은 후에도 지속될 저 무한 시간을 상상하면 절벽 끝에 선 공포에 비견될 만한 아득함에 빠져야 마땅하다. 그런 심리적 상태를 블레즈 파스칼은 『팡세』에서 "무한한 공간의 영원한 침묵이 나를 고통스럽게 한다"로 요약했다. "내 생애의 짧은 기간이 그 전과 후의 영원 속에 흡수되어 있고, 내가 채우고 있으며 또 현재 보고 있는 이 작은 공간이 내가 모르는, 또 나를 모르는 무한의 공간 속에 침잠해 있음을 생각할 때, 나는 내가 여기에 있고, 저기에 있지 않는 것을 보고 두려움과 놀라움을 느낀다. 왜냐하면 왜 저기에 있지 않고 여기에 있는가, 그때에 있지 않고 지금 있는가, 그 이유가 없기 때문이다. 누가 나를 여기에 두었는가? 누구의 명령과 처치에 의해 이 자리와 이때가 나에게 배정되었는가 말이다. 단 하루 머물렀던 나그네의 추억."

『팡세』는 얼핏 20세기 실존주의자의 글이라 해도 손색 없는 단상이 전권에 넘쳐흐른다. 우리에게 이 제목은 익숙한 고전으로 꼽히는 작품이지만 판본은 아직껏 결정되지 못한 채 연구거리로 남아 있다. 작가가 기독교를 옹호하려고 여러 단상들을 메모했지만 미처 정리하지 못한 채 숨을 거둔 탓이다. 길이도 고르지 않고 순서도 뒤엉켜 있으며 일부는 가족에 의해 폐기된 메모를 수습해서 후대 학자들이 가급적 작가의 의도에 맞도록 재구성한 것이 우리가 지금 알고 있는 『팡세』이다. 그런 까닭에 엄밀히 말하면 원본은 없고 이본만 무성할 운명을 타고난 작품이다. 게다가 작가는 하늘 아래 새로운 생각은 없고 오직 그것을 어떤 순서에 따라 배열하는지만 다를 뿐이라 주장했으니 그의 생각은 영원히 알 길이 없는 셈이다. 그러나 크게 보면 그는 두 부분으로 나눠서 자신의 주장을 전개했다. 우선 파스칼은 신을 외면한 인간의 조건이 얼마나 비참한지를 꼼꼼히 나열한 다음에 신과 함께 나누는 행복을 설명하려고 했다. 다만 영혼의 불멸을 갈망하는 인간에게 신은 숨바꼭질하듯 제 모습을 감추고, 인간의 회

개와 기도가 천국을 보장하지 않는다는 점을 주장했다가 당시 교회의 핍박을 받았다. 신이 내릴 은총의 여부를 알 수 없으니 인간이 할 수 있는 일은 오로지 신음하며 기도할 뿐이란 파스칼의 태도를 훗날 골드만은 『숨은 신』에서 비극적 세계관이라 명명했다.

은총이 불확실함에도 불구하고 믿음을 권하기 위해 파스칼이 내세운 것이 이른바 '내기 이론'이다. 상대방을 설득하려면 그의 눈높이에 맞춘 논리를 펼쳐야 하듯 변덕스럽고 이기적이며 허영심에 찬 인간을 설득하기 위해 파스칼이 동원한 정교한 논리를 거칠게 요약하면 이렇다. 우선 우리 삶은 시공간적으로 찰나에 불과하다. 이것이 우리가 쥐고 있는 판돈이다. 우리는 이 보잘것없는 판돈을 믿음과 불신 양쪽 중 하나에 걸 수밖에 없는 처지이다. 그렇다면 신의 은총 덕분에 영생을 얻을 가능성이 아무리 희박해도 믿음 쪽에 판돈을 거는 것이 유리하다는 것이 파스칼의 생각이다. 노름을 거부할 입장도 아니고 판돈이 제로에 가깝다면 무한대의 당첨금이 걸린 쪽에 내기를 걸라는 뜻이다. 독자에게 현세에 대한 실망을 불러일으켜 기독교로 귀의하길 기대했던 파스칼의 뜻과는 달리 우리 시대의 독자, 예컨대 앙드레 지드는 주로 기하학의 정리를 논증하듯 치밀하고 집요하게 삶의 허망함을 천착한 첫 부분만을 즐겨 읽었다. 원래 기하학에 조숙한 천재성을 발휘한 파스칼은 무한의 개념에 기대어 인간이 얼마나 왜소한 하루살이에 불과한지를 부각시켰다.

'헛됨'쯤으로 번역될 소제목 아래 분류된 단상은 세속적 인간이 추구하는 가치가 얼마나 덧없는지를 나열했다. 나그네가 잠깐 스치고 지나갈 마을에서 굳이 잘 보이려고 애쓰지 않는 것과 같은 이치로 이승에서 얻는 명예와 사랑에 연연하지 말라고 파스칼은 독자에게 권한다. 명예와 권력 등 인간이 추구하는 것의 허망함을 하나씩 거론한 뒤 그 유명한 클레오파트라의 코를 예로 들어 사랑의 허무도 주장했다. "한마디로 사랑의 기원은 너무 하찮고 그 종말도 마찬가지"라는 것이다. 한때는 목숨마저 걸 만한 사랑이라고 믿었을 테지만 곰곰이 따져보면 그 불씨는 미미하기 그지없다. 저 여인의 코가 한 치라도 낮았다면, 요새 식으로 말하면 저 남자의 키가 몇 센티만 작았다면 과연 사랑이 싹틀 수 있었을까. 불멸의 사랑이라고 믿었지만 그 시작은 고작 한 치의 코에 좌우될 수도 있다는 것은 사랑의 허망함을 증명하기에 넉넉하지 않을까. 저 밤하늘의 무한한 공간에 비한다면 티끌만도 못한 용적을 가진 인간이 한 치의 코에 목숨을 걸거나, 한 치의 허리둘레를 줄이려고 진땀을 흘리는 어리석음을 파스칼은 질타한 것이다. 그런 허망한 욕망에 매달린 나머지 죽음의 필연성을 잊고 사는 인간을 파스칼은 이해하지 못했다. 누구에게 수모를 당하거나 사랑을 빼앗기면 몇 날 며칠 밤을 번민으로 보내는 인간이 어떻게 사랑과 명예와 권력을 한순간에 앗아가는 죽음을 그리도 태평스레 외면할 수 있을까. 파스칼은 그런 인간을 일컬어 "괴물"이라 했다. 사전적 정의에 따르면 괴물은 자연 속에 존재하지 않는 생명체를 뜻한다. 파스칼이 보기에 우리는 모두 괴물이다. 1662년 8월 19일 서른아홉 살의 파스칼이 숨을 거두기 직전에 내뱉은 마지막 말은 "부디 신이 나를 버리지 않기를"이었다.

괴물들

2012년에 발표한 산문집 『긴박함과 끈기*L'urgence et la patience*』에서 장 필립 뚜생은 첫 소설을 썼던 30여 년 전을 회고하며 "나는 실제로 아무런 자료 조사도 없이 글을 썼다. 내 수중에는 「위락」 부분을 영어로 번역할 요량으로 동료에게 빌린 파스칼의 『팡세』, 그리고 낙지 요리를 하는 대목을 쓰려고 도서관에서 빌린 생물학 교과서 한 권뿐"이라고 했다. 그의 첫 작품 『욕조』는 "빗변의 제곱은 다른 두 변의 제곱의 합과 같다"라는 피타고라스의 정리를 인용하며 시작한다. 다소 엉뚱해 보이는 기하학의 인용은 "나의 고통은 견고하고 기하학적"이라는 주인공의 고백과 호응하고 마침내『팡세』의 한 구절을 인용한 대목에서 그 의미가 분명해진다. 누구도 반박할 수 없는 기하학적 논증을 통해 인간의 비참한 처지를 증명하려 했던 파스칼에 공감한 주인공은 단 한 순간도 평안을 누리지 못한다. 죽음의 필연성에 골몰한 화자는 "제발 나를 위로해달라"고 애원하지만 곁을 지키는 여자마저도 그를 이해하지 못한다. 문학에 무심했고 나아가 글을 쓰겠다는 생각은 꿈도 꾸지 않았던 스물한 살의 청년이 무슨 이유로『팡세』에 빠졌는지, 특히 그중에서도「위락」부분에 집착했는지 짐작하기는 어렵다.「위락」은 죽음의 공포를 외면하기 위해 인간이 사냥을 비롯한 각종 오락거리에 열중하는 것을 지적한 대목이다. 위락으로 번역된 단어 divertir는 한곳에 집중해야 마땅한 정신을 다른 곳에 분산시키는 행위를 뜻한다. 임박한 죽음을 자각하고 불멸의 가능성을 모색해야 할 인간이 학문, 예술, 운동 등에 한눈파는 것을 지적한 것인데 요새 맥락에서 본다면 각종 스포츠, 취미 활동, 나아가 언필칭 문화예술의 향유가 이런 한눈팔기에 해당된다. 파스칼은 당시 고전주의 문학의 대표 장르였던 연극이 모든 위락 중에서 가장 위험하다고 경고했다. 파스칼이 따랐던 교파의 계보를 거슬러 올라가면 그 정점에 성 아우구스티누스가 우뚝 서 있다. 아우구스티누스 역시『고백론』에서 연극과 검투사 경기에 매료되었던 젊은 시절을 신에게 고백하며 죄의 사함을 간청했다.『팡세』나『고백론』에서 공히 기독교도의 길을 가로막는 걸림돌 중 하나로 위락을 꼽는 것이 흥미롭다. 공연이 다소 정적인 위락이었다면 당시 귀족들이 중독되었던 활동적 위락은 사냥이었던 것 같다. 토끼 한 마리를 쫓아 미친 듯 달리고 광분했던 당시 귀족들이 파스칼에게 모두 괴물로 보였다면 이 시대의 괴물은 전 세계에 두루 널려 있다. 몇몇 사람이 동그란 공 하나를 둘러싸고 다투는 모습에 전 인류가 열광하는 꼴을 보면 사냥이나 검투사 경기를 경계했던 아우구스티누스와 파스칼의 혜안이 놀라울 따름이다.

파스칼과 마찬가지로 뚜생의 주인공도 도무지 피할 수 없는 죽음에 시선을 고정한 터라 다른 데로 정신을 돌려 위로를 받을 수 없었다. 욕조에 처박혀 사는 화자를 걱정한 어머니가 찾아와 바깥에 나가 "오락divertir"을 하라고 권하자 화자는 오락에 대한 인간의 욕구가 "수상쩍다suspect"고 대답한다. 두 사람이 나눈 짧은 대화에 분산이나 일탈을 뜻하는 유사 단어군(distraire, distraction, diversion), 달리 말하면 일관된 의미론의 장champs sémantique이 펼쳐진 것도 분명 파스칼을 염두에 둔 것이다. 이 대목에서 파스칼을 읽는 것이 해석의 과잉이라면 한참 건너뛴 데에서 보다 직접적 인용이 등장한다. 주변의 등쌀을 견디지 못해 욕조를 나온 화자는 홀쩍 베니스로 떠난다. 호텔 방에서 묵묵히 다트의 중심을 겨냥하여 화살을 던지는 화자의 태도를 못마땅하게 여긴 여자가 잔소리를 늘어놓자 화자는 불쑥 여자의 이마에 화살을 던진다. 욕조에서 나오지 않는 아들에게 오락을 권하는 어머니, 미술관 관람이나 산책을 조르는 여자 친구의 관점에서 보면 화자는 세상사에 무심한 괴물이다. 평론가들은 인간의 오욕칠정에 시큰둥한 뚜생의 작품을 일컬어 "무감동의 미학"이라 불렀지만 뚜생은 오히려 그들을 괴물로 생각했을 것이다. 그의 작품은 시시각각 다가오는 사신의 발걸음을 멈출 수 없는 한 잠시도 평화와 행복을 느낄 수 없는 인간을 그렸다. 파스칼 식으로 말하면 그는 괴물이길 거부하는 인간만을 집요하게 화자로 내세운 것인데, 그 강박적 주제는 1984년『욕조』, 1986년『씨 Monsieur』, 1989년『사진기』, 1991년『망설임』, 1997년『텔레비전』까지 이어진다. 그의 작품세계가 돌연 달라진 것은 2002년에 발표한『사랑하기』부터였다. 2005년〈메디치상〉을 받은『도망치기』, 그리고 2009년『마리에 관한 진실 La vérité sur Marie』에 이르기까지 금세기에 발표한 세 편의 소설은 마리라 불리는 한 여자를 중심으로 벌어지는 이야기, 조금 더 자세히 말하면 마리라는 여자와 헤어지는 과정을 그린 것이다. 그리고〈공쿠르상〉과 경쟁하기 위해 제정된〈12월상〉을 받은『마리에 관

한 진실』로 이별 3부작이 완성된 줄 알았는데 다시 2013년
9월 『벗은 몸Nue』이 그 뒤를 이었으니 4부작이 출간된 셈
이다. 『벗은 몸』에 대한 출판사 소개에 따르면 이 작품으
로 마리를 둘러싼 4부작은 완결되었다. 지진, 화재, 죽음
이 배경음으로 깔린 4부작에서 화자는 구원만을 생각하
는 파스칼처럼 오로지 '마리에 관한 진실'만을 추구한다.

길고도 긴 이별

　절절한 연애도 휴대폰으로 날린 문자메시지로 마감되
는 시대에 거의 10년에 걸쳐 마냥 늘어지는 이별 이야기
란 도대체 무엇일까? 게다가 작가가 애독했던 파스칼에
따르면 사랑의 기원만큼이나 이별도 하찮은 이유로 허망
하게 끝나야 한다. 『도망치기』는 "이제 마리와는 완전히
끝장난 것일까?"라는 물음으로 시작된다. 그리고 "마리와
마지막으로 사랑을 나눴다" "마리가 마지막으로 미소를
지었다" "그녀를 본 것은 그때가 마지막이었다"는 등 이
별 4부작 도처에 마지막이란 단어가 점철되었지만 정작
화자는 인력에서 벗어나지 못하는 위성처럼 그녀 주변을
맴돌고 있다. 4부작 이전부터 그의 작품에 이름을 달리하
며 등장하는 여자는 아마 한 여자, 혹은 한 여자로부터 탄

생한 여러 분신이라고 짐작된다. 그 여자는 화랑에서 일하다가 의상디자이너, 설치미술가로 변신한 후 세계 각국에 의류 판매점을 개설한 사업가로 묘사되었다. 에드몽송, 들롱 등 여러 이름으로 불리던 그녀는 사랑 4부작에서는 마리라는 이름으로 고정되어 일관된 성격과 역할을 지니고 그녀의 활동 영역에 따라 소설의 시공간적 배경이 달라진다.『사랑하기』는 가을과 겨울의 일본,『도망치기』는 여름의 중국,『마리에 관한 진실』은 봄의 파리, 마지막 작품『벗은 몸』은 가을과 겨울의 파리로 배경이 바뀌고 틈틈이 마리의 고향이자 그녀의 아버지가 머무는 이탈리아의 엘바 섬이 여러 공간을 연결하는 고리 구실을 한다. 우연의 일치일지 모르지만 에릭 로메르 감독이 '사계절 이야기'로 다양한 형식의 사랑을 탐구한 연작 영화를 만들었듯 뚜생도 마리와의 이별 이야기를 장소와 계절을 달리하여 4부작으로 꾸민 것이다. 또한 우연에 우연이 겹친 것일지 모르지만 에릭 로메르의 영화「모드 집에서의 하룻밤」「여름 이야기」등에서 파스칼의 내기 이론이 등장인물 사이의 대화에서 반복된다. 예컨대 여주인공은 재회의 가능성은 희박하지만 무한한 행복이 예상되는 남자를 무작정 기다릴지, 아니면 딱히 행복하진 않을지라도 마음만 먹으면 당장 손잡아줄 남자와 결혼할지를 망설이며 파스칼의 내기 이론을 떠올린다.

『사랑하기』에서 화자는 염산을 담은 조그만 병을 휴대하고 마리와 함께 일본에 간다. 원만치 않은 관계를 아슬아슬하게 이어가던 터라 마리는 염산을 소지한 화자를 두려워한다. "이번이 마지막이라고 생각하며 정사를 나눴던 것이 몇 번이었던가? 잘 모르겠지만 자주였던 것 같다. 자주……"라는 대목에서 알 수 있듯 두 사람은 떨어져 있을 때만 사랑하고 곁에 있으면 수시로 다투는 묘한 상황에 빠져 있다. 그리고 두 사람 사이에서 벌어지는 균열처럼 도쿄에서는 수상한 지진이 감지된다. 『도망치기』에서 주인공은 마리로부터 모종의 부탁을 받고 상하이로 간다. 거기에서 만난 중국 여인과 심야열차에서 정사를 벌이려는 순간 마리로부터 엘바 섬에 살던 그녀 아버지의 죽음을 전해 듣는다. 두 사람은 아버지의 장례식을 위해 엘바 섬에서 재회한다. 그리고 바다에서 함께 헤엄을 치다가 포옹을 하며 "마리는 바다에서 울고 있었다"라는 문장으로 『도망치기』가 마무리된다. 서로의 부재만으로 겨우 유지되던 사랑이 죽음을 계기로 다시 이어진 셈이다. 『마리에 관한 진실』은 보다 자극적인 장면으로 시작된다.

찜통처럼 더웠던 그날 밤의 암울했던 시간을 나중에 돌이켜 생각하니 나와 마리는 함께한 것은 아니지만 똑같은 순간에 섹스를 했다는 것을 나는 깨달았다. 그날 밤 어떤 시간에 그해 갑자기 파리 지역에 첫 더위가 들이닥쳐 사흘 내내 38도의 기온이 이어졌고 30도 아래로 도무지 떨어지지 않았다. 마리와 나는 직선거리로 겨우 1킬로미터 떨어진 아파트에서 각자 섹스를 했다. 당연히 우리는 초저녁이나 그 후 어느 때에도 그날 밤 우리가 만나 동틀 무렵까지 함께 있을 것이며, 엉망이 된 컴컴한 아파트의 복도에서 포옹하게 되리란 것은 상상할 수 없었다.

전편 『도망치기』에서 장례식을 마친 후 마리와 화자는 엘바 섬에서 파리로 돌아왔지만 결국 별거를 한 것으로 짐작된다. 『마리에 관한 진실』은 위의 인용처럼 제각기 다른 곳에서 각기 다른 상대와 동시에 사랑을 나눈 것에 대한 회상으로 시작된다. 마리는 경마와 말 사육에 관여하는 장 크리스토프를 만나 파리에서 사랑을 나눈다. 그러던 중 남자가 심장마비로 쓰러지자 마리는 당황한 나머지 화자에게 도움을 청한다. 마리와 같은 이름을 지닌 또 다른 마리와 함께 잠들었다가 급히 달려온 화자가 목격한 것은 들것에 실린 장 크리스토프, 보다 정확히 말하면 그의 몸을 덮은 흰 천 바깥으로 튀어나온 발목뿐이었다. 화자의 도움으로 겨우 마음을 가라앉힌 마리는 문득 방구석에 방치된 화자의 옷장이 눈에 거슬린다며 치우자고 고집을 부린다. 별거하기 전에 화자가 사용하던 옷장에 그녀의 심기가 뒤집혔던 것이다. 한 남자가 심장마비로 숨을 거둔 직후 두 사람은 문자 그대로 일심동체가 되어 옷장을 지하창고까지 끌어내린다. 그 괴기스런 장면이 길게 묘사된 후 화자는 마리와 죽은 남자 사이의 관계를 상상하기 시작한다. 두 사람의 만남, 관계의 진전, 결정적 장면 등을 머릿속으로 집요하게 재구성하며 "마리에 관한 진실"을 알고자 한다.

그날 밤 라브리에르 거리의 아파트에서 실제로 벌어진 사건의 객관적 진실이 있다는 것을 알지만 그것은 항상 이질적이어서 나로서는 단지 주변만 맴돌고 여러 각도에서 접근했다가 우회하고 다시 공격적으로 되돌아가지만 그날 밤 실제로 벌어진 일은 나의 상상력의 사정거리 바깥에 있어서 도달할 수 없고 언어로 환원될 수 없기에 나는 항상 벽에 부딪쳤다.

화자는 객관적 사실이 엄연히 존재하지만 그 내용을 상상력으로 재구성하여 언어로 표현할 수 없다는 데에 좌절한다. 진실은 존재하지만 상상과 언어의 바깥에 있다면 과연 우리에게 그 진실은 어떤 위상을 갖는가. 화자는 상상력과 언어로 현실을 포착하려고 애쓰지만 매번 메울 수 없는 빈칸, 의문점에 부딪친다. 헤어졌던 두 사람은 장

크리스토프의 죽음 덕분에 재회하지만 곧 헤어진다. 그리고 계절이 지나 화자는 엘바 섬에서 마리를 다시 만난다. 한 지붕 아래에서 각방을 쓰던 두 사람은 섬에서 발생한 화재 덕분에 힘을 합치고 마침내 어느 날 "잿빛 새벽녘에 감미로운 섹스를 했고, 내 사랑, 너의 피부와 머리카락에서는 여전히 불의 냄새가 강하게 남아 있었다"라며 소설은 끝이 난다. 전편이 바닷물과 눈물로 뒤범벅된 마리와의 키스로 끝났다면 이번에는 불 냄새를 풍기는 마리를 포옹하며 이야기가 마무리된 것이다.

이별 4부작 중 마지막 작품 『벗은 몸』은 마리가 창조한 의상을 선보이는 패션쇼를 묘사하는 프롤로그로 시작된다. 항상 전위예술을 추구하던 마리는 꿀로 만든 의상을 디자인한다. 모델의 알몸에 오로지 꿀만 발라서 실로 꿰맨 자국이 없는 옷, 문자 그대로 천의무봉天衣無縫의 의상을 만들어낸 것이다. 그러나 벌 떼를 풀어놓아 모델을 감싸게끔 만든 그녀의 작품은 모델이 넘어지고 벌 떼가 침을 쏘는 바람에 파탄이 난다. 이어지는 본문에서 화자는 엘바 섬에서 파리로 돌아온 후 마리의 전화를 기다리며 행복했던 엘바 섬의 여름을 끊임없이 되씹는다. 여러 기억 중에서 살구를 먹던 마리가 불쑥 화자를 벽에 밀쳐 세우고 키스를 해서 그의 입에 살구 씨앗을 넘겨주었던 장면을 머릿속에서 되풀이한다.

내가 파리로 돌아온 후 시간이 가면 갈수록 그 시간적 거리에 의해 더욱 감동적으로 변하고 불쾌한 요소가 정화되고 걸러져서 항상 머릿속에서 되살아나는 마리의 여름 이미지, 항상 똑같은 행복한 영상만 되씹고 있는 것은 아닌지 자문하게 되었다. (……) 몇 주가 지난 후 나는 사랑이란 다시 씹기, 혹은 지속적인 되풀이라는 생각이 들어서 나의 표현을 좀 더 가다듬은 후 만약 사랑이 지속된다면 그것이 다름 아니라 되씹기가 아니냐고 마리에게 물어보았다.

과육이 사라진 후에도 차마 뱉지 못한 채 입안에서 우물거리던 씨앗, 맛과 향이 사라지고 딱딱한 촉감만 남은 씨앗이 이별 4부작이 맺은 결실인 셈이다. 화자는 이번 소설에서도 마리를 따라 엘바 섬으로 간다. 마리를 어릴 적부터 돌보던 하인쯤 되는 모리조라는 노인의 장례식에 참석하기 위해서이다. 아버지와 모리조는 사라지고 화재로 인해 주변이 불타고 덩그러니 집만 남은 고향집에서 마리는 한밤중에 화자의 침대에 찾아온다. 그리고 묻는다. "자, 그래서 나를 사랑하는 건가요?"

소설의 예술성

　산문집 『긴박함과 끈기』에서 작가는 사무엘 베케트와
의 만남을 회고한다. 그와의 첫 번째 만남은 물론 작품을
통해서이다. 버스에서 뚜생은 베케트의 소설을 읽었는데
너무 큰 충격을 받은 나머지 버스에서 내려 한동안 거리
에 주저앉아 있었다고 고백한다. 그의 작품을 읽고 "이렇
게 써도 소설이 되는구나"라는 충격을 받았고 그 후에 딱
히 의식한 것은 아니었지만 자신이 베케트처럼 쓰고 있음
을 깨달았다. 그는 미처 등단도 하기 전에 베케트에게 원
고를 보내 충고를 부탁했고 기대치도 않았던 답장을 받은
4년 후 처녀작 『욕조』로 작가가 되어 출판사에서 베케트
를 만나게 된다. 그가 베케트의 소설에서 받은 충격은 무
엇이었을까. "일반적으로 소설을 소개할 경우 그 줄거리를
언급한다. 그런데 여기에는 줄거리가 부재했고 구성이나
일화가 최소한으로 축소되었다. 줄거리는 문제가 되지 않
았고 거기에 본질이 있는 것도 아니었다. 『몰로이』와 『말
론 죽다』를 요약하는 것은 쓸모없고 무모한 짓이 될 것이
다." 뚜생은 그 순간부터 독자의 기억에 줄거리를 남기지
않는 소설, 오로지 리듬과 소리가 살아 있는 몇 개의 문장,
몇몇 단어만 보석처럼 반짝거리는 소설이 진정한 예술이
라 생각한다. 3000페이지가 넘는 프루스트의 『잃어버린

시간을 찾아서』를 "마르셀이 작가가 되었다"는 한 줄로 요약한 프랑스 서사이론가 G. 주네트를 거론하며 뚜생은 줄거리가 없어야만 진정한 예술이라고 생각한 것이다. 프랑스의 그뤼에르 치즈는 기포 구멍이 많을수록 상품으로 친다. 그렇다면 온몸에 구멍이 숭숭 뚫려서 마침내 허공으로 변한 것이 최상의 치즈일 것이다. 소설도 치즈처럼 줄거리가 헐거운 나머지 마침내 거의 아무 이야기도 없어야 소설일까. 1981년 어느 날 오후 63번 파리 시내버스에서 내린 뚜생은『말론 죽다』를 끌어안은 채 벼락을 맞은 것처럼 거리에 쓰러졌다. "로마의 산타마리아 델 포폴로 성당에 걸린 카라바지오의 그림에 표현된 성 바오로처럼 두 손을 가슴에 얹고 성령을 받은 사람처럼 환희에 찬 얼굴로 길바닥에 드러누웠다"고 작가는 회고했다. 과연 훗날 어느 비평가는 뚜생의 소설에는 "글쓰기의 예술만 있을 뿐 아무것도 없다"고 평했다. 그런데 지금껏 내가 한 것이라곤 이별 4부작의 줄거리를 요약한 것에 불과하다. 뚜생의 표현에 따르자면 무모하고 쓸모없는 짓이다.

유혹의 산

종이가 노랗게 바래 바스러질 것 같은 오래된 책은 만지기도 조심스럽다. 대개 책의 맨 뒷장에 혁명공약이 실렸거나 출간 연도가 단기로 표기된 것들이다. 책의 물리적 변화보다도 단기 연도에 문득 정신이 아득해진다. 목전에 닥친 일에 매달려 매 순간을 견디는 하루살이로서는 실감할 수 없는 시간의 무게 탓일 것이다. 지금 두루 통용되는 연호는 예수의 출현을 기준으로 인류 역사를 양분하는 기독교적 시간관에 따른 것이다. 알다시피 서력 연도에 2333년을 더하면 단기가 되는데 단기 1년을 전후로 우리 조상들의 삶이 그다지 달라지진 않았을 테고 서양도 사정이 비슷하지 않을까. 바실리스 알렉사키스의 소설 『예수 그리스도 이후_Ap. J.–C._』를 읽으면 기독교의 출현이 세상을 어떻게 바꾸었는지 조금 엿볼 수 있다. 소설의 제목 'Ap. J.–C.'는 우리말로 서기, 영어로 A.D.에 해당하는 프랑스 약호이다. 이 소설로 2007년 〈프랑스 학술원 소설 대상〉을 받은 알렉사키스는 1943년 그리스 아테네에서 태어나 열일곱 살에 프랑스에 정착한 후 모국어와 프랑스어로 글을 쓰는 이중언어 작가이다. 『예수 그리스도 이후』는 겉으로는 21세기의 그리스를 배경으로 삼았지만 속으로는 독자를 아득한 고대로 초대하며 흥미로운 생각거리를 제공한다. 특히 남보다 빨리 변하지 않으면 금세 뒤처진다고 윽박지르는 소리에 지친 이들에게 위로가 될 만한 대목이 많이 있다. 이 소설은 1000년 동안 털끝만 한 변화마저 거부하는 사람들이 지금 이 세상 어디엔가 살고 있다는 소식을 알려주기 때문이다.

아흔두 살의 여인

2006년 3월 7일 화요일. 정교회는 오늘 메가르의 로랑, 에프라임, 위젠의 성자 축일을 기린다. 나는 그 셋 중 어느 누구도 모른다. 같은 날 축일 기념을 하는 것으로 보아서 같은 시대에 살았던 모양이다. 정오의 땡볕 아래 로마 원형경기장 한가운데 서 있는 그들을 상상해본다. 성자들이 늙어서 침대에서 편안히 죽는 법은 드물다. 세 사람 중 가운데 서 있는 성자 에프라임이 나머지 두 사람에게 용기를 주기 위해 양손으로 그들 손을 잡는다. 하지만 그들은 철책 우리 안에 갇혀 울부짖는 맹수들에게 전혀 겁을 먹은 표정이 아니다. 군중들은 초조하게 기다린다. 나팔 소리가 울려 퍼진다. 황제가 한쪽으로 약간 머리를 기울인다. 철책이 길게 쇳소리를 내며 천천히 올라간다.

소설은 필경 영화에서나 보았을 법한 장면을 주인공이 상상하는 것으로 시작된다. 흥분한 관중 앞에서 맹수에게 찢겨 죽은 순교자를 상상하는 화자는 아테네 대학에서 역사를 전공하며 소크라테스 이전의 철학에 관련된 주제로 논문을 준비하는 중이다. 그의 아버지는 정치에 다소 관심이 있을 뿐 철학에는 무심한 평범한 배관공이고 어머니는 신실한 그리스정교 신자이다. 그다지 넉넉하지 못한 처지이지만 그는 좁은 기숙사에서 사는 친구들과 달리 넓은 정원이 딸린 대저택에서 산다. 숙식을 제공받는 대가로 주인공은 늙은 집주인에게 책을 읽어주는 일을 한다. 철학 전공인 그가 순교자에게 관심을 갖는 것도 이 때문이다. 거부巨富인 선박왕의 딸로 넉넉한 삶을 보낸 여주인 나우시카는 노년에 들어 시력을 잃었지만 우아한 자태와 교양은 잃지 않았다. 주인공은 거실에 걸려 있는 그녀의 젊은 시절 사진을 보고 얼핏 사랑을 느낀다. 지금 눈앞에 보이는 노인이 아니라 과거 속의 그녀와 사랑에 빠진 것이다. 드미트리스의 성화를 침실에 모시고 사는 아흔두 살의 여주인은 비잔틴시대의 기독교에 관심이 많다.

어느 날 그녀는 주인공에게 연구비를 줄 테니 아토스 산에 얽힌 역사와 그곳에 사는 수도승에 대해 조사해달라고 부탁한다. 원래 인류 최초의 철학자라 일컬어지는 탈레스를 연구하려던 화자는 이를 계기로 관심의 폭을 넓혀 초기 기독교를 탐구하기 시작한다. 그리고 나중에야 나우시카가 아토스 산에 은거한 수도승에 대한 조사를 부탁한 이유가 밝혀진다. 그녀의 남동생이 서른아홉 살이란 늦은 나이에 정교회 수도승이 되어 아토스 산에 들어간 후 반세기가 넘도록 소식이 끊긴 터라 죽음을 앞둔 누나가 동생의 안부를 궁금해했기 때문이다. 20장으로 나뉜 소설『예수 그리스도 이후』는 화자가 대학에서 철학 강의를 들으며 아토스 산에 산재한 수도원과 암자를 뒤져 여주인의 동생을 찾는 과정으로 구성된다.

인류의 역사가 예수를 기준으로 양분되는 전환기를 맞이했을 때 그 변화를 생생하게 상징하는 것이 아토스 산이다. 그리스의 아토스 산에는 두 개의 전설이 서려 있다. 첫 번째 전설에 따르면 거인 아토스가 포세이돈을 죽이려고 던진 돌이 변해서 아토스 산이 되었다는 것이다. 신화시대의 아토스 산 정상에는 제우스를 모시는 신전이 세워졌다. 두 번째 전설의 주인공은 성모 마리아이다. 성모 마리아가 유대의 땅을 떠나 처음 유럽에 발을 디딘 곳이 아토스 산이란 것이다. 성모를 태운 배가 태풍을 만나 표류하다가 닿았던 곳이 바로 그곳이다. 뱃전에 선 성모 마리아의 시야에 우상을 섬기는 이교도의 사원이 들어오자 사원은 저절로 산산이 파괴되었다고 한다.

훗날 아토스 산에는 그리스정교회의 수도승이 속세를 떠나 은거하게 되었고, 지금도 길이 40킬로미터, 폭 10킬로미터의 험악한 산악으로 이뤄진 반도에 우뚝 솟은 해발 2000미터의 아토스 산에는 약 20개의 수도원이 들어서 있다. 그뿐 아니라 골짜기마다 움막이 숨어 있고 절벽 끝에는 까치집처럼 암자가 매달려 있다. 육로가 험한 터라 오로지 뱃길로만 갈 수 있는 그곳은 지금도 그리스 국가로부터 독립된 자치구로서 수도원의 대표 승려로 구성된 '성스러운 공동체'에 의해 운영된다. 외부인이 그곳에 들어가려면 별도의 입국 비자를 발급받아야 할 정도로 자치권이 보장된 국가 속의 국가이다. 단, 비자는 '아바통'이라 불리는 계율에 따라 오로지 남자에게만 부여된다. 예수의 어머니를 제외하고는 이곳에 어떤 여자도 발을 들여놓을 수 없다는 계율 때문이다. 수도원과 암자, 그리고 공동 수도 생활을 거부하는 은자의 토굴에는 검은 승복을 입고 긴 수염을 기른 남자들만 살고 있다.

철학과 신학

고대철학을 전공한 화자가 아토스 산을 탐사하는 과정을 그린 이 소설을 읽으며 우리는 화자의 눈을 통해 두 개의 세계를 만난다. 첫 번째는 아토스 산에 성모 마리아가 오기 이전의 그리스시대이다. 인류 최초의 철학자 탈레스를 연구하는 주인공 덕분에 독자는 아테네 대학의 철학 강의를 귀동냥하게 된다. 두 번째 세계는 세상을 등지고 아토스 산 속에 칩거한 은수자들의 세계이다. 우선 주인공 어깨너머로 철학 강의를 들어보자.

나는 소크라테스 이전의 철학자들이 천문학자, 기하학자, 대수학자, 물리학자, 박물학자, 의사, 시인, 정치학자 등이 모인 이질적 집단이란 것을 발견했다. 테아노 교수는 기원전 7-6세기 사이에 살았던 탈레스가 어떻게 피라미드의 높이를 계산했는지 설명해주었다. 지팡이를 모래에 세운 후 그 림자의 길이가 실제 높이와 일치되는 시간을 골라 그는 피라미드의 그늘을 재서 높이를 계산한 것이다. 그것은 흥미로웠다. 하지만 자연과 인간이 공기에서 탄생했는지, 아니면 물, 불, 흙, 그도 아니면 이 원소들의 결합에서 발생했는지를 따지는 그들의 관심사는 흥미롭지 않았다. 엠페도클레스에 의하면 인간이 시금치처럼 흙에서 발생했다는데 그 말을 듣고는 자칫 폭소를 터뜨릴 뻔했다. 하나만은 확실했다. 어떤 신도 인간과 자연을 창조하지 않았다는 것이다. 테아노 교수는 인간의 사유가 그 가능성을 발견하여 그 사유가 작용하는 영역을 무한히 확장한 것이 바로 그 순간이었다고 결론 내렸다.

테아노 교수에 의하면, 초월적 신이나 조물주에 의지하지 않고 오로지 추론과 논리만으로 자연과 인간을 설명하려는 시도는 그리스인에 의해서 시작되었다. 모든 존재의 근원에 조물주를 상정하지 않은 철저한 유물론적 태도가 그들 사유의 토대였으니 이른바 철학이란 것은 그리스인의 발명품인 셈이다. 다시 테아노 교수의 강의를 들어보자.

소크라테스 이전의 학자들은 모든 것을 이해할 수 있다고 믿었지만 그 길이 무척 어렵다는 것도 동시에 인식했다. 그래서 그들 중 몇몇은 아무것도 모른다는 태도를 견지했다는 것도 나름대로 수긍할 수 있다. 그들은 회의를 키우고 우주에 시작이 있다는 것을 의심했으며, 그것이 진화한다는 것도 의심한 나머지 우주의 존재마저도 의심했다.

인류 최초로 철학을 발명한 그리스인에게 기독교의 도래는 재앙이었다. 아토스 산의 신전이 부서지고 수도원이 세워지면서 그리스 철학은 그 맥이 끊긴 것이다. 그리스 뭇 신의 신전과 조각상이 파괴되고 그 자리에 교회와 성상이 세워졌으며 제각기 다른 기능을 지닌 그리스 신들은 기독교의 성자로 대체되었다. 다신교에서 일신교로 변한 데 따른 민중의 허전함은 앞서 인용했던 기독교의 뭇 순교자들을 숭배하는 것으로 다소 보상받은 셈이다. 강의실을 나오며 주인공은 눈앞에서 땅이 융기하여 두 개의 높은 흙더미로 쌓이는 것을 상상한다. 하나는 '의심의 언덕'이며 다른 하나는 '확신의 산'이었다. 스물네 살의 주인공이 이 언덕과 산을 순례하는 것이 소설의 줄거리이다.

민주주의의 탄생

화자의 논문을 지도하는 역사학 교수 베지르치스는 아토스 산에 성모가 방문함으로써 그리스는 의심의 시대에서 확신의 시대, 달리 말하면 철학의 시대에서 신앙의 시대로 넘어갔다고 주장한다. 그의 강의에 따르면 그리스 고대 철학은 세상을 창조한 신이나 사후세계를 상정하지 않았고 따라서 인간의 영생불사, 나아가 부활의 가능성을 부정했다. 사후세계의 꿈을 박탈당한 인간은 오로지 현세에서 최선을 다해 그 보상을 받아야만 했다. "죽은 자를 살리려던 아스클레피오스는 제우스의 분노를 사 벼락을 맞았다. 그래서 고대 그리스인들에게 죽음은 대단히 슬픈 현실이었고 인간들에게 아주 작은 희망이라도 주기 위해 고대 종교인은 민주주의를 제공한 것이다. 인간이 처한 비극적 운명에 대한 인식이 자신의 운명을 스스로 결정하겠다는 결단으로 이어진 것이다." 뒤집어 생각하면 영생과 부활, 혹은 윤회에 근거한 종교는 인간에게 내세의 희망을 주는 대신 각박한 현실, 나아가 불평등한 현실을 인내할 여지를 남긴다. 예컨대 목화밭에서 흑인 노예를 짐승처럼 부리기 위해 농장주들은 그들에게 성경과 찬송가를 가르쳤고 브라만은 불가촉천민에게 환생의 헛된 꿈을 주입하여 부당한 현실에 대한 불만과 개혁 의지를 무산시켰던 셈이다. 베지르치스 교수의 말을 들어보자.

기독교로 개종한 비잔틴의 황제가 과연 신을 믿었는지 확신할 수 없다. 그는 정신적 타락이 극에 달하고 무당과 점쟁이가 떼돈을 버는 제국에 새로운 종교를 이식하려 했다. 가난한 자를 위로하고 그들에게 희망을 주고 제국의 신민을 하나로 묶을 수 있는 것이 바로 기독교라고 그는 믿었을 것이다. 우리는 기독교도들이 겪은 박해에 대해선 많은 것을 알지만 그것은 교회에서 말하는 것만큼 큰 박해가 아니었다. 반면에 그들이 이교도, 특히 유대인에 가한 박해에 대해선 거의 아무

것도 모른다. 그들은 이교도를 불태우고 십자가형에 처하고 자살을 강요했다. 5세기경 알렉산드리아에서 강의했던 철학자이자 수학자 히파이티는 기독교인들에 의해 갈가리 찢겨졌다. 그 만행에 축성을 내린 주교 시릴은 수도승들에게 비신자들에 대한 징벌 원정을 사주했다.

베지르치스 교수에 따르면 비잔틴 제국이 본격적으로 철학과 다신교를 파괴하기 시작한 것은 4세기부터였고 서기 392년 테오도즈 황제의 이교도 학살은 종교가 아니라 문명의 파괴로 이어졌다. 529년 드디어 아테네 학당이 폐쇄됨으로써 그리스 철학은 막을 내렸다. 그리고 1837년에 이르러서야 아테네 대학에 철학 강좌가 생겼다. "우리는 13세기 동안의 지적 무기력, 13세기 동안의 침묵을 거쳤습니다. 이 시기 동안 그리스의 책에서 자유란 단어가 사라졌었지요. 우리는 18세기에 이르러서야 그 단어를 다시 찾았습니다." 의심과 회의를 질식시킨 기독교에 순종하는 은둔 수도승이 지켜야 할 첫 번째 계율은 생각하지 말고 기도하라는 것이다. 사유는 신앙의 적이기 때문이다. 생각을 끊는 것은 신에게 귀의하는 첫 번째 길이다. 그러나 과연 수도승은 기도를 통해 회의와 유혹에서 벗어났을까.

유혹의 산

기도의 장소인 성스런 산에는 매일 밤 그곳의 주민을 탈선시키려고 몰려드는 수많은 악마들이 창궐합니다. 달리 말하면 그곳은 타락의 명소이기도 합니다. 신의 모든 피조물은 수도승의 사랑을 누릴 수 있지만 여자는 제외됩니다. 그들에게 여자란 악마의 보조물처럼 보이기 때문입니다. 여자들이 그들의 생각 중 큰 부분을 차지하리라 짐작됩니다. 기자가 말하길 아바통의 계율은 신화에 불과하고 아토스 산에는 여자의 환영이 우글거린다고 합니다. 당신은 수도승들이 어떤 이유로 수도원에 은거할 결단을 내리는지 궁금해하셨죠. 어떤 이들은 실연의 결과로 은둔을 결심합니다. 어떤 사람은 잊기 위해, 다른 사람은 잊히기 위해 승복을 입어요. 그들은 이름을 바꾸고 수염을 길러 신분을 감춥니다.

아토스 산을 답사하기에 앞서 자료 조사를 마친 화자는 나우시카를 만나 이렇게 결과를 보고한다. 여자를 악마의 도구라 여겨 금녀의 계율을 세운 후 속세의 오욕칠정을 끊으려는 수도승들이 모인 아토스 산이 실은 세상에서 가장 많은 색마가 들끓는 유혹의 산이 되었다는 것이 주인공이 내린 결론이다. 나우시카는 "사랑에 빠진 수도승처럼 나도 유령을 본다"고 고백한다. 남동생의 환영이 나타나 전 재산을 아토스 수도원에 기증하라고 종용한다는 것이다. 이제 화자는 아토스 산을 답사하여 수도원의 실체와 남동생의 행적을 밝혀야 한다. 20장으로 이뤄진 소설에서 화자는 18장에서야 비로소 아토스 산에 들어간다. 그는 수도원을 돌며 1953년에 입산한 속명 드미트리스 나우시카를 수소문하지만 그의 족적은 찾을 수 없다.

주인공이 아토스 산에서 만난 수도승들은 한결같이 속세의 사연을 감추었지만 실연자뿐 아니라 군인, 교사, 공산주의자가 많았다. 병영과 학교는 수도원과 유사한 공간이었다. 서구에서 정밀 시계는 속세의 필요성에 의해 발명된 것이 아니라 기도와 노동만으로 이뤄진 수도 생활에 엄격한 규칙성을 강제하려고 수도원에서 만든 것이었다. 속세에서 시계가 가장 위력을 떨치는 병영과 학교에서 잔뼈가 굵은 이들이 수도원에서도 어렵지 않게 적응했다. 또한 68혁명에 가담했던 낭만적 좌파 지식인, 만민평등을 실현하려다 실패한 공산주의자는 그들이 꿈꾸던 이상향을 찾아 아토스 산으로 들어왔다. 신을 만나기 위해 사막이나 산에 은둔하는 기독교의 전통은 성 앙투안으로부터 시작되었다. 그리고 사실주의 작가 플로베르가 세 차례에 걸쳐 수정한 소설 『성 앙투안의 유혹』은 속세를 버린 은수자隱修者의 삶에 얼마나 많은 유혹이 따르는지를 보여준다. 이 소설에서는 교만, 음욕, 질투, 식탐, 나태,

분노, 인색이란 기독교의 칠거지악을 대변하는 잡귀와 이교의 제신들, '논리'로 지칭된 철학귀신까지 출현하여 끊임없이 앙투안을 유혹한다. 아토스 산에는 속세보다 더 많은 잡귀가 들끓는 셈이다. 수도원에서 작은 암자, 그리고 독거 수도승이 머무는 움막까지 뒤진 끝에 마침내 주인공은 문제의 수도승을 찾는 데 성공한다. 그리고 휴대전화를 통해 나우시카는 반세기 만에 남동생과 해후한다. 아토스 산을 순례하며 마치 과거로의 시간여행을 했다는 느낌이 든 주인공은 제논의 궤변을 떠올린다. 철학자 제논은 운동도, 시간도 모두 정지한 것이라 시간의 화살은 움직일 수 없다는 궤변을 펼쳤다. 주인공은 나우시카의 집으로 돌아가자 마치 타임머신을 타고 과거로 돌아간 듯 어린 소녀 모습의 나우시카를 만난다. 사진에서 보았던 바로 그 모습 그대로의 소녀이다. 1000년 동안 시간이 멈춘 곳을 다녀온 덕분에 주인공의 시간이 멈춘 것일까. 혹은 그가 그토록 사랑했던 그녀의 과거로 돌아간 것일까. 사진 속에서 튀어나온 어린 소녀를 껴안고 뺨을 부비는 장면으로 주인공의 여정, 그리고 소설이 마무리된다.

『예수 그리스도 이후』는 아토스 산으로 출가한 승려를 찾아가는 과정이 서사의 굵은 줄기지만 독자는 정작 큰 줄기보다 무수한 곁가지를 어슬렁거리며 지적 즐거움을 만끽할 수 있다. 얼핏 실종자를 찾는 과정을 그린 추적형

서사처럼 보이지만 정작 독서의 즐거움은 은수자의 발견 여부에 있지 않다. 아득한 신화시대, 탈레스의 철학시대, 그리고 기독교시대를 거쳐 현대에 이르기까지의 인간의 모험을 아토스 산에 농축시켜 지적 담론을 펼치는 소설가의 솜씨에 독자는 반하게 된다. 우리가 살인자의 정체가 궁금해서『카라마조프 가의 형제들』을 읽는 것은 아닐 것이다. 실종자의 추적이나 진범의 체포보다는 여러 등장인물을 통해 저자가 들려주는 갖가지 사유의 방식, 삶의 다양한 색채, 혹은 소설 속의 소설과도 같은 조시마 장로의 긴 담론이 기억에 오래 남게 마련이다.『예수 그리스도 이후』를 읽으며 유독 조시마 장로가 떠오른 것은『카라마조프 가의 형제들』에서 인류 구원의 길로 제시된 종교가 바로 아토스 산의 수도원이 속해 있는 동방정교이기 때문이다.『예수 그리스도 이후』에서 가장 흥미로운 등장인물은 사람이 아니라 아토스 산이다.

농밀한 확신

그리스 조각을 보고 나면 그 이후의 모든 예술은 코흘리개가 주물러 만든 조악한 키치에 불과한 것처럼 보인다. 조금 과장해서 말하면 세월이 흘러 경제가 발전하고 먹고사는 것이 편해져도 종교와 예술을 비롯한 인간의 정신은 그리스시대보다 그다지 나아진 것이 없다. 물적 토대와 상부구조가 거의 무관한 것임을 보여주는 웅변적 증거가 고대 그리스 조각이라 생각된다. 조각과 마찬가지로 전 세계의 국가가 실현하고자 표방한 민주주의는 여전히 그들이 이룩한 수준에 미치지 못한 것은 아닐까. 그리스는 그 찬란했던 문명이 무너지고 철학이 파괴되고 남의 속국이 되었다가 내전과 군사혁명을 거친 후 요새는 유럽 경제의 발목을 잡는 지진아 취급을 받는다. 그리스 출신의 프랑스 소설가는 아마도 아토스 산을 화두로 잡아 그 몰락의 시원을 짚어보고자 했을지도 모른다. 그러나 저자의 의도와 무관하게 『예수 그리스도 이후』는 아토스 산 그 자체만으로도 우리의 관심을 끌기에 충분하다. 무라카미 하루키는 척박한 바위산을 걸어 수도원을 돌아다니고 『우천염천雨天炎天』이란 아토스 산과 터키를 관광한 기행문을 썼다. 제목에서 '우천'이 바로 아토스 산에 해당된다. 작가는 음식에 호불호가 분명하긴 하지만 바깥세상을 두루 주유한 터라 개방적 미각을 지녔을 법하다. 그런데 아토스 산의 독거 수도승이 내놓은 음식만은 견딜 수 없었던 모양이다.

　저녁 식사 또한 끔찍했다. 우선 빵, 정말 형편없는 물건이다. 언제 만들었는지 모르겠지만 돌처럼 딱딱한 데다가 한쪽에 푸른곰팡이가 피어 있었다. 그것을 세면대에 넣고 수돗물로 불린다. 그다음에 그것을 체에 받쳐 물기를 빼고 주는 것이다. 물에 불려주는 것만으로도 친절하지 않느냐고 말할 수 있지만, 그것은 도저히 사람이 먹을 수 있는 음식이라고 말할 수 없다. 그리고 차갑게 식은 콩 수프, 거기에 식초를 듬뿍 쳐서 내놓았다. 식초를 넣으면 힘이 난다고 그는 말한다. 그야 그럴지도 모르겠지만 맛은 엉망진창이다.

하루키는 독거 수도승의 움막과 식사에 진저리를 치고 도망치듯 빠져나온다. 하루키가 머문 숙소, 그가 먹은 빵은 1000년 동안 아토스의 수도승이 잤던 곳이고 먹었던 것이다. 걸핏하면 그 빵마저도 끊고 며칠씩 금식하는 것 역시 1000년간 지켜온 그들의 계율이다. 도망치듯 그곳을 떠난 하루키는 며칠이 지나자 "이상할 정도로 아토스가 그리워졌다"고 고백한다. 그런 감정은 종교와는 전혀 무관한 것이었고 음식은 "생생하고 실감 있는 맛으로 가득 찼다"고 생각한다. 지저분한 원숭이 같은 수도승이 정교로 개종할 것을 권유했으나 그는 조금도 종교에는 관심이 없었다. "다만 그 수도사의 말에는 이상한 설득력이 있었다. 아마 그것은 종교를 운운하는 것보다는 인간의 삶의 방식에 대한 확신의 문제라고 생각한다. 확신이란 점에서는 전 세계를 찾아봐도 아토스처럼 농밀한 확신에 가득 찬 땅은 아마도 없을 거라는 느낌이 든다. 그들에게 그것은 의심의 여지가 없는 확신에 가득 찬 리얼 월드인 것이다." 하루키가 묘사한 '의심의 여지가 없는 농밀한 확신'이란 표현을 바실리스 알렉사키스의 용어로 번역하면 '철학의 여지가 없는 신학'이 된다.

미치거나 죽거나

  프랑스 남쪽의 유서 깊은 고도 아비뇽으로부터 6킬로미터 떨어진 몽드베르그에 정신병원이 생긴 것은 1854년의 일이다. 이미 17세기부터 사회가 감당할 수 없는 광인들을 격리하고 넓은 밭에서 노동 치료를 실시했던 구빈원을 개조한 것이다. 요양원에 수용된 600여 명 중 완치나 증세 완화로 퇴원한 환자는 50여 명 정도이고 나머지는 대개 여생을 감금 상태에서 보내다가 홀로 숨졌다. 다시 말해 일단 정신병원에 수용된 환자는 십중팔구 그곳에서 일생을 마치게 된다. 의료진은 원장 한 명, 의사 네 명을 제외하곤 대개가 수녀들이었고 그들이 환자에게 실시하는 치료법으로는 목욕, 산책, 노동, 오락, 독서, 종교 활동을 규칙적으로 시키는 것 외에 딱히 다른 게 없었다. 그것도 치료 가능 판정을 받은 환자들에게만 시술했고 나머지 환자들에 대해서는 속수무책으로 방치하거나 구속복을 입히기 일쑤였다. 육체노동이 영혼을 정화한다는 구실로 환자들은 규칙적으로 노역에 동원되었지만 그것은 실상 외부와 단절된 요양원의 자급자족적 경제에 도움이 되는 측면이 컸다. 여러 치료법 중에서 환자들이 가장 기다리는 것은 산책 치료였다. 산책은 답답한 통제에서 다소 벗어나 바깥 공기를 쐴 수 있는 유일한 기회였기 때문이다. 특히 여자 환자는 아무리 증세가 심할지라도 산책을 앞두면 옷매무새를 가다듬고 화장을 했다. 정신병동의 가장 큰 특징은 소음이었다. 각종 질환에 시달리는 환자들이 밤낮으로 끊임없이 내지르는 비명 소리에 성한 사람도 금세 미칠 지경이었다. 치료를 내세워 정신질환자를 한곳에 모아두는 것은 결국 그들의 증세를 악화시키는 결과를 낳았다. 비명을 지르며 발작 증세를 일으키는 환자를 안정시킬 수 있는 약물은 1950년대 중반에야 발명되었다. 이런 상황은 전쟁이나 기근이 닥치면 더욱 악화될수밖에 없었다. 1914년 8월 3일 1차 대전에 참전했을 때만 해도 프랑스는 이 전쟁이 금세 끝나리라 믿었다. 그러나 예상과 달리 전쟁이 길어지고 국경 지역이 포격의 위험에 처하자 프랑스 당국은 격리시설에 수용된 사람들, 예컨대 죄수와 광인들을 어떻게 처리할지 결단을 내려야했다. 결국 전쟁 위험지역의 정신병원에 수용된 5500여명의 환자들이 여러 지역으로 소개되었다. 몽드베르그 정신병원에는 116명의 여자 환자를 포함해서 총 215명의 환자가 배당되었다. 전쟁 통에 사정이 어려워진 주변의 다른 요양소도 치매노인 415명, 정신질환자 700여 명을 몽드베르그 정신병원에 맡겼다. 북쪽의 빌에브라르 요양소에서 이미 1년가량 머물고 있던 카미유 클로델도 그런 환자의 물결 속에 끼어 있었다.

대감호

「카미유 클로델 1915Camille Claude 1915」는 브루노 뒤몽 감독이 2013년 베를린 영화제에 출품한 작품이다. 영화는 제목 그대로 카미유 클로델이 남프랑스의 수용소에 이송된 지 1년쯤 지난 1915년 5월 중 사흘간 벌어진 이야기를 95분에 걸쳐 보여준다. 수많은 작품을 남긴 천재 조각가, 로댕의 연인, 시인이자 극작가 폴 클로델의 누이, 작곡가 클로드 드뷔시의 친구로서 그녀가 겪었던 극적인 삶은 이미 브루노 뉘텡 감독이 1988년에 발표한 영화 「카미유 클로델」로 우리에게도 알려져 있다. 또한 영화에 앞서 발표된 안느 델베의 1982년 작 전기소설 『어떤 여자』를 시발점으로 도미니크 보나의 2006년 작 전기 『위대한 열정』, 카미유 클로델의 서간집까지 우리말로 옮겨졌다. 프랑스에서는 이보다 많은 전기, 연구서가 출간되어 있고 특히 2006년 미술사학, 철학, 문학, 정신분석 등 여러 분야의 전문가가 카미유 클로델을 주제로 토론회를 열어 그 보고서가 2008년에 발표된 바 있다. 로댕의 작품 속에 남겨진 그녀의 흔적뿐 아니라 그녀의 작품만 따로 모은 개인전은 연중 쉬지 않고 세계에서 순회 개최되어 국내에서도 그녀의 작품을 볼 기회가 있었다. 이제는 그녀가 입원했던 정신병원이 소재한 한적한 마을까지 도처에서 몰려든 관광객 덕분에 연중 호황을 누리고 있다. 고흐와 연고가 있던 지역이 앞다투어 관광지가 되었듯 카미유 클로델은 영화, 소설, 전기, 그리고 전시회까지 곁들인 프랑스의 문화상품이 된 셈이다. 그녀를 널리 알린 데에는 소설이나 전기보다 뉘텡 감독의 1988년 작 영화가 결정적인 역할을 했다. 당대 프랑스의 최고 남녀 배우를 등장시켜 카미유 클로델의 가장 화려한 시기만을 다룬 이 작품은 대중의 속된 호기심을 노골적으로 충족시켰다. 로댕의 연인, 여류 조각가, 폴 클로델의 누이, 그리고 30년을 정신병원에서 고독하게 감금된 채로 죽어간 여인의 삶은 자기 귀를 자른 고흐만큼이나 전설이 되어 있었기 때문이다.

2013년 개봉된 「카미유 클로델 1915」는 영화가 시작되기 전에 자막을 통해 카미유 클로델에 대한 간략한 이력을 다음과 같이 설명한다. "이 영화는 카미유 클로델의 편지, 폴 클로델의 작품과 편지, 카미유 클로델의 진료 일지를 기반으로 함. 1864년 엔 지방의 빌네브 출생 조각가 카미유 클로델은 시인 폴 클로델의 네 살 손위 누나이다. 로댕의 제자이자 애인으로 15년간을 함께 지내다가 1895년 그와 헤어졌다. 1913년 부친이 죽자 10년간 화실에서 홀로 살던 그녀를 가족은 정신착란을 이유로 파리 근교 정신병원에 입원시켰다가 이듬해 남프랑스의 몽드베르그 병원으로 이송시켰다." 자막이 사라진 후에 이어지는 영화는 욕조에 들어앉은 여자의 얼굴을 자세히 보여주면서 시작된다. 여인은 미동도 없이 앉아 있고 곁에서 수녀가 수건으로 그녀를 닦아주며 "자, 이렇게 하면 정신이 안정되지요. 손을 봐요, 얼마나 더러운지"라고 한다. 미셸 푸코가 『광기의 역사』와 『감시와 처벌』에서 묘사한 정신병 치료법이 그대로 재현된 것이다. 17세기 사회 부적응자를 대규모로 격리 수감한 후 시행한 정신병자의 치료법은 주로 사혈, 관장, 목욕이었다. 19세기 중엽을 배경으로 한 플로베르의 소설 『마담 보바리』에서도 의사 보바리에게 여주인공이 두통을 호소하며 혹시 해수욕이 도움이 될지 묻는 장면이 나오는 것으로 미뤄보아 당시 뇌질환에는 딱히 치료법이 없었고 그저 온천 지역이나 따뜻한 지방에 내려가 물에 몸을 담그는 길뿐이었던 모양이다. 이런 치료법은 위생에도 도움이 되었겠지만 그보다도 육체적 청결이 정신도 맑게 해줄 것이란 막연한 기대에서 비롯된 것이었다.

프랑스 영화계를 대표하는 여배우 쥘리에트 비노슈는 욕조에 잠겨 무표정하게 몸을 내맡기고 있다. 1915년 5월 당시 쉰한 살이던 카미유 클로델은 늙고 수척하여 그녀의 기록물에서 흔히 볼 수 있는 젊고 아름다운 사진 속의 모습과는 거리가 멀다. 전기작가가 참고한 진료기록에 따르면 무절제한 음주와 식생활로 인해 입원할 당시 74킬로그램에 이르던 몸무게가 1년 후에는 49킬로그램으로 줄었다. 목욕을 마친 클로델은 잠깐 방에 들러 옷을 갈아입고 식당으로 간다. 그녀가 사용하는 독방에는 침대와 책상 하나만 덩그러니 놓여 있었다. 당시 정신병원의 병실은 대체로 4등급으로 분류되었는데 클로델이 사용하는 독방은 1등급이었다. 하녀와 요리사까지 거느리는 경우도 있지만 카미유는 홀로 독방에 든 상태였고 1등급의 입원비가 가족에게 부담이 되어 훗날 공동 병실로 내려가기도 했다. 카미유가 남동생에게 보낸 편지에 따르면 그녀도 치료비를 걱정하여 공동 병실로 가거나 아예 퇴원을 하게 해달라고 간청했다. 병원비 정도의 여유만 있다면 홀로 넉넉히 생활할 수 있다고 애원하는 대목을 보면 금전적 부담을 절감한 모양이었다. 다만 현재 공개되어 책으로 출간된 그녀의 서간문 중 상당 부분은 수신인에게 전달된 것보다는 거의 병원 측이 중간에 압수한 것이다. 병원의 진료기록소에 그대로 남은 이 편지들은 전기

작가에게 귀한 자료가 되었다. 사흘간의 정신병동 생활을 그린 이 영화에서 카미유는 독방보다는 주로 정원이나 복도에서 시간을 보내는데 이런 상황도 당시 카미유를 목격했던 사람들의 증언과 일치한다. 카미유는 환자들이 들끓는 실내를 피해 정원이나 복도, 휴게실을 떠돌았다. 영화를 실제 몽드베르그 정신병원에서 촬영한 감독은 주연배우를 제외한 등장인물을 현지의 직원과 환자를 그대로 출연시켜 현장감을 살렸다. 영화에 등장하는 무표정한 치매 노인, 연신 싱글거리는 미친 여자, 끊임없이 고함치거나 하늘을 보며 할렐루야를 외치는 광신도 틈에서 버티는 것이 배우에게도 쉽지 않았으리라 짐작된다. 카미유는 그런 곳에서 30년을 견디어야만 했다.

영화는 거의 대사가 없는 터라 관객은 쥘리에트 비노슈의 표정만으로 그녀의 속내와 사연을 짐작할 수 있는데 겉으로 보아서는 어떤 비정상적 징후도 감지되지 않는다. 다만 공동 식사를 거부하고 혼자 감자와 달걀만 삶아 먹는 것이 다소 이채롭다. 그녀는 입원한 지 1년이 넘도록 여전히 로댕과 그의 일당이 자신을 독살하려 한다는 피해망상에 빠져 스스로 음식을 조리했다. 영화가 시작된 지 30여 분 만에 관객은 카미유 클로델의 대사다운 대사를 들을 수 있다. 병원장과 개인 면담에서 카미유는 퇴원을 호소하며 자신이 정상임을 강변한다. 약 5분간 이어지는 여주인공의 대사는 분노와 슬픔이 교차되는 감정의 기복에도 불구하고 나름대로 논리와 설득력을 지녔다. "이런 농담 같은 상황이 언제까지 지속되는 건가요?" 그녀는 한결같이 로댕이 자신의 작품을 표절하고 훔치기 위해 자신을 정신병원에 감금했으며, 아버지가 그녀에게 물려준 재산을 가로채기 위해 여동생 루이즈와 그 남편이 로댕과 작당했다고 주장한다. 관객의 입장에선 여주인공이 30여 분간 거의 정상인으로 보였던 터라 그녀가 늘어놓는 진술을 반신반의할 수밖에 없다. 진술의 진위를 가늠할 정보는 영화에서 전혀 제공되지 않기 때문이다. 다만 원장이 마지막에 넌지시 묻는다. "로댕과 헤어진 지 20년도 넘지 않았나요?" 퇴원을 요구했던 카미유는 다음 주에 다시 면담하자는 약속만 듣고 원장실을 나온다. 다만 그녀가 세상에서 가장 아끼는 동생 폴 클로델과의 면회가 그녀에게 남은 희미한 희망이었다. 다시 말을 잃고 병원을 배회하는 여주인공을 카메라는 무심히 따라다닐 뿐이다. 자막으로 처리된 그녀의 약력을 제외하고 그녀가 위대한 조각가라는 것을 짐작하거나 확인해줄 회상 장면은 전혀 삽입되지 않은 터라 관객은 그저 20세기 초의 정신병동에 갇힌 어떤 여인의 생활만 볼 수 있다. 다만 정원을 산책 중인 여주인공이 문득 발밑에서 진흙을 한 움큼 쥐어 올려 한동안 주무르다가 멀리 내던진다. 그리고 그녀의 표정이 일

그러진다. 진흙은 그녀가 조각가였음을 일깨워주는 유일한 물증이다. 진흙에서 시작해 석고, 대리석, 청동으로 이어지는 조각의 재료 중에서 진흙은 그녀를 조각가의 길로 안내한 최초의 물질이었다.

돈 주앙의 청혼

카메라는 다시 카미유의 발길을 따라 오락 치료실로 이어진다. 수녀들은 미친 사람들 곁에서 나무조각 쌓기 놀이를 돕거나 실로폰 연주를 가르친다. 악기 연주를 포함한 여러 놀이가 정신병 치료 중 중요한 부분이었음을 보여주는 장면이다. 음악을 포함한 예술이 마음을 치유하거나 적어도 안정시키는 것일까. 그러나 정작 카미유는 조각, 즉 예술에 미친 나머지 미친 사람 취급을 받고 그곳에 갇힌 것은 아닐까. 카미유의 아버지는 세 자식의 교육에 각별한 관심을 가졌고 특히 당시 여자들에게 거의 불가능했던 조각가의 길로 맏딸을 이끌어주었다. 어린 시절부터 진흙을 주무르며 작은 형상을 만드는 데 재능을 보였던 카미유에게 아버지는 어머니의 반대를 무릅쓰고 조각교육을 받도록 도와주었다. 맏딸은 조각, 둘째 딸은 피아노, 그리고 막내아들마저 시의 길로 들어섰던 것도 아버지의 후원 덕분이었다. 클로델 가족의 경우만 보고 미술, 음악, 문학 중에서 인간을 광기로 이끈 것이 조각이라 하면 일반화의 오류일까. 둘째 딸 루이즈를 제외하고 적어도 폴 클로델도 마음 깊숙한 곳에 검은 광기의 기운을 자각하고 두려워하지 않았던가. 폴 클로델은 종교가 자신을 붙잡아주지 않았다면 자신도 카미유와 같은 운명에 처했을 것이리라 고백했다.

예술 치료에는 음악뿐 아니라 연극도 포함되었다. 음악실을 나온 카미유는 연극을 연습하는 옆방으로 발길을 옮긴다. 한눈에 봐도 정상이 아닌 남자와 여자가 제각기 대사를 외우며 역할극을 하는 중이다. 짧은 대사마저도 더듬거리는 남자와 그를 다그치는 여자를 보며 카미유는 빙그레 미소를 짓는다. 영화가 시작된 후 처음으로 그녀의 입꼬리가 올라간 순간이었을 것이다. 돈 주앙 역을 맡은 남자가 "나와 결혼해주시오"라고 말하자 "바람을 피우지 않겠다고 약속하세요"라며 여자가 받아치는 대화 내용에 카미유는 금세 어두운 표정을 짓고 급기야 눈물을 흘리면서 방을 뛰쳐나간다. 영화는 쥘리에트 비노슈가 연기한 감정 변화의 이유를 전혀 설명해주지 않지만 전기를 읽는다면 대충 짐작할 수 있다. 도미니크 보나의 전기에 따르면 "1882년 그들이 처음 만났을 무렵, 로댕은 마흔두 살이었고 카미유는 12월에 막 열여덟 살이 되려 하고 있었다. 그들 사이엔 24년의 세월이 가로놓여 있었다. 로댕은 카미유의 어머니와 같은 해인 1840년에 태어났다". 스승과 제자로 만난 두 사람은 예술을 매개로 금세 연인으로 발전했다. 1884년 「칼레의 시민」을 제작하던 시기에 카미유는 로댕 작품의 주요 부분을 책임지는 수석 조수가 되었고 1886년경에는 공공연히 함께 여행을 다녔다. 다만 카미유를 처음 만났을 때 로댕에게는 20여 년간 함께 살았던 로즈 뵈레란 여인이 있었다. 둘 사이에 태어난 아들은 카미유보다 겨우 두 살 아래였다. 훗날 로댕의 아기를 가졌으나 임신 6개월 되던 때에 유산, 혹은 일부 학자가 추정하듯 낙태를 감수했던 카미유는 어느 시점부터 로댕에게 정식 결혼을 줄기차게 요구했다. 하지만 로댕은 결혼에 무심했고 적대적이었던 것 같다. 로댕은 심지어 로즈 뵈레와도 평생 정식 결혼을 하지 않다가 그가 죽기 1년 전에야 마지못해 결혼을 했던 인물이다. 게다가 로댕의 여성 편력은 거의 전설에 가까웠다. 당시 조각예술의 대상은 오로지 인간의 나신, 특히 여성의 육체적 아름다움을 표현하는 데에 집중되어 있었다. 따라서 조각가 로댕에게 여성의 몸이란 거의 호흡처럼 일상적인 대상이자 삶의 일부이기도 했다. 일정한 거리를 두고 고정된 시점에서 바라보는 화가와 달리 조각가는 인간의 나신을 모든 각도, 여러 거리에서 자세히 관찰하고 심지어 근육의 질감을 촉감으로 확인해야만 했다. 카미유가 로댕에게서 듣고 싶었던 말은 '나와 결혼해주시오'였고 그에게 다짐받고 싶었던 말은 '바람피우지 않겠다'는 맹세였지만 그와 비슷한 말조차 끝내 듣지 못했다. 로댕이 카미유에게 보낸 편지에는 그녀에 대한 온갖 찬사와 그리움과 구애가 넘치지만 정작 카미유가 듣고 싶어 했던 청혼과 맹세는 빠져 있었다. 돈 주앙과 카사노바는 서양에서 전설적 여성 편력을 대표하는 두 인물이다. 그런데 『생각의 거울』을 쓴 미셸 투르니에에 따르면 두 사람은 여러 면에서 서로 대척점에 위치한다. 고전주의시대의 허구적 인물이자 귀족인 돈 주앙은 제도와 권위에 대항한 반항아로 여자의 육체를 사랑했다기보다 결혼제도를 농락했던 반면, 카사노바는 '몸과 마음을 다해 사랑'하고 '여인의 향기'에 취했던 인물이다. 돈 주앙은 결혼을 미끼로 여자를 농락했기 때문에 뭇 여성과 그 가족들로부터 비난과 추격에 시달린 반면, 카사노바는 오로지 사랑만을 내세운 육체적 쾌락만을 교환했다. 로댕의 여성 편력을 익히 알고 있던 카미유는 사랑보다는 '청혼'을 원했지만 로댕은 사랑을 빙자한 결혼을 회피했다.

신의 광인들

90여 분의 상영시간 중 한 시간 동안 카메라는 줄곧 카미유 클로델만 따라다니지만 영화의 정점과 마무리는 카미유가 그녀의 동생 폴과 만나는 장면이다. 정신병원에 갇혀 있던 카메라는 영화의 3분의 2쯤이 지난 시점에 어둑한 산길을 비춘다. 그리고 화면에는 길가에 차를 세운 채 무릎을 꿇고 저녁 기도를 하는 중년 남자가 가득 들어찬다. 카미유에게 면회 오는 동생 폴 클로델이다. 그는 긴 기도문을 이렇게 마무리한다. "주여, 당신이 아무리 전지전능할지라도 내가 당신을 사랑하는 것은 막지 못할 것입니다." 폴 클로델의 신앙고백은 다시 그가 하룻밤을 머무는 숙소의 방에까지 이어진다. 화면은 일기를 쓰는 듯한 그의 모습을 보여주며 동시에 그의 내면 독백을 들려준다. 그는 어린 생명을 죽인 여인이 어찌 속죄할 수 있는지를 신에게 묻고 있다. 관객은 그 문제의 여인이 카미유 클로델임을 어림짐작할 수 있다. 정신병동에 갇힌 누이를 동생은 죄인이라 생각하고 있는 것이다. 그의 신앙고백은 다음 날로 이어진다. 텅 빈 성당에서 기도를 마친 그는 신부와 함께 산길을 걸으며 자신이 어떻게 종교에 귀의했는지 장황하게 설명한다. 물질주의에 빠진 그는 랭보의 시집을 읽고 초자연적 힘을 느꼈고 1886년 크리스마스 저녁 미사에서 성가를 듣다가 불현듯 내면의 순수성을 되찾았다는 것이다. 그의 눈빛과 표정은 결기와 믿음을 과시하려는 듯 항상 근엄하게 굳어 있었다. 그의 고백을 듣는 신부는 차분한 미소만 지을 뿐 일절 대꾸하지 않는다. 마침내 정신병원 휴게실에서 그는 카미유를 만난다. 누이의 격정적 포옹을 받은 후 그는 그녀가 토로하는 분노와 하소연과 절망을 묵묵히 듣기만 한다. 카미유가 "네가 이런 말을 했었지, 신은 선하다고. 그런데 왜 그런 선한 신이 나를 이런 시련에서 꺼내주지 않는지"라고 따지자 폴 클로델은 격렬하게 반박한다. 신이 우리에게 내리는 시련조차도 신의 선물이며 고통을 통해 인간은 신의 깊은 뜻을 이해할 수 있는 기회를 갖는 것이라고 주장한다. 모든 것은 신과 그 피조물의 복잡한 관계를 드러내는 상징이며 그것을 이해하려고 애써야 한다는 동생의 주장에 카미유는 할 말을 잃고 차분해진다. 누이에게 신의 뜻을 늘어놓은 후 동생은 금세 발길을 돌린다. 그리고 이제 누이가 안정되었으니 퇴원한 후 고향집에서 요양하는 것도 고려해볼 만하다는 병원장의 제안에 묵묵부답으로 일관한다. 전기에 인용된 일기에 따르면 30년 후 누이가 죽자 폴 클로델은 "30년간의 연옥을 통해 그녀는 속죄되었다"고 했다. 마녀를 불로 태워 죽이는 게 죄를 정화할 기회를 주어 천국으로 보내기 위한 것이라는 중세의 논리와 크게 다를 것 없는 태도이다. 반면 동생이 돌아간 후 카미유는 평소 그녀가 자주 머무는 정원의 양지 녘에 고요히 앉아 정면을 응시한다. 그녀 얼굴에 미묘한 미소가 번지며 영화가 끝난다. 영화는 시작과 마찬가지로 카미유의 여생을 설명하는 자막으로 마무리된다. "카미유 클로델은 그 후로도 29년간 정신병원에 머물렀고 1943년 10월 19일 79세의 나이에 죽었다. 그녀의 시신은 집단묘지에 묻힌 터라 영원히 찾을 수 없었다. 말년까지 그녀를 방문했던 폴 클로델은 1955년 2월 23일 죽었다. 그는 카미유 클로델의 장례식에 참석하지 않았다."

이 영화는 카미유 클로델을 둘러싼 전설과 일화는 전혀 다루지 않았다. 로댕과의 사랑, 그녀의 전설적 미모, 예술가로서의 천재성과 기행이 주로 대중적 관심사였다면 이 영화는 제목처럼 1915년의 카미유 클로델을 다루었다. 영화에서 표현된 그녀는 20세기 초 프랑스 정신병원에 갇힌 수많은 환자 중 한 명일 따름이다. 영화의 전반부가 정신병동의 일상을 마치 기록영화처럼 객관적으로 그렸다면 후반부는 종교와 광기의 관계를 짚고 있다. 적어도 관객의 눈에는 여주인공이 30년을 정신병동에 갇힐만큼 비정상으로 보이지는 않는다. 로댕과 그 일당으로부터 박해를 받는다는 그녀의 주장이 피해망상이라 할지라도 그것만으로 과연 그토록 긴 세월 동안 사람을 가두어놓는 것이 정당한 치료인지 수긍하기 어렵다. 게다가 그녀를 그림자처럼 따라다니는 무표정한 젊은 수녀가 카미유보다 더 정상적인 모습처럼 보이지도 않는다. 수녀는 다른 중증 정신병자를 돌보는 일을 카미유에게 맡기기도 한다. 그녀가 다른 환자에 비해 정상에 가깝다고 판단한 것이다. 반면에 굳은 표정으로 하늘을 바라보며 독백하는 폴 클로델이 오히려 지금 시대의 관객에게는 비정상으로 보이기 십상이다. 하긴 예전에도 볼테르는 자리에서 벌떡 일어나 신의 계시를 받았다고 떠드는 사람이 미쳤는지 아닌지를 판단하는 것은 불가능하다고 빈정거렸다. 푸코가 『광기의 역사』에서 인용한 대목을 다시 읽어보자.

극단적인 몇몇 설교자가 불어넣는 너무 강한 인상, 종교의 형벌에 대해 그들이 종교법 위반자에게 고취하는 지나친 두려움은 약한 정신의 소유자에게 격심한 동요를 불러일으켰다. 몽텔리마르 구빈원에는 언젠가 도시에게 개최된 선교 활동의 결과로 조광증과 우울증에 걸린 여자가 여럿 수용되었는데, 그녀들은 선교사가 무분별하게 보여준 끔찍한 그림에 끊임없이 충격을 받아서 절망, 복수, 처벌 등만을 이야기할 뿐이었고 특히 한 여자는 자신이 지옥에 있으며 불이 자신을 집어삼켰다고 하면서 그 불은 어떤 것으로도 끌 수 없을 것이라고 생각하고는 약을 전혀 먹지 않았다. 피넬은 신앙심으로 인해 우울증에 걸린 환자들에게 신앙서적을 금했고 스스로 계시를 받았다고 생각해 다른 사람을 개종시키려고 끊임없이 애쓰는 독실한 여자들에게 밖으로 나가지 말 것을 권고하면서 식견 있는 의사들의 노선을 따랐다.

종교는 종종 광기를 일으키고 종교적 열락과 광기는 구분되지 않는다. 이 영화를 푸코가 보았다면 카미유 클로델을 정치권력과 의료권력이 공모한 구빈원救貧院이란 제도가 자행한 폭력의 희생자라고 해석할 것이다. 과연 카미유 클로델은 로댕이라는 문화권력에 천재성을 도둑맞고 성적 착취를 당한 후 알량한 명예를 지키려는 가족에 의해 30년간 정신병동에 감금된 희생자일까.

2006년 개최된 학술회의에서 조제프 볼리Joseph Boly는 저주받은 예술가라는 카미유의 신화를 만들기 위해 가족과 로댕을 왜곡, 비하한 정신분석가, 미술사가들을 비판했다. 그에 따르면 정신분석은 오이디푸스의 틀에 맞춰 카미유의 어머니를 괴물로 만들었고 미술사와 페미니즘은 로댕과 폴 클로델을 왜곡했다. 그는 당시의 진료 일지와 가족의 서간문에 입각해서 카미유는 1905년부터 스스로 사회적 자살을 택한 상태였고 정신병동에서 진흙을 제공했지만 손도 대지 않을 정도로 이미 예술혼은 고갈된 상태였다고 진단한다. 그의 주장처럼 카미유를 둘러싼 일화 중 상당 부분은 대중의 입맛에 맞춰 가공된 신화, 달리 말하면 또 다른 상품일지도 모른다. 언제부터인가 예술가는 작품에 삶까지 덤으로 붙여서 팔아야 했다. 일상에서 한 치의 일탈도 감행할 배포도 없고 예술에 무지한 소시민은 그림과 시가 아니라 예술가의 일탈된 삶에서 그들의 환상과 허영을 해소하려 든다. 예술가의 파괴된 삶이 작품의 진정성을 담보하는 것처럼 인식되기도 한다. 그래서 귀를 자른 화가, 술에 찌든 시인, 세상으로부터 외면당하고 쓸쓸히 굶어 죽은 예술가, 정신병원에 갇힌 예술가에게 속물 소비자들은 박수를 보낸다. 급기야 시인은 자신의 삶이 너무 건전한 것은 아닌지 고민에 빠질 지경이 된다. 조제프 볼리는 예술가의 삶을 제발 가만히 내버려 두라고 부탁한다.

2013년산 전후문학

당구가 무척 재미있는 놀이인 모양이다. 대학 시절에 그 놀이에 흠뻑 빠진 나의 친구는 지루한 강의실은 도무지 안중에 없는 눈치였다. 남쪽 지방의 억센 사투리가 아직도 내 기억에 남아 있는 그 친구는 그날도 여느 때와 다름없이 당구장에 출석했던 것이 틀림없었다. 나는 강의실 입구에서 서성이는 한 남자와 마주쳤는데 남자는 나를 그 친구와 같은 과 학생이라 여겼는지 친구의 행방을 물었다. 말투로 봐서 동향 친구쯤으로 짐작한 나는 그를 찾으려면 학교 근처의 당구장을 뒤지는 쪽이 빠를 것이라고 친절히 안내했다. 남자는 나의 호의에 감사하기는커녕 안색을 붉히며 발길을 돌렸다. 그리고 다음 날 당구 애호가는 씩씩거리며 여기저기 누구인가를 찾아다녔다. 시골에서 큰형이 올라와 자기를 찾았는데 어느 놈이 당구장에나 가보라고 고자질한 탓에 현행범으로 붙잡혔다는 것이다. 그리고 하숙집에 끌려가 개처럼 맞았다고 분노하며 밀고자를 탐문수사 중이었다. 선의의 친절이 밀고로 바뀌고 다정한 해후가 폭력 사태로 번진 것은 순전히 당구 탓이었다. 그 후에 당구 애호가는 프랑스 단편 강독 시간에 남다른 공감과 감동으로 흥분했다. 그 수업의 교재였던 알퐁스 도데의 단편집 『월요 이야기』 중에서 「마지막 수업」은 당시 중등 국어 교과서에 실렸던 것으로 기억한다. 그런데 그 친구가 깊은 공감을 표했던 것은 수업과 관련된 소설이 아니라 보불전쟁을 배경으로 한 「당구」였다. 아주 짧은 단편이라 줄거리는 간단하게 요약된다. 프로이센군과 마주한 프랑스군이 한데에서 찬비를 맞으며 전투 명령을 기다렸지만 지휘관은 당구에 빠져서 명령을 미루고 있었다. 그를 맞상대하는 부관이 적당히 져주지 않아 게임이 길어지는 바람에 프랑스 부대는 적의 포격에 희생되었다는 것이 소설의 줄거리이다. 장군의 여흥이 병사의 목숨보다 앞선 이 소설에 열광한 나의 친구는 필경 전쟁마저 잊게 만든 당구의 마력에 밑줄을 그었을 것이다. 「당구」나 「마지막 수업」의 시대적 배경이었던 보불전쟁의 결과로 프랑스는 알자스로렌 지방을 빼앗겼고 실지를 회복한 것은 1차 대전을 치른 후였다. 그리고 그 대가는 매우 혹독했다.

2013년, 110회를 맞는 〈공쿠르상〉은 추리소설 작가 피에르 르메트르Pierre Lemaitre의 『저세상에서 다시 만나길 *Au revoir là-haut*』에게 돌아갔다. 프랑스에서 가장 권위 있

는 문학상인 〈공쿠르상〉을 받기에 "자연스러운 후보자는
아니"라고 작가 스스로 고백할 만큼 그의 수상은 파격이
었다. 문학을 순수와 대중으로 무 자르듯 구분하기 어렵
지만 비평가는 "대중이란 단어의 좋은 의미에서 잘 만든
대중소설"이라고 이 작품을 평가했다. 추리소설을 접고
그가 처음으로 선보인 이 작품은 1차 대전에서 살아남
은 두 인물을 중심으로 전개되는 터라 얼핏 이 시대의 감
각에서 동떨어진 이야기로 보이기 십상이다. 그러나 근
래 장 에슈노즈의 『14』를 뒤이어 르메트르의 『저세상에
서 다시 만나길』처럼 1차 대전이 소설의 소재로 떠오른
것은 2014년이 전쟁 발발 100주년이라는 것과 무관하지
않을 것이다. 일간지 『르몽드』는 1차 대전에 대한 출판계
의 관심을 광기라고 표현했다. 2013년 하반기에만 관련
서적이 126종 발간되어 프랑스 독자의 관심을 불러일으
켰고 르메트르의 소설 역시 〈공쿠르상〉을 받기 전에 이미
45만 부를 찍어냈다.

　1000만 명이 넘는 인명이 희생되었고 프랑스에서 '조
국을 위해 죽은 병사'만을 꼽아도 150만 명에 달하는 참
상은 당연히 문학이 감당해야 할 시대적 과제였다. 1차 대
전은 앙리 바르뷔스의 『포화』, 블레즈 상드라르의 『잘린
팔La main coupée』, 드리외라로셸의 『샤를루아의 희극』 등
과 같은 문제작을 낳았고 문학사에 전후문학이란 명칭으

로 한 항목을 차지하고 있다. 우리 문학사도 한국전쟁을 다룬 1950년대 작품을 따로 모아 '전후문학'이라 부르는데 아마도 그 분류 기준은 연대기적 근접성과 주제 의식을 고루 고려한 것이리라. 만약 한국전쟁을 전면에 내세워 심도 깊게 다룬 소설이 지금 발표되었을 경우 그것을 장용학, 손창섭 등의 작품과 동렬에 올려 선뜻 전후문학이라 취급할 수 있을지 망설여질 것이다. 프랑스의 경우 전쟁을 기준으로 시대를 나누자면 1차 대전 직전의 시기를 '아름다운 시절(벨 에포크)'이라 하고 1차 대전 후부터 2차 대전 이전까지를 양차 대전 사이에 낀 시절이라는 뜻에서 간전기間戰期, 혹은 '미친 시절'이라 부른다. 그리고 각기 해당 시기에 발표된 작품에 전전, 전시, 전후문학 등으로 분류하는 것이 가능하다. 그런데 다소 억지를 부리자면 인류 역사는 항시 전쟁 중이거나 간전기에 해당된다. 어쩌면 우리가 누리는 지금의 시기를 후대 사가는 또다른 간전기, 미친 시절이라 부를지도 모른다. 엄밀히 말해 '전후문학'은 종전과 더불어 시작하지만 그 끝은 어디쯤으로 잡아야 할지 지금으로서는 알 수 없다. 아마도 또다른 전쟁이 시작되어야 그 이전의 전후문학이 하나의 단위로 마무리될 것이다. 프랑스의 미친 시절에 프알뤼poilu라 불리는 참전 병사가 전쟁의 참화를 회고조로 쓴 소설이 프랑스판 전후문학이라면 2013년에 발표된 에슈노즈나 르메트르의 소설은 딱히 그런 부류에 속하기 어렵다. 어쨌거나 누보로망의 계승자로 평가되는 장 에슈노즈와 장르소설가 르메트르가 지금의 시점에서 공히 1차 대전에 관심을 쏟은 점이 흥미롭다.

1918년 11월

1차 대전을 다룬 소설은 대체로 틀에 박힌 줄거리를 지녔다. 전쟁 직전의 퇴폐, 노화, 권태에 빠진 유럽 문명의 묘사로 서막을 연 후 이와 극명히 대비되는 야만적 전쟁 상황을 묘사한 전개가 이어진 다음 귀향 군인의 소외와 무력감, 그리고 평화주의를 제시하는 것으로 마무리되는 플롯이 전후소설에서 반복된다. 남자들만으로 구성된 집단의 독특한 분위기, 경향각지 각계각층에서 동원된 인물이 보여주는 다양한 태도와 언어도 여기에 빠질 수 없는 양념이다. 예컨대 근래 복간된 바르뷔스의 『포화』는 당시의 무기나 참호전에 관련된 어휘, 과거에는 문학적 언어에 낄 수 없었던 방언이나 속어를 따로 모은 어휘집이 부록으로 실릴 만큼 전후소설에는 일상 언어와는 다른 어휘와 표현이 풍성하다. 이런 점을 두루 고려하면 르메트르의 소설은 기존의 전후소설과 사뭇 다르다. 우선 그의 소설은 전쟁이 거의 끝나는 시점인 1918년에 시작되어 1919년에 마무리된다. 42장과 에필로그로 구성된 소설의 첫 장 소제목은 '1918년 11월'이다. 베르사유조약이 체결된 것이 그해 11월 11일이니까 종전을 코앞에 둔 시점이다. 소설은 이렇게 시작된다.

이 전쟁이 금세 끝나리라 생각했던 사람들은 오래전에 죽었다. 바로 전쟁 탓에. 그래서 알베르는 10월부터 떠도는 종전 소문을 적지 않은 회의를 품고 받아들였다. 예컨대 독일군의 탄환은 너무 물렁물렁해서 우리 군복에 닿으면 농익은 배처럼 으깨지는 바람에 군인들이 웃음을 터뜨렸다는 전쟁 초기의 선전 선동만큼이나 그는 휴전 소문을 신뢰하지 않았다. 알베르는 지난 4년 동안 독일군의 탄환을 코웃음 치다가 맞아 죽은 무수한 군인을 보았던 터였다.

전직 은행원이었던 소심한 알베르는 그 나약한 성격 덕분에 4년간 목숨을 부지했다. 종전을 앞둔 병사들은 두 부류로 나뉘었다. 대개는 담배를 입에 물고 집에 편지를 쓰며 시간을 죽이는 축에 들지만 일부는 마지막 순간에 화려한 전과를 올려 제대 후 전쟁 영웅으로 대접받는 출세를 꿈꾸었다. 전자는 총동원령으로 끌려 나온 일반 사병이고 후자는 영광스러운 과거를 되찾으려는 잔반이나 몰락 귀족 출신의 장교이다. 이야기의 중심은 이 두 부류 사이에서 벌어지는 갈등이다. 예컨대 프라델은 이름만 거창한 몰락 귀족 출신으로 전쟁을 통해 상류층 진입을 꾀하는 현실적 야심가이지만 알베르와 에두아르는 참호에 몸을 숨긴 채 종전만을 기다리는 낭만주의자이다. 특히 에두아르는 대부호의 아들이지만 아버지의 뜻과 달리 화가를 꿈꾸는 바람에 가족으로부터 버림받은 처지이다. 게다가 동성애적 분위기를 풍기는 그의 도발적 그림은 부자 관계를 소원하게 만든 결정적 불화 요소였다.

양측 병사들은 참호에 몸을 숨긴 채 사흘만 버티면 가족의 품으로 돌아간다는 꿈에 부풀어 있지만 프라델 대위는 시시각각 전쟁 영웅이 될 기회가 무산되니 초조함을 감추지 못한다. 그는 한 뼘의 땅이라도 빼앗는 전과를 올리고 싶었지만 그것이 쉽지 않다는 것을 누구보다 잘 아는 처지였다. 개전 초기 1년 동안 불독 양국은 진퇴를 거듭하는 접전을 벌였지만 그 이후 전선은 국경선을 따라 고착된 상태였다. 양측은 긴 전선을 따라 세 겹의 참호를 구축한 터라 상대방의 참호를 빼앗으려면 막대한 인명 손실을 감수해야 한다. 참호 바깥으로 뛰어나가 개활지를 지나 적진까지 가려는 병사는 온몸이 적의 포화에 노출될 수밖에 없기 때문이었다. 양측 진영은 이제 귀향 보따리를 싸는 평화로운 분위기였지만 프라델은 두 병사를 뽑아 정찰을 내보낸다. 가장 나이가 많은 노병과 그의 아들뻘 되는 어린 병사를 골라 적의 동향을 살피는 임무를 맡긴 것이다. 오랜 참호전에 지친 터라 양측 병사 모두 상대방에 대한 적대감도 희석된 상태라서 그다지 위험하지 않은 임무라 여겼지만 총성이 울리고 두 병사가 전사했다는 비보가 금세 퍼진다. 전의는 약해졌을지언정 끈끈한 전우애로 뭉쳐 있던 병사들은 분노한다. 노인과 아이까지 죽이는 독일군에 대해 다시금 적개심이 활활 불타오른 것이다. 동료의 피를 보고 격분한 병사들은 프라델 대위의 공격 명령이 떨어지기가 무섭게 적진을 향해 돌진했고 조용했던 들판은 다시 포화에 휩싸인다.

우리는 같은 또래의 젊은이가 학생과 전경으로 나뉘어 대치했던 풍경을 기억한다. 입영을 앞두고 아쉬움에 술잔을 나눴던 친구를 건너편에서 발견하면 얼핏 반가운 눈인사도 나누었다. 그러다가 돌연 청순 발랄했던 여학생이 곤봉에 맞아 피를 흘리는 걸 보고 돌을 집어 들던 기억, 혹은 동료가 돌에 맞아 쓰러지면 자기도 모르게 분노에 찬 곤봉을 휘두르던 기억, 우의가 적의를 낳고 다시 적의가 우의를 낳는 상황에서 폭력이 무한 재생산되던 지옥도를 우리는 기억한다.

생지옥으로 변한 개활지를 달려가던 알베르는 문제의 두 정찰병의 시신을 발견한다. 묘하게도 바닥에 쓰러진 두 사람은 모두 등에 총상을 입고 엎드려 있었다. 모든 군인들이 마치 하늘을 우러르기 부끄러운 듯 고개를 숙인 채 전진한다는 점을 고려하면 총상 부위는 차마 인정하기 어려운 진실을 웅변하고 있었다. 두 전우는 적이 아니라 아군의 총에 사살된 것이다. 이를 깨닫고 망연자실한 알베르는 뒤에서 병사를 독려하다가 우뚝 서서 자신을 노려보고 있는 프라델 대위를 발견한다. 그리고 알베르는 독일군이 아니라 그의 총에 목숨을 잃을지 모른다는 위험을 직감한다. 역시나 프라델 대위는 포탄에 의해 깊게 파인 구덩이에 그를 떠밀어버린다. 인류 최초의 참호전으로 악명 높은 1차 대전 중 병사들은 총탄보다 포탄에 의해 분산된 흙에 매몰되어 더 많이 죽었던지라 아예 매몰 병사를 꺼내주는 특수 공병대가 운영될 정도였다. 생매장당한 알베르를 꺼내준 것은 에두아르였다. 한쪽 다리에 부상을 입고 얼굴의 반쪽을 파편에 잃었음에도 불구하고 에두아르는 흙 속에 파묻힌 동료를 꺼내준 것이다. 2013년산 전후소설이 1920년대의 프랑스 전후소설과 나뉘는 대목이다. 그리고 이 대목은 월남전을 다룬 할리우드 영화 중 가장 문제작으로 꼽히는 「플래툰」의 마지막 장면을 떠오르게 한다. 동료의 등에 총을 쏘는 프라델 대위는 여타 전후소설에서 흔히 볼 수 없는 인물이다. 에두아르와 프라델의 악연은 여기에서 끝나지 않는다.

애도 작업과 빚잔치

생생하고 자극적 묘사가 동반된 지옥도는 도입부에 불과하고 이 소설의 본격적 이야기는 전쟁이 끝난 시점부터 전개된다. 전쟁은 일단 모든 인간을 산 자와 죽은 자로 명쾌하게 나누고 다시 산 자는 최전선에 배치된 일반 병사와 후방에서 몸을 사린 특권층 병사로 양분된다. 후방에 남은 자들을 지칭하는 단어 앙뷔스케enbusqué가 바로 1차 대전을 계기로 생겼던 것으로 짐작건대 전자들의 눈에는 후자가 밉상으로 보였으리라. 베르사유에서 체결된 협정과 더불어 전쟁은 공식적으로 끝났지만 100만 명의 죽은 자는 전선에 버려졌고 산 자들마저 곧바로 귀향하지 못했다. 참전국은 수백만 명에 이르는 병사를 후송할 운송 수단도 부족했을뿐더러 이들이 한꺼번에 사회로 복귀함으로써 벌어질 혼란을 두려워했다. 게다가 포로의 귀환 문제도 여전히 해결될 기미가 보이지 않았다. 그래서 알베르와 에두아르도 전역 병력을 집결시킨 거대한 수용소에 갇히는 신세가 된다. 눈만 남기고 코와 입이 사라져 괴물로 변한 에두아르가 부르짖는 신음 소리를 알베르는 견딜 수 없었다. 그는 의무실에서 아편을 훔쳐 동료에게 공급했고 그래서 결국 생명의 은인을 아편 중독자로 만들고 만다. 입이 사라져 필담으로 겨우 의사소통이

가능한 괴물로 변한 터라 가족, 특히 사랑스러운 여동생 마들렌과 대면할 용기가 나지 않는 에두아르는 귀향을 거부했다. 알베르는 에두아르의 부탁을 받고 서류를 위조하여 그를 전사자 명단에 올리고 가짜 신분증을 만들어준다. 그런데 전사 통지서를 받은 여동생 마들렌이 오빠의 시신을 찾아 가족묘에 안치하고 싶어 하는 바람에 입장이 난처해진다. 수백만 구의 시체가 방치된 전선에서 오빠를 찾아 나선 마들렌은 프라델 대위를 앞세우고 알베르에게 도움을 청한다. 소심한 알베르는 그를 죽음의 구덩이에 떠민 악마를 보자 주눅이 들어 아무 시체나 파내어 건네준다. 마들렌은 오빠의 시신을 수습하는 데에 도움을 받은 것이 인연이 되어 프라델 대위와 결혼한다. 결혼과 더불어 부호의 사위가 된 프라델 대위는 그럴듯한 사업을 구상한다. 전후 프랑스 정부는 전몰장병을 더 이상 방치할 수 없다는 유가족의 성화에 못 이겨 대규모 시신 발굴 사업을 전개하고 프라델 대위는 그 사업권을 얻는다. 전후에 프라델 대위는 결혼과 사업에 모두 성공하며 승승장구한 반면 얼굴을 잃은 에두아르와 애인에게 버림받은 알베르에게는 돌아갈 고향조차 없었다. 아편에 중독되어 두문불출하는 친구의 곁을 지키며 알베르는 하루살이 직업을 전전한다. 신기술이었던 엘리베이터를 조정하는 기사, 몸에 광고판을 두르고 거리를 누비는 샌드위

치맨 등 당시 사회상을 엿볼 수 있는 직업이나 마약을 구하기 위해 그가 접했던 암흑가의 묘사에서 작가가 가진 추리소설가로서의 전력이 발휘된다.

전후 프랑스를 포함한 유럽은 거대한 애도 작업에 돌입한다. 인간의 마음을 경제학 용어로 설명한 프로이트의 견해에 의하면 인간이 애정을 쏟았던 대상과 결별하면 거기에 투자한 리비도를 회수하여 다른 대상에 재투자하는 애도 작업이라는 과정을 거쳐야 한다. 따라서 시신을 땅에 파묻고 묘비를 세우고 곡하는 절차를 건너뛴 애도자는 정상적 삶으로 귀환하지 못한다. 그래서 유가족들이 종전 후 전선에 방치된 수많은 시신을 제각기 찾아 나서는 혼란도 막을 겸 국가는 대규모 이장 사업과 기념비 설치를 시작하게 되었다. 전사자들의 시신을 안치할 묘역이 전국에 조성되고 방방곡곡에 그들을 기리는 조형물이 설치되었다. 전쟁에서 살아남았으나 가족과 직장을 잃은 제대군인을 외면한 국가는 죽은 자들을 기리는 사업에 거액을 투입한다. 정신분석가 카를 아브라함은 당시 귀환 병사의 심리를 '채권 의식'이라 명명했다. 국가가 국립묘지와 기념비를 마련하는 애도 작업을 통해 재빨리 죽은 자에 대한 부채감을 털어버리려고 했던 반면 사회에서 버림받은 상이군인과 귀환 병사는 보상받지 못한 젊음에 대한 강렬한 채권 의식을 지니게 된 것이다. 르메트르의 소설은 이 두 의식이 충돌해서 벌어지는 청산 작업을 그리고 있다. 전쟁이나 그와 비견될 만한 참상을 겪은 사회는 한판의 빚잔치를 거쳐야만 했다.

우선 전쟁 중 동료의 등에 총을 쏘고 전후에는 시신 발굴 사업으로 승승장구한 프라델 대위의 삶을 추적해보자. 그는 인체 부위의 구별조차 불가능한 시체를 마구잡이로 파내어 거대한 묘지에 안장한다. 대개 시신의 일부만 수습할 수 있었던 터라 계산속이 밝은 프라델은 정상 크기의 관이 필요하지 않다는 점을 깨닫는다. 그는 관을 작은 크기로 줄여 이익을 챙겼고 피아 구분이 되지 않은 시신을 마구잡이로 뒤섞어 묘지에 배달한다. 결국 조국을 위해 죽은 영웅을 기리기 위한 국립묘지에 적군의 시신이 적지 않게 끼어 있게 된 셈이다. 한편 아편중독자로 폐인이 된 에두아르는 신문을 읽다가 기발한 사업을 구상한다. 각종 민관 단체가 앞다투어 전몰장병 기념비를 세운다는 기사를 접한 그는 타고난 예술 감각을 발휘해서 각종 조형물을 도안한다. 그는 도안을 멋진 화보집으로 만든 후 알베르의 도움을 받아 유령 회사를 설립하여 조국을 상대로 사기극을 벌인다. 그는 여러 가지 형태의 기념비를 도안해서 주문을 유도하여 선금을 받아낸다. 소심한 알베르는 사기극의 성공 여부에 반신반의했지만 예약금이 계좌에 물밀듯 입금되는 것을 확인하고 경악을 금치 못한다. 거액을 챙긴 에두아르는 호화 호텔로 거처를 옮겨 풍요와 사치를 마음껏 누리며 살아남은 자를 외면한 사회로부터 보상금을 우려낸다. 어쩔 수 없이 공범자가 된 소심한 알베르는 머지않아 기념비 제막식이 닥치면 들통 날 사기극 때문에 좌불안석이다. 그러나 그는 거액을 인출한 후 애인과 함께 무사히 해외로 탈출하는 데에 성공한다.

르메트르는 이 소설에서 여러 유형의 인물을 성공적으로 그려냈다. 그중에서 독자에게 어떤 호감도 불러일으킬 수 없도록 추한 외모와 괴팍한 성격의 소유자로 묘사된 말단 공무원 조제프 메를렝이 돋보인다. 시신 발굴 사업을 둘러싼 의혹이 불거지자 정부는 현장 감사를 실시할 사람을 찾는다. 시체 구덩이를 뒤지고 다녀야 하는 고역을 떠맡은 인물은 평소 상사와 동료로부터 따돌림받는 말단 공무원 조제프 메를렝이다. 그로테스크하게 묘사된 현장에 도착한 그의 머리에 첫 번째로 떠오른 생각은 "죽은 자의 나이"였다. 원래 인간 혐오증과 냉소 덕분에 어떤 불행에도 좀처럼 놀라지 않던 그는 충격을 받는다.

충격적인 것은 거대한 죽음의 현장 그 자체가 아니었다. 그런 것은 시간이 흐르면 익숙해지게 마련이다. 유사 이래 지구에는 항상 천재지변과 전염병이 휩쓸고 지나갔고 전쟁 역시 이 두 재난이 합쳐진 꼴에 불과했다. 그런데 그게 아니었다. 그의 가슴을 비수처럼 찌른 것은 시체들의 나이였다. 천재지변은 아무나 죽이고 전염병은 유독 어린아이와 노인을 싹쓸이하지만 젊은 남자들만 이토록 골라내어 학살하는 것은 전쟁밖에 없다.

무수한 시체와 관이 나뒹구는 들판에 파견된 다른 공무원은 서류만 슬쩍 보고 금세 내뺐지만 그는 하루를 더 머물며 시체만큼이나 썩은 산 사람들의 부패상을 파헤친다. 프라델 대위는 뇌물로 그의 입을 막으려 하지만 그는 횡령사기에 뇌물죄까지 덤으로 얹어 부패한 인사들을 싸잡아 감옥에 보낸다.

소설에 나타난 인물 묘사에 따르면 그의 행위가 남다른 정의감이나 투철한 사명 의식이 발휘된 것으로 보이지 않는다. 그는 그냥 모든 사람을 싫어할 따름이었다. 그 사건 이후로 그는 더욱더 주변으로부터 따돌림을 받는다. 사회가 인정하고 싶지 않은 현실, 차라리 모른 채 지나치면 누구에게나 편했을 법한 추문을 드러낸 그는 프랑스의 공적 1호가 되었다. 치밀한 구성과 다양한 인물이 등장하는 장편소설은 이야기 전개에 중요한 역할을 했던 인물보다 퇴직한 그의 삶을 서술하는 것으로 마무리된다.

1921년 1월 29일 그는 은퇴했다. 그 전에 그는 이런저런 부서를 전전했지만 묘지에 대한 그의 보고서와 감사로 국가에 가한 충격, 그런 것은 비록 진실일지라도 용서받지 못할 짓이었다. 이 무슨 꼴사나운 추문인가! 고대에는 나쁜 소식을 전하는 사람을 돌로 쳐서 징벌했다. 그런데 그러기는커녕 그는 꼬박꼬박 사무실에 출근했다. 그의 모든 동료들은 10년치 월급에 해당하는 뇌물을 자신이 받았다면 어디에 썼을지 자문해보았다.

그는 재판정에 출석했다가 나오는 자신을 인터뷰하기 위해 밀려든 기자들에게도 매몰차게 대했던 터라 그동안 자기 덕분에 기삿거리를 얻은 기자들에게마저 증오의 대상이 되었다. 세상 사람들은 금세 그를 잊었다. 그는 산 사람에게는 관심이 없었지만 발굴 현장에서 목격했던 죽은 자를 잊지 못했다. 은퇴 후에 묘지기를 구하는 광고를 본 그는 묘지를 새로운 직장으로 택한다. 그리고 "혹시 당신이 생소뵈르 공동묘지를 지나가는 일이 있다면 수년 동안 비가 오나 눈이 오나 묘역과 오솔길의 흙바닥을 고르게 만들기 위해 구둣발로 삽을 짓누르며 흙을 뒤집고 있는 그를 볼 수 있을 것이다"라는 문장으로 소설은 마무리된다. 작가 르메트르는 이 소설을 통해 문자 그대로 전후의 프랑스 정치, 사회상을 사실적으로 재현했다. 전쟁이 끝나면 승전국은 있게 마련이지만 개개인은 모두 패자이다. 작가는 소설 말미에서 그가 참고한 여러 전쟁소설과 역사 서적을 밝히고 인물의 형상화를 위해 참고한 전후소설과 탐정소설을 나열했다. 전몰장병 기념비를 둘러싼 사기극은 상상력의 산물이지만 시신 처리와 관련된 스캔들은 당시의 신문기사에 기반을 둔 것이라 적시했다. 얼굴 없는 괴물 에두아르도 전후 참전국이 겪은 사회문제 중 하나였다고 한다. 이를 계기로 현대적 성형 수술이 비약적으로 발전했다니 근래 성형 대국으로 부상한 우리네와 전혀 무관한 전쟁도 아닌 셈이다.

검은 영혼 하얀 언어

"샤토브리앙 혹은 무無"이 말은 빅토르 위고가 1816년 7월경 일기에 남긴 맹세이다. 열네 살의 아이가 자신에게 했던 독백은 나중에 위대한 소설가가 되지 못한다면 아무것도 되지 않겠다는 다짐, 조금 과장한다면 문학 아니면 죽음을 택하겠다는 배수진 같은 맹세이다. 이 말에는 속세에서 이것저것 집적거리다가 여의치 않아 머리 깎은 중에게는 기대할 수 없는 시퍼런 초심이 담겨 있다. 10대 초반부터 시와 희곡을 쓰다가 그가 처음 시도한 소설이 1818년 작 『뷔그자르갈Bug-Jargal』이다. 대개 처녀작은 작품 자체의 예술성보다는 자료적 가치가 크다. 따라서 강바람 좋다고 수원지 찾아 발품 팔 만큼 엉뚱한 호기심이 없다면 굳이 이 작품을 찾아 읽을 이유는 없다. 그러나 이 작품은 훗날 문단과 사교계에서 명성을 떨친 장년기, 혹은 생사를 초월하여 영원을 바라보는 노년기에 쓴 것들에서 볼 수 없는 위고의 순결함을 간직하고 있다. (아이티 태생의 캐나다 소설가 다니 라페리에르는 모든 작가의 첫 소설만을 모은 도서관을 지으면 어떨지 생각했다. 비록 미숙한 실패작일지라도 첫 작품만 가득한 그곳에는 단비도 불사한 선승의 초심, 그 순결한 기운이 팽팽하게 감돌 것이다.) 처녀작을 끝낸 후 다시 내리 몰아 써서 이태 후에 발표한 위고의 두 번째 소설 『아이슬란드의 앙*Han d'Islande*』도 처녀작에 못지않은 열정을 간직한 소설이다.

두 소설은 몇 가지 공통점을 갖고 있다. 우선 공히 프랑스와 매우 동떨어진 곳을 공간적 배경으로 삼았다. 『뷔그자르갈』의 배경은 카리브 해의 섬나라 아이티이고 『아이슬란드의 앙』은 제목처럼 빙하의 나라 아이슬란드이다. 줄거리는 젊은 남자 주인공이 시련을 거쳐 사랑을 이룬다는 통속적 도식을 따른다. 젊은 연인이 여러 가지 장애로 시련을 겪는 이야기는 당시 작가가 처한 개인적 상황을 반영한 것이다. 위고는 열 살 때부터 오누이처럼 지내던 아델 푸셰라는 여인과 결혼하고자 했지만 오로지 시인이 되겠다고 목숨을 건 문청에게 부모가 선뜻 딸을 내주지 못하는 것은 예나 지금이나 비슷했을 터이다. 양가 부모의 반대뿐 아니라 위고는 생각지 못한 난처한 연적과 마주해야만 했다. 그가 딛고 일어서야 할 상대는 위고보다 두 살 손위의 형 외젠이었다. 두 형제가 한 여자를 두고 다투는 상황은 근래 우리네가 열광하는 드라마의 한 장면처럼 보일 것이다. 그런데 소문과 사실을 대충 버무리면 빅토르 위고의 가족소설은 우리네 연속극에 결코 뒤지지 않는다. 내친김에 프로이트가 영감을 얻었을 법한 출생의 비밀까지 덧붙여보자.

작가의 아버지 조제프 위고는 나폴레옹 치하에서 승승장구한 군인이었다. 아버지가 전쟁터를 떠돌던 터라 어머니가 가사와 교육을 홀로 떠맡을 수밖에 없었다. 집안 일을 거들며 어머니의 곁을 지키던 젊은 부관 빅토르 파노 드라오리가 어린아이들에게는 교사이자 거의 아버지 역할까지 겸했던 것으로 알려져 있다. 그리고 훗날 어머니가 자식만을 이끌고 홀로 파리에 정착했을 무렵 어머니와 부관은 거의 연인 관계라고 소문이 났다. 세 아들 중 막내의 이름이 바로 그 부관의 이름을 따른 것이 그 원인이 됐다. 호사가에 가까운 비평가들은 막내의 외모가 유독 손위의 두 형과 다른 점을 지적한다. 작가 자신도 그의 작품에서 자신의 외모를 작고 뚱뚱한 데다가 머리가 기형적으로 크다고 묘사했다. 문재뿐 아니라 화재까지 겸비했던 위고가 그린 자화상에서 머리를 몸집과 비슷한 크기로 그렸다는 점이 그런 소문에 신빙성을 더해준다. 빅토르와 외젠이 한 여자를 사이에 두고 경쟁을 벌인 것은 아주 어린 시절로 거슬러 올라간다. 외젠과 빅토르가 각기 아홉 살, 일곱 살이던 1808년부터 아델은 두 형제와 소꿉 친구로 지냈다. 비록 연적 사이였지만 위고는 외젠, 그리고 맏형과 함께 1819년『문학적 보수주의자*Le Consevateur littéraire*』를 창간해서 작품을 실었고 위에서 언급한 그의 처녀작은 여기에 발표되었다.

삼형제 중에 가장 먼저 문단의 인정을 받은 막내는 루이 18세로부터 지원금까지 받아 경제적 안정을 기대할 수 있게 되자 1822년 10월 12일 아델 푸셰와 결혼식을 올린다. 문학과 사랑이 걸린 경쟁에서 막내가 완승을 거둔 것이다. 그런데 위고 집안의 드라마는 여기에서 그치지 않는다. 원래 심약하고 우울한 시인 지망생 외젠은 결혼 피로연에서 발작을 일으켜 곧바로 정신병원에 감금된다. 1822년 스물두 살의 나이에 샤랑통 요양원에 감금된 그는 광기에서 벗어나지 못한 채 1837년 서른일곱의 나이로 정신병원에서 숨을 거둔다. 프로이트와 융을 극복하려던 정신분석가 샤를 보두앵Charles Baudouin은 이런 가족사를 바탕으로 1934년『빅토르 위고의 정신분석 *Pshchanalyse de Victor Hugo*』이라는 빼어난 문학 비평서를 발표했다. 철학을 전공했다가 정신분석에 헌신한 샤를 보두앵은 위고의 전작을 관통하는 주제를 앞서 언급한 가족사에 뿌리를 둔 이마 콤플렉스, 카인 콤플렉스 등의 개념을 동원해서 해석했다. 아델 푸셰와 결혼해 다섯 아이를 둔 가정을 이뤘지만 위고의 드라마는 다시 속편으로 이어진다. 명성을 얻은 빅토르 위고는 금세 가정을 비우고 연극배우 쥘리에트 드뤼에와 사랑에 빠진다. 빈집을 지키던 아내 아델 푸셰도 남편 덕분에 문단에서 안면을 익힌 평론가 생트뵈브와 연인 관계를 맺는다. 호적 문제를 접어두고 위고와 쥘리에트, 아델과 생트뵈브는 사교계에서 버젓한 연인으로 행세했다. 프랑스 문학사에서 가장 위대한 작가와 평론가로 기록된 두 사람은 평생 견원지간으로 대립했다. 창작과 비평의 중간에 여자가 끼는 바람에 조화로운 보완 관계는 물 건너간 셈이다. 위고의 비극은 다시 자식 대로 이어진다. 딸과 사위가 물에 빠져 죽는가 하면 영국 군인을 사랑했던 막내딸마저 정신병원에서 일생을 마친다. 19세기 프랑스를 대표한 시인의 딸이 겪은 애절한 삶도 별도의 소설을 필요로 한다. 그녀의 삶은 1975년 누벨바그의 대표 감독 트뤼포에 의해 '아델 H'란 제목의 영화로 제작되었다. 그 영화에서 위고의 딸을 연기한 이자벨 아자니는 다시 「카미유 클로델」에서도 주연을 맡았다. 두 작품은 위고의 딸, 클로델의 누이, 그러니까 위대한 예술가와 한지붕 아래에서 살다가 정신병원에서 생을 마감한 두 여인을 그린 연작이다. 예술가 곁에 있다가 날벼락 맞은 여인은 이 두 사람으로 그치지 않을 것이다.

회색인

소설보다 흥미로운 야사에서 다시 소설로 되돌아오자. 손위의 형제들과 경쟁적으로 습작품을 발표하던 막내는 보름 만에 소설 한 편을 쓰겠다고 내기를 건다. 그래서 탈고한 『뷔그자르갈』은 1819년 그들이 창간한 잡지에 실렸다가 다시 개작을 거쳐 1825년 단행본으로 출간되었다. 1819년작 『아이슬란드의 앙』과 더불어 위고의 습작품으로 꼽히는 두 작품 모두 복잡한 정치 상황을 배음으로 깔고 있다. 『뷔그자르갈』이 프랑스 식민지 아이티 섬에서 벌어진 흑인 노예의 폭동을 배경으로 삼았다면 『아이슬란드의 앙』에서는 주인공이 연인을 찾아가다가 광산 노동자들의 폭동에 휘말리게 된다. 카리브 해에 위치한 작은 나라 아이티는 서구 제국주의의 피해를 고스란히 간직한 곳이다. 쿠바, 자메이카 등과 더불어 북미 대륙 아래에 흩어진 나라 중 하나인 이곳은 지금 아이티와 도미니카 두 나라로 분리되었다. 콜럼버스가 신대륙을 발견한 후 처음 이곳을 점령한 스페인은 원주민을 몰살한 후 아프리카에서 흑인 노예를 대거 이주시켜 농장을 경영했고 1697년 섬의 서쪽 부분을 프랑스가 차지했다. 이후 스페인, 영국, 프랑스가 이곳에서 주도권 다툼을 벌였고 프랑스혁명 정신에 고무된 흑인 노예가 독립전쟁을 벌인 끝에

1804년 1월 1일 프랑스로부터 독립을 쟁취했다.

아이티공화국은 흑인이 백인으로부터 독립을 인정받은 최초의 국가로 세계사에 기록되었지만 당시 프랑스는 이 사건을 짐짓 외면했다. 노예 혁명의 불씨가 다른 식민지에 옮겨붙을까 우려했기 때문이다. 어린 빅토르 위고가 이곳에 관심을 갖게 된 것은 식민지에서 부와 명성을 축적한 외가에서 귀동냥을 한 덕분이다. 또한 서구 문명에 회의를 느낀 지식인들 사이에서 원시 자연을 동경하고 인간 본연의 순수성을 간직한 흑인을 찬양했던 낭만주의 풍조도 이와 무관치 않다. '착한 야만인'이 문학뿐 아니라 미술에 두루 등장한 것도 이 무렵이고 이는 낭만주의 예술의 중요한 주제를 형성했다. 낭만파 화가 제리코의 그림 「메두사의 뗏목」에서 조난당한 백인들은 서로 인육을 먹으며 짐승으로 변한 반면 먼 곳을 응시하며 육지의 희망을 찾은 인물도 흑인으로 묘사되었다.

『뷔그자르갈』의 작가 서문에 따르면 이 작품은 "야영지 이야기"의 일부이다. 항구와 야영지는 이야기가 곰팡이처럼 꽃필 수 있는 서식지이다. 탈향과 귀향이 겹치는 항구의 주막에서 만난 남자들은 저마다 과장된 여행담을 늘어놓게 마련이다. 서양 문학의 원형인 『오디세이아』를 A. 블롱뎅은 "이봐, 마누라가 자네를 집에서 기다리네"로 요약했다. 어려서는 '선생님이 문 앞에서 기다리신다', 커서는

'아내가 집에서 기다린다'만 명심하면 탈선의 위험이 없겠으나 그렇게 되면 이야깃거리도 없다. 남자의 탈선담은 여자 이야기와 주먹 자랑이기 십상이다. 『뷔그자르갈』의 주인공 레오폴 대위가 털어놓는 사랑과 주먹 이야기는 마리와의 결혼과 노예 폭동으로 요약된다. 스무 살의 레오폴은 농장 주인 숙부가 경영하는 식민지에서 안락한 삶과 사랑을 보장받는 듯했다. 그는 어릴 적부터 소꿉친구로 지내던 숙부의 딸 마리와 혼약한 터였다. 혁명으로 어수선한 본국과 달리 식민지 농장주 숙부는 노예를 거느리고 황제처럼 산다. 황제에게 항상 웃음을 제공하는 광대가 있듯이 숙부는 아비브라는 하인 겸 광대를 데리고 살았다. 혼혈 계층인 아비브라는 유머와 아첨을 겸비한 처세술로 주인의 환심을 샀다. 거미 다리처럼 가느다란 사지가 달린 뚱뚱한 난장이, 그 어깨 위에는 몸통만큼이나 큰 머리, 그리고 눈물을 닦을 만큼 커다란 귀가 늘어진 아비브라는 개처럼 발치에 엎드려 주인이 던져주는 음식을 먹고 산다. 반인반수의 괴물 아비브라는 반쯤만 인간이란 뜻의 카지모도를 비롯해서 이후 위고의 전작에 여러 인물로 변주되어 반복 등장한다.

레오폴은 개처럼 충직하지만 비굴한 아비브라에게 호감보다는 경멸을 느낀 반면 피에로, 혹은 뷔그라 불리는 흑인 노예에게는 연민과 우정을 품는다. 게다가 그는 마리의 생명을 구해준 은인이라 레오폴은 흑인 노예와 의형제를 맺는다. 그런데 이 흑인 노예는 마리를 연모해서 밤마다 그녀의 창밖에서 사랑의 노래를 부르던 터라 한 여인을 사이에 둔 형제간의 구애 경쟁은 위고의 개인사와 겹친다. 그리고 위고와 아델 푸셰의 결합이 형의 발작으로 원만치 않았듯 소설에서도 마리와 레오폴의 결혼식 날 흑인 폭동이 일어나 농장이 불타고 백인 주인들이 살해되는 와중에 레오폴은 불길 속에서 마리를 안고 달아나는 뷔그를 목격한다. 이후 폭동 진압군에 자원한 주인공이 뷔그를 추격하는 이야기가 전개되면서 사랑담이 주먹담으로 전환된다. 1825년 개정판에서 크게 보완된 부분이 바로 흑인 폭동과 관련된 정치 담론이고, 여기에서 아비브라라는 문제적 인물이 보다 정교하게 형상화되었다.

노예 혁명 당시의 섬 주민은 세 부류로 구성되었다. 4만 명가량의 백인이 지배 계층을, 40만 명의 흑인이 최하층 노예계급을 형성했고 2만 8천 명의 혼혈 계층이 그 중간에 끼어 있다. 이 비율은 거의 모든 식민지에도 비슷하게 적용될 것이다. 주인과 노예는 흑백의 피부색으로 선명히 구분되지만 문제는 중간 계층이다. 그 중간층은 백인 주인들에게 성적 착취를 당한 흑인 여자들이 낳은 자손들이다. 이들 중 절반 이상은 흑인과 조금도 다름없는 노예 취급을 받았지만 나머지는 소위 유색 자유민으로 상대적 자유와 부를 누릴 수 있었다. 그리고 전쟁과 혁명과 같은 역사의 혼란기에는 항상 이 회색분자를 주목해야 한다. 백부白夫를 섬기며 흑모黑母를 경멸하다가 여차하면 어머니에게 연민을 느낀 나머지 아버지 등에 비수를 꽂는 회색인이 소설의 핵심 인물들이다. 백인 농장주 밑에서 비굴한 광대로 살던 아비브라는 폭동이 일어나자 얼굴을 가면으로 가리고 흑인 반란군 사이에서 마술사, 예언가 노릇을 한다. 결혼식에서 신부를 노예에게 빼앗긴 주인공은 흑인 노예들과 전투를 벌이다가 그만 포로 신세로 전락한다. 그리고 폭도들을 선동하는 주술사를 만나지만 그가 가면을 쓴 탓에 그가 예전에 숙부를 섬기던 광대 아비브라임을 눈치채지 못한다. 폭동의 우두머리이자 혼혈인 대장 비아수, 주술사, 그리고 흑인 군중이 등장하는 이 장면을 작가는 경멸의 시선으로 묘사했다. 소설에서 묘사된 유색인종 중에서 레오폴이 의형제를 맺은 뷔그만이 긍정적으로 묘사되었고 나머지 흑인과 혼혈인은 모두 조롱과 경멸의 대상이다. 레오폴이 흑인 뷔그에게 호의적인 태도를 보이는 이유는 여러 가지이다. 우선 그는 난쟁이로 묘사된 혼혈인 아비브라와 달리 건장한 거인인 데다가 동료 노예를 감싸다가 옥에 갇힐 만큼 정의감도 갖췄다.

검은 영혼 하얀 언어

흑인 노예 뷔그가 주인공의 호감을 얻은 또 다른 이유는 그가 "순수한 언어", 즉 프랑스어를 반듯하게 구사하며 백인의 교양을 갖췄다는 점이다. 식민지의 흑인과 혼혈인은 프랑스어, 스페인어, 영어, 그리고 이 언어가 뒤섞여 생긴 노예들만의 독특한 크레올 언어를 섞어 쓰는 반면 뷔그는 백인의 언어와 문화를 체화한 인물로 묘사되었다. 혼혈인 대장 비아수는 포로로 잡힌 레오폴에게 묘한 제안을 한다. 그에게 사형을 면하게 해줄 테니 프랑스어로 쓴 화친문서를 교정해달라는 것이다. 백인 진압군과 맞서던 흑인 반란군은 양측이 무기를 내려놓자는 평화 협상을 제안한다. 그런데 무자비한 폭력과 노회한 정략을 겸비한 혼혈인이지만 정작 백인에게 내밀 조약문 작성에 이르자 한없이 나약해진다. 폭도의 대장은 자신이 내민 조약문이 내용은 접어두고 백인의 어휘나 문법에 어긋나 그들의 조롱거리가 되지나 않을까 두려워한 것이다. 검은 영혼이 하얀 언어로, 혹은 식민지의 영혼이 지배자의 언어로 제대로 표현될 수 있을까. 나아가 백인의 언어로 표현된 흑인의 영혼이 흑인 동포들에게 이해될 수 있을까. 지배자의 언어로 폭로한 피지배자의 억울한 사정이 과연 피지배자들에게 이해될 수 있을까. 언어는 내용을 담는 그릇에 불과한 것이 아니라 내용 자체를 규정, 변화시키는 발화자의 영혼 그 자체이다. 억압받는 노동자를 의식화하려고 사르트르가 심혈을 기울여 쓴 『변증법적 이성비판』을 정작 그 책의 주 독자들은 한 줄도 이해하지 못하는 언어소외 현상을 어떻게 극복할 수 있을까? 레오폴은 흑인 대장의 제안을 점잖게 거절하고 죽음의 길을 택한다.

주술사 아비브라가 가면을 벗고 정체를 밝히자 레오폴은 화들짝 놀라며 백인 주인의 총애를 받던 광대가 배은망덕하게 주인을 죽였다고 비난한다. 그러자 아비브라는 그는 나의 껍질만 보았을 뿐 영혼을 보지 못했다고 반박한다. 혼혈인이 구사하는 백인 언어에 현혹된 나머지 검은 영혼을 꿰뚫지 못했다는 지적인 셈이다. 하지만 백인 밑에서 비굴한 하인 노릇을 하며 흑인 노예를 경멸했던 아비브라는 심지어 흑백의 갈등을 부채질했었다. 백인 주인을 충동질해서 흑인에 대한 박해를 가혹하게 만드는 일도 서슴지 않았다. 훗날 흑인 폭도 틈에 끼어 반란을 선동하는 그에게 주인공이 그의 표리부동한 과거를 추궁하자그는 "백인 주인이 흑인을 가혹하게 대할수록 흑인 노예들은 폭동을 일으킬 테니 이는 결국 백인 지배를 빠른 시일 내에 종식하게 할 것이다. 백인 주인의 비인간성을 자극하는 것이 노예해방을 앞당기는 효과를 갖는 것"이라는 궤변을 늘어놓는다. 소설에서 혼혈인 아비브라는 줄곧 스페인어와 프랑스어가 뒤섞인 어휘를 구사한다. 레오폴이 광대 아비브라를 경멸하는 것은 그의 비굴한 성품뿐아니라 불순한 언어, 천박한 언어를 구사한다는 데에 기인한다. 그에 비해 뷔그는 비록 흑인 노예로부터 존경받는 반란 대장이면서도 레오폴과 마리를 구출한다. 옛 주인에 대한 충성심을 잃지 않은 흑인 노예에 대한 레오폴의 찬사와 존경은 위고 문학의 특징인 장황한 낭만주의어휘로 치장된다. 위고는 사형제도 폐지를 주장한 박애주의자, 공화국의 이념을 체현한 평등주의자로 문학사에 기록되고 그의 처녀작 『뷔그자르갈』은 피부색을 초월한 공화주의를 형상화한 소설로 대접받는다. 그러나 한 세기가 지난 후 프란츠 파농이나 에드워드 사이드가 과연 이소설의 가치를 인종을 뛰어넘은 박애의 상징으로 해석할지는 의문이다.

왕복표

2013년 12월 13일 프랑스 학술원은 캐나다 작가 다니 라페리에르를 신임 회원으로 선출했다. 프랑스어의 보존, 순화, 전파를 위해 1816년 설립된 아카데미 프랑세즈는 40명의 종신회원으로 구성되었다. 세계에서 가장 오래된 이 학술기관에 입성하면 "불사인不死人", 즉 죽지 않는 사람이라는 별칭을 얻는다. 프랑스어가 사어死語가 되지 않도록 지키는 사람들이란 원래의 뜻이 와전되어 이제는 회원의 별칭이 되어버렸다. 생전에 영생을 얻는 명예는 오로지 백인 남성, 그리고 학술원에 걸맞은 연륜을 쌓은 노인에게만 허락된 것처럼 보였지만 1980년 M. 유르스나르가 최초의 여성 회원, 1983년 S. 셍고르가 최초의 흑인 회원이 되면서 오래된 금기가 깨졌다. 인종, 성별을 따지는 규정은 없지만 개원 이래 임명된 726명의 회원 중 여성의 숫자는 1980년 이후 꾸준히 늘어 현재 여덟 명에 이르렀다.

프랑스 학술원 회원 중 최초의 아이티 출신 작가로 기록될 다니 라페리에르는 1953년 아이티에서 태어나 캐나다로 이주한 독특한 이력의 작가이다. 그의 작품은 대부분 캐나다에서 출간되었고, 2009년 작『귀향의 수수께끼L'enigme du retour』가 〈메디치상〉을 받으며 프랑스 독자에게 이름을 알렸다. 이 작품은 5년 후에 가난한 흑인 노동자가 프랑스 학술원 회원이 되는 발판이 되었다. 그의 삶과 작품은 아이티의 현대사와 밀접히 연관되어 있다. 유럽 식민지에서 최초로 독립한 흑인 공화국은 불행히도 현재 전 세계에서 최빈국에 속한다. 프랑스에서 독립한 후 20세기 전반부는 실질적으로 미국의 지배를 받았으며 대를 이은 독재자가 나라를 극한적 궁핍으로 몰아넣었기 때문이다.

미국의 호수나 다름없는 카리브 해 국가는 쿠바처럼 공산화만 되지 않는다면 어떤 독재와 야만도 미국의 보호를 받았다. 군사 쿠데타가 끊임없이 반복되었지만 그 야만이 용인된 것도 모든 군사정권이 내건 혁명공약의 1조가 반공이었기 때문이다. 1957년 권좌에 오른 프랑수아 뒤발리에는 계엄령과 친위조직을 이용하여 1971년까지 종신 대통령 노릇을 했고 이것으로도 부족해서 그의 아들 장클로드가 아버지 자리를 물려받아 1986년까지 독재 권력을 행사했다. 대통령의 사조직에 불과한 '통통 마쿠트'가 자행한 잔혹 행위가 끊임없이 세계 언론의 주목을 받았을 만큼 아이티는 지구상 가장 어두운 인권 사각지대로 악명을 떨쳤다.

정치인이었던 작가의 아버지는 독재자의 박해를 피해 미국으로 망명했던 터라 작가는 아버지 없는 어린 시절을 보냈다. 성인이 된 작가도 기자 생활을 하다가 동료가 살해되자 신변의 위협을 느껴 캐나다로 도망쳤다. 거의 30년간 대를 이은 독재 치하에서 살았던 아버지와 아들은 대를 이어 망명길에 오른 셈이다. 국민의 절반이 절대 빈곤층에 속하는 상황에서 문화 예술이 만개하긴 어렵겠지만 특히 문맹률이 높은 터라 아이티에서 문학의 싹이 트기란 난망이었다. 지난 세기에 남의 나라를 떠돌던 망명 작가가 이제 현저히 줄었을 테지만 아이티공화국의 경우에는 작가뿐 아니라 지식인 대부분이 아직도 미국, 캐나다, 프랑스에 흩어져 있다. 『귀향의 수수께끼』는 고향을 떠난 지 30년 만에 아버지의 죽음을 계기로 다시 뿌리를 찾아온 작가의 이야기이다. 제 땅을 떠나 외국에서 글을 쓰는 작가라고 모두 같은 처지는 아닐 것이다. 자발적 유배를 가장한 호사 취미를 누리는 관광객 작가, 낯선 지명과 인명을 들먹이며 값싼 이국정취를 즐기는 작가는 망명 작가의 절박함을 흉내만 낼 뿐이다. 유목민을 자처하며 외유를 즐기는 속물 작가와 달리 진정한 유목 작가는 왕복표를 끊지 못한다. 서방세계는 이주 작가가 정치적 박해를 받았는지 심사하여 대우를 달리했다. 그러나 아이티 출신 작가에게 고문과 투옥 경험을 따지는 것은 무의미했다. 아이티에서 고문과 투옥은 곧바로 죽음을 의미했기 때문이다.

타자기와 금발의 여인

독재만큼이나 무서운 강추위가 폭정을 행사하는 캐나다로 도망친 아이티 작가는 일단 막노동으로 생계를 이어갔다. 작가의 자서전이자 작품론으로 읽히는『잠옷 차림의 작가의 일기 Journal d'un érivain en pyjama』에 따르면 힘겹게 망명 생활을 이어가던 어느 날 그는 타자기를 구입한다. 펜으로 끄적거리는 것은 너무 예술가 냄새를 풍기기때문에 손으로 힘차게 기계를 때리는 노동의 느낌을 주는 레밍턴 22를 택한 것이다. 유색인 노동자들이 이국의공장과 점포에서 망치와 계산기를 두드리듯 그는 온몸에힘을 주어 타자기를 때렸다.

그 시절 몬트리올에서 가구가 딸리고 뜨끈뜨끈하게 난방이 되는 집에서 살았던 나는 변두리 공장에서 하찮은 일을 전전하는 지옥 같은 삶에서 벗어나기 위해 소설을 쓰려고 했다. 손으로 하는 일이라고는 글 쓰는 것 외에는 할 줄 아는 게 없었기 때문에 공장에서 나는 아무 쓸모없는 사람이었다. 그런데 쓰는 일도 손으로 하는 일에 불과하다는 것을 잊고 있었다. 나는 골동품 가게 진열장에서 얼마 전에 보아두었던 낡은 기계를 사러 갔다.

타자기의 구입은 그의 삶을 뒤바꾼 일생일대의 사건이다.『귀향의 수수께끼』에서 이 대목은 다시 이렇게 상세하게 서술된다.

낡은 레밍턴 22를 구입했던 25년 전, 나는 새로운 문체를 채택하기 위해 그렇게 했던 것이다. 이전보다 단단하고 촘촘한 문체. 손으로 쓰는 것은 너무 문학적으로 느껴졌다. 나는 로큰롤 작가가 되고 싶었다. 기계 시대의 작가. 내게는 단어의 의미보다 자판기의 소음이 더 중요했다. 나는 내다가 되팔 수 있는 이런 에너지를 갖고 있었다. 샌드니 거리의 작은 방에서 나는 타자기를 두드리며 시간을 보냈다. 마치 비장을 절제당하고 암흑 속을 달리는 개처럼.

개를 이용해서 노름판을 벌이는 도박사들은 경주용 개를 빨리 달리게 하려고 개의 비장을 잘라버린다고 한다. 어둠 속을 질주하는 개처럼 그는 타자기를 두드리며 만족할 만한 첫 문장이 나오기를 기다렸다. 그때만 해도 "소설의 첫 문장만큼 어려운 것이 없다는 것을 모르던 시절" 이었기 때문이다. "이 세상의 모든 달콤한 미래를 기약하는 듯한 타자기에 최면이 걸려 나는 방 안을 맴돌았다. 내 소설의 모든 것이 저 타자기의 배 속에 담겨 있다고 믿었다." 그는 "작가란 그 누구보다도 글을 쓰는 데에 가장 큰 어려움을 느끼는 사람"을 의미한다는 것을 깨닫고 "글 쓰는 것이 더 이상 두렵지 않게 될 때까지 글을 쓰기"로 작정한다. 그런데 글에 전력투구하려면 생계를 위해 다니던 공장을 그만두어야 했지만 그럴 형편이 되지 못했다.

이곳의 젊은 소설가 지망생과 달리 아무 일도 하지 않고 600페이지를 쓰는 동안에 먹고살 만한 돈이 내게는 없었다.

이쯤에서 인종차별과 가난에 시달리는 외국인 노동자의 억울함과 궁상이 나올 법한데 현실의 문제를 해결하는 그의 방식은 매우 경쾌하다. 처음 캐나다에 도착했을 때 들었던 "여자들 곁에 바짝 붙어 있어야 해. 인정이 많거든"이라는 친구의 충고에 따라 그는 집주인의 딸과 식품점 점원 아가씨의 환심을 산다.

집주인 딸은 장부에서 나의 밀린 월세를 슬쩍 지워주었고 금발 머리의 점원 아가씨는 계산서의 10분의 1만 받았다. 그래서 나는 첫 소설을 편안히 쓸 수 있었다.

1985년 11월 발간된 그의 첫 소설 『피곤하지 않게 흑인 남자와 동침하는 요령Comment faire l'amour avec un nègre sans se fatiguer』은 캐나다에서 의외의 대성공을 거둔다. 그의 작품에는 모든 금발 머리의 백인 여자가 첫눈에 반하는 흑인 미남이 유쾌한 방식으로 묘사된다. 금발 머리의 백인 여자가 흑인 남자의 매력에 무릎을 꿇는다는 소설로 그는 공장을 떠날 수 있었다. "26개의 알파벳만으로 두둑해진 호주머니와 서점 진열장에 모라비아와 헤밍웨이 사이에 끼어 있는 자신의 첫 소설"에서 그는 성공을 실감한다. 다니 라페리에르를 문학으로 이끈 것이 독재에 대한 증오, 망명객의 향수, 인종차별에 대한 분노, 정체성의 추구와 같은 고상한 이념이라고 독자는 기대한다. 그런데 그의 문학의 출발선상에는 타자기와 금발 머리 미녀만 등장한다. 물론 그가 평생 손에서 놓지 않은 에메 세제르의 시집은 그의 지역적, 인종적 정체성을 자각하는 계기가 되지만 그가 제기하는 다양한 문제는 오로지 피부색이나 식민주의로 환원되지 않는다. 그의 작품세계는 독재와 자유, 평등과 차별의 대립항, 나아가 문학의 보편적 가치를 탐색하는 데로 확장되며 인종 문제는 넉넉한 유머와 조롱으로 보편적 주제 속에 용해되어버린다.

이 대목에서 잠깐 위고의 『뷔그자르갈』로 되돌아가보자. 흑인 노예 뷔그는 원래 아프리카의 왕자였기 때문에 기품 있는 긍정적 인물로 묘사되었다. 그런데 뷔그가 노예로 전락한 사연을 살펴보면 사소하지만 모호한 구석이 눈에 띈다. 뷔그는 자신이 노예가 된 것을 스페인 노예상의 속임수 탓으로 돌린다. 스페인 노예상은 흑인 왕에게 넓은 영토와 백인 여자들을 주겠다고 약속하고 왕과 그의 가족을 노예선에 태웠다는 것이다. 여기에서 밑줄을 그어야 할 부분이 바로 백인 여자이다. 그리고 뷔그는 흑인이라면 증오해야 마땅한 백인 농장주의 딸을 흠모하고 그녀를 구하기 위해 자신의 목숨까지 바친다. 이 부분에서 위고의 의식 저변에 깔린 흑인상이 드러난다. 만민평등과 공화제를 옹호했던 위고의 눈에 비친 흑인은 이성적 판단력보다는 건강한 육체와 충직성이 부각된 인간, 다시 말해 백인에 의해 왜곡된 흑인의 전형상이 반영된 것이다. 백인은 도구적 이성과 물질문명으로 흑인을 제압했지만 그들의 원시적 건강성, 보다 노골적으로 말하면 그들의 성적 능력까지 무력화시킬 수는 없다는 열패감을 느꼈다. 인종차별이나 노예제를 반대하는 사람들마저도 흑인은 강력한 사랑의 힘, 초인간적 리비도를 지닌 인물로 의식된다는 점이 바로 프란츠 파농이나 에드워드 사이드가 개탄한 서구인의 편견이다. 파농은 "절대다수의 백인들에게 흑인은 원시적인 형태의 성 본능을 대변한다. 흑인은 모든 도덕과 금기 너머에 있는 잠재적 생식력의 화신인 것이다. 백인 여성들은 순수한 귀납 과정을 통해서 흑인들을 축제와 바쿠스 주신, 그리고 정신을 혼미하게 할 정도의 성 감각으로 그들을 인도하는 존재, 혹은 그곳의 보이지 않는 문을 지키는 수호신 정도로 생각한다"고 주장하며 "모든 흑인 문제는 성기 층위에서 발생한다"라고 단언했다. 그리고 적어도 젊은 시절의 위고는 이런 지적에서 비껴갈 수 없다.

귀향과 그 이후

캐나다에서 소설가로 입신한 후 작가는 라디오 방송과
영화계에서 생업을 이어간다. 영화는 그에게 소설 기법을
풍요롭게 하는 훌륭한 원천이 되었다.

　나는 영화의 기법을 소설에 전용하는 것을 좋아한다. 저마
다 다른 장소와 분위기에서 벌어지는 장면을 접합시키는 방
식을 분석하며 오랜 시간을 보내기도 했다. 우디 앨런의 대
화체는 매우 흥미롭다. 그는 이야기의 전개를 멈추지 않은
채 항상 유머를 사용하는 데에 성공했다. 그의 유머는 두 가
지 층위에서 작동한다. 「애니 홀」에서는 화자의 어색함 때문
에 우스운 상황이 연출되는데 그 상황이 항상 비극적이란 것
이 흥미롭다. 펠리니는 그의 엉뚱함, 특히 그의 과감성이 인상
적이다. 「아마코르드」의 달콤한 유년기 회상, 「카사노바」의 끔
찍한 초상화, 혹은 로마에 대한 매력적 묘사 등이 그렇다. 그
의 영화 「로마」의 몽타주에서 나는 많은 것을 배웠다. 과거와
현재를 물처럼 유연하게 얽히게 만드는 기법이다. 베리만에게
서는 인간 영혼을 깊게 파헤치는 방식을 배웠다. 그는 헬멧을
쓰고 광산 깊숙한 데까지 내려가는 광부이다. 그는 인간의 가
장 어두운 비밀을 백일하에 드러내면서 인간의 비명을 자아
낸다. 에토레 스콜라는 시간을 다루는 방식이 흥미롭다. 「특별

한 하루」에서 그 하루는 바로 한 사람의 일생이기 때문이다. 이 단편영화가 장편으로 변할 수 있도록 사건 전개를 늦추는 무수한 디테일이 작동한다. 스콜라는 시간이 흐르지 않는 느낌을 주도록 시간을 가공했다.

영화를 예로 들었지만 그의 일기는 무수한 독서 기록과 일상의 상념이 뒤섞여 있다. "우리에게는 좋은 독자와 나쁜 필자 둘 중 하나가 될 수 있는 선택권이 언제나 있다"고 믿는 그는 주로 좋은 독자로 오랜 세월을 보낸 것처럼 보인다. 그리고 작가라는 직업의 어려운 점은 경쟁자가 너무 많다는 데에 있다고 고백한다. 서점에 산처럼 쌓여 있는 책을 보면 이 직업의 어려움을 실감할 수 있다고 덧붙인다. 그래서 나쁜 필자보다는 차라리 좋은 독자가 되는 것이 바람직할 수도 있는 것이다.

밤을 두 토막 낸 소식을 들었다.
모든 중년이 어느 날 받는 치명적 전화.
아버지가 방금 죽었다.
1938년 마르티니크 출신의 젊은 시인 에메 세제르가 이렇게 썼다.
"침묵의 하얀 늪에서 죽음이 숨을 거두었다."
겨우 스물다섯 살에 어찌 망명과 죽음을 알 수 있었을까?

『귀향의 수수께끼』는 아버지의 부음을 듣고 고향을 찾은 작가의 기행문이다. 아버지는 타향에서 죽었지만 그는 아버지의 영혼을 모시고 "시체 없는 장례식"을 치르기 위해 아이티로 돌아왔다. 운문과 산문이 뒤섞인 이 작품으로 작가는 프랑스에서 〈메디치상〉을 받았다. 정치가였던 아버지는 박해를 피해 미국으로 망명해 조그만 방에서 홀로 살다가 죽었다. 그가 딱 한 번 미국에 들러 아버지를 찾아갔을 때 아버지는 자신은 가족이 없는 사람이라며 문을 열어주지 않았다. 아들은 아버지가 자신을 떠난 이유도, 자신을 만나지 않으려는 이유도 알지 못했다. "우리가 어떤 존재로부터 멀어지는 이유에는 가까워지는 이유와 똑같은 양의 비밀이 담겨 있다." 작가는 혼잣말을 하듯 조용히 말한다. 우리의 만남과 이별, 사랑과 증오, 이 모두에는 알 수 없는 신비가 똑같이 숨겨져 있으니 우리는 그 신비 앞에 그저 겸허해져야 한다고. 그리고 "그 두 순간 사이에 숨 막히는 일상과 그에 따른 작은 신비가 펼쳐진다"고 덧붙인다.

그는 아버지의 죽음을 계기로 고향을 찾았다. "나의 아버지는 고향 마을로 돌아왔다. 내가 모셔 온 것이다. 얼음이 뼈까지 태워버렸으니 몸은 모시지 못했지만 가장 높은 고독을 견디어냈던 영혼을 모셔 왔다. 그가 나에게 탄생을 선사했고 나는 그의 죽음을 돌본다. 탄생과 죽음 사이에서 우리는 잠깐 스쳤을 뿐." 36년간의 타향살이 끝에 아이티에서 그가 깨달은 것은 자신이 살아오면서 너무도 많은 양보와 타협을 했다는 것이다. 세상이 달라졌다고 불평하다가 문득 그 변해버린 세상에 적응하려고 발버둥 친 나머지 자신이 변해버렸음을 자각했다.

그 모든 일이 살금살금 벌어졌다. 끊임없는 양보가 우리를 이러한 새로운 삶의 방식으로 끌고 왔다. 개개인의 삶도 이와 다르지 않다. 군중이 우리를 하나씩 야금야금 삼켜버렸다. 쉰다섯 살이 된 오늘에서야 나는 모든 것에 아니요, 라고 대답한다. 내게 애초 있었던 성깔의 힘을 되찾는 데에 반세기가 걸린 셈이다. 부정의 힘. 고집스러워야만 한다. 일생 동안 서너 번을 제외하고 네, 라고 할 만한 것은 거의 아무것도 남지 않았다. 그 경우가 아니라면 아무런 망설임 없이 아니요, 라고 대답해야만 한다.

그는 에메 세제르의 시를 읽으며 흑인 혁명의 영웅을 떠올렸다. "1803년 나폴레옹에게 체포되어 프랑스의 주 Joux 요새에 압송, 수감된 투생 루베르튀르는 1803년 겨울 추위에 얼어 죽었다. 150년 후 분노에 가득 찬 붉은 입술로 시인은 노예 혁명 영웅의 얼어붙은 시신, '하얀색에 감금된 한 인간, 내 마음속에 간직된 그 인간'을 되돌려

달라고 요구했다."

겨울에 걸핏하면 영하 20도 아래로 떨어지는 몬트리올에서 30여 년 동안 살아남은 아이티 출신의 작가가 이제 나폴레옹의 언어를 수호하는 학술원 회원이 되었고 아이티, 캐나다 두 나라는 학술원의 결정에 경의를 표했다. 가해자와 박해자, 흑백과 남녀가 언어와 역사의 소용돌이에 뒤섞이다가 가라앉은 침전물이 다니 라페리에르의 문학이다.

사족 하나. 이번 회원 후보로 열여섯 살 난 프랑스 아이가 응모했다. 할머니와 함께 사는 이 과감한 아이는 학술원의 정관에 나이 제한이 없다는 것을 알고 지원했다고 한다. 학술원 역사에 유래 없는 신기한 사건이라 여든한 살의 노학자 마르크 퓌마롤리 교수가 심사위원장의 자격으로 그 아이를 초대해서 오랜 시간 정담을 나눴다고 한다. 학술계에서 인종과 성별의 벽은 금이 갔지만 노소老少의 벽은 아무래도 굳건할 수밖에 없지 않을까.

20세기의 악몽

문고리가 내려갔다. 빌어먹을. 누군가 열려고 하는 모양이다. 나는 자리에서 벌떡 일어났다. 변기 위로 뛰어 올라가도 소용없어. 여기의 벼룩은 3미터씩 뛰어서 물어뜯거든. 이런 구절을 어디에서인가 읽었는데 그게 어디였는지 생각해볼 여유가 지금은 없다.

자물쇠가 허술한 편이라 조금만 힘주어 밀면 문이 열릴 것이라서 나는 다리를 뻗어 발바닥으로 문을 단단하게 지탱했다. 그리고 여기 사용 중이에요, 라고 소리쳤다. 그래도 문고리는 계속 흔들렸다. 사용 중이라니까요, 라는 말만 반복하다가 여기 사람 있단 말입니다!라고 덧붙였다. 바보 같은 말이다. 아무도 없다면 사용 중이란 말은 누가 할 수 있단 말인가. 그리고 아무도 없다면 문은 열려 있을 것 아닌가, 그렇지 않나? 나는 안에 있으면서 일부러 문을 잠그지 않는 그런 종류의 인간이 아니다. 여학생 기숙사의 복도를 알몸에 바바리만 걸치고 돌아다니는 그런 사람도 있다지만.

어쨌거나 저쪽 사람이 마침내 이해한 것 같았다. 어렴풋이

투덜거리는 소리와 발을 질질 끌며 복도 끝으로 멀어지는 발자국 소리가 들렸다. 슬리퍼와 좀이 슨 낡은 잠옷. 스브리츠키 부부 중 한 명일 것이다. 그녀와 그녀의 남편이 정확히 저런 식으로 걷는다. 그것을 걷는다고 표현할 수 있을지 모르지만…… 멀리서 쾅, 하고 문 닫히는 소리가 들렸다. 휴, 다리에 쥐가 날 참이었다. 책을 조금 옆으로 밀쳤다. 허벅지 맨살 위로 붉은 상처처럼 줄무늬가 생겼다.

책, 책, 책

장뤽 베노지글리오Jean-Luc Benoziglio의 소설 『가족사진 *Cabinet portrait*』의 첫 대목이다. 화장실에 앉아 있는데 누군가 문을 열려고 하는 상황으로 짐작되지만 아직은 모호한 구절이 남은 이 도입부는 그 뒤로 이어지는 몇 쪽을 읽은 후에야 온전히 이해된다. 저간의 사정을 요약하면 이렇다. 30대 중반의 화자는 은행, 편의점 등에서 일용직 경비원과 같은 불안정한 직업을 전전하며 아내와 딸을 먹여 살려야 하는 가장이다. 은행 경비직을 지원한 그는 면접관에게 "나는 돈 및 그와 관련된 일에 본능적 혐오감이 있다"고 고백한다. 면접관은 일단 그가 금고의 돈을 슬쩍 훔치지 않을 것 같아 호감이 갔지만 금고를 털려는 강도에 대해서도 심드렁할 거라고 짐작한다. 은행의 문을 여닫는 자리를 겨우 얻은 그는 직장 동료와 상사, 은행 고객, 누구에게나 심드렁했고 심지어 문을 열라고 윽박지르는 강도의 협박마저 무시한 탓에 총에 맞아 한쪽 눈을 잃었다. 눈과 직장을 한꺼번에 잃은 그는 설상가상으로 이혼까지 당한다. 평소 냉소적 말투와 세상의 어두운 면만 보는 그의 성격을 견디지 못한 아내가 딸을 데리고 집을 나가버린 것이다. 애꾸, 실업자, 이혼남으로 삶이 잔뜩 꼬였지만 위에서 인용한 상황을 유발하며 그의 일상을 난처하게 만드는 또 다른 특이사항은 백과사전이다. 표류하는 삶에서 그가 구명정처럼 껴안고 사는 것이 바로 백과사전이다. 소설의 중반을 넘어가야 주인공의 삶이 어디부터 꼬였고 그 뿌리가 얼마나 깊이 뻗어 있는지 조금씩 드러난다. 백과사전은 이 세상의 모든 지식과 정보를 담으려는 지적 과대망상에서 출발한 것이며 인간사를 오로지 이성과 역사적 진실만으로 해결할 수 있다는 계몽주의적 믿음의 산물이다. 소설에서 그런 낙관적 망상에 사로잡힌 지적 허영은 예컨대 플로베르의 『부바르와 페퀴셰』, 혹은 사르트르의 『구토』에 등장하는 독학자 같은 인물에서 형상화되었다. 책은 두말할 필요 없이 우리에게 여러모로 유익한 것이지만 인류 역사상 가장 큰 재앙을 자아낸 악의 근원이기도 하다. 특히 오로지 단 한 권의 책만 되풀이해서 읽은 인간은 대체로 인간 사회의 불안 요소, 학살과 핍박의 주범이기 십상이다.

이혼당한 남자는 우선 짐을 꾸려 이사를 해야 할 처지이다. 앞서 인용한 첫 대목을 바로 뒤잇는 페이지에서 이사와 관련된 희극적 상황이 펼쳐진다. 알코올중독으로 보이는 두 짐꾼과 벌이는 실랑이는 작가의 장기인 블랙코미디의 진수를 보여준다. 이삿짐을 보면 대충 집주인의 직업과 성품을 짐작할 수 있지만 이번에는 도무지 종잡을 수 없는 터라 짐꾼이 주인공에게 묻는다. "뭘 하며 먹고사시나? 나는 오랫동안 나를 둘러싼 세계에 대해 뭔가 이해하려고 애썼다고 대답하며 이런 것은 직업이 아니라고 반박하지 말아달라고 미리 선수를 쳤다. 그는 고개를 주억거렸다. 그렇다면 지금은? 지금은 실업자이죠." 이사에 앞서 웬만한 집기와 불필요한 가구는 포기했지만 가장 난처한 화물은 백과사전이다. 부록을 포함해 스물다섯 권에 달하는 이 물건은 이제 이사 비용만 부풀리는 부담스러운 짐이 된다. 주인공은 이사 비용을 아끼려고 백과사전을 매일 한 권씩 버스로 나른다. 더욱 난처한 일은 이사가 끝나면서 시작된다. 화장실조차 없는 좁은 방에 겨우 몸을 들인 화자는 백과사전 더미 위에서 자야 할 처지이다. 그가 찾아낸 해결책은 복도 끝에 있는 공동 화장실이다. 변기의 좌우 빈 공간에 책을 빼곡하게 쌓는다면 만사가 해결될 것 같았다. 그러기 위해서는 우선 옆방에 사는 늙은 스브리츠키 부부의 양해를 얻어야 한다. 얄팍한 벽 탓에 그는 노부부가 틀어놓은 텔레비전 소음을 밤낮으로 듣고 살아야 했다. 벽을 통해 그의 귀에 들리는 세상 소식은 주로 전쟁, 재해, 살인, 방화와 같은 흉흉한 이야기뿐이다. 이웃집 노인들 때문에 불편한 것은 소음뿐만이 아니다. 노부부는 화장실에서 백과사전을 붙잡고 독서 삼매경에 빠진 그를 수시로 괴롭힌다. 나이 탓인지 스브리츠키 노인은 주야를 막론하고 뻔질나게 문을 두드리며 화장실을 독점한 그에게 불평을 늘어놓는다. 화장실을 둘러싼 갈등은 급기야 송사로 이어진다.

복도에서 소곤거리는 소리가 들렸다. 1초 후에 누군가 화장실 문을 거칠게 두드렸고 "경찰입니다. 문 열어요"라는 소리가 들렸다.

겨…… 겨…… 경찰이라고? 나는 벌떡 일어나 빗장을 풀었다.

복도에는 세 명이 서 있었다. 스브리츠키는 알겠는데 나머지 두 명은 누구인지 모르겠다. 스브리츠키가 소리쳤다.

—이것 좀 봐요. 저 옷차림을 보란 말입니다.

—여기 스브리츠키 씨의 요청에 따라 우리는 당신이 건물의 공용 장소에 속한 곳에 대해 부당하고 지속적인 점거를 했

는지에 대해 조서를 작성할 것입니다.

　—우리는 당신이 이 화장실을 (그는 초시계를 확인했다) 39분 8초 동안 점거했음을 확인했습니다. 그리고 고소인이 지적했듯 당신 복장은 분명히…… 말하자면 그것을 하기 위한…….

　—내가 오줌을 누었을 수도 있잖아요. 아시다시피 바지 앞 지퍼는 눈 깜짝할 사이에 올릴 수 있습니다.

　—소변을 39분간 눌 수는 없는 것입니다.

　—찔끔찔끔 나눠 눈다면…….

　—공증인, 이제 나머지 일은 당신이 할 차례입니다.

　—나보고 그 짓을 직접 하란 말입니까?

　—다른 방법이 있다면 몰라도.

　—흠, 할 수 없군요.

　그는 화장실로 들어와 손가락 두 개로 변기 뚜껑을 열고 몸을 앞으로 숙였다.

　나는 웃음을 터뜨렸다. (……)

　—뭐가 있나요? 경관이 물었다.

　—아무것도. 색깔도 냄새도……. 그래도 냄새를 맡아보니 이 변기가 최근에 사용된 것 같지 않고…… 색깔은…….

　—이봐요, 오줌을 총천연색으로 누는 사람이 어디 있어요.

위의 인용구에서 경관과 공증인을 대동한 노인은 화자

를 현행범으로 잡기 위해 화장실을 독점한 순간에 그를 급습한다. 화장실을 정당한 용도로 사용했다는 화자의 주장과 화장실을 원래의 용도에서 벗어난 개인 서재로 사용한다는 노인의 주장 사이에서 판결을 내려야 하는 경관은 공증인과 함께 변기 속을 뒤져야 하는 희극적 상황에 빠진다. 변기에 내용물이 담겨 있어야만 화자가 화장실을 용도에 맞게 사용했다는 증거가 되기 때문이다. 이 모든 문제가 그 백과사전에서 비롯되었다. 백과사전, 좀 더 넓게 말하면 책, 조금 더 확장하면 언어, 말씀이 그의 삶을 고달프게 만든 셈이다. 물론 백과사전을 매개로 화자는 어린아이를 키우며 홀로 사는 젊은 여자와 인연을 맺기도 한다. 어린아이가 백과사전에 실린 여자의 해부도를 찢어 간 것이다. 성적 호기심이 충만한 꼬마가 화려한 도판으로 생생하게 재현된 여자의 육체를 훔쳐 간 덕분에 화자는 그의 어머니와 대화를 나누게 된 것이다. 그러나 소설에서 화자가 주변 여자들에게 던지는 추파는 대개 물거품이 된다. 예컨대 불면증에 시달리는 화자가 약국에서 만난 여자 약사와 나누는 대화처럼…….

여자 약사는 친절했다. 그리고 하얀 가운을 입은 모습이 예쁜 편이었다.

—잠을 이루지 못합니다, 라고 내가 말했다.

—나도 그래요. 친절한 미소를 띠며 그녀가 말했다.

—그럴 때에는 무엇을 복용하나요? 라고 내가 물었다.

—끈기 있게 내 병을 받아들이죠.

나의 유머가 절대적으로 통하지 않는 것이 하나 있다면 그것은 다른 사람의 유머이다.

—저는 당신을 철학자가 아니라 약사로 생각하고 말하는 겁니다.

그녀는 어깨를 으쓱거리더니 노란 알약이 든 병을 내밀었다.

—한 번에 몇 알을 먹어야 합니까?

—굳이 다시 깨어나고 싶다면 한두 알. 그렇지 않다면 스무 알.

그녀는 나의 놀란 표정을 보았다.

—철학자가 아니라 약사로서 하는 말이죠.

나는 이렇게 해서 또 다른 여자 친구 하나를 만들게 되었다.

어쨌거나 약은 매우 효과가 있어서 스브리츠키의 방에서 들리는 텔레비전 범죄영화의 범인이 누구인지 알기도 전에 잠들기 일쑤였다. 아쉽게도.

아버지의 이름

소설에는 변기에 앉아 그가 무심코 펼친 백과사전의 항목을 인용하는 대목이 넘쳐난다. 우연을 가장해서 인용한 구절이 소설의 전개에 무의미한 것이라고 믿는 독자는 아무도 없을 것이다. 예컨대 S자 항목에 해당하는 책을 펼쳤을 때 그의 눈길을 끈 대목은 '세파라드séfarade'이다. 백과사전을 인용한 소설 구절을 다시 인용해보자.

세파라드. 중세 시절 스페인에서 살았던 유대인을 조상으로 둔 유대인을 지칭한다. 1492년 스페인에서 추방된 유대인은 프랑스, 네덜란드, 영국, 이탈리아, 터키, 팔레스타인, 그리고 북아프리카 등지로 흩어져 정착했다. 그들은 관습, 종교, 그리고 중세 스페인어와 히브리어가 뒤섞인 '라디노'라 불리는 언어를 보존했다. 콘스탄티노플을 탈환한 후부터 터키는 스페인에 거주하던 유대인을 자국에 끌어들이려고 노력했다.

화자의 독서는 이 대목쯤에서 다시 화장실 문을 두드리는 노인의 출현으로 끊긴다. 작가의 이름과 동명인 소설의 주인공 베노지글리오는 유대인이다. 중세 시절 스페인을 떠나 터키에 정착한 유대인이 그의 조상인 셈이다. 여기에서 논의의 편이를 위해 작품집 날개와 최근 『르 몽드』의 추모 기사를 정리한 작가의 삶을 짚어보면 다음 과 같다.

1941년 스위스 몽테에서 터키인 아버지와 이탈리아인 어머니 사이에서 태어난 작가는 법학을 전공한 후 스위스 로잔 대학에서 법학박사를 준비하다가 1967년 프랑스 파리로 이주해 출판사에서 일했다. 1972년 『또 다른 누군가 가 죽었다 Quelqu'un bis est mort』로 등단한 후 1980년 『가족 사진』으로 〈메디치상〉을 받았다. 초기에 누보로망과 조 르주 페렉의 영향이 엿보이는 실험적인 작품을 발표했고 독특한 유머와 풍부한 어휘로 주목받았다. 인과율에 입각 한 탄탄한 줄거리를 거부한다는 점에서 누보로망의 후예 로 간주되었지만 작가는 횡설수설, 샛길로 빠지기, 잡담 과 같은 용어로 자신의 소설을 정의했다. 실험소설 시리 즈로 자리 잡은 세이유 출판사의 'Fiction et cie'에서 열댓 편의 작품을 발표했고 2013년 12월 일흔두 살의 나이로 파리에서 별세했다.

『가족사진』에서 화자는 옆방에서 켜놓은 텔레비전의 소음에 시달리지만 세상의 온갖 재앙을 전하는 뉴스를 귀 담아듣는다. 중동 지역에서 벌어지는 전쟁과 폭동과 학살 이 그의 관심을 끄는 이유는 소설이 전개됨에 따라 점차 밝혀진다. 화자는 소설에서 자신의 아버지를 오로지 "하얀 가운을 입은 남자"로만 지칭할 뿐 단 한 번도 아버지란 단어를 사용하지 않았다. 실제로 터키 이스탄불에서 1920년 스위스로 이주한 작가의 아버지는 정신과 의사로 안락한 삶을 누렸고 그 덕분에 작가도 구김살 없는 어린 시절을 보낼 수 있었다. 하지만 그 평화로운 삶이 그에게 문제가 된다. 동족에 대한 부채 의식에서 작가는 벗어나지 못하는 것이다. 2000년 간 서구 사회에서 핍박과 학살의 희생자였던 유대인의 후예인 아버지는 거의 본능적으로 평화와 안락의 냄새를 맡을 줄 알았던 모양이다. 터키 국적의 그의 아버지는 영세 중립국인 스위스를 택해자리를 잡았다. 허나 작가가 태어났던 1941년 무렵 2차대전 중 유럽 전역에서 600만 명의 유대인이 가스실에서죽어갔다. 그런 와중에도 아버지는 어린 아들에게 한 번도 유대인의 정체성을 거론한 적이 없었고 심지어 조부모의 이름조차 알리지 않았다. 작가는 자신의 뿌리를 모르고 산 셈이다. 아버지가 남긴 유산은 "상기인은 하기인에게 아래와 같은 것을 넘겨준다. 1) 족보 2) 터키 특산과자인 로쿰 3) 『돈키호테』 초판본을 비롯한 몇 권의 책 4) 외국인이 스위스 명소를 유람하는 데 도움이 될 관광 안내서 5) 아직도 먹을 만한 장미잼 6) 암, 혹은 종양. 어느 부위에 생길 것인지는 본인이 선택할 것"이었다. 아버지의유서를 고려한다면 작품 속 주인공의 독특한 유머감각은 아마도 작가의 아버지에게서 물려받은 것임에 틀림없다.

『가족사진』은 큰 역사와 개인사가 뒤얽힌 그의 자전적 고뇌를 희극적으로 옮긴 수작으로 평가받았다. 그와 비슷한 처지인 조르주 페렉의 작품에 공감하고 영향을 받은 것은 자연스런 일이다. 그러나 알프스산맥을 사이에 두고 동시대를 살았던 두 작가의 운명은 전혀 달리 전개되었다. 1936년 파리에서 태어난 페렉은 부모와 친지를 전쟁에 잃고 세계사 속에 개인사가 파탄 났던 반면 베노지글리오는 너무도 편안한 삶을 만끽했다. 그럼에도 불구하고 두 작가의 소설은 겹치는 부분이 많다. 페렉이 자신의 작품세계를 실험, 유희, 사회학적 관심, 자서전, 이렇게 네 가지 영역으로 나눴듯 베노지글리오의 작품도 실험적이자 언어유희적인 측면이 두드러지고 비록 직접 체험하지 않았어도 유대 공동체의 악몽도 공유한다.

1960년대에 청년기를 보낸 작가는 누보로망, 울리포 작가들의 전위작품을 접하며 특히 조르주 페렉의 작품에 흥미를 갖게 되었다. 1978년 페렉이 『인생 사용법』으로 받은 〈메디치상〉을 베노지글리오가 이태 후에 『가족사진』으로 받았다는 것도 흥미로운 점이다. 두 유대인 작가는 뿌리에 대한 집요한 관심과 대학살, 재앙에 대한 두려움을 공유한다. 페렉은 그의 자전적 소설 『W 또는 유년의 기억』에서 그의 집안이 "종교 박해로 추방당한 스페인계 유대인으로 거슬러 올라가는데 그 경로를 추적하면 그들은 남프랑스로 이주했다가 다시 이탈리아를 거쳐 대부분은 폴란드, 일부는 루마니아와 불가리아로 이주했다"고 적고 있다. 그렇다면 두 작가 모두 '세파라드'에 해당하며 페렉 집안이 폴란드에서 다시 프랑스로 이주했던 반면 베노지글리오의 조상은 발칸반도 끝자락에 정착했다. 다시 『가족사진』에서 작가가 인용한 '에디르네Edirne'란 항목을 인용해보자.

에디르네. 유럽 쪽 터키의 에디르네 지역의 주도. 이스탄불에서 235킬로미터 떨어진 그리스 접경지역에 위치. 1829년, 1878년 러시아 영토였던 시기를 제외하면 1362년부터 1912년까지 터키 영토였다가 1913년 7월 불가리아, 그리고 다시 1920년 8월 터키 영토에 귀속. 이후 다시 그리스의 법적 영역에 속하다가 로잔협약으로 터키로 영구히 귀속되었으며(……).

유대인은 핍박을 피해 유럽 전역을 떠돌 수밖에 없었지만 한군데에 정착한 경우에도 민족주의가 기승을 부리던 수세기 동안 영토 분쟁으로 인해 본인의 의지와 무관하게 국적이 수시로 바뀌었다. 그리고 새 주인이 들어설 때마다 그들은 언제나 이방인, 타자였다. 그들의 이름도 러시아, 폴란드, 불가리아, 터키로 지배 국가가 바뀔 때마다 발음과 철자를 달리해야만 했다. 자신의 이름을 프랑스식으로 발음하면 '프렉'이 되어야 하지만 '페렉'으로 불러달라고 했던 페렉의 경우처럼 베노지글리오도 프랑스식으로 발음하면 '브노지글리오'가 되어야 했다. 그는 평생 '베노'라는 애칭을 사용하며 발음만이라도 정체성을 유지하려 했다. 철자법이 아니라 소리, 구어가 그의 정체성을 지탱하는 버팀목이 되었다. 페렉과 베노라는 이름에는 길면 2000년, 짧게 잡아도 20세기의 인류 악몽이 고스란히 배어 있는 셈이다.

아버지의 선택에 의해 스위스 국민이 된 작가는 나이가 들어감에 따라 정체성의 문제로 눈길을 돌리고 부박한 삶에 대한 실망이 아버지에 대한 야유와 분노로 변하게 된다. 특히 2차 대전 시절 아버지의 행적을 상상하며 그는 유대 공동체에 대한 부채 의식을 느낀다.

2차 세계대전 동안 하얀 가운을 입은 남자는 의사의 자격으로 스위스 군대에서 몇 달, 혹은 몇 년인지 모르겠지만 총은 발치에 내려놓고 (어쩌면 허리에 권총을 찼는지도 모르겠고) 난공불락의 아름다운 스위스 국경 지대에서 복무했다. 이웃 나라를 휩쓴 잔혹한 대학살이 고조되었던 시기에 그는 감기 환자, 발목을 삔 환자, 그리고 남자들이란 어느 하늘 아래서나 똑같으니 몇몇 임질 환자를 들여다보았을 것이다. 이 점에는 재론의 여지가 없다. 다만, 적어도 한 번이라도, 예컨대 우울하고 고독한 어느 저녁 무렵, 종이 상자를 주먹으로 치고 맥주병이 날아다니는 소란스러운 하사관 식당에서, 혹은 주민으로부터 징발한 마구간 위층의 작은 방에 홀로 있다가, 혹은 머리맡 탁자에 스페인 고문으로 된 『돈키호테』를 내려놓고는 침대에서 일어나 창가로 가서 나름대로 전쟁에 기여한답시고 오합지졸이 집합해서 제식훈련, 혹은 다른 훈련하는 모습을 내려다보다가 문득, 그렇다, 불현듯이나마 이런 저녁 무렵에 잠깐이나마 지위와 안락과 명예를 내던지고 이 행복한 스위스의 특권적 국경선을 훌쩍 넘어 한때 그의 형제, 겁에 질려 내몰리는 유대인의 무리, 바로 그 순간에도 한 걸음씩, 혹은 기차와 트럭으로 가스실로 향해 뒷걸음치는 그들에게 달려갈 생각이 그에게 들었을지 나는 사무치게 궁금했다.

작가는 누군가의 아들이 되는 것은 힘든 일이라고 했다. 오이디푸스를 보면 잘 알 수 있다. 정신과 의사였던 그의 아버지라면 수긍했을지 모른다. 그러나 아들 되기가 어려운 만큼이나 아버지 되기도 마찬가지이다. 유대인의 잔혹사에 비할 수 없겠지만 예컨대 우리네도 사정은 비슷하다. 베노지글리오와 같은 아들이 아버지에게 "식민지와 전쟁과 독재를 겪던 시절, 당신은 무슨 이유로 만주 벌판에서 독립운동을 하지 않고 창씨개명을 했으며 동란 시절 장렬히 전사하지 않고 지하실에 몸을 숨겼으며 독재 시절 적어도 돌 한 번 던진 적이 없냐"고 추궁한다면 무슨 대답을 해야 할까. 시대와 장소를 막론하고 인간사는 폭력과 부조리로 점철되었다는 일반론은 궁색한 변명에 불과하다. 개종과 배교를 대가로 목숨을 부지하고 나라와 이름을 바꿔가며 혈통을 이어가야만 했던 유대인의 역사가 『가족사진』이란 소설의 탈을 쓰고 화장실에 쌓인 백과사전을 매개로 독자에게 한 자락씩 속내를 드러낸다. 그리고 이쯤에서 우리는 『가족사진』의 주인공이 은행을 지키다가 애꾸가 되었던 대목이 의미하는 바를 얼추 짐작할 수 있다. 은행의 청원경찰로 취직한 주인공은 매일 아침 달러와 금의 시세 변동에 민감한 직원들을 눈여겨본다. 그리고 달러와 금의 시세 변동으로 이윤을 챙기는 은행의 행태를 "구역질" 난다고 비난한다. 그에게 호감을 보이던 카티아라는 창구 여직원이 묻는다.

  ―뭐라고요? 구역질 난다니요?
  ―저기 어떤 나라가 피바다, 불바다에 빠지지 않았고 멀리 있는 나라라는 점을 핑계 삼아 이곳에 사는 수많은 겁쟁이, 비겁한 사람은 오로지 한 가지 생각만 하지요. 모든 것, 아무것이나 투기를 하는 겁니다. 그곳에서는 서로 죽고 죽이

며 기아로 죽어가고 앞다투어 서로를 고문하고 도시 전체에서 불길이 치솟는데 여기에서는 무엇이 치솟는지 알아요? 시세가 치솟습니다.

앞서 설명했듯 주인공은 은행에서 애꾸가 되어 내쫓겼다. 그 후 다시 대형 슈퍼마켓의 경비원으로 취직했지만 거기에서마저 적응하지 못한다. 주인공의 생각에 따르면 크리스마스에 사고를 친 것이다. 크리스마스에는 가장 가난한 사람들이 할인점에 몰려드는 시기이고 또한 그들만큼이나 가난한 사람들이 그들을 감시하기 위해 한꺼번에 고용되는 시기이기도 하다. 은행과 상점을 바라보는 그의 시선은 비딱하기 그지없다. 알다시피 작가의 고국 스위스는 금융업이 번성한 곳이고 금융자본주의와 유대인은 역사적으로 깊은 관련을 맺고 있다. 역사적 관점에서 본다면 금융업은 유대인에게 강요된 선택이었다. 유럽 각지에 흩어진 유대인은 여러 종류의 핍박에 시달렸는데 특히 직업 선택의 자유를 박탈했다. 그들은 관직이나 성직에 오를 수 없었고 토지를 소유할 수 없었기에 농사를 지어 부를 축적할 수 없었으며 수공업조합인 길드에 가입할 자격이 없으니 장인이 될 수도 없었다. 우리네 전통적 직업 서열로 치면 사농공상士農工商 중에서 세 가지 직업군은 유대인에게 원천봉쇄된 셈이다. 그들에게 남은 직업은 장사뿐인데 그것은 기독교적 가치관에 따르자면 가장 저급한 직업군에 속한다. 관직이야 권력과 명예를 독점한 귀족에 한정된 것이니 논외로 치고 농업과 공업은 가치를 창출하는 생산적 활동이라 간주되었다. 곡식과 과일을 키우거나 쟁기와 마차를 만드는 일이 땀 흘려서 이 세상에 없던 것을 새롭게 만들어 만인에게 이로움을 주는 가치창출 행위라면 장사는 그 자체로 새로운 가치를 만드는 일은 아니었다. 범박하게 말해 한 물건의 가치는 그것을 생산하는 데 투여된 노동력에 의해 결정된다고 가정한다면 장사꾼은 그 생산 과정에 땀 흘려 기여한 바가 없다. 장사꾼이 한 일이라곤 한 지점의 물건을 다른 곳으로 옮기거나 값이 쌀 때 사서 비축해두었다가 비쌀 때 내다 파는 것, 다시 말해 생산품의 시공간적 맥락만 바꿈으로 이득을 취하는 것이다. 물건의 맥락을 바꾸는 것뿐 아니라 돈의 시차를 이용해서 이자를 받는 행위는 기독교에서 더더욱 천시되는 직업이었다. 그런 까닭에 유대인은 농경사회가 산업사회로 변할 때까지만 해도 어두운 상점의 거리에서 이발소, 양복점, 모피 장사, 귀금속점을 하는 천시와 질시의 대상이었으나 금융자본주의시대에서는 막강한 자본력을 과시하며 서구 사회를 손아귀에 쥔 악마 세력으로 보이기 십상이었다. 과감한 논리 비약이 허용된다면 유대주의가 곧 자본주의란 등식은 오랫동안 서구인의 뿌리 깊은 편견이었다. 그러나 당연히 부를 축적했지만 질투와 경멸의 대상이 된 유대인은 돈만 아는 수전노가 아니라 예술가, 철학자로 존중받고 싶은 인정 욕구를 품게 마련이다. 『가족사진』의 주인공은 은행과 상점에서 내쫓겨 백수가 되지만 그것을 글로 옮긴 작가는 예술가가 되었다.

1974 그리고 돌

1993년에 발표한 『권총을 곁들인 그림*Peinture avec pistolet*』은 그의 자전적 소설이라 할 수 있다. 1944, 1950, 1961, 1974 등 연도를 소제목으로 삼은 이 작품에서 1974에 해당하는 단편은 작가가 파리로 이주한 후 출판사에 근무하던 시절의 이야기이다. 넓은 세상으로 나가보려고 스위스를 떠나 파리에 왔지만 그곳의 출판계는 상상했던 것과는 영 딴판이었다. "아마도 젊음의 순수함, 시골 출신의 순박함 (그는 남들보다 두 배로 촌놈이었다. 스위스는 시골 중 시골이다. 파리 사람 눈에는 그다지 가상하게 보아줄 법한 노력도 그다지 기울이지 않은 것 같은데 제법 프랑스어를 잘한다고 주장하는 것이 조금 수상하고, 조금 위조품 같고, 약간 덤으로 프랑스 사람처럼 보이는 스위스 사람) 탓에 출판계를 조금 이상화했던 모양인데"

실상은 저급한 상업주의, 음모, 타협, 물밑 거래가 판치는 속물들의 세상이었다.

「1974」의 주인공은 1968년 아침 처음 출판사에 연수생으로 취직해서 했던 첫 번째 업무를 기억한다. 2차 대전 중 시칠리아 섬에 상륙한 미군의 활약상을 찍은 사진에 해설을 붙이는 것이 그에게 맡겨진 첫 과제였다. "에트나 산을 배경으로 탱크, 대포, 기관총, 그리고 무수한 시체"를 찍은 사진에 그가 붙인 해설은 "유사 이래 처음으로 마피아가 개입되지 않은 시체들⋯⋯"이었다. 물론 이런 식의 유머는 적절치 않다는 지적을 받았지만 카탄 지역을 폭격하는 편대를 찍은 사진에 "이날 불을 토해낸 것은 화산이 아니었네⋯⋯"라는 해설은 칭찬을 받았다. 다만 말없음표보다는 자유낙하하는 폭탄을 연상시키는 느낌표가 낫다는 충고를 들었을 뿐이었다. 그는 그렇게 출판계에 당당히 입성한 것이다. 이번에는 출판사 사장의 지시로 필자를 만나러 스위스로 출장을 떠나게 되었다. 사장이 "작가가 자네와 같은 스위스 출신이니 업무에 도움이 될 거야"라며 그를 지목한 것이다. 스위스 군대에서 은퇴한 소령이 2차 대전 때의 비행기와 항공에 관련된 원고를 출판사에 보내왔기 때문이다. 전쟁 중 중립국의 군인이었던 덕분에 퇴역장교는 일본을 포함한 주축국의 퇴역 군인과도 원만한 관계를 유지하며 귀한 자료를 확보했다고 한다. 주인공의 반응은 심드렁하다. 전쟁도 싫고 전쟁을 생업으로 삼은 직업군인은 더더욱 싫을 뿐 아니라 아버지처럼 2차 대전을 스위스에서 겪은 군인이야말로 그가 가장 혐오하는 유형의 인간이었기 때문이다.

"소장이 쓴 회고록에 준장의 해설을 붙이고 대장의 추천사로 포장한 전쟁 관련 상품"을 혐오한 그가 "게르니카를 폭격한 폭격기의 숫자와 유형을 주르르 꿰면서도 그것이 유발한 희생자에 대해서는 철저히 무지한" 퇴역군인의 책을 좋게 볼 리 없었다. 게다가 '세계 전쟁'이란 제목의 연작을 담당하는 주인공은 부도덕하게 보이는 책을 발견하고 사장에게 항의한다.

한 페이지당 50줄이고 한 줄당 열두 개의 단어가 들어갔으니 이 책에는 72만 개의 단어가 있는 것입니다. 그러니까 단어 하나가 일곱 구의 시체를 감당하는 셈이죠. 자음, 모음, 단어 하나하나, 심지어 아주 짧고 중요치 않을뿐더러 약어까지 포함해서 관사, 인칭대명사, 부사나 접속사, 동사, (……) 이런 단어 하나가 고문당하거나 맞거나 강간당하거나 교살당하거나 과다출혈이거나 창자가 나오고 불타거나 생매장되거나 목이 매달리거나 참수되거나 총살되거나 독가스를 맞아서 죽은 남녀노소 일곱 명을 감당해야 하는 것입니다. 그래도 96만 단어가 부족하네요. 한 단어가 여덟 명의 죽음에 해당하고 게다가 총계가 6백만 명이라는 소리도 들은 것 같은데……

현실을 글로 옮기는 작가라면 "단어의 무게를 달아서" 신중을 기해야 한다고 한다. 천칭의 한쪽에 현실, 다른 쪽에 단어를 올려놓고 기울어짐이 없어야 한다는 뜻인데 과연 조사 하나, 느낌표 하나가 생명의 무게를 감당할 수 있을까. 여기에 대한 반박이 없을 수 없다.

당신의 계산대로라면 30년전쟁, 흑사병, 비아프라 사태, 이런 것에 대해서라면 스무 배, 서른 배의 단어가 필요할 텐데? 전쟁은 피와 눈물을 흘리는 것이 그 속성인데 희생자를 존중하려면 어떤 책도 낼 수 없다는 말이오? 게다가 그런 주제에 대해 독자들은 갈급하고 날이 갈수록 수요도 느는데.

역사의 무게를 감당해야만 하는 유대 작가 베노지글리오가 봉착한 고민이 이 작품에 깃들어 있다면『권총을 곁들인 그림』의 맨 앞에 실린 「1991」은 울리포 그룹의 영향이 엿보이는 실험적 작품이다. 「1991」은 거의 한 문장으로 이뤄졌다는 것이 무엇보다 주목할 만한 특징이다. 첫 문장의 시작인 "눈이 빠지도록" 이후 단 하나의 문장으로 단편을 꾸려나가는 글쓰기의 곡예를 실험한 이 작품은 다른 것에 비해 줄거리를 파악하는 것도 비교적 용이하다. "눈이 빠지도록, 그렇다, 그는 생각에 잠겨 감히 건드리지도 못한 채 벌써 6개월 전부터 뚫어져라 그것을 관찰했는데 양탄자 한구석에 꼼짝도 하지 않고 버티고 있는, 마치 어디 있는지 그 위치를 알아서 신경 쓰지 않고도 발을 부딪치지 않고 피해 갈 수 있는 가구처럼 6개월 전부터 있는 그것은, 그가 주변 꼬마들의 비웃음을 사고 가족으로부터 정신이 살짝 나간 놈 취급을 받아가며 바닷가를 누비며 찾아다녔던 것으로"로 시작되는 이 작품은 여름휴가를 맞아 바닷가로 떠난 한 남자가 돌을 찾아 헤매는 이야기이다. 누구나 한 번쯤 강변에서 심심파적 삼아 마음에 드는 조약돌을 찾아본 적이 있을 것이다. 삼인칭 주인공 '그'는 해변에 널린 수억, 수십억 개의 돌 중 마음에 꼭 드는 하나의 돌을 찾아 헤맨다. 장난삼아 시작한 일인데 그 장난은 거의 집착이 되고 점차 형이상학적 질문으로 이어진다. 자신이 원하는 것이 딱히 무엇인지 미리 정해놓은 것도 없는 터라 과연 어떤 돌이 자신이 찾는 것과 부합하는지 쉽사리 결정하지 못한 채 그는 돌 하나를 들어 꼼꼼히 살피다가 실망해서 멀리 집어 던진 후, 다시 눈이 빠지도록 고개를 숙이고 돌을 찾다가 몇 시간이 흐른 후에야 아까 버린 돌이 개중 낫다는 아쉬움을 느끼지만 이제 와서 다시 찾는 것이 불가능하다는 좌절감에 빠

졌다가, 그래도 그것보다 더 나은 것을 찾을 수 있을 거라
는 막연한 희망을 버리지 못하고 눈이 빠지도록 돌을 찾
아 헤맨다. 마침내 구멍이 숭숭 뚫리고 기형적 모양의 돌
을 발견하고 그것이 바로 자신이 찾던 돌이라 생각한 화
자는 휴가가 끝난 후 집으로 돌아와 우선 모래를 털어내
고 물로 깨끗이 닦는다.

그런데 물과 비누로 세척한 돌은 물기가 마르자 윤기
를 잃고 칙칙하게 변했을 뿐 아니라 돌 표면의 기공에 비
누가 끼어 흉해 보였다.

곰보에 허연 껍질이 앉은 얼굴처럼 돌의 표면이 변해버려
그는 끝을 뾰족하게 깎은 성냥개비를 이용해서 구멍 하나하
나의 속에 낀 비누를 파내기 시작했는데 그중 한 구멍을 쑤
시자 성냥개비는 광물성 벽에 부딪히는 것이 아니라 조금 물
컹거리고 고무 같은 어떤 것에 닿는 느낌이 들어서 포크로 달
팽이 요리를 먹듯이 성냥개비를 이리저리 비틀어 마침내 끄
집어내는 데 성공했는데 성냥개비 끝에 여기저기 관통당한
허옇고 긴 벌레가 찍혀 나와 눈을 믿지 못할 정도로 놀라 몸
이 굳어버린 그는 입을 벌린 채 몇 초 동안 그것을 바라보았
는데 성냥개비 끝에서 머리로 쓰이는 곳이 꼬리로 쓰이는 곳
을 물려는 듯 몸통을 비비 꼬는 모습이 마치 음란한 요부 같
아서 자제력을 잃고 한꺼번에 하얀 벌레와 성냥개비를 떨어

뜨렸더니 벌레는 회색빛 양탄자의 긴 털 속에 자취를 감췄고 돌멩이는 방구석까지 굴러가서 그날 저녁 그는 아주 오랜만에 눈이 빠지도록 놀라 그것을 바라보았다.

종결어미가 단조로운 우리말로 제대로 전달하기가 쉽지 않지만 돌과 벌레를 등장시켜 이야기를 구성한 솜씨가 돋보이는 작품이다. 조르주 페렉과 마찬가지로 베노지 글리오도 프랑스의 주류문학, 전통문학과 동떨어진 전위에 선 작가이다. 스위스, 프랑스, 나아가 유대적 전통마저도 그에게는 몸에 맞는 옷이 아니었다. 그는 대담을 통해 자신이 스위스인이 된 것은 그저 우연의 소산이니 큰 비중을 두고 바라보지 말라고 주문했다. 스위스인 중에서도 20퍼센트 정도만 프랑스어를 사용하니 그가 프랑스어를 사용언어로 삼은 것도 우연에 속한다. 다만 그가 문학의 길을 택한 것은 온전히 그가 기꺼이 감당할 몫이라 할 수 있다. 전통에 억눌리지 않고 자유와 전위를 추구한 작가였지만 그의 작품에는 특정 국가나 사회에 국한되지 않은 인류 보편적 어리석음과 폭력성, 그에 따른 재앙과 파탄에 대한 두려움이 서려 있다. 역사의 직접적 피해자가 아님에도 불구하고 불안과 고뇌의 짐을 벗지 못하는 『가족사진』의 주인공을 부인은 이해하지 못한다. 그리고 먼 나라, 까마득한 옛일을 붙잡고 신음하지 말고 곁에 있는 자신과 딸을 더욱 사랑해달라고 요구한다. 사실상 주인공은 유대인 수용소 이야기를 나중에 듣고 분개했지만 그것은 유대인이 아니라 다른 어떤 사람이라도 느끼는 분노, 딱 그만큼의 분노만 느꼈을 따름이라고 고백한다. 또한 유대인의 정체성을 구성하는 종교에 대해서도 마찬가지이다. 그가 보기에 모든 종교는 무익하고 위선적인 제도일 뿐이다. 혹시 그는 삶마저도 바닷가에서 주워 온 돌멩이 같다고 생각하진 않았을까. 인간사의 모든 가치는 얼핏 그럴듯해 보이지만 속을 파보면 징그러운 벌레가 튀어나오는 돌과 비슷할지도 모른다. 화들짝 놀라 내던졌지만 차마 바깥에 내다 버리지 못하고 방구석에 방치한 돌.

팔베개의 서사

쓰는 것도 힘들지만 읽는 것도 마찬가지이다. 창작의 고통은 흔히 산고에 비견되지만 그 결과물을 읽는 일에도 집중이 요구된다. 또한 창작이 마냥 괴로운 것만도 아니라 남모를 자부심과 환희가 따르듯 독서로 누리는 몰입과 각성은 다른 것으로 대체될 수 없다. 독자는 악보를 해석하는 연주자처럼 저마다 고유한 감수성과 가치관에 입각해서 작품을 연주한다. 다만 박자가 정해진 음악과 달리 문학은 단어 하나하나와 행간의 침묵을 주목하며 느리게 연주할수록 울림이 크다. 짧고 평범한 글에 많은 의미가 압축된 경우에는 더욱 그러하다. 가령 "그들은 침대에서 몸을 일으켰고, 해가 떨어졌으며, 로르는 머리맡 스탠드로 손을 뻗었다"라는 소설의 첫 문장은 구절양장의 사연과 복잡한 심사를 압축하고 있다. 고도의 상징이나 세련된 은유가 배제된 몇 개의 단어만으로 구성된 이 한 줄 속에 앞으로 펼쳐질 장편소설이 요약되었다. 조금 과장한다면 앞으로 전개될 사건뿐 아니라 심지어 소설 이전의 상황까지 내포하고 있다.

우선 독자는 이 문장에서 그들이 해가 떨어지기 이전부터 침대에 있었다는 상황을 짐작할 수 있다. 해가 떨어지고, 침대에 누운 후, 잠드는 것이 우리에게 익숙한 순서인데 이 문장에서는 그것이 뒤바뀐 것이다. 이 수상한 역전을 염두에 두고 읽는다면 '잠에서 깨어났다'가 아니라 '몸을 일으켰다'는 동사가 유독 눈길을 끈다. 작가는 사전에 실린 무수한 단어 중에서 의식 상태의 변화를 뜻하는 '잠에서 깨어나다se réveiller'가 아니라 자세의 변화를 뜻하는 '몸을 일으켰다se redresser'를 골랐다. 또한 자세의 변화를 의미하는 동사 중에서도 몸을 직립 상태로 바꾸는 '일어나다 se lever'가 아니라 누운 자세에서 윗몸만 일으키는 의미의 단어를 골라 쓴 것이다. R. 야콥슨의 소통 도식에 따르면 작가는 가로축에 "그들" "침대" "떨어지는 해"라는 단어가 배열될 조건에 가장 적절한 동사를 고른 셈이다. 만약 '깨어났다'의 경우라면 사태는 보다 단순해져서 예컨대 그들이 대낮에 한 침대에서 낮잠을 잔 것쯤으로 해석될 여지가 생긴다. 이 문장에서 사용된 세 개의 동사는 그들, 해, 그녀라는 동작주가 제각기 일어나고, 떨어지고, 뻗는 사태를 드러낸다. 아래에서 위로 일어나고 위에서 아래로 떨어진 후 옆으로 뻗는 상황이 묘사된 것이다. 물론 아직 농무에 쌓인 듯 모호한 풍경이지만 그다음을 읽어보면 점차 그 윤곽이 드러난다. 여자로 짐작되는 로르라 불리는 인물이 침대에서 일어나지 않은 채 팔을 뻗어 닿을 수 있는 거리에 있는 전등을 켜려고 하자 바로 짧은 대화체 문장이 이어진다. "켜지 마, 이렇게 조금 더 있자." 이 대화의 발화자는 피에르라는 남자이다. 여기까지의 내용만으로도 280페이지에 이르는 다니엘 살나브의 1986년 작 장편소설 『환각의 삶 La vie fantôme』의 골격이 세워진 셈이다.

해를 등지고 담배를 피우는 그녀

여기까지 밝혀진 상황을 정리하면 대충 이렇다. "그들"이라 지칭된 인물은 로르와 피에르라는 남녀이다. 낮에 침대에 함께 머물렀다가 저녁이 되자 몸을 일으켜 앉은 이들은 낮과 밤이 뒤바뀐 삶, 그러니까 남의 낮이 나의 밤이 된 삶을 살고 있다. 이 소설은 현실과 거울의 관계처럼 겉모습은 비슷하지만 한쪽은 현실이고 다른 쪽은 허상, 제목처럼 진짜 삶을 흉내 낸 환각의 삶을 사는 두 사람의 이야기이다. 이제 첫 문장에서 세워진 골격에 어떤 식으로 살이 붙고 실핏줄이 배분되는지를 감상하는 일이 남았다. 독자는 첫 문장에 근거해서 추정한 상황을 염두에 두고 앞으로 전개될 이야기를 상상할 테고 그 추정과 상상이 일치하거나 어긋나는 것을 확인하는 과정이 바로 독서이다. 이어지는 문장은 대체로 독자의 추정에 들어맞는다. 대화체 문장에서 확인되는 바처럼 남자는 현 상황을 조금이나마 연장하려는 듯 불을 켜지 말고 조금 더 그대로 있자고 제안하지만 행간에서 읽히는 속내는 복잡하다.

하오의 정사를 끝낸 피에르는 남들처럼 퇴근 시간에 맞춰 아내와 아이들이 기다리는 집으로 돌아가야만 한다. 그래서 환각에서 현실로 귀환할 시간을 확인하기 위해 손목시계를 봐야만 한다. 그는 여자의 머리를 팔베개로 받쳐주었던 한쪽 손목을 슬그머니 비틀어 시계를 보려 하는데, 우리는 남녀 간의 팔베개가 어떤 기제로 작동하는지 알고 있다. 팔베개라는 사소한 동작에는 사랑의 서사가 농축되어 있다. 팔베개는 제안하는 남자나 머리를 얹는 여자나 너 나 할 것 없이 자발적이며 자연스럽게 시작된다. 그런데 시간이 흐를수록 점차 이 자세는 피차에게 부담스럽다. 처음에는 솜털처럼 가볍던 것이 낙수 방울이 돌을 뚫듯 서서히 팔을 저리게 하며 인간 머리의 하중을 절감하게 만든다. 남자의 속사정을 짐작하는 여자 쪽도 부담스럽기는 마찬가지이다. 그래서 팔베개의 빈도와 시간은 열정의 밀도와 정비례하게 마련이다. 게다가 앞서 언급했듯 피에르가 처한 상황은 보다 복잡하다. 팔베개를 푸는 동작뿐 아니라 시계를 보는 행위는 여자에게 사랑의 종말로 해석되기 때문이다. 그때까지 귀에 들어오지 않던 바깥의 섬세한 소리가 묘사된다. "블라인드가 반쯤 쳐진 창문으로 들려오는 저녁나절 아이들이 뛰노는 소리, 분수대의 물 떨어지는 소리, 마른 낙엽이 바람에 구르며 부스럭거리는 소리." 오로지 사랑에 집중되어 다른 것은 들리지도, 보이지도 않던 감각이 이제 외부세계로 분산되었다는 징조이다.

라틴어 '포스트코와툼postcoïtum'은 정사 후에 겪는 여러 가지 상황과 인간 심리를 통칭한다. 폭풍이 지난 후의 텅 빈 파란 하늘이 주는 공허감과 같은 심리 상태는 소설에서도 적잖게 동원되었다. 드리외라로셸의 소설 『도깨비불』도 바로 이런 장면으로 시작된다. "두 개의 자갈 사이로 사라진 뱀처럼 흥분은 이제 돌이킬 수 없이 그에게서 사라졌"는가 하면 "욕망이 빠져나간 자신의 육체가 쓸모없다"고 남자가 느끼는 순간, 여자는 "담배 좀 줘요"라고 한다. 그리고 묵묵히 "두 개비의 담배가 타올랐다. 의식은 끝났고 이제 말을 해야 할 때다". 이런 대목에 대한 구구한 해석은 샤를 뒤몽Charles Dumont이 부른 유행가 「사랑 후의 너의 담배Ta cigarette après l'amour」로 간단히 대체될 수 있다. "사랑 후의 너의 담배 / 해를 등진 그것을 나는 쳐다본다 / 내 사랑 / 매번 똑같다 / 이미 너는 다른 생각에 빠져 있구나 / 다른 생각 / 사랑은 새벽빛과 더불어 죽을 것이다/구불구불 피어오른 파란 연기 속에서/증발되는 사랑/어둠은 썰물처럼 빠져나가고/더 이상 할 말이 없는 나는/빈손으로 낮 속으로 들어간다." '정사 후의 쓸쓸함'으로 시작한 『도깨비불』은 그 쓸쓸함으로 삶 전체가 채색되어버린 인물의 이야기로 이어진다. 마약 치료소에 입원 중인 남자가 잠깐 외출하여 허름한 호텔에서 여자를 만난다. 여자는 "잠깐 스치는 느낌"만을 얻어 "한심한 알랭, 형편없었어요"라고 타박하자 남자는 "예전에는……"이란 말로 풀 죽은 소리를 한다. 게다가 마약중독에 빈털터리인 남자는 여자에게서 돈을 받아 챙긴다. 공허와 치욕만 남은 그 순간이 길게 늘어져 장편소설이 되는 이유는 유행가 가사처럼 빈손으로 낮의 세계로 들어간 후에도 때가 되면 열정은 습관처럼 재연되기 때문이다. 푸른 연기로 증발된 꽁초를 짓뭉개며 쓴입으로 매번 다짐해도 금연이 어려운 것과 비슷한 이치이다.

다시 모두에 언급했던 작가 다니엘 살나브의 또 다른 소설 「이별_La séparation_」의 첫 장면을 보자.

그들은 나란히 걸었고, 마르탱은 광장 철책 너머로 좁은 화단에 아주 옅은 연두색으로 솟아오른 새싹을 보았다. 그들은 아무 말도 하지 않았다. 루이자의 왼팔이 마르탱의 오른팔에 살짝 닿았고 그것을 느낀 마르탱은 굳이 접촉을 원하는 것은 아니고, 그렇다고 일부러 피하는 것도 아니라는 것을 보여줄 만큼만 두 사람이 서로의 팔 사이에 정확한 거리를 제각기 유지하고 있다는 생각이 들었다.

이 대목을 통해 독자는 묵묵히 길을 걷는 두 사람이 어떤 관계인지 짐작할 수 있다. 제목처럼 이 대목은 이별 후 어떤 계기로 재회하여 함께 길을 걷고 있는 남녀의 이야기이다. 두 사람은 각자의 자존심, 상대방의 결정에 대한 존중 때문에 조용한 이별에 합의했지만 남자는 여전히 미련을 버리지 못한 상태이다. 섣불리 재결합을 제안했다가 자칫 자존심만 상하고 상대방의 결별 요구를 존중했다는 품위마저 잃는 꼴이 되어 결국 이별이 돌이킬 수 없는 기정사실로 굳어지는 상황을 남자는 내심 두려워한다. 그런 심사는 두 사람의 걸음걸이의 겉모습을 묘사하는 데로 집중되었다. "서로 마주치길 피하는 그들의 고정된 시선, 자로 잰 듯 정확히 흔들리는 팔, 지나치게 경직된 미소는 상대방에게 어떤 헛된 상상도 허락하지 않겠다는 계산의 산물이었다." 이런 복잡한 심사로 팔을 어색하게 흔들다 보니 팔베개와 마찬가지로 몸이 저려온다. 잠깐 어깨와 팔을 주무르자니 축 늘어진 팔이 용도를 다한 연장, 이제는 더이상 쓸모없는 가구처럼 보였다. 곁에 있는 여자의 어깨나 허리를 감싸거나 팔짱을 끼어주던 팔이 이제 무의미한 고

깃덩어리로 보인 것이다. 그리고 꼿꼿하게 걷고 있는 그녀가 "저토록 키가 컸었구나"라고 새삼 깨닫는다. 5년의 세월 동안 줄곧 보아왔던 여자가 불쑥 키가 컸을 리 만무하지만 재결합을 갈망하는 그의 눈에 그녀의 고고한 자세가 난공불락의 성처럼 높아 보였던 것이다.

소설 서너 줄을 놓고 이리 뒤적이고 저리 파헤치며 오랫동안 주물럭거리는 일이 얼핏 호사가의 지적 유희로 보이기 십상이다. 이런 짓을 프랑스 말로 머리카락 한 가닥을 네 조각으로 자르는 것이라고 부를지도 모른다. 머리카락을 가로가 아니라 세로로 자르는 것은 섬세하고 어려운 일이지만 결국 아무 쓸모없는 짓임을 꼬집는 표현이다. 샤를 뒤몽의 유행가가 쉽게 대중의 감흥을 자아낼 수 있는 반면, 지루한 훈련과 꼼꼼한 읽기를 요구하는 문학은 누구에게나 감동과 재미를 평등하게 보장하지 않는다. 그렇지만 유행가로 3분 만에 객석에 길게 누운 청중들에게 눈물까지 자아내는 대중가수를 부러워하지 않는데에 소설가의 자존심이 있다. 한 대담에서 다니엘 살나브는 우디 앨런의 재치를 인용하며 문학의 속성을 지적한 바 있다. 우디 앨런은 "나는 속독법을 익힌 덕분에 『전쟁과 평화』를 금세 읽었지. 그 소설은 전쟁 이야기더군"이란 익살을 부렸다. 재미와 감동에 궁한 독자라면 그녀의 단편 「영원히 명랑하게 *Eternellement joyeux*」는 죽은 개를 추모하는 늙은 여인의 슬픔, 「화가의 아틀리에*L'atelier du peintre*」는 공간 부족을 핑계로 그림에서 손을 뗀 화가가 마침내 전원주택을 구입해서 공터에 작업실을 짓는데 결국 그림은 뒷전이고 오로지 작업실을 짓는 일에 집착하는 이야기로 요약할 수도 있을 것이다. 그러나 그녀의 소설은 그렇게 요약되길 거부하는 지점에서부터 시작된다.

귀비오의 문

1940년에 태어난 다니엘 살나브는 고등사범학교를 나와 긴 세월 동안 교육자, 비평가로 활동했고 파솔리니의 작품을 번역하기도 했다. 강단 경험을 바탕으로 그녀는 문학의 중요성을 강조하고, 특히 독서운동을 활발하게 전개했다. 철학이나 사회과학의 이론을 입증하는 예문으로 전락한 문학의 위상을 개탄하는 그녀는 문학의 위기가 중등교육 과정에서 비롯되었다고 지적한다. 그녀가 제안하는 독서는 언필칭 창조적 독서이다. 그녀는 영미권 대학의 문예창작과를 지칭하는 창조적 글쓰기creative writing를 언급하며 이와 곁들여서 '창조적 읽기creative reading'를 권한다. 그녀는 "나는 오히려 크리에이티브 리딩을 권하고 싶다. 이 독서법은 나보코프, 앨런 불룸, 또한 조르주 스테네르가 '입회'한 독서법이다. 크리에이티브 리딩을 통해 나는 독서를 책의 환희와 결합시키고, 작품의 리듬에 맞춰 그것을 춤추게 하는 능력이 함양되기를 기대한다. 그것은 독자로 하여금 상상력을 움켜쥐고, 정신을 얼어붙게 만들며, 무한히 개방하는 단절과 공백에 민감하게 만드는 경이로운 훈련이다"라고 주장했다. 문학작품을 철학이나 사회과학의 예문으로 전락시킨 지금의 지식인 사회를 예리하게 비판하는 문학 옹호자, 문학의 독립운동가였던 그녀가 소설에서 구사한 섬세한 문장은 속도와 재미를 추구하는 세태와 어긋났는지 대중적 인기와 인연이 멀었다. 그녀의 작품 중 1980년 〈르노도상〉을 수상한 『귀비오의 문La porte de Gubbio』은 비교적 널리 읽혔으나 이마저도 가독성이 높은 편은 아니다. 이 소설의 적지 않은 부분은 그녀가 즐겨 다룬 남녀 간에 형성되는 섬세한 감정보다는 예술, 죽음, 시간 등과 같은 추상적 주제를 둘러싼 담론에 할애되었다. 낯선 사람에게서 우연히 넘겨받은 자료를 그대로 옮긴 형식을 취한 이 소설은 맨 앞에 번역자의 말, 맨 끝에 날짜 없는 일기만을 제외한 나머지 부분이 S라고 지칭된 인물이 쓴 일기로 구성되어 있다. 형식만을 놓고 보면 사르트르의 『구토』와 유사하고 심지어 내용마저도 얼핏 비슷하다. 『구토』의 로캉탱이 자신의 삶에 의미를 찾기 위해 역사적 인물을 대상으로 전기 집필을 시도하는 부분과 『귀비오의 문』에서 영감이 고갈된 예술가가 진정한 예술가의 삶을 추적하며 예술의 본질을 탐색하는 대목이 겹쳐지기 때문이다. 소설은 번역가가 시인을 만나기 위해 프랑스에서 멀리 떨어진 어떤 이국에 방문하는 것으로 시작된다. '번역자의 노트'라는 소제목이 붙은 이 대목은 일기체로 된 본문을 도입하기 위한 장치이다. 번역가는 자칭 예술가를 자처하는 사람들이 모인 술자리에서 S의 일기를 건네받는다.

일기는 1966년 10월 2일부터 1967년 7월 23일까지 불규칙한 간격으로 쓰인 것으로 모두 다섯 권으로 구성되었다. 일기 형식이 요구하는 바에 따라 일인칭 화자의 내면과 일상생활이 주된 내용을 이루지만 실은 S의 일기에 인용 형식을 빌린 다른 사람의 일기와 편지 등이 포함되어 입체적 구조를 갖추고 있다. 일기의 집필 기간은 대략 10개월 정도에 한정되지만 회상하는 대목은 20세기 중반기까지 거슬러 올라간다. 시간적 배경이 매우 구체적인 것에 반해 공간적 배경은 개인의 자유가 극도로 제한된 어느 동구권 국가로 짐작된다. 거리 도처에 무장한 군인들이 몰려다니고 원인 모를 화재와 군중 봉기로 도시에는 일촉즉발의 불길한 긴장감이 감돈다. 쥐가 출몰하고 전염병이 창궐하고 눈에 보이지 않는 감시의 눈 때문에 사람들은 잔뜩 위축되어 있다. S는 촉망받는 천재 작곡가, 지휘자로 전 유럽을 순회하며 명성을 떨쳤다. 그러나 점차 창조적 영감이 고갈되어 연주가로 변신했다가 세월이 지나자 그마저도 빛을 바래 마침내 작은 대학에서 학생을 가르치는 처지가 된다. 작곡가, 연주가, 선생으로 이어지는 내리막길에 들어선 S는 대학에 병가를 요청하고 일기를 쓰기 시작한다. 한 개인이 문득 일기를 쓰기 시작하는 것은 위기의 명백한 징후, 현재가 과거의 몰락이며 미래마저 암울하여 정체성의 위기를 겪는다는 증거이다. 일기를 통해 내면성찰을 꾀하는 행위는 "그 무엇이 나에게 일어났다. 더 이상 의심할 여지가 없다"로 일기를 시작한 로캉탱처럼 문득 세상이 달라져 보이고 혹은 내가 세상을 바라보는 방식이 예전 같지 않다고 느끼는 데에서 비롯된 것이다.

S는 한때 작곡가였으나 정신병원에서 생을 마감한 천재 작곡가 에공 카네르의 행적에 주목하고 그의 생애를 추적한다. 그리고 그의 삶을 글로 정리한다면 자신이 겪는 정체성의 위기도 그 본질이 드러날 것 같다고 생각한다. 인심 쓰듯 S에게 병가를 허락한 당국은 국가가 내린 특혜에 보답하기 위해 공연히 전기작가 흉내 내지 말고 대중을 위한 건전한 음악을 작곡하라고 강요한다. 독재 정권은 "미국 대학에서 과학적으로 입증되었듯" 공장에서 노동자에게 들려주면 생산성을 높일 수 있는 음악을

작곡하라며 S를 궁지에 몰아넣는다. 피아노 앞에서 밤을 새워도 악상이 떠오르지 않자 그는 에공 카네르가 말년에 모든 활동을 중지하고 정신병원에 들어간 이유를 추적한다. 카네르의 음악은 당국으로부터 연주가 금지되었지만 피아니스트들은 연주회에서 바흐의 피아노곡 중간에 그의 곡의 한 구절을 슬쩍 끼워 넣으며 그에 대한 존경을 표한다. S는 평생 에공의 곁을 지켰던 하인을 만나고, 제자와 추종자의 증언과 편지를 수집하며 에공의 예술관을 엿보려 한다.

그가 찾은 인명사전에 실린 에공 카네르의 항목에는 "에공 카네르, 1870년에 태어나 1937년 사망. 그의 초기 작품은 민족주의적이고 대중적 영감을 받았으며, 1930년 일명 '찬시'라 불리는 「대교향곡」에서 그 정점을 이룬다. 그에게 있어 항상 활력적인 전통의 원천, 그리고 그가 강력하게 상승하리라 예감한 미래에 대한 메시아적 전망이 합쳐진 작품이다"라고 소개되어 있지만 증보판에는 "모든 참여를 거부하고 역사에 대한 감상적이며 형이상학적 몰두로 난해한 소품만을 쓰다가 마침내 절필에 이르렀다"고 되어 있다. 그는 에공이 1932년부터 작곡을 멈췄고 이상한 환청에 시달렸다는 사실을 확인한다. 영감이 고갈된 에공은 작곡 대신 창작노트에 "음악은 은총이 아니라 저주이다" 혹은 "음악적 시간이란 시간의 무자비한 질서에 대한 절대적 굴종에 불과하다"와 같은 아포리즘을 남겼다. 에공이 생각하길 예술은 소수의 인간에게 재능을 부여한 후 그 반대급부로 그 인간의 전체를 요구했다. 그가 보기에 예술은 한 인간의 전 생애를 제물로 요구하는 무자비한 신이었고 신으로부터 해방되는 길은 광기와 죽음밖에 없었다. 또한 그가 택한 예술은 시간과 관련된 영역인 음악이었다. 시간의 화살은 돌이킬 수 없이 하나의 과녁을 향해 돌진한다. 그 과녁은 죽음이며 그가 택한 음악의 고유한 예술적 속성은 바로 시간의 화살에 순응하는 것이라고 생각한다. 노년에 이른 그를 사로잡은 주제가 바로 예술, 생명과 죽음, 시간과 같은 본질적 문제였다. 에공의 전기를 쓰기 위해 그의 일기를 읽는 S도 점차 음악의 본질, 예술이 지향해야 하는 과녁에 대한 성찰에 몰두하게 된다. 비록 작곡에 이르진 못했지만 그가 꿈꾸는 이상적 예술을 일기에 글로 옮기기 시작한 것이다.

음악보다 구체적인 것은 없지만 음악만큼 비물질적인 것도 없다. 내가 작곡하거나 듣기를 꿈꾸는 음악은 마치 아무런 매개나 두께를 갖지 않은 순수한 직선이라고 생각된다. 그 순수성을 악기들이 천박한 수다로 연주하지만 자부심이 강한 독자성을 지닌 음악은 악기가 도달할 수 없는 높은 영역, 아주 아득히 먼 곳에 꼿꼿하게 버티고 있다. 그것은 마치 남자

파트너 무용수, 혹은 일군의 남자 무용수들이 높이 떠받들고 있는 여자 무용수 같다. 그녀는 아무런 노력도 하지 않지만 불굴의 상승력으로 남자들을 위로 끌어당기고 있다. 음악은 빛처럼 만질 수 없는 물질이다.

S는 에공의 입을 빌려 자신의 예술관을 펼친다. 예술가는 가장 순수한 이상, 비물질적 상태를 표현하려는 각고의 노력 끝에 마침내 작품을 완성한다. 그것은 순수 정신이 소리, 색, 글로 변하며 '물질화'된 것이다. 예술가는 그 물질화된 자신의 작품이 만족할 만한 상태가 아니라는 것을 누구보다 먼저 절감하는 사람이다. 그래서 모든 진정한 작품은 순수와 물질, 영혼과 형식이 긴장하고 갈등하는 격렬한 투쟁의 영역이다. 속된 지상으로부터 벗어나려는 상승과 그것을 붙잡아 표현하려는 하강 사이의 긴장, 물질을 떨쳐버리려는 비물질의 순수성, 혹은 육체를 벗어나려는 영혼의 고뇌를 S는 음악의 음표 하나하나에서 느낀다. 순수성을 향해 솟구치는 직선, 육체를 벗어나려는 영혼이 그가 꿈꾸는 예술이라면 그것이 진정으로 지향하는 지점은 바로 죽음이다. 예술은 자신만의 고유한 논리와 힘을 지녔을 뿐 인간의 희로애락, 오욕칠정에 무심하다. 그 무심함을 S는 예술의 자율성이라 불렀다. "예술은 우리에게는 우월한 무관심을 보이는 커다란 강과 같다.

거기에 배를 띄워 잔물결을 일으키건, 강변에 길을 내어 트럭과 자동차가 소음을 일으키건 간에 그 무엇에도 흔들리지 않고 도도히 제 갈 길로 흘러가는 거대한 강이다."

S는 에공이 작곡한 「왼손을 위한 피아노 연습곡」에 주목한다. 그는 거기에서 육체와 영혼, 죽음과 삶, 물질과 비물질이 어울리다가 긴장하고 화합하다가 투쟁하는 예술의 세계에서 바로 죽음 쪽만을 집중적으로 훈련하는 에공의 예술세계를 보았던 것이다. 왼손과 오른손 간의 긴장을 표현한 피아노곡은 다시 확장되어 베이스, 테너, 알토, 소프라노의 네 단계로 나뉘는 4중주가 되고 그 갈등을 관장하는 악기가 덧붙으면 5중주가 된다. 쇼펜하우어와 디드로의 예술관에 기대어 S가 생각하는 4중주란 광물, 식물, 동물, 인간의 단계를 연결, 대조하고 그 사이에서 벌어지는 단절, 재회, 화해, 조화를 표현하는 것이다. 예술작품은 영혼이 물질로 변하는 몰락의 비극을 표현한 결과물, 다시 말해 영혼의 유언장 같은 것이다.

위대한 4중주에서 예술가는 실제로, 그리고 상징적으로 육화의 드라마를 겪은 후에 그 비극적 의미를 천착한다. 바로 그런 이유 때문에 비유적인 의미든 실질적 의미든 간에 위대한 작품은 언제나 유언장이다. 하이든은 그의 가장 감동적인 4중주를 예수의 마지막 일곱 말씀에 바쳤다. (……) 예술가는 제각기 본질이 다른 영혼과 육체의 결합이라는 존재의 모순을 집약하여 드러낸 것이다.

영혼, 혹은 성령은 육체와 대립된 것임에도 불구하고 오로지 예수라는 존재를 통해서 온전히 영혼의 육화가 실현되었으나 그 완벽한 존재마저도 육체를 떠나는 순간 고뇌에 빠진다. 그 순간을 표현한 것이 하이든의 4중주라면 그것은 예수의 수난뿐 아니라 예술의 수난을 표현한 것이기도 하다. 에공의 절필과 자살은 두 개의 예술관 사이에서 고뇌한 결과이다. 에공에 따르면 예술은 인간에게 무심한 채 자신만의 논리에 따라 작동한다고 믿는 것이 형식주의이며 여기에 속한 예술가가 후기 스트라빈스키이다. 반면에 슈베르트처럼 인간에게 연민을 갖고 감동과 위로를 추구하는 예술가가 있다. S와 에공이 현실적으로 직면한 문제는 권력자, 혹은 정치권력이 예술가에게 슈베르트가 되라고 강요하는 데에 있었다.

나는 사람들에게 호전적 기질을 자극하고 그들이 믿지도 않는 명분을 위해 목숨을 바치라고 설득하거나, 공동의 분노를 느끼며 마음을 분출시키는 데 사용되는 야만적 음악을 싫어한다. (……) 혹시라도 예술이 우리에게 두말할 나위 없는 명백한 힘을 행사한다면, 내가 보다 고심하는 점은 바로 그런 힘에 맹목적으로 굴복하지 않고 그런 힘에서 벗어나는 부분을 골라내서 그것을 단지 우리 조상들의 팔뚝, 목덜미, 그리고 나머지 부위의 털을 곤두서게 만들었던 야만적 호소가 아닌 음악으로 고양하는 데에 있다

여기에서 에공이 굳이 조상들을 전율하게 만든 음악을 거부하는 이유는 민족과 민중을 위한 곡을 창작하라는 독재정권의 권유에 대한 반박이다. 정권은 그에게 민족 전통의 고유 가락, 민속음악을 이어받아 민중의 사랑을 받는 미래지향적 음악을 작곡하라고 강요하지만 그는 과연 과거에 집착하는 것이 미래를 위한 진보가 될 수 있는지 회의한다. 굳이 미래를 염두에 둔다면 그는 권력에 저항하고 앞서 언급한 예술의 고유한 부분을 보존한 사람으로 기억되고 싶다고 대답한 것이다.『귀비오의 문』의 에공과 S는 예술관이 비슷할 뿐 아니라 삶마저도 겹친다. 치열한 예술적 담론이 펼쳐진 후 후반부에 이르면 에공과 S의 사랑 이야기가 전개된다. 연주가였던 클라라의 헌신적 사랑을 받았던 에공의 삶은 서점 점원, 제자와의 사랑과 질투, 그리고 체념에 이르렀던 S의 사랑과 묘하게 대조된다.

악마의 3분

최후의 심판에서 인간에게 허용된 것은 오로지 천국 아니면 지옥일 뿐, 그 외의 다른 길은 없다. 정상참작의 여지가 전혀 없다면 너무 가혹하지 않을까. 생전의 사소한 죄를 씻을 수 있는 장소, 죄를 정화하는 연옥은 중세 교회의 발명품이다. 속죄의 기회를 부여하는 연옥이 죽은 후에 남겨진 희망이라면 악마의 3분은 살아 있는 사람에게 운신의 폭을 넓혀주는 신의 아량 같은 것이다. 인간의 역사를 주재하는 만유편재萬有遍在, 전지전능한 신이 잠시도 쉬지 않고, 마치 도처에 설치된 CCTV처럼, 심지어 나의 속까지 훤히 24시간 동안 굽어본다면 불편하기 짝이 없을 것이다. 신의 계명에 어긋나는 불경한 생각이 얼핏이라도 머리에 스친다면 신은 놓칠 리 없을 것이다. 이 불편한 사태를 보완하는 개념이 '악마의 3분'이다. 신이 매일 3분간 인간세계를 바라보는 눈을 감아준다는 믿음이다. 따라서 혹시 이웃 여인에게 잠깐 한눈을 팔았더라도 그 순간이 바로 악마의 3분에 해당할 것이라고 믿으면 그만이고 고해성사쯤은 생략해도 된다. 그런데 인류 역사의 큰 비극, 혹은 한 개인의 악행이 촉발되는 데에 3분이면 충분하다. 살나브의 1994년 작 『악마의 3분*Les trois minutes du diable*』은 현대사가 갈림길에 서 있던 며칠간을 다룬 소설이다. 3분이 아니라 1991년 8월 19일부터 22일 사이에 벌어진 이야기이다. 이야기의 시간적 배경은 짧은 데에 비해 공간은 프랑스, 이탈리아, 러시아를 중심으로 세계 구석구석을 언급하니 그야말로 글로벌한 이야기이다. 수십 명의 인물이 등장하고 복잡한 사연이 얽힌 이야기를 요약하기도 쉽지 않지만 악마의 3분에 해당되는 핵심적 사건만을 짚어보자.

소설의 도입부에서 이탈리아의 토리노에 사는 대주교가 악몽에서 깨어난다. 동방정교회의 깃발을 내세운 기사단이 토리노에 침공하는 꿈이었다. 대주교는 로마 교황청에서 그에게 맡긴 보물을 수호하는 임무를 띠고 있다. 그 보물이란 인간의 손을 거치지 않은 신의 형상이라 불리는 토리노의 성의이다. 성의는 예수의 시신을 덮었던 천으로서 그 위에 예수의 형상이 배어 있다고 한다. 액자를 떼면 벽에 흔적이 남듯 달마가 9년간 면벽했던 벽에 그의 그림자가 새겨졌다고 했던가. 같은 이치로 예수를 사흘간 덮었던 것으로 그의 형상이 또렷하게 배어 있다는 성의는 진위 여부는 접어두고 교회의 성물 대접을 받는다. 기적은 기독교에 득보다는 해가 된다고 믿는 합리주의자이지만 동방정교회의 십자군이 성의를 빼앗으려고 이탈리아를 침공하는 꿈을 꾼 대주교는 심사가 착잡하다. 소련에서 공산주의가 해체되면 러시아인의 열정은 예전의 신앙에 몰리게 될 것이라 예상한 대주교는 성의가 러시아뿐 아니라 옛 동구권에 가톨릭을 전파하는 데 중요한 역할을 하리라 기대하고 있던 터였다. 붉은 깃발이 불타고 레닌의 동상이 무너지는 공터에 성의를 앞세우고 입성하리라 희망했던 대주교에게 동방정교회는 가톨릭 전파를 방해하는 강력한 경쟁자였다. 성의는 이슬람과 동방정교회를 막을 수 있는 칼, 대주교 자신도 믿지 않을진 모르지만 효과가 입증된 상징이었다. 그의 걱정은 그뿐만이 아니었다. 설상가상으로 그는 인도에서 온 편지를 읽고 수심에 빠진다. "사흘간 죽은 척할 수 있을까? 사흘간 꽉 막힌 동굴 속에서 빛도 음식도 물도 없이 두꺼운 수의를 덮고 죽은 시늉을 할 수 있을까? 수많은 사람이 보는 앞에서 옆구리를 창에 찔리고 팔을 벌려 매달려서 숨이 막히는 고통을 겪고도 살아날 수 있을까? 가능하다. 그러나 누구나 할 수 있는 것은 아니다. 나는 인도 출신이므로 당신에게도 도움을 줄 수 있다." 이후에도 받게 될 편지가 주장하는 바는 인도의 요가 수행자들은 이런 기적을 여반장으로 해낼 수 있으며 먼 곳에서 온 청년 하나가 십자가의 고통을 견디고 특히 심장을 자유자재로 멈추게 하는 요가 수행을 한 후에 고향으로 갔다는 전설이 인도에 널리 퍼져 있다는 주장을 펼친다. 세계정세의 변화를 주시하며 동방정교회의 확장을 염려한 대주교에게 인도에서 온 편지는 일단 황당무계하게 보였다.

그리고 소설의 시점은 토리노에서 모스크바의 붉은광장으로 옮겨간다. 탱크를 앞세운 군인들이 몰려든 모스크바의 광장에서 정교회 수사와 몇몇 젊은이가 노닥거리다가 이상한 현상을 목격한다. 하늘에서 갑자기 구름이 걷히고 묘한 형상이 나타나고 나팔 소리가 울려 퍼졌다. 그렇지 않아도 정변으로 뒤숭숭한 광장에 종교적 이적마저 발생한 것이다. 다시 장면은 프랑스의 어느 시골 마을로 바뀐다. 남편과 아들 하나를 둔 이자벨은 우울증에 빠져 있다. 자신의 실수로 어린 아들이 마당에서 놀다가 죽은 것이다. 그런데 어느 날 부엌의 어두컴컴한 구석에 놓인 의자에 오도카니 앉아 있는 어린아이가 보인다. 죽은 아이가 다시 나타난 것이다. 환생한 아이를 보고도 이자벨은 전혀 놀라지 않고 그 존재를 마치 당연하다는 듯 받아들인다. 성의를 둘러싼 인도의 편지, 붉은광장의 이적異跡, 죽은 아이의 부활이 동시에 제시된 후 소설은 소련의 해체, 공산주의의 몰락에 직면한 장삼이사의 삶을 숨 가쁘게 묘사한다. 그중에서 한때 "이 세계는 근본적으로 썩었으며 근본적 파괴만으로 구원될 수 있다. 그것을 기대할 데는 혁명뿐이다"라고 믿었던 프랑스의 젊은이들에게 모스크바는 세계의 심장, 역사의 희망이었다. 유대인 조리아가 생각하기에 동족을 대량학살했던 절대악 히틀러의 파시즘을 저지하고 세계를 구한 나라는 소련이었다. 공산주의에 대한 굳은 신념으로 소련으로 이주하거나 프랑스에 남아 있지만 소련을 정신의 조국으로 생각한 이들은 고르바초프의 개혁에 당황한다. 그리고 1991년 8월 19일 고르바초프가 자리를 비운 틈을 타서 반혁명 분자가 공산주의 정권을 수립하려고 탱크를 몰고 붉은광장에 진입한 사건을 맞게 된다. 이 모든 사건이 하느님이 인간 세상에서 잠깐 눈길을 거둔 3분 사이에 벌어진 것이고 소설은 그 후 사흘간 인간이 벌인 혼란이 어떻게 수습되는가를 보여준다. 손쉬운 돈벌이를 위해 미국인 전용 술집에서 몸을 파는 젊은 여인들과 신비주의와 기적에 기대어 교세를 확장하려는 교회로 요약되는 러시아의 현실을 보며 늙은 조리아는 이렇게 외친다. "내가 평생 헌신했던 공산주의가 이렇게 망하고 그 빈자리를 고작 성의를 앞세운 광신도에게 내주어야 하다니!" 다양한 연령대의 인물을 통해 20세기의 꿈과 이데올로기, 그리고 신의 문제까지 천착하는 『악마의 3분』은 내용의 깊이와 폭에서 전작을 능가하지만 대중적 호감을 얻는 데에는 실패했다.

런던의 택시 운전사

다니엘 살나브는 2011년 4월 7일 프랑스 학술원 회원으로 선출되었다. 40명의 정원 중 현재 여성 회원은 네 명뿐이다. 그녀는 소설을 쓰는 것 외에도 대학에서 연극과 영화를 강의하고 각종 매체를 통해 현장비평에도 활발하게 참여했으며 지금도 매일 라디오에서 다양한 주제로 칼럼을 직접 낭독하여 전 세계 독자에게 팟캐스트 '다니엘 살나브의 명쾌한 생각Les Idées claires de Danièle Sallenave'을 통해 문학과 독서에 대한 그녀의 견해를 전하고 있다. 여기에서 최근의 칼럼 주제인 미소니즘misoneism에 대한 그녀의 생각을 들어볼 수 있다. 새것 혐오증으로 번역될 미소니즘에 대한 논의는 그의 중심 과제인 문학, 독서와도 연관된다. 영국에서 GPS를 장착한 택시와 그렇지 않은 차를 운전하는 사람의 두뇌를 분석했다고 한다. 짐작한 바대로 GPS를 장착하지 않은 운전사의 해마가 훨씬 발달했다는 결과가 나왔다. 공간 기억력을 관장하는 해마를 사용하지 않으면 그 상태로 머무는 것이 아니라 오히려 급격히 퇴화한다는 것도 증명되었다. 그녀는 새로움을 무조건 혐오하는 미소니즘을 경계하고 문명의 이기를 긍정하면서도 새로운 기기 덕분에 게을러진 뇌가 수축되는 현상을 우려했다. 그녀는 한 대담에서 고대 그리스는 젊은이들을 건강하게 키우기 위해 육체의 건강뿐 아니라 뇌근육의 발달에도 진력했음을 환기시키며 독서의 중요성을 강조했다. 독서가 18세기처럼 유한계급이 살롱에서 즐기는 사교 활동에 한정된 것이 아니라 이제는 모두에게 보편적인 뇌근육 운동이라고 주장한다. 특히 독서는 낯선 나라의 시민이 되는 고독한 체험이라며 헝가리 사진작가 안드레 케르테스André Kertész의 사진집 『독서On reading』를 펼쳐보라고 권한다. 그의 사진집에는 남녀노소를 막론하고 거리, 공원, 카페, 버스, 전차 안에서 책을 읽고 있는 모습을 포착한 사진이 실려 있다. 책을 펼쳐 든 어린아이를 사이에 두고 양쪽에서 그 책을 어깨 너머로 함께 보는 아이들, 소란스러운 카페에서 책에 몰두한 여인, 낙엽을 깔고 앉아 홀로 고개를 숙이고 책을 읽는 남자의 뒷모습 등 모두 지금, 여기를 떠나 어느 다른 세계에 고독히 침잠한 사람들의 모습이다. 대체로 카메라를 들이대면 어색해지기 십상이지만 『독서』의 피사체만은 예외이다. 지금 우리 주변에도 카메라를 의식하지 못하는 사람들이 널려 있다. 다만 그들 손에는 책 대신에 스마트폰이 들려 있다.

말의 씨

"프랑스 문학이 오랫동안 난관에 봉착했다고 한다. 서사의 창의성이 고갈되었고 세계 전체가 우리를 심드렁하게 외면했다. 프랑스 질병의 징후는 모든 진정한 문학을 타락시킨 에고-문학의 범람에 모아진다." 리옹대학 교수이자 평론가인 C. 뷔르즐렝의 진단이다. 진단의 정당성은 접어두고라도 "에고-문학ego-littérature"의 범람을 지적한 것은 주목할 만하다. 그의 말에 따르면 "거의 지난 반세기 동안 '일인칭 글쓰기'의 범람이 소설의 부진"을 자초했다. 과거에는 자서전, 회고록 등으로 불렸지만 요새는 딱히 합의된 전문용어가 없어서 오토픽션, 에고픽션, 메타픽션 등으로 지칭되는 '일인칭 문학'은 거대서사의 붕괴로 방향을 상실한 자아가 오로지 자기의 내면에 칩거한 고독한 화자들의 사생활을 드러내는 특징을 띠고 있다. 일인칭 글쓰기는 병적인 노출증, 자기애, 현시 욕구, 서사적 상상력의 결핍으로 비난받지만 한편으로는 기존 소설 형식을 실험하는 새로운 영역으로 고평되기도 한다. 2002년

에 발표된 그레구아르 부이에Grégoire Bouillier의 첫 작품
『나에 대한 보고서Rapport sur moi』도 그런 흐름에서 벗어나
지 않는다. 제목에서 '나'를 내세운 일인칭 글쓰기임을 짐
작할 수 있고 특히 '보고서'란 용어가 이채롭다. 작가의 말
에 따르면 '내가 보고, 들은 것을 그대로 글로 옮긴 것이
란 의미'에서 '보고서'란 제목을 붙였는데 실은 '보고, 들
은 것'보다 '읽은 것'이 더 중요했다는 것이 책의 말미에
서 밝혀진다. 동세대 작가들이 흔히 사용했던 오토픽션이
란 용어를 거부한 것은 자신의 글에는 오로지 진실, 사실
만을 기록하기 때문이라고 주장한 것에 비춰본다면 전통
적 장르인 자서전이나 허구와 현실이 중첩된 오토픽션과
차별을 두기 위해 '보고서'란 제목을 취한 것이다.

그의 첫 작품의 첫 문장은 "나는 행복한 유년기를 보냈
다"이다. 물론 누구도 이 말을 문자 그대로 받아들이지 않
는다. 누구나 행복에 대해서는 할 말이 그다지 많지 않기
때문에 이 첫 문장은 그저 단순한 반어법에 불과할 것이
다. 그의 유년기 회상은 일곱 살 때로 거슬러 올라간다.
어느 일요일 오후 어머니는 방에서 놀고 있던 두 아들에
게 묻는다. "내가 너희들을 사랑하고 있는 걸까?" 형은 주
저하지 않고 "네"라고 답하지만 화자인 '나'는 "아마도 조
금 지나치게 사랑하는 것 같다"고 대답한다. 어머니는 분
노한 눈길로 화자를 노려보더니 "창가 쪽으로 가서 5층에

서 뛰어내리려고 했다". 마침 시끄러운 소리를 듣고 방으로 뛰어 들어온 아버지가 이미 한쪽 발을 발코니 바깥의 허공에 딛고 있었던 어머니를 가까스로 붙잡는다. 그의 유년기는 이렇듯 간간이 반복되는 어머니의 자살 시도로 점철되었다. 유년기의 추억부터 시작되는 G. 부이에의 첫 작품은 얼핏 자서전의 고유한 장르적 특성을 그대로 답습하는 것처럼 보인다. 어머니의 자살 시도를 둘러싼 소동으로 말문을 연 작가는 우선 부모 세대를 상세히 묘사하는 것으로 자신의 정체성의 기원을 찾는다. 그들이 만났을 때 "어머니는 열여섯 살이고 아버지는 열여덟 살이었다. 1956년의 일이다. 아버지는 법과대학 동료들과 조직한 밴드에서 드럼을 치며 자주 집에서 파티를 열었고 어머니는 그 파티 자리에서 아버지와 눈이 맞았다". 그러나 아버지는 첫아들을 얻자마자 곧바로 알제리 전쟁에 동원된다. 할아버지가 1차 대전과 전후 경제공황을 겪은 세대였다면 아버지 세대는 2차 대전의 독일 점령기를 겪은 후 곧바로 알제리 전쟁에 투입된 세대이다. "남편과 금세 헤어진 어머니는 절망에 빠졌다. 어머니의 결단은 신속했다. 그녀는 아기를 친정에 맡기고 사랑하는 남자를 찾아 알제리로 떠났다. 열일곱 살의 어린 여자가 보여준 이런 과감함은 당시에는 흔치 않은 일이었다." 지중해를 뛰어 넘은 사랑이었지만 둘째 아들인 화자가 태어난 전후 맥락이 다소 애매하다.

사랑의 아기

지구에 머물렀던 인류를 모두 모아도 누구 하나 똑같은 삶을 영위한 사람은 없다. 특히 자서전을 쓰는 사람은 자신만이 남다른 운명을 타고났기에 글로 옮길 만한 독자성과 개성을 지녔다는 점을 부각시켜야 한다. 그래서 자신의 삶에서 남과 구별될 법한 사소한 징후에 중첩된 의미를 부여하게 마련이다. 그 개성은 탄생에서부터 시작된다. 프랑스에서는 아버지가 없거나 어머니의 불륜으로 태어난 아기를 '사생아'라는 딱딱한 말 대신에 '사랑의 아기 enfant de l'amour'라고 부른다. 업둥이나 사생아가 영웅의 조건이란 것은 신화나 전설을 통해 증명된 터지만 화자의 경우는 딱히 이런 경우에 속하지 않는다. 사랑은 대개 두 사람 사이의 일인데 알제리의 군인병원에서 근무하던 의사가 "어머니의 매력에 빠지며 그들 사랑에 합류했기" 때문이다. 한 침대에서 세 사람이 사랑을 나누기로 합의한 결과로 태어난 화자의 이야기를 들어보자.

어머니는 어린 시절부터 "너는 사랑의 아기란다"란 말을 자주 했다. 나는 그 말의 뜻을 몰랐지만 왠지 불안했다. 어머니는 공개적으로 나의 칙칙한 피부색과 내가 아버지와 전혀 닮지 않았다는 사실을 즐겨 입에 올렸다. 훗날 내가 캐물었더니 어머니는 나의 수태에 대한 전후 상황을 밝히면서 어머니가 읽은 어느 잡지에 따르면 두 남자가 한 여자에게 사정하면 정자들은 서로 경쟁하지 않고 하나로 뭉쳐서 난자를 수태해 돌연변이가 탄생한다는 이야기를 들려주었다.

화자는 딱히 아버지가 누구인지 모르고 자랐지만 어머니는 자신의 아버지, 그러니까 화자의 할아버지가 누구인지 확실하게 안다고 자랑스레 이야기했다. 어머니는 열두 살에 우연히 자신의 생물학적 아버지가 삼촌, 그러니까 아버지의 동생임을 알았다고 한다. 아버지가 2차 대전 중에 실종되자 그의 동생이 아버지 자리를 대신했고 그래서 어머니는 1939년 말에 태어났다는 것이다. 자서전은 대체로 존재의 기원을 서술하는 것으로 시작되며 이 작품도 예외가 아니지만 그의 족보는 이렇듯 다소 꼬여 있다. 그는 자신을 "전쟁의 아기"라고 생각하면서 동시에 부모 세대의 슬로건이던 "성 해방의 열매"라고 생각했다. 세 사람의 아기, 전쟁의 아기만으로도 부족한지 작가는 태어난 날짜에도 의미를 부여한다.

부모의 호적에는 내가 1960년 6월 22일에 태어났다고 적혀 있다. 아주 일찌감치 나는 1633년 6월 22일은 갈릴레오가 로마의 종교재판에서 자신의 신념을 접었으며, 1940년 6월 22일에는 열차에서 페탱 원수가 히틀러와 휴전조약을 맺었다는 사실을 학교에서 배웠다. 나는 기분 전환을 위해 수첩에 나의 생년월일을 아라비아 숫자로 적어놓았다. 완벽하게 대칭 균형을 잡은 일련의 숫자 22 06 60은 다른 사람들과 나를 구별 짓는 수학적이며 신비로운 팔랭드롬을 품고 있는 것처럼 보였다.

보잘것없는 평범한 삶에 의미를 부여하는 방식 중 하나는 자신의 탄생을 인류 역사와 연계시키거나 무의미한 숫자에 불과한 생년월일에 신비가 감춰졌다고 믿는 것이다. 팔랭드롬palindrome은 좌우를 뒤집어도 같은 의미를 지닌 단어를 뜻한다. 대칭을 완벽한 질서와 조화로 생각한 고대의 수사학에서 주목한 팔랭드롬은 조르주 페렉이 보다 조직적 방식으로 문학에 적용했다. 개인의 삶을 역사와 연계하고 자신의 삶과 관련된 사소한 단어와 숫자에서 팔랭드롬을 찾는 것은 페렉의 작품에서도 엿보인다. 예컨대 1936년 3월 7일에 태어난 페렉은 그의 자서전 『W 또는 유년의 기억』에서 "오랫동안 나는 히틀러가 폴란드를 침공한 것이 1936년 3월 7일이라 믿었다"고 했다. 하찮고 평범한 삶에 변별적 의미를 부여하여 정체성을 구축하려는 자서전의 저자는 개인의 탄생에 역사의 의미를 연계시키려고 한다. 우연에 불과한 숫자에서 필연적 의미를 찾아 그것을 바탕으로 삶의 질서를 부여하는 것은 앞서 페렉이 좌우대칭의 팔랭드롬에 집착하는 것과도 연결된다. 유대인으로 부모와 친지를 잃고 고아로 유년기를 보냈던 페렉은 나치 친위대를 뜻하는 SS, 독일 나치즘의 기호인 卍 등이 팔랭드롬인 점에 주목하며 좌우대칭에 자신의 삶을 좌우했던 운명적 원리가 걸려 있다고 믿었다. G. 부이에는 자신에게 영향을 끼친 현대 작가 중에서 미셸 레리스와 조르주 페렉을 꼽았고 특히 페렉의 『잠자는 남자』가 자신의 세 번째 소설의 화자를 이인칭으로 설정하는 데에 결정적 영감을 주었다고 고백했다.

이발사의 남편

소설을 쓰는 데에 상상력이 필요하다면 자서전의 작가는 주로 기억력과 회상에 의존한다. 앞서 언급한 출생과 족보에 관한 정보가 주로 가족이나 제삼자의 증언에 토대를 두었다면 본격적 자서전은 화자가 기억하는 핵심적 일화를 소개하는 데로 모아진다. 이성에 대한 호기심, 혹은 성적 개안과 그 충격은 아이가 어른으로 커가는 과정에서 반드시 거쳐야 하는 일종의 통과의례이다. 소설에서 제시된 일화의 배열 순서를 무시하고 연대기 순서에 따라 우선 화자가 아홉 살에 겪었던 일화를 살펴보자.

아홉 살. 펭비크의 아파트 안 커다란 현관에서 나는 파브리스가 100을 세는 동안 마리블랑쉬와 함께 숨어야만 했다. 우리는 따로 떨어져 숨기로 했고 여거저기로 통하는 거대한 집안에서 나는 그만 길을 잃고 말았다. (……) 복도 끝의 문을 밀었더니 욕실로 이어졌다. 내게 등을 돌린 채 펭비크 부인이 비데에 엉덩이를 씻고 있었다. 그녀는 나체였다. 눈부신 광경이었다. 나는 그토록 아름다운 것을 본 적이 없었다. 오늘까지도 나는 펭비크 부인이 내가 오는 소리를 듣지 못한 것이 천우신조라고 생각한다. 그 덕분에 나는 오랫동안 마음껏 그녀를 관찰할 수 있었기 때문이다. (……) 그 욕실에서 앵그르와 들라크루아가 오로지 나만을 위해 타협한 장면을 보았다.

친구 집에 놀러가 술래잡기를 하던 화자가 우연히 완숙한 여자의 나체를 목격한 것이다. 그는 잠시 후 다시 거실에 있는 그녀를 훔쳐보았는데 이번에는 정반대의 모습이었다. 그녀는 화자로서는 알 수 없는 이유로 울고 있었다. 화자는 거실 문턱에서 슬픔에 빠진 그녀를 바라보았는데 그녀의 시선이 북북서 방향을 향하고 있다는 것을 깨닫는다. 북북서는 평생 동안 표류하는 그의 삶에서 그가 정향해야 하는 인생의 좌표가 된다. 술래잡기를 끝내고 부인에게 인사를 하다가 화자는 실크 블라우스의 단추 사이로 드러난 그녀의 가슴, 그녀의 미소를 보고 천사를 만났다고 확신한다. 집에 돌아와 방에 틀어박힌 그는 그날이 자신이 다시 태어난 날, 혹은 한순간에 2000년을 살았다는 느낌에 빠진다. 그리고 다음 날 펭비크 가족이 그가 알 수 없는 이유로 황급히 프랑스를 떠나 태평양 구석의 어느 섬나라로 도망쳤다는 소식을 접한다. 그는 "잔치는 끝났다"라는 말을 여러 차례 반복한다. 펭비크 부인이 화자에게 골프장 구경을 시켜주겠다고 약속했던 터라 꿈에 부풀었지만 이제 모두 물거품이 되었기 때문이다. 그 이후부터 '골프'란 단어는 그에게 실현되지 못한 꿈을 표상하게 된다.

어린 시절 훔쳐본 원숙한 여인에게서 평생을 벗어나지 못한 또 다른 아이가 있다. 꼬마 앙투안은 매일 이발소에 간다. 여자 미용사 셰퍼르 부인과 사랑에 빠졌기 때문이다. 차마 사랑이라는 단어는 적용하기에 민망할 정도로 어린 나이의 꼬마는 원숙한 여인의 향기, 하얀 가운 사이로 얼핏 보이는 미용사의 풍만한 가슴에 혼이 팔려 매일 이발소에 간다. 그리고 나중에 커서 미용사와 결혼하기로 결심한다. 1990년에 파트리스 르콩트 감독이 발표한 「이발사의 남편La Mari de la coffeuse」의 주인공 앙투안의 이야기이다. 꼬마 앙투안이 품었던 꿈이 실현되어 여자 이발사와 결혼하게 되자 그는 일견 가장 완벽한 사랑을 성취한 것처럼 보였다. 이발소에 틀어박혀 젊고 아름다운 부인이 일하는 모습을 바라보는 늙은 남편의 눈빛에는 세상에서 가장 행복한 남자가 누리는 행복이 가득했다.

다시 화자의 다른 일화를 살펴보자. 이번에는 열한 살에 목격한 또 다른 여자의 이야기이다.

어느 날 밤, 아버지와 어머니는 남자 하나와 스웨덴 여자 둘을 집에 데리고 왔다. 부모님은 평소 재즈 음악을 들으러 단골로 가던 아스코트 술집에서 그들을 만난 모양이었다. 거실에서 들리는 음악과 대화 소리에 잠이 깬 나는 잠옷을 걸치고 발코니로 나가 창문 틈 사이로 그들을 훔쳐보았다. 어머니는 검은 머리 여자의 얼굴을 두 손으로 감싸고 있었는데 그 표정이 과장되어 있었다. 나는 두 사람이 키스를 하려는 것으로 생각했는데 결정적 순간은 창문에 가려져서 아무리 목을 길게 뽑아도 보이지 않았다. 그것은 내가 처음 목격한 에로틱한 장면이었다.

열한 살의 화자가 목격한 부모의 성적 일탈은 출생의

정황보다 더 충격적이었다. 여자 한 명이 나가자 남녀 두 쌍만 남은 상황에서 어머니는 모두 함께 샤워를 하자고 제안했고 남아 있던 네 사람은 알몸으로 욕실에 들어갔다. 집단 샤워에 이어진 질탕한 난교의 밤이 끝나고 동이 트자 뜬눈으로 밤을 새운 화자는 거실로 나가보았다. 거실 소파에서 금발 머리의 여자가 알몸으로 잠들어 있었다.

그녀는 겨우 목욕 수건 하나를 덮고 있을 뿐이었다. 나는 조심스럽게 수건을 흘러내리게 하여 묵직한 가슴과 주름진 뱃살을 보았고 마침내 음모를 제모한 그녀의 성기를 놀란 눈으로 바라보았다. 그녀는 움직이지 않았다. 그녀의 몸이 그토록 물컹물컹할지 몰랐고 그것이 혼란스러웠으며 혐오감이 들었다. 나는 그녀가 깨어나길 두려워하는 동시에 바라기도 하면서 바닷가에 흘러온 고래처럼 누워 있는 이상하고 물컹물컹한 몸집을 얼마나 오래 보고 있었는지 모른다.

금지를 금지하라는 구호와 함께 인간 해방, 나아가 성적 해방을 외쳤던 시대를 온몸으로 겪었던 부모 시절의 이야기이다. 자유를 만끽하던 부모 밑에서 어린 시절을 보낸 세대는 부모가 누린 자유의 대가를 톡톡히 갚아야만 했다. 미셸 우엘벡으로 대표되는 이 세대의 작가는 부모 세대의 방황 탓에 외로운 유년기를 보내야만 했고 그래서 68세대의 이데올로기를 혐오하는 극우 보수적 성향을 내세우기도 한다. 밴드의 드러머였던 아버지가 젊은 여자를 만나 집을 나가는 바람에 G. 부이에의 세대는 가족의 해체를 속수무책으로 바라봐야만 했다.

오디세우스와 댈러웨이 부인

유년기 회상에 뒤이어 마흔 살에 이른 현재의 화자는 자신이 만났던 여자의 이야기를 펼쳐 보인다. 그의 기억에 따르면 이렇다. "내가 겪었던 세 명의 여자는 적어도 두 개의 공통점을 지녔다. 그들 모두 아버지와 갈등 관계에 빠졌고 제각기 9월 중순에서 10월 중순 사이에 태어났다. 다시 말해 6월보다 아홉 달 먼저 태어난 것이다. 그들과 나 사이에는 항상 내가 견디어내야만 할 겨울과 봄이 가로놓여 있었다." 우연히 만나고 헤어졌던 여인들 사이에서 어떤 공통점을 찾으려는 시도는 우연으로 점철된 삶에서 필연적 질서를 구축하려는 노력의 일환이다. 이 단계에서 그가 찾은 질서나 규칙, 다시 말해 숙명적 필연성은 여전히 모호하다. 이 여인들 중에서 가장 우여곡절이 심했던 파비안의 일화를 살펴보자.

화자는 거리에서 우연히 한 여자를 보고 그 자리에서 사랑에 빠진다. 그녀는 펭비크 부인처럼 실크 블라우스를 입고 있었다. 그러나 그녀와 함께 보낸 4년은 불화와 갈등의 연속이었다.

그녀는 자신이 경멸하는 남자와만 쾌락을 느꼈다. 그래서 그녀는 나를 사랑했는데 그것이 다시 나를 찌르는 칼날이 되어 돌아왔다. (……) 흠잡을 데 없는 3년을 함께 보낸 후 그녀는 결국 감옥에서 막 출감한 스페인 미남에게 몸을 맡기고 말았다. 여름 내내 그녀는 그를 경멸하며 즐거워했다. 그해 겨울 그녀는 나를 떠나 미국으로 갔다. '미국에 진정한 삶이 있다'고 했다.

두 달 후 그녀는 미국에서 곤경에 빠져 "눈물로 밤낮을 지새우고 있다"며 화자에게 구원을 하소연한다. 미국에서 재회한 두 사람은 차를 타고 미국 전역을 여행하며 그녀의 요청에 따라 멕시코 해협까지 가기로 한다. 해협은 그에게 실현되지 못한 꿈인 골프를 뜻하기에 선뜻 파비안의 제안에 응한다. 여행 중 멕시코인의 추격을 받아 생명의 위협을 느껴 천신만고 끝에 도망친 두 사람은 마침내 프랑스로 귀국하기로 결심한다. 빈털터리로 돌아온 두 사람은 친척집에 기숙하며 위태로운 일상을 이어가다가 카페에서 막연히 알고 지내던 신문기자를 만난다. 화자는 혹시 일자리를 알선할지도 모른다는 기대로 여자의 등을 떠밀어 기자의 테이블로 보낸다. 화자는 먼발치에 떨어져 기자와 파비안이 대화하는 모습을 지켜보았다. 한동안 대화를 나눈 기자와 여자는 함께 밖으로 나가버렸다. 카페 유리 너머로 두 사람의 뒷모습, 특히 기자가 여자의 허리를 껴안는 모습을 본 것을 끝으로 파비안은 영영 그 앞에 나타나지 않는다.

"그렇게 해서 그녀는 나의 삶에서 나가버렸다. 그것은 이별의 걸작이었다." 그 후로 화자는 파리의 거리에서 석 달 동안 노숙자 생활을 한다. 그리고 우연히 읽게 된 호머의 『오디세이』에서 섬광 같은 깨달음을 얻는다. 호머의 시구절 하나하나에 자신의 삶의 역정이 그대로 적혀 있었던 것이다. "『오디세이』가 나의 삶을 해독한 것이다." 칼립소, 키르케, 나우시카, 페넬로페가 모두 신화에서 튀어나와 그의 삶에 생생히 등장했던 것이다. 돌이켜 생각하니 그가 찾고자 했던 삶의 원리가 이미 호머의 책에 조목조목 적혀 있었기 때문에 그의 삶은 신화를 실현한 것에 불과했다. 그 섬광 같은 깨달음은 다시 문학과 현실의 관계로 이어진다. 문학은 삶을 재현하는 것이 아니라 오히려 삶이 문학을 모방한다는 것이다. 무의식은 언어처럼 구조화되었다는 라캉의 말을 비틀어 그는 삶이 언어처럼 구조

346

화되었다는 확신에 도달한다. 흔히 말이 씨가 된다고 했듯 그의 삶에서 말은 큰 위력, 실현력을 발휘했다. 예컨대 골프란 단어는 삶의 기로에서 방향을 설정하는 데에 중요한 나침반이 되었던 것이다. 언어가 세상을 재현, 반영하는 것이 아니라 오히려 현실을 결정하는 힘을 지녔다는 그의 생각은 다음 작품에서도 계속 확인된다.

2004년에 발표한 그의 두 번째 작품 『신비의 초대객 *L'invité mystèe*』은 전편의 부록, 혹은 전편의 일화를 연장해서 완성한 작품으로 읽힌다.

그것은 미셸 레리스가 죽은 날이었다. 아마 1990년 9월 말이거나 10월 초였을 것이다. 어쨌거나 그날은 일요일이었다. 왜냐하면 그날 오후에 나는 집에 있었고 바깥은 추워서 평소 집에 혼자 있을 때 하던 그대로 옷을 입은 채 담요를 뒤집어쓰고 자려 했던 참이었다. (……) 나는 전화벨 소리에 잠에서 깨어났다. 방 안은 어둠에 잠겨 있었다. 전화기를 들자마자 나는 그녀임을 직감했다.

여름 휴가철이 다가오면 "몇 해 동안 기르던 개를 길가의 가로수에 묶어놓고 휴가를 떠나듯" 아무런 설명, 심지어 작별인사도 없이 그를 버리고 떠났던 여자이다. 그는 그녀로부터 어떤 해명, 변명, 적어도 사과를 받아야 한다고 생각했다. 그녀는 그에게 사과의 빚을 지고 있는 채무자라고 혼자 판단한 것이다. 그런데 수년간 아무 소식 없던 여자가 전화를 걸어 하는 말이 자기 남편의 친구가 생일을 맞았는데 그 파티에 초대할 테니 참석해달라는 것이다. 게다가 파티의 주인공을 위해 반드시 선물을 준비하란 말까지 덧붙였다. 그 남편의 친구는 소피 칼이라 불리는 현대예술 작가라고 했다.

혹시 이름을 들어봤던가? 그렇다, 소피 칼이었다. 거리에서 사람들을 따라다녔다던 그 사람. 어쨌거나 그녀가 매년 자기 생일날에 나이 숫자만큼의 친구를 초대하는데, 거기에 덧붙여 딱 한 사람을 더 초대한다고 했다. 그녀가 모르는 미지의 초대객은 앞으로 맞이할 미래의 한 해를 상징하는 역할을 한다는 거였다. 자신에게 올해 '미스터리 게스트'를 선정하는 임무가 맡겨져서 사양하지 못했다가 내가 떠올라 전화를 했다고, 오로지 그 이유만으로 연락을 했다고 말하곤 전화를 끊었다.

그런 사람을 초대하는 부탁을 받은 화자의 옛 애인은 아마 인물 선정에 애를 먹었을 것이다. 그러던 중 그녀는 수년 전 아무런 말도 남기지 않고 떠나왔던 옛 애인을 떠올렸다. 이미 남편과 아이를 둔 유부녀 입장이라 그와는 소식을 끊고 산 지 오래였고, 당연히 남편이나 그녀의 지인에게 그의 존재를 알린 적도 없으니 소피 칼이 요구한 조건에 들어맞는 인물이었다. 주변은 온통 베를린 장벽이 무너져 동서독이 통일된다는 소리로 떠들썩했다. 수년간 헤어져 살던 동독과 서독이 재회했다는 소식은 화자가 처한 상황과 비슷하면서도 동시에 매우 달랐다.

소피 칼의 생일 파티는 1990년 10월 13일 토요일이었고 화자는 그 모임에서 미스터리 게스트의 역할을 하기로 결심한다. 자신이 미스터리한 인물을 연기하는 이유는 그 파티에서 옛 애인을 만나 그녀가 자신을 떠나야 했던 그 미스터리를 풀기 위한 것일 뿐 소피 칼의 행위예술의 의미나 가치는 안중에 없었다. 그는 다시 한 번 자신이 오디세우스가 되었다는 느낌이 들었다. 신분을 속이고 페넬로페의 잔치에 가서 그녀에게 몰려든 청혼자를 물리치는 오디세우스의 운명을 반복한다는 생각이 들었지만 알다시피 큰 차이가 있었다. 그의 옛 애인은 이미 결혼한 상태이고 곁을 지켜줄 텔레마코스도 없는 화자는 결국 그녀 남편의 편의를 봐주기 위해 생일 파티에 초대된 꼴에 불과했다. 문제는 생일 선물을 준비하는 데에서 생겼다. 빈털터리인 그는 수중의 재산을 털어 레드 와인을 사기로 결심한다. 이것이 나의 피이니라, 그러니 나눠 마시라고 붉은 포도주를 내밀었던 예수 행세를 하기로 한 것이다. "나를 기억하기 위해 이것을 마시라고 했던 예수 역시 미스터리 게스트가 아니었던가?"

큰맘 먹고 고가의 포도주 63년산 마고를 사 들고 생일 파티에 참석했으나 화자는 문자 그대로 꾸어 온 보릿자루처럼 파티 자리에서 겉돌았다. 옛 애인에게 해명이나 사과를 기대했지만 그녀는 다른 사람들 틈에 끼여 그를 짐짓 못 본 척 거리를 두다가 마지못해 소피 칼에서 소개시켜주는 정도였다. 자랑삼아 63년산 마고를 내밀면서 시음을 권하면 생일 파티의 주인으로부터 감사의 말이라도 들으리라 기대했지만 소피 칼은 하객의 생일 선물은 포장도 뜯지 않은 채 한군데에 모았다가 훗날 사진 작업이나 설치 작업에 사용한다고 했다. 파리 사교계의 유명 인사가 모인 자리에서 그는 고작 소설가 에르베 기베르와 안면을 익혔을 뿐, 생일 파티는 그에게 지루한 고역일 뿐이었다. 그는 파티에서 자리를 뜨려고 현관을 나설 때야 겨우 옛 애인과 짧은 대화를 나눌 수 있었다. 현관을 장식한 서른일곱 송이의 장미를 보며 그녀는 "잘려진 꽃 중에서 그나마 장미만 봐줄 만하다"는 묘한 말을 그에게 남겼다. 자신을 떠난 이유에 대한 사과나 해명 대신에 들은 그녀의 말 한마디를 되뇌던 화자는 버지니아 울프라는 이름이 번개처럼 떠올랐다.

그녀의 소설 『댈러웨이 부인』은 옛 애인이 그와 동거하던 시절에 항상 손에 들고 다니거나 머리맡에 두고 되풀이해서 읽던 소설이다. 그리고 그녀가 남긴 마지막 말은 바로 댈러웨이 부인이 장미를 두고 했던 말이었다. 『댈러웨이 부인』의 화자 클라리사는 젊은 시절 서로 대조적인 두 남자 사이에서 방황하다가 결국 보수주의자 로버트 댈러웨이와 결혼한다. 그녀에게 버림받은 피터는 대학을 중퇴하고 인도로 가서 젊은 여자와 결혼했다가 다시 어떤 유부녀와 사랑에 빠져 있었다. 화자는 옛 애인이 이 소설을 읽으며 클라리사의 선택에 영향을 받아 자신을 떠난 것이라고 해석한다. 예전에 전구 하나 바꿔 끼워달라는 그녀의 말도 무시하고 며칠씩 어둠 속에서 면도하던 일도 기억났다. 옛 애인은 그런 화자의 모습에서 허구의 인물 피터가 현실 속의 화자에게 구현된 것으로 보았을 테고 소설 속의 인물 로버트와 비슷한 남자와 결혼했을 터였다. 다시 말해 화자의 삶이 오디세우스의 재현이었듯이 그녀 역시 소설의 등장인물을 모방하며 살았던 것이다. 우리는 흔히 현실, 혹은 체험이 영감을 주어 허구가 탄생한다고 믿지만 이 작품에서는 오히려 현실이 허구를 모방한 셈이다.

『신비의 초대객』은 몇 해가 지난 후 화자가 소피 칼과 재회하는 장면으로 마무리된다. 자신의 체험을 사진, 글, 설치로 표현하는 개념미술을 추구하는 소피 칼은 2002년에 발간된 G.부이에의 『나에 대한 보고서』를 읽고 자신과 유사한 예술관을 지닌 작가에게 호기심을 갖게 되고 마침내 두 사람의 만남이 성사된다. 소피 칼은 그 작가가 자신의 서른일곱 살 생일 파티의 미스터리 게스트였던 것을 까맣게 모르고 있었고 화자도 현대미술에 관심도 없었을 뿐더러 소피 칼과 연관된 소식을 일부러 외면하고 지냈던 터였다. 소피 칼은 미국인 영화인 그렉Greg이란 남자와 만나 행위예술의 일부로 결혼을 하고 그것을 영화로 제작했다는 이야기를 들려준다. 화자는 자신의 이름 그레구아르Grégoire에서 뒷부분만 뺀 이름이 바로 소피 칼의 애인이었다는 우연에 놀란다. 그리고 화자가 63년산 마고의 행방을 묻자 소피 칼은 기억하지 못한다. 그녀의 작품집 어디에서도 와인을 찾지 못한 소피 칼은 지하창고를 뒤져서 포장도 뜯지 않은 마고를 발견한다. 우연과 필연, 망각과 기억, 허구와 현실로 점철된 삶의 진실을 새삼 확인한 화자는 혹시 그녀의 몸무게가 57킬로그램이 아닌지 묻는다. 놀랍게도 그녀의 몸무게가 맞았다. 화자는 미 항공우주국 NASA가 쏘아올린 우주 탐사선 '율리시스'의 운명에 지속적 관심을 기울였다. 우주에 던져진 미스터리 게스트와 같은 소형 우주선은 태양 근처까지 항해한 후 영원히 우주에서 사라질 운명이었으나 최근에 다시 과학자들이 탐사선의 운영 수명을 연장하기로 결정했던 터였다. 자신의 운명이 오디세우스, 즉 그리스명 율리시스와 연계되었다고 믿는 화자는 탐사선의 무게가 소피 칼의 몸 무게와 일치한다는 우연을 다시 한 번 확인한 것이다. 우연은 여기에 그치지 않는다. 두 사람은 제각기 점쟁이를 만난 적이 있었다. 과거의 체험에 바탕을 둔 작품을 제작하던 소피 칼은 점쟁이에게 미래에 대한 점괘를 문의한 후 그 점괘대로 실현한 삶을 작품의 주제로 삼기로 했고, 글을 써서 한몫 잡겠다는 점괘를 들은 화자는 생일 파티에 초대된 체험을 기록한 『신비의 초대객』을 발표했다.

진실된 이야기

2007년 소피 칼은 제52회 베니스 비엔날레에서 프랑스를 대표하는 예술가로 선정되었다. 그녀가 출품한 전시회의 제목은 '잘 지내길 바랍니다Prenez soin de vous'였다. 전시 주제로 삼은 표현은 소피 칼이 어떤 남자로부터 받은 이별 통고 편지의 마지막 문장이었다. 그녀는 이메일로 보낸 이별 통고를 베를린에서 핸드폰으로 확인하게 되었고, 편지의 결구를 문자 그대로 해석한다. 즉 당신 자신을 잘 돌보기 바란다는 뜻으로 해석해서 이별의 편지를 이용해서 자신의 슬픔을 치유하려 한 것이다. 그녀는 편지를 107명의 여자에게 보낸 후 그 반응을 기록하여 전시했다. 전시 커미셔너는 신문광고를 통해 공모했는데 그 중에서 최종 선택된 사람은 놀랍게도 프랑스를 대표하는 또 다른 예술가 다니엘 뷔랑이었다. 정중하게 시작된 결별 편지는 전시회, 그리고 나중에 발간된 동명의 책자를 통해 만천하에 공개되었다. 그 내용은 대강 소피 칼이 남자와 관계를 시작할 때 내세웠던 두 개의 조건, 즉 다른 여자를 만나지 않는다는 조건과 혹시 사랑이 식으면 그것을 솔직하게 밝힌다는 조건을 지킬 수 없게 되어 이별을 통고한다는 것이었다. 이보다 앞서 2002년에 발간된 그녀의 작품집 『진실된 이야기Des histoires vraies』에서 이 결별의 정황을 보다 상세하게 엿볼 수 있다. 「남편, 열 개의 이야기」에는 그 남자와의 만남부터 결별까지의 과정이 사진과 함께 묘사되었다. 일련번호가 붙은 이야기 중 첫 번째 이야기 「만남」은 "1989년 10월 어떤 바에서 그를 만났다"로 시작된다. 뉴욕에서 만나 그의 집에서 머문 일로 인연을 맺은 남자의 이름이 그렉 셰퍼드이다. 그리고 두 사람은 "1992년 1월 18일 라스베이거스의 604번 도로에 있는 '자동차 즉석 결혼 창구'에서 결혼"을 한다. 다섯 번째 이야기 「발기」에서 "우리는 미국을 횡단했다. 일주일 동안 매일 우리가 잤던 침대를 바라보며 나는 같은 말로 한탄을 했다. '어젯밤에도 섹스를 못했어No sex last night'"라는 대목도 확인되는데 소피 칼과 그렉 셰퍼드는 1994년 'No sex last night'라는 제목의 장편영화를 발표했다. 여섯 번째 이야기 「라이벌」에서 소피 칼은 타자기에 끼여 있는 남편의 편지를 본다. H라는 여자에게 보내는 연애편지였다. 여덟 번째 이야기 「결별」에서 소피 칼은 남편이 자동차에 숨겨둔 스물네 통의 편지를 발견한다. 그다음 이야기 「이혼」에는 "환상 속에서 나는 남자다. 그렉은 그것을 알아차렸다. 아마도 그래서 그는 어느 날 나에게 오줌을 누여줄 수 있느냐고 제안했을 것이다"라는 묘한 대목이 있고 다른 이야기와 마찬가지로 여자가 남자 뒤에서 바지춤을 열고 오줌을 누여주는 사진이 실려 있다.

소피 칼과 G. 부이에는 실제로 겪은 체험을 그대로 글과 사진으로 옮기는 자전적 성격의 작품을 공통 매개로 의기투합하여 2003년 11월 공동으로 스물두 개의 질문을 실은 설문지를 작성해서 프랑스의 한 잡지에 게재했다. "1. 당신은 언제 죽은 적이 있습니까? 2. 아침에 당신을 일어나게 하는 것은 무엇입니까? 3. 당신의 유년기 꿈은 어떻게 되었습니까? 4. 당신과 다른 사람을 구별 짓는 것은 무엇입니까? 5. 당신에게 무엇인가가 결핍되었나요?" 등 스물두 개의 질문 중에서 두 번째 질문이 눈길을 끈다. 이와 비슷한 내용이 소피 칼의 『진실된 이야기』 중 「커피 잔」에 실려 있기 때문이다.

그의 지성이 나를 주눅 들게 하였다. 그는 내게 함께 점심을 먹자고 했다. 그의 제안은 나를 기쁘게 했지만, 또 한편으로 나를 불편하게도 했다. 그와 대화를 나눌 지적 능력이 부족할 것이라는 두려움 때문이다. 나는 미리 준비하기 위해, 우리가 무엇에 대해 말할 것인지 그에게 물어보았다. 별로 도움도 안 되고, 또 쓸데없는 짓인지는 잘 알고 있었지만, 대화 연습은 나를 진정시켜주었다. 그런데 D는 뜬금없이 이런 주제를 정했다. '아침에 당신을 침대에서 일어나게 하는 것은 무엇인가?' 일주일 내내 생각했다. 그리고 여러 개의 대답을 모아놓았다. 약속한 날, 그는 내게 질문을 던졌고 나는 대답 대신에 같은 질문을 그에게 되물었다. 그는 대답했다. '커피 향.' 우리는 대화의 주제를 바꾸었다. 식사가 끝난 후 커피가 나왔다. 그리고 나는 추억을 위해 그 커피 잔을 훔쳤다.

이 이야기에도 역시 소피 칼이 훔친 커피 잔의 사진이 함께 실려 있다. 혹시 여기에 등장하는 지적인 인물 D가 G. 부이에는 아닐까. 물론 D와의 대화를 떠올린 소피 칼이 두 번째 질문을 제안하여 G. 부이에는 그저 동의만 했을 수도 있다. 이보다 더욱 흥미로운 점은 「이혼」 이야기에서 소피 칼이 자신은 남자라는 환상에 빠진 대목에 있다. 『나에 대한 보고서』에서 화자가 동거했던 여자 중 하나도 똑같은 환상에 빠져 있었다.

그녀는 마치 나의 자리를 차지하고 싶은 것처럼 행동했고 나를 그녀의 부인으로 삼으려는 것처럼 보였다. 심지어 어느 날 그녀는 자기 몸에서 남자 성기가 자라고 있다고 믿었다. 그것은 놀라울 정도로 남근 형상을 띤 낭종이었고 내가 의사를 찾아가라고 충고하자 '너는 내게 뭔가 좋은 일이 일어나는 꼴을 보지 못하는구나'라며 반박했다. 그리고 오랜 시간이 흐른 후에야 의사에게 갔다.

정신분석에 따르면 여성의 무의식에 깔린 남근 환상은 상당히 보편적인 것이라서 로랑스와 소피 칼의 이야기가 겹치는 것은 자연스러운 것일지도 모른다. 다만 G. 부이에가 소피 칼에게서 발견한 우연의 일치가 여기에서도 반복되는 것이 흥미롭다. 두 여자는 모두 작가와 오랜 기간 일정한 공감대를 유지했으며 그 공감대는 정서적, 예술적, 이성적 차원뿐 아니라 프로이트적 의미에서 무의식적 차원의 공감도 이뤄졌으리란 추정이 가능하지 않을까. 소피 칼의 해외 전시에 G. 부이에는 공동 참여하며 예술적 공감대를 과시했고 자전적 작품세계라는 공통분모로 두 작가의 작품을 한데 모아 대중에게 흥미로운 감상의 기회를 제공할 수 있다.

이제 글머리에서 인용한 C. 뷔르즐렝의 진단으로 되돌아가보자. 그의 표현처럼 근래 프랑스 문학에 질병처럼 퍼진 자서전 열풍은 한편으로 문학의 서사성에 해악을 끼쳤다지만 문학, 보다 좁게 말하면 소설, 허구에 대한 근본적 질문을 던지는 유익한 계기가 되었다. 그것은 소피 칼의 경우처럼 비단 문학에 한정된 현상만이 아니다. 그저 자신의 체험을 늘어놓는 것은 예술이 아니라고 주장하며 G. 부이에, 소피 칼을 위시한 일련의 작가를 폄하한다면 이렇게 반문할 수 있다. 그렇다면 당신이 생각하는 문학, 혹은 소설은 무엇이며 소설은 반드시 허구여야만 하는지, 나아가 과연 허구와 현실을 가르는 기준은 무엇이며, 허구는 필히 현실의 모방에 그치는 것인지 되물을 수 있다. 2001년 쥘리 볼켄스타인Julie Wolkenstein이 발표한 장편소설 『감상적 학술대회Colloque sentimental』에서 이 질문에 대한 흥미로운 답변이 슬쩍 엿보인다. 전 세계의 교수, 학자, 평론가가 안 헬 브라운이라는 작가의 고향에 모여 그를 기리는 학술회의를 개최한다. 모임을 끝낸 학자들은 작가의 집을 방문하여 소설에 묘사된 집, 가구, 옷, 창밖 풍경을 현실에서도 확인하며 즐거워한다. 허구의 현실적 기원을 따지는 실증적 연구는 학자들의 밥그릇이기 때문이다. 그런데 한 젊은 학자가 고개를 갸우뚱거린다. 그들이 작가의 집에서 현실과 허구를 비교하려고 손에 들고 있는 소설은 작가가 그곳에 오기 훨씬 전에 집필된 것이란 점이 떠오른 것이다. 그래서 그는 이렇게 결론을 내린다. 작가는 상상력을 통해 자신이 살고 싶은 집, 입고 싶은 옷, 보고 싶은 풍경을 소설에 등장시켰고, 소설로 큰돈을 번 후에 비로소 자신이 꿈꾸던 풍경, 집, 옷과 딱 들어맞은 세계를 현실화한 것이라고. 다시 말해 말이 씨가 된 것이라고.

지하철과 시장

빅토르 위고가 발표한 『93』은 1789년 프랑스혁명 이후 혼란스러운 역사의 한 자락을 다룬 소설이다. 공화파와 왕당파, 혹은 혁명파와 반혁명파로 나눠진 장삼이사, 영웅호걸이 등장하며 이념과 이해관계를 둘러싼 치열한 투쟁을 그린 소설임에도 불구하고 정작 책을 덮은 후 기억에 남은 대목은 '대포'와 관련된 묘사이다. 말년의 위고가 이 소설을 통해 피력하고자 했던 인본주의, 혹은 삶의 본질에 대한 성찰은 그다지 강렬하지 않았지만 '함포'에 관련된 묘사, 보다 정확히 말하면 작가의 장광설과 그 집요함에 질렸었던 느낌만 잔존한다. 무장 함선에 실은 대포는 파도에 요동치는 배 안에서 움직이지 않도록 바퀴가 고정되어 있는데 그 장치가 풀렸던 모양이다. 그러자 살아 있는 괴물로 변한 쇳덩이는 선창을 이리저리 굴러다니며 사람을 깔아 죽이고 배를 부서뜨린다. 당구공처럼 바닥을 구르는 바퀴 괴물에 대한 대목은 묘사를 즐겨 음미하는 독자에게는 성찬일 테지만 자칫 끝없이 이어지는 화려한 어휘와 문체에 식상한 나머지 책을 덮는 독자도 있을 법하다. 소설을 읽고 난 후 시간이 흐르면 줄거리는 흐릿해지고 특정 장면이나 대사만 남는 경우는 흔하다. 19세기 소설을 읽다 보면 긴 도입부나 서사의 흐름을 끊는 작가의 훈계가 지겨워 책을 접었던 경우도 적지 않다. 예컨대 발자크의 『인생의 첫출발』에서 파리 근교의 교통수단인 마차에 대한 설명이 이와 비슷한 경우이다.

머지않은 장래에 철도로 인해 어떤 업종들은 멸종될 것이고 다른 몇몇은 그 면모가 일신될 텐데, 특히 파리 근교를 누비는 교통편과 관련된 업종이 그러할 것이다. 그러므로 조만간 여기 이 정경은 그것을 구성하는 인물들과 사물들로 인해 고고학적 작업의 가치를 부여받게 될 것이다. 우리의 후손들이 '그 옛날'이라고 부르게 될 과거 사회에 대한 사료를 얻게 된다면 어찌 그들이 흡족함을 느끼지 않겠는가? 쿠르-라-렌 산책로를 가득 메우며 콩코르드 광장에 죽 늘어져 있던 그림 같은 '뻐꾸기 마차'들, 한 세기를 풍미했고 1830년까지만 해도 지천이던 그 뻐꾸기 마차들은 이제 자취를 감추어, 1842년에는 최상의 풍치를 자랑하는 전원 도로에서나 한 대쯤 구경할 수 있을 정도에 이르렀다.

이어서 발자크는 마차의 종류, 제원, 파리 근교의 노선과 역참을 상세히 설명한다. 당시 합승마차의 구조, 노선, 나아가 승객들의 탑승 조건을 이해한 후에야 독자는 비로소 주인공 오스카의 이야기에 동참할 수 있기에 도입부는 서사 전개에 필요한 요소이지만 그 설명만 따로 떼어놓아도 200년 후의 독자에게는 발자크가 주장한 "고고학적 작업의 가치"가 충분하다. 여기에서 19세기에 출현한 근대소설이란 사회를 비추는 거울이라 주장하는 경구를 새삼 확인하려는 것이 아니다. 따지고 보면 그런 역할은 비단 소설뿐 아니라 역사, 철학, 나아가 신문도 능히 담당할 수 있다. 그러나 소설만이 감당할 수 있는 대목, 다시 발자크의 표현을 따르자면 독자에게 어떤 "흡족함"을 주는 대목은 역사나 철학이 외면한 사소한 일상의 풍경이다. 역사와 철학은 굳이 고삐 풀린 대포나 파리 근교의 마차에 관심을 기울일 이유가 없다. 신문도 사정은 비슷하다. 조르주 페렉은 1989년 발표한 『지극한 평범 *L'Infra-ordinaire*』에서 매일 발간되는 일간지에는 매일 벌어지는 일상적 사건이 결코 실리지 않는다고 했다.

신문 1면에 대문짝만 한 글씨로 쓰인 헤드라인이 우리에게 들려주는 것은 항상 사건, 황당한 일, 기상천외한 것들이다. 열차는 탈선했을 때에만 존재하기 시작하고, 사망자가 많을수록 더욱 존재한다. 비행기는 납치되었을 때부터 존재에

도달하고, 자동차는 가로수를 들이받아야만 하는 운명을 타고난다. (……) 일간지는 일상적인 것을 뺀 모든 것을 이야기한다. 신문은 나를 지겹게 하고 아무것도 가르쳐주지 않는다. 신문이 이야기하는 것은 나와 관련 없고 나에게 질문하지 않으며 내가 제기하거나 제기하고픈 문제에 대해서는 아무런 대꾸도 하지 않는다. 진정으로 벌어지는 것, 우리가 겪고 있는 것, 그 모든 것은 어디에 있을까? 매일 벌어지고, 매일 되풀이되는 것, 진부한 것, 일상적인 것, 명백한 것, 공통적인 것, 평범한 것, 지극히 평범한 것, 배경음, 익숙한 것, 그것을 어떻게 파악하고, 어떻게 질문하고, 어떻게 묘사할 수 있을까? 익숙한 것에 대해 의문을 제기하기. 그러나 바로 우리가 그것에 익숙하기 때문에 불가능하다. 우리는 그것에 질문하지 않고 그것은 우리에게 질문을 제기하지도 않으며 아무런 문제도 일으키지 않으므로 우리는 마치 질문도 답변도 담겨 있지 않고 아무런 정보도 품지 않은 양 그런 것에 대해 아무 생각도 하지 않은 채 살고 있다. 그런 것은 더 이상 심지어 무조건적인 조건반사가 아니라 마취이다. 우리는 우리의 삶을 꿈도 없는 잠으로 채우고 있다. 그런데 우리의 삶은 어디에 있는가? 우리의 몸은 어디에 있는가? 우리의 공간은 어디에 있는가?

페렉이 보기에 우리의 진정한 삶은 그가 "지극한 평범"이라 부른 곳, 너무 익숙한 나머지 평소에 의식조차 못했던 사소한 데에 깃들어 있다. 매일 지나다녀 익숙한 골목이 어느 날 문득 공사판으로 변했을 때, 어린 시절 추억이 깃든 골목의 사진이라도 남겨두었으면 좋았을 텐데……하는 아쉬움이 든다. 물론 이런 아쉬움은 오로지 나, 혹은 소수의 사람에게만 공통된 추억 가치에 불과해서 세월이 흐르면 그 어디에서도 찾을 수 없다. 페렉은 인간을 다루는 세 학문, 언필칭 문사철이 외면한 이런 영역을 다루는 새로운 "인류학"적 글도 있어야 하지 않을까 자문한다.

미지의 먼 나라에서 원주민을 만난 인류학자처럼 꼼꼼하게 한 시대를 기록한 글은 기존 학문체계나 문학의 장르 분류에 딱히 속할 수 없는 것이다. 상상컨대 자신들에게는 평범한 일상을 글과 사진으로 기록하는 레비스트로스를 원주민은 이상한 사람으로 취급했을 것이다. 천년만 년 지속된 말과 몸짓, 앞으로도 그대로 영원히 반복될 것이라 생각되는 이 사소한 것을 대단한 발견인 양 놀랍다는 눈으로 바라보는 이방인의 모습이 그들에게는 마냥 신기했으리라. 그들이 매일 사용하는 부지깽이 하나도 유럽인의 눈에는 인류학적 가치를 지닌 것임을 의식하지 못했다. 지금 우리의 일상이 후세대의 눈에는 발자크가 말한 고고학적 가치를 지녔을 테고, 페렉이 귀중히 여긴 인류학적 가치를 지닌 것을 지금의 우리는 흘려버리고 산다. 우리의 일상은 미래의 독자에게 고고학적 호기심을 자극하는 유적이다. 우리가 아마존의 문명을 야만이라 비하할지 모르지만 미래의 독자에게 우리의 일상 역시 또 다른 원시문명으로 보일 따름이다. 문학, 특히 소설은 일상의 잔재를 담아 현재의 야만을 유적으로 간직하기에 적당한 그릇이다.

사소한 진실

아니 에르노가 2008년 발표한『세월Les Années』은 〈마르그리트 뒤라스상〉〈프랑수아 모리아크상〉〈프랑스어문학상〉을 한꺼번에 받으며 큰 호평을 받았다. 이후 2011년에『다른 딸L'autre fille』『검은 아틀리에L'atelier noir』, 2013년『이브토로의 귀환Retour à Yvetot』을 발표했지만 전작에 비해 모두 소품이란 느낌을 준다. 1940년생인 작가가 일흔 살이 넘은 2011년에 전집『인생을 쓰다Écrire la vie』로 자신의 거의 모든 전작을 한데 모은 이후에 쓴 글은 모두 전집의 해설이나 덤처럼 읽힌다. 마찬가지로 2014년에 발표한『빛을 보아라, 내 사랑Regarde les lumières, mon amour』도 이전 작품의 연장으로 볼 수 있다. 2012년부터 2013년까지 작가의 신변잡기를 기록한 이 작품은 이미 1993년의『밖의 일기Journal du dehors』, 2000년의『외면外面적 삶La *vie extérieure*』과 형식과 내용 면에서 그다지 다르지 않다.

　1974년『빈 장롱*Les armoires vides*』부터 시작해서 지금에 이르기까지 아니 에르노의 작품은 크게 세 분야로 나눠진다. 처녀작을 포함해서『그들이 말한 것, 말하지 않은 것*Ce qu'ils disent ou rien*』과『얼어붙은 여자*La Femme gelée*』는 작가의 뜻에 따라 소설로 분류된다. 그러나 1984년에 발표한 〈르노도상〉 수상작『자리*La Place*』(국내 소개 제목『남자의 자리』) 이후 그녀의 작품은 다소 이론적 논란도 있을 테지만 일단 자서전으로 분류된다. 자신의 삶보다 아버지와 어머니의 삶, 혹은 죽음을 둘러싼 일화를 주제로 삼은 글은 자서전보다는 전기에 가깝지만 자신이 체험한 사랑과 이별, 질투와 집착, 낙태 등을 다룬 글을 범박하게 말해 모두 자서전이라 할 수 있다. 그중에서『사건*L'événement*』『나는 나의 밤을 떠나지 않는다』『집착』『타락』 등은 하루치 체험을 짧게 기록하여 날짜를 붙인 일기 형식이다. 낙태, 어머니의 죽음, 헤어진 연인에 대한 집착, 옛 애인이 새로 사귄 여자의 정체를 강박적으로 추적하는 화자의 심리 등을 다룬 글은 그녀의 다른 작품과 마찬가지로 집요하고 노골적인 자신의 속내를 드러내는 반면, 정작 제목부터 일기를 표방한『밤의 일기』『외면적 삶』 그리고 2014년에 발표한『빛을 보아라, 내 사랑』은 화자의 은밀한 체험은 빼고 작가를 둘러싼 작은 생활권에서 일어나는 사소한 일을 관찰, 기록, 평가하는 데에 그친다. 초기 세 편의 소설을 제외하고 그녀가 『자리』로 본격적으로 문명을 떨친 이후의 글은 모두 허구를 배제한 자전적 글, 즉 비소설이란 공통점을 지닌다. 따라서 그녀의 책 제목 하단에 부기된 장르 표시에는 소설roman 대신에 '이야기récit'가 붙거나 아예 장르 표시가 없다. 작가 자신도 자신의 작품이 "문학 이전이거나 이후이지 문학이 아니다"라거나 "나의 글이 허구, 문학은 아닐지 몰라도 문학적 글"이라고 주장한다. 그녀가 일기에 기록한 글은 페렉이 언급한 지극히 평범한 일상이다. 유부남을 사랑하다가 헤어진 절절한 이야기나 혈육을 잃은 자의 뼈저린 회한이 아니라 지극히 평범한, 그러나 페렉이 말한 삶의 진실을 기록한 글이다. 예컨대 이런 식이다.

1997년 11월 30일. 그들은 파리 동쪽에 있는 위성도시로 되돌아갔다.

그들은 오후 한 시에나 일어났다. 연속극 「X파일」을 보고 컴퓨터 게임을 하고 난 후 새벽 세 시에 잤기 때문이다. 그들은 두 시쯤 식사를 하고 구경 삼아 일요일에도 열리는 슈퍼마켓 '삶의 예술'에 갔다. 그곳 서점에서 긴 시간을 보낸 후 새로 나온 게임을 샀다.

그들은 내게 빨랫감을 가져왔다. 나는 아침에 세탁기를 두 번 돌렸고 그들의 티셔츠, 청바지, 그리고 그의 실내복을 세 차례 다림질했다.

나는 여기에 이런 것을 개인사가 아닌 한 시대의 기호로서 기록한다. 아들과 그의 여자 친구가 파리 근교에 홀로 사는 어머니를 방문한 일요일. 글을 쓰기 시작한 스물두 살 무렵부터 이런 세목을 포착하려고 시도하지 않았던 것이 후회된다. 60년대 한 여자아이의 심리 상태보다는 그녀가 시골의 부모 집에서 보낸 주말에 대한 자질구레한 것들.

윗글에서 작가는 두 종류의 글을 대조하며 젊은 시절의 글에 부족했던 점을 아쉬워하는 반면 가난한 노동자의 딸이 겪었던 열등감과 수치심, 성에 눈뜨기 시작한 10대 소녀의 호기심과 환멸을 다뤘던 초기 소설의 가치를 부정하고 있다. 보다 거칠게 말하면 그녀는 허구로서의 글을 부정하고 소소하고 남루할지라도 그 시대의 '기호'를 기록하는 것이 보다 값진 일이라고 생각한다. 허구를 배제한 담백한 기록으로서의 문학은 1984년 『자리』부터 시작되었고 작가의 결론에 가장 부합하는 장르가 바로 일기이다. 윗글이 실린 『외면적 삶』은 작가가 1993년부터 1999년까지 부정기적으로 쓴 일기를 모아 2000년에 발간한 작품이다. 이보다 7년 전인 1993년에 발간된 『밖의 일기』가 1985년부터 1992년까지, 2014년에 발간된 『빛을 보아라, 내 사랑』은 2012년부터 2013년까지의 기간에 해당되는 일기이다. 따라서 일기 형식의 세 작품은 출간 연도와 무관하게 1985년부터 2013년까지 30여 년 동안 쓴 글이다. 일기 형식이 자칫 나르시시즘에 빠진 문학소녀의 감상을 토로한 내용이기 십상인 반면 그녀의 일기는 시대의 기호, 객관적 관찰과 간단한 논평으로 일관되었다. 사랑, 결별, 질투와 같은 감정은 오히려 일기가 아닌『단순한 열정』『집착』『일탈Se perdre』에 노골적 언어로 토로되었다.

일기에서 작가가 견지한 태도는 1970년대 초에 처음 읽은 사회학자 피에르 부르디외에게서 받은 충격과 영향에서 비롯된 것이다. 글쓰기의 방향, 나아가 자신의 삶을 이해하는 열쇠를 암중모색하던 작가는 부르디외의 사회학 서적을 읽다가 벼락같은 각성을 경험한다. 문학에서 이론이 글을 쓰게 하는 경우는 드물지만 아니 에르노는 사회학에서 자신의 삶을 해석하는 실마리, 나아가 글쓰기의 방향을 찾았다고 고백한다. 세 편의 일기는 모두 작가가 바깥에서 보고 느낀 것을 기록한 것으로서 공간은 주로 지하철, 거리, 시장으로 구성된다. 그중에서도 지하철이 가장 큰 비중을 차지하지만『빛을 보아라, 내 사랑』은 대형 상업지구인 '오샹'에서의 체험에 한정된 것이 이채롭다. 지하철과 시장, 이 두 공간이 홀로 사는 여자가 쉽게 접근할 수 있는 일상적 공간이자 동시에 현대 사회의 징후를 읽을 수 있는 표본적 교과서가 되었다. 『빛을 보아라, 내 사랑』에서는 신문, 방송과 같은 공식적 대중매체가 언급한 시사, 정치 사건은 배제되었지만 그 이전의 일기는 간간이 대중매체를 직접 인용하고 논평을 붙이곤 했다.

1997년 6월 18일자 일기에는 "요람에서 무덤까지 삶은 날이 갈수록 시장과 텔레비전 사이에서 흘러간다. 밭일과 저녁 식사 후의 잡담, 혹은 술집 사이에서 보낸 예전의 삶보다 더 기이하거나 더 멍청하지도 않은 삶"이라고 짧게 우리 현대인의 삶을 요약했다. 『자리』에서 밝힌 작가의 할아버지와 아버지는 소작농, 공장 노동자로 낮에는 쉴 틈 없이 노동에 시달렸고 저녁에 잠깐 이웃과 담소하는 일상을 평생 동안 반복했다. 하긴 우리 현대인도 이와 별반 다르지 않다. 불어로 지하철, 직장, 잠을 뜻하는 메트로-불로-도도metro-boulot-dodo라는 단어는 단조롭게 같은 발음 '오'로 끝나는 세 단어를 합성하여 현대인의 삶을 표현한다. 작가는 통신대학 교수로서 매일 출근하는 직장인과 달리 비교적 자유로운 생활이 허용되었고 노년에 이른 그녀의 생활권은 집과 시장에 한정되었다. 따라서 그녀가 세상을 보는 창은 협소했고 시사 사건에 대한 정보는 대중매체에 의존할 수밖에 없었다. 시사 중에서도 정치적 사건은 거의 언급되지 않고 주로 사회 관련 기사에 집중되었다. 예컨대 『외면적 삶』에 실린 1993년 5월 29일자 일기가 그러하다.

피렌체 우피치 미술관에서 테러 발생. 네 명의 사상자가 났고 지오토의 작품을 포함해서 몇몇 작품이 훼손되었다. 이구동성으로 값으로 환산할 수 없고 회복할 수 없는 손실이라고 한다. 죽은 남자, 여자, 아기가 아니라 그림을 두고 하는 말이다. 따라서 예술이 생명보다 더 중요하며, 15세기 성모를 재현한 것이 아기의 육체와 숨결보다 더 중요하다는 소리이다. 왜냐하면 성모화는 수세기를 거친 것이고 앞으로 수백만 명의 방문객이 그것을 보며 기뻐할 것이지만 죽은 아기는 극소수의 사람에게나 행복을 안겨줬고 어쨌거나 언젠가는 죽을 것이기 때문이다. 그러나 예술은 인간 위에 있는 그 어떤 것이 아니다. 지오토의 성모화 속에도 지오토가 만나고 만져보았던 여자가 들어 있다. 아기의 죽음과 그림의 파괴 중에서 지오토는 무엇을 선택했을까? 대답은 불분명하다. 자신의 그림일지도 모른다. 그것이 아마도 예술의 어두운 측면을 보여주는 것은 아닐지.

이렇듯 시사 문제를 언급하는 일기는 언론에 보도된 여러 사건 중 그녀의 눈길을 끄는 대목을 인용한 후 거기에 논평을 곁들이는 방식이다. 얼핏 밋밋해 보이는 논평에 불과한 예술과 삶에 대한 가치 비교는 작가의 전작, 혹은 그녀가 평생 올곧게 견지한 가치관에 비춰본다면 훨씬 설득력을 발휘한다.『자리』를 발표한 이후부터 그녀가 발표한 다양한 작품을 관통하는 공통점은 허구의 배제, 소설의 배제였고, 심지어 그녀는 소설을 향해 전쟁을 선언하기도 했다. 작가의 상상력과 구성력을 바탕으로 꾸민 감동적 서사에 선전포고를 한 후 그녀는 체험과 기억력에 의존하여 사실의 기록에만 몰두했다. 예술과 재현을 거의 동의어로 취급하는 관점에서 보면 그녀는 예술가, 혹은 소설가가 아니다. 연도 표시만으로 작성 시기를 구분한 『밖의 일기』 중 1989년에 해당하는 한 구절을 읽어보자.

지하철에서 어린 남자와 어린 여자가 마치 주변에 아무도 없다는 듯 거친 말과 애무를 번갈아가며 나눈다. 아니다, 틀렸다. 그들은 이따금 도전적 눈빛으로 승객을 바라본다. 끔찍한 느낌. 문학이란 바로 저런 것이란 생각이 들었다.

이 짧은 글에 그녀의 전 작품을 관통하는 문학관, 기존 장르에 포섭되길 거부하는 그녀의 일관된 태도를 엿볼 수 있다. 예컨대『단순한 열정』『집착』『일탈』에서 그녀는 애인과 관련된 격정을 정제되지 않은 언어, 가장 직설적 문체로 표현했는데 문득 스스로의 표현 수위에 놀라 독자의 반응을 우려하다가, 결국 자신이 추구하는 것은 바로 진실 그 자체라고 원래의 다짐을 확인하는 과정을 거친다. 그녀의 문체가 종종 독자와 평론가의 눈에 거친 도발로 보이는 것은 마치 지하철의 어린 연인들이 주변을 쏘아보는 도전적 눈빛과 비슷할 것이다. 텔레비전에서 난생처음 남녀의 성관계를 노골적으로 보여주는 도색영화를 보다가 "글쓰기가 지향해야 하는 것이 바로 저것이어야만 한다고 생각했다. 성행위 장면이 불러일으키는 이 인상, 이 고뇌, 이 경악, 도덕적 판단의 정지"라고 쓴 그녀는 재현보다 현실, 미학적 감동보다는 알몸의 충격이 더욱 중요한 가치로 판단했다. 그녀가 접하는 현실의 삶은 주로 지하철과 시장에 한정되고 그 바깥의 현실은 텔레비전과 신문에 의할 따름이다. 아무런 논평 없이 신문기사를 그대로 인용한 경우이거나 그도 아니면 정보원을 밝히지 않고 짧게 사실 자체만 기록한 대목도 적지 않은데 그 간결함이 현실의 진상을 한결 폭력적으로 드러낸다.

1997년 2월 17일. 45퍼센트의 국민이 '국민전선' 의원이 국회에 참여하는 것이 좋다고 생각한다.

아무런 수사학적 장치도 동원하지 않은 이 사실 확인은 우리에게 바닥 모를 깊은 공포와 우려를 자아낸다. 이에 대해 언급을 회피한 작가의 침묵은 긴 논평, 심도 있는 분석을 능가한다. 국민전선, 45퍼센트라는 두 단어만으로 한 시대에 대한 분노와 절망을 표현하기에 족하기 때문이다. 히틀러, 무솔리니, 프랑코가 프랑스를 둘러싸고 파시즘의 열풍을 일으키던 시절, 프랑스는 용케도 극우의 득세를 막아냈다. 그리고 지난 세기 극우 파시즘이 일으킨 질병은 흑사병보다 큰 재앙을 인류에게 안겼다. 국민전선에 대한 그녀의 언급은 짧지만 이 시대의 프랑스를 증언하는 강력한 힘을 발휘한다. 극소수 동조자만으로 시작된 극우정당 국민전선이 점차 지지세력을 얻어 최근에는 지방선거와 유럽의회 선거에서 최다 지지를 끌어냈다. 같은 해 8월 일기도 비슷한 경우이다.

미국 시카고, 폭염. 가난한 동네에서 대개 외출이 두려워 집에 칩거했던 수백 명의 사람이 죽었다. 그중 111구의 시체는 연고자가 나타나지 않아 신원이 파악되지 않았다. 집단 매장. 불도저로 길이가 50미터가 넘는 구덩이를 파서 묻었다. 비석도 묘비명도 없었다. (─『르몽드 디플로마티크』)

1997년 12월 13일자 일기에 작가는 당시 화제가 되었던 살인 사건을 기록한 후 깊은 고민에 빠진다.

아랍 청년 이마드 부우드를 아부르 해안에 던져 죽인 스킨
헤드족 다비드 본은 그의 일기에 이렇게 썼다. "우리는 보방
제방 쪽으로 갔고 (……) 그를 물속에 던졌다. 그가 가라앉았
다. 피에 대한 나의 갈증이 해소되었다. (……) 후회는 없다.
놀랍게도 후회란 새빨간 허구란 것을 깨달았다." 일기에서 발
췌한 이 부분은 일인칭 소설의 한 구절과 유사하다. 그러나
이것은 허구가 아니고 이마드 부우드의 살해라는 현실의 범
죄를 저지른 직후에 느꼈던 감정의 정확한 번역이다. '그 자
체로' 끔찍하고 아름다운 마지막 문장에 매료되었다. 그러나
또래의 아이를 단지 아랍인이란 이유만으로 죽였다면 다비
드 본은 결코 이런 감정을 발견하지도, 쓰지도 않았을 것이
다. 글쓰기란 오로지 허구라는 조건만으로 '수용 가능'한 것
일까? 이 경우처럼 후회의 부정을 통해 범죄를 정당화하는
글을 쓴다면 글쓰기 자체가 범죄를 더욱 위중하게 만들지는
않을까? 다비드 본의 이 문장을 읽고 우리는 선택해야만 한
다. 글쓰기는 윤리의 바깥에 있는가, 아니면 항상 윤리의 일
부를 이루는가.

여자의 행복

작가는 파리 근교의 신도시에 홀로 살며 가끔 파리 도

심을 연결하는 직행 지하철을 이용한다. 그리고 지하철 역 근방에는 신도시 주민을 겨냥한 대형 쇼핑몰이 있다. 직행 지하철과 쇼핑몰을 이용하는 계층은 주로 문자 그대로 주변부 인간, 이주 노동자, 아시아나 아프리카 출신의 서민층이다. 그녀는 지하철 역사의 낙서, 승객의 옷차림, 그들의 대화와 몸짓을 기록한다. 작가도 그 기록의 의미를 자문한다.

다른 페이지에서도 그렇지만 나는 무슨 이유로 이 장면을 말하고 묘사하는가? 이 현실에서 내가 그토록 애써 찾으려 하는 것이 무엇일까? 의미? 대개 그렇지만 항상 그러한 것은 아니다. 단지 감각에만 의존하지 않으려는 (학습된) 지식인의 습관, 혹은 내가 만나는 사람들의 몸짓, 태도, 말을 기록하는 것이 내게 그들과 가깝다는 환상을 주기도 한다. 나는 그들에게 말을 걸지 않는다. 그러나 그들이 내게 유발하는 감동은 현실적인 것이다. 아마도 그들을 통해, 그들의 몸가짐, 대화를 통해 나에 대한 무엇인가를 찾았는지도 모른다. (종종 지하철에서 내 앞에 앉은 저 여자가 내가 될 수도 있지 않을까 자문한다.)

작가에게 이런 반성적 사유는 지하철 통로에서 목격한 한 장면에서 비롯된 것이다. 고개를 숙인 채 지하철 통로의 벽에 기대선 남자 곁을 지나다가 그가 바지춤을 풀고 내밀고 있는 성기를 본 것이다. 남루한 행색이지만 파리 지하철에서 흔히 볼 수 있는 걸인도 아니었다. 작가는 그 행위를 "차마 눈 뜨고 보기 어려운 몸짓, 존엄성의 처절한 형식" "그것은 모피 코트를 입은 여자의 허영심, 시장의 정복자의 단호한 발걸음, 돈을 구걸하는 거지와 거리 악사의 굴종, 이 모든 것을 파괴하는 몸짓"이라고 해석한다. 익명의 도시에 사는 현대인이 추구하는 정체성은 남과 나를 구분 짓는 확실한 기호를 구축하는 데로 모아진다. 작가가 영감을 받은 사회학 용어를 쓰자면 "구별 가치의 추구"이다. 이 시대의 남성 영웅이 시장경제의 승리자라면 여주인공은 고가의 모피 코트를 입은 미인일지도 모른다. 그런 교환경제, 그 먹이사슬의 가장 낮은 데에 떨어진 걸인과 거리 악사는 교환이 아니라 증여, 기부 경제체제에 호소한다. 그런데 교환과 증여로 구성된 촘촘한 그물에서 벗어나고픈 남자가 내민 처절한 몸짓이 노출증이다. 하지만 이는 다른 작품에서 아니 에르노가 정의한 노출증에도 적용될 수 없는 행위이다. 아니 에르노의 작품을 비판하는 평자가 지적했던 노출증은 노출을 목격한 타자의 반응을 통해 쾌락을 추구하는 일탈 증세이다. 따라서 노출과 목격은 동시성이 전제되어야 한다. 그러나 남자는 고개를 깊게 숙이며 타자의 반응을 의도적으로 회피하고 글을 쓰는 순간의 작가와 작품을 읽는 독자의 반응은 비동시적이기 때문에 그녀나 지하철 남자 모두 변태 성욕자일 수 없다. 아마도 지하철의 남자가 추구하는 것이 시장경제의 사용가치나 교환가치, 그도 아니면 무상 증여도 아니고 구별 가치, 혹은 전시 가치일지도 모른다는 것이 작가의 해석이다. 지하철에서 유독 작가의 눈길을 끄는 사람들은 주로 체제 이탈자이며 관찰과 해석의 빈도수가 가장 높은 부류가 거지이다. 필경 1980년대에 등장한 신조어 "정해진 주거지가 없는 사람sans domicile fixe"의 첫 글자만을 따서 통칭하는 SDF라는 용어 자체가 현시대의 위선과 비정을 내포한다. 부랑자, 거지, 떠돌이 등등 온갖 굴욕적 용어로 지칭될 법한 부류를 마치 가치 판단의 유보를 요청하는 듯한 약자로 분류함으로써, 윤리적 부담을 덜고자 했던 쪽은 이 시대의 승리자일 것이다.

2년간 대형 쇼핑몰을 관찰, 기록한 일기에는 꽤나 긴 작가의 서문이 붙어 있다. "나는 20년 전 슬로바키아의 코지체에 있는 슈퍼마켓에 장을 보러 간 적 있다. 막 개장한 그곳은 공산주의의 몰락 이후 그 도시에 처음 생긴 슈퍼마켓이었다." 그곳에서 작가가 목격한 장면은 충격 그 자체였다. 슈퍼마켓 입구에서 점원이 근엄한 표정으로 입장하는 사람들 하나하나의 손에 큰 바구니를 들려주었고 안으로 들어가면 4미터 높이의 감시대에 고압적 표정의 관료가 사람들의 일거수일투족을 감시하고 있었다. 배급경제에 길들여진 사람들은 자신의 욕망에 따라 스스로 물건을 고르는 행위가 낯선 터라 눈앞에 쌓인 상품 더미 앞에서 문자 그대로 우두망찰, 망연자실, 우왕좌왕하고 있었다. 대량소비사회에 첫발을 내디딘 그들은 미지의 세계에 던져진 고아, 미로에 빠진 실험용 쥐처럼 감히 물건에 손을 대지 못한 채 제자리걸음과 뒷걸음질을 반복했다. (북한마저 배급경제가 무너졌다고 하니 이제 세계 어디에서도 볼수 없는 풍경이다.) 바야흐로 세계의 후미진 구석까지 적용되는 이 시대의 유일한 법칙, 그것은 시장의 법칙이다. 한 인간의 정체가 궁금하다면 그가 계산대 위에 올려놓은 구매품을 보면 된다. 신언서판身言書判이 아니라 쇼핑몰의 수레를 들여다보면 그의 인간 됨됨이까지 훤히 알수 있다고 작가는 주장한다. 여기에 매월 들이닥치는 신용카드 명세서까지 더한다면 무엇을, 어디에서 소비하는지, 즉 그 인간의 전모가 백일하에 드러난다. 19세기에는 아케이드를 어슬렁거리면 파리의 풍경이 보인다고 했다. 2014년 세계의 풍경은 대형 쇼핑몰에 축약되었다. 세속시대의 거대한 사원으로 변한 쇼핑몰은 주말이면 꼬박꼬박 참배객이 밀려들어 물신에게 기도한다. 성당에 입당하려면 성수에 손을 적셔 성호를 그어야 하듯 참배객은 주차 자리를 고르고 손수레나 바구니를 찾는 의식을 갖춰야 하고, 나올 때에는 내밀한 욕망을 계산대에 빠짐없이 고백해야 한다. 그래서 작가는 "삶, 오늘날 우리들의 삶을 이야기하기 위해 나는 주저하지 않고 그 대상을 슈퍼마켓으로 골랐다"고 말한다. 노년의 작가는 지하철 종점과 고속도로 출구가 만나는 지점에 위치한 대형 쇼핑몰을 골라 2012년 11월부터 2013년 10월까지 그녀의 눈에 들어오는 풍경, 사람들의 몸짓과 대화, 그들의 욕망을 기록했다. 2012년 11월 8일 목요일자 일기에는 쇼핑몰의 대략적 분위기와 구조를 묘사하고 계절을 앞질러 연말 선물을 쌓아놓은 곳으로 걸음을 옮긴다.

장난감은 남자와 여자를 엄격하게 구분한 몇 개의 선반을 차지하고 있었다. 모험 선반에는 스파이더맨, 우주 선반에는 분노와 소음, 그리고 자동차, 비행기, 탱크, 펀칭볼이 있었다. 이 모든 것은 붉은색, 녹색, 강렬한 노란색 계통이었다. 다른 쪽은 집 안, 가사, 유혹, 화장 선반이었다. 나의 쉬페레트 supérette, 나의 부엌 기구, 미니 테팔, 다리미, (……) 거기에 의사놀이 세트가 끼어 있다는 것이 내게 조금 위안이 되었다. 역할의 재생산은 어떤 섬세함이나 상상력도 허락하지 않았다. (……) 나는 무력감과 분노에 몸이 떨렸다. 피멘Femen이 떠올랐고, 그들이 와야만 할 곳은 바로 이곳, 우리의 무의식을 조작하는 원천지인 이곳이며 이 모든 전수의 물건을 뒤엎어야 한다. 나도 그 자리에 낄 것이다.

작가의 생각에는 세상의 불의와 양성평등을 부르짖으며 가슴을 풀어 헤친 여성 인권운동가들이 가장 먼저 가야 할 곳은 바로 쇼핑몰이었다. 작가의 시선은 쇼핑몰을 누비는 다양한 인간 군상으로 옮겨지고 그 익명의 인파에서 미세한 균열과 차별을 짚어낸다. 물건을 나르고 정리하는 사람, 계산대의 여직원, 고객을 감시하는 직원, 마이크를 들고 호객을 전문으로 하는 객장 아나운서 등 쇼핑몰의 직책도 고객만큼이나 다양했다. 계산대에 구매품을 올려놓으면 항상 듣는 질문은 "고객카드 있으세요?"이다. 고객카드carte de fidélité를 의미하는 단어에서 작가의 심사를 거스르는 부분은 바로 충실, 단골을 뜻하는 'fidélité'이다. 중세시대의 기사가 주인을 섬기는 약속을 맺는 서약이나 부부가 정절을 맹세하는 결혼서약에 쓰이는 단어이다. 아니 에르노의 이전 작품을 읽는 독자라면 "모든 쇼핑몰이 운영하는 소비 유도 전략에 복종하지 않으려고 고객카드를 만들지 않았다"는 작가의 설명을 곧이곧대로 수긍하지 않을 것이다. 그녀의 태도는 단지 대량소비사회에 대한 저항일 뿐 아니라 그 단어가 정절서약, 일부종사를 환기시키고 거기에는 할인과 덤을 미끼로 우리를 충실한 노예나 정숙한 아내로 붙잡아두려는 속셈이 숨어 있기에 기인한 것임을 알기 때문이다. 같은 해 11월 28일자 일기는 필경 슈퍼마켓의 풍경이 아니라 그날의 신문기사를 인용한 것으로 보인다.

방글라데시에서 화재, 112명 사망. 그 대부분은 29.50유로의 월급을 받고 일하던 여자들이다. 원래 3층이던 건물은 9층으로 증축되었고 안에 갇힌 노동자들은 밖으로 빠져나오지 못했다. 타르진이란 이름의 공장은 오샹, 까르푸, 핌키, 고 스포츠, 코라, C&A, H&M과 같은 쇼핑몰에 납품하는 폴로 티셔츠를 생산했다. 물론 악어의 눈물을 제외하곤 이 세상을 변혁하기 위한 그 어떤 시도도 헐값의 노동력을 편하게 누려왔던 우리에게 기대하지 말아야 한다. 반항은 오로지 지구 한쪽 끝에서 착취당한 저들로부터 시작될 것이다. 탈지역화의 희생자인 프랑스 실업자조차도 7유로만으로 티셔츠를 살 수 있어서 만족했기 때문이다.

그녀가 관찰의 대상으로 삼은 쇼핑몰 오샹은 그 지역의 주민경제에 한정된 것이 아니었다. 자본주의의 그물망은 촘촘할 뿐만 아니라 넓기까지 해서 저 멀리 방글라데시의 산촌까지 덮고 있었다. 이와 관련된 그녀의 관심은 다음 해 5월 15일자 일기에서도 발견된다.

방글라데시의 라나플라자 붕괴 사건의 결산. 1127명 사망. 폐허 더미 속에서 까르푸, 카마이유, 그리고 오샹의 상표가 발견되었다.

작가가 거주하는 지역신문은 "세르지Cergy 전역에는 130여 개 국적의 외국인이 함께 살고 있다. 그들이 서로 마주치는 곳은 오샹의 상점 외에는 그 어디에도 없다. 여기에서 먹고, 입는 본질적 욕망에 추동된 사람들이 서로 가까이에 있는 타인의 존재에 익숙해지며 원하건 원하지 않건 간에 여기에서 욕망의 공동체를 형성한다"고 말하고 있다. 작가는 한편으로 시장과 그 체제를 비판하면서도 타인의 존재를 수긍하며 그들의 욕망을 긍정하는 학습의 영역으로서 시장을 긍정적 눈으로 바라보기도 한다. 2013년 3월 14일자 일기에서는 계산대 점원과 잠깐 다툼을 벌이다가 금세 마음을 돌린다. "프랑스의 가장 빈곤한 노동자 7백만 명 대부분은 점원이며, 그들은 시간당 평균 3천 개의 상품을 계산한다." 파리 근교 신도시에 그녀와 더불어 사는 130개 국적의 사람들, 7백만 명의 하층 노동자에 속하는 서민들이 만나고 헤어지는 오샹 쇼핑몰은 이 시대의 축도나 다름없었다. 그리고 그 인간 군상 중에서 상업주의가 노리는 주된 타깃은 여자였다. 고객과 점원은 대부분 여성들로 구성되지 않았던가. 6월 27일자 일기에서 작가는 "여인들의 행복"을 거론한다.

쇼핑센터 2층 입구 아래로 길게 펼쳐진 현수막에 바겐세일이라고 적혀 있다. 그 글자 아래에는 환한 미소를 짓는 30대 여자 얼굴이 크게 부각되고 그 뒤로 남자와 어린아이가 물러서 있는 사진이 붙어 있었다. '여인들의 행복' 이래로 아무것도 달라지지 않았다. 여자들은 상업주의의 첫 번째 자발적인 표적이다.

그리고 작가는 수레에 휴지와 세제 상자를 산더미처럼 쌓는 여자를 묘사한다. 욕망의 공동체에서 주역을 맡은 쪽은 여자이지만 작가는 여인들의 욕망을 사치로 꼬집지 않는다. 여자들은 "축적의 가혹한 논리"에 따를 수밖에 없기 때문이다. 당장 필요치 않은 물건일지라도 "항상, 언젠가는 필요할 것이 뻔한 것을 높이 쌓아 올려야만 하는" 축적의 논리는 수렵과 채집으로 양분된 원시시대의 역할 분담이 지금껏 이어지기 때문이다. 첫 추위가 닥치면 마당에 연탄과 배추를 높이 쌓아놓아야 안심하던 어머니 시대는 수레에 일단 두루마리 휴지와 가루비누처럼 부피가 큰 물건을 쌓은 후에야 쇼핑을 시작하는 딸의 시대로 이어지는 셈이다. 작가가 언급한 "여인들의 행복"은 에밀 졸라의 『루공 마카르』 총서 중 열한 번째 소설 제목

('Au Bonheur des Dames')이다. 1883년 발간된 이 소설은 세계 최초의 백화점의 탄생을 그리고 있다. 졸라의 작품치곤 드물게 여자 주인공 드니즈가 비교적 행복한 결말을 맞는 것이라 기억에 남는 작품이다. 거칠게 요약하면 시골에서 상경한 처녀가 조그만 점포에서 일자리를 구하지만 백화점이 들어서면서 작은 상점이 무너지기 시작한다. 골목 상권이 파괴되자 주인공은 백화점에 취직하고 성실한 주인공은 지혜를 발휘하여 여자 점원의 복지를 개선하고, 매상을 올려 마침내 백화점 사장 무레의 청혼까지 받게 된다. 백화점 사장 무레는 여자들이 몰려드는 매장을 굽어보며 이렇게 생각한다.

무레는 백색의 향연이 펼쳐지는 가운데 자신의 여성 신도들을 계속 지켜보고 있었다. (……) 그가 창조해낸 것들은 새로운 종교를 일으켰다. 그의 백화점은 흔들리는 믿음으로 인해 신도들이 점차 빠져나간 교회 대신, 비어 있는 그들의 영혼 속으로 파고들었다. 여인들은 공허한 시간을 채우기 위해 그의 백화점을 찾았다. 그리하여 예전에는 예배당에서 보냈던 불안하고 두려운 시간을 그곳에서 죽여나갔다. 백화점은 불안정한 열정의 유용한 배출구이자, 신과 남편이 지속적으로 싸워야 하는 곳이며, 아름다움의 신이 존재하는 내세에 대한 믿음과 육체에 대한 숭배가 끊임없이 다시 생겨나는 곳이었다. 그가 백화점 문을 닫는다면 거리에서 폭동이 일어날지도 모를 일이었다. 고해실과 제단을 박탈당한 독실한 신자들이 절망적으로 외치게 될 것이기 때문이었다.

작가는 예나 지금이나 달라진 것이 없다고 했지만 졸라의 백화점과 오샹 쇼핑몰은 각기 겨냥하는 고객층이 다르다. 백화점은 언필칭 중상층의 호주머니를 노리지만 대형 쇼핑몰은 "허기와 추위"에 종속된 서민층을 주된 고객으로 삼는 점에서 차이가 난다. 백화점의 물건은 축적의 욕망을 채우는 커다란 물건보다 가급적 작고, 반짝이고 향기로운 것으로 "허영과 사치"를 만족시킨다. 입구에 들어서면 풍기는 냄새부터 다르다. 따라서 제각기 다른 영역에 들어선 사람들의 취향과 몸짓과 언어도 달라지게 마련이다. 작가가 그토록 칭송한 피에르 부르디외의 용어에 따르면 장(場, champ)과 아비투스habitus가 다르기 때문이다.

메두사의 뗏목

누구나 살다 보면 벼랑 끝에 서 있는 느낌이 드는 순간이 있다. 날개가 없는 한 망연자실 그저 먼 수평선만 보아야 한다. 혹은 사방을 둘러봐도 지평선으로 둘러싸인 사막 한복판이라 어디를 가도 헛걸음이란 느낌이 들기도 한다. 벼랑 끝이거나 사막 한가운데이거나 막막하기는 마찬가지이다. 그런 데에서 마지막 남은 일은 기도뿐이다. 신을 만나기 적합한 이런 곳을 찾아 제 발로 몰려드는 사람들을 서양에서는 신의 광인, 혹은 은수자라 불렀다. 아무래도 온갖 유혹이 들끓는 저잣거리보다는 인적 없는 벼랑이나 사막이 고독과 금욕에 적합하다. 사실주의 소설가 플로베르가 『마담 보바리』에서 당대의 속물 부르주아의 허황된 욕망을 그렸다면 그의 또 다른 걸작 『성 앙투안의 유혹』은 4세기 무렵 탈속한 은수자의 구도 과정을 묘사했다. 실현 불가능한 꿈을 버리지 못하는 여자, 오욕칠정을 끊고자 지상의 끝에 머무는 남자, 이 두 사람은 상반된 성격의 인물로 보이지만 시공간적 배경만 다를 뿐

실은 똑같은 인간의 이야기이고 "인류의 면전에 대고 비웃기"라는 플로베르의 일관된 문학적 기획의 일환일 따름이다. 성 앙투안의 환상과 독백에 심드렁했던 주변 사람들은 엠마의 불륜담에 환호했다. 두 이야기가 결국 일란성 쌍둥이임을 알아차린 사람은 오로지 보들레르뿐이었다. 유혹을 피하고자 벼랑에서 홀로 사는 앙투안의 눈앞에 쉴 틈 없이 온갖 악마가 나타나 영혼의 거래를 제안한다. 영혼만 판다면 부와 명예를 약속하는 악마와 성욕과 식욕을 자극하는 환영은 지상 끝까지 그를 놓아주지 않았다. 욕망의 전시장인 저잣거리보다 오히려 인적 없는 산속 토굴과 사막 움막이야말로 악마의 유혹이 창궐하는 아수라장이었다. 그럼에도 불구하고 성자 반열에 오른 앙투안의 삶을 따르려는 수행자가 줄을 이었고 4세기경 중근동의 사막과 돌산에는 벌거벗은 수행자가 우글거렸다. 그들의 언행은 오랫동안 기독교인이 따라야 할 삶의 규범이 되었고 성자의 일생을 기록한 성자 열전은 서구 문학의 중요한 장르 중 하나인 전기소설의 원형이 되었다. 성직자가 아무리 성경 구절을 쉽게 풀이해도 신도들에게 구원의 희망을 주면서 일상에 영향을 끼치는 책은 성자 열전이었다. 에밀 졸라의 소설 『꿈』의 여주인공 앙젤리크는 어린 시절에 읽은 『황금빛 전설La légende dorée』을 삶의 지침으로 삼았다.

책 한 권이 그 아이의 형성을 완성시켰다. 어느 날 아침, 아이는 먼지로 뒤덮인 아틀리에의 마룻바닥을 뒤지다가 더 이상 사용하지 않는 자수 도구 사이에서 아주 오래된 책 한 권을 발견한 것이었다. 그것은 바로 자크 드 보라진의 『황금빛 전설』이었다.

자연과학을 신봉하고 유전적 요인과 환경이 인간의 운명을 좌우한다고 믿었던 졸라가 이 소설을 통해 기독교의 전도를 겨냥했을 리 없다. 육체의 시련을 통해 정신적 염결성을 얻어 마침내 구원을 받은 성자들의 삶은 성서보다 오히려 많은 사람을 매료시켰고 민간신앙의 토대를 이뤘다. 세파에 지친 나머지 문득 머리 깎고 산에 들고픈 유혹을 느껴보지 않은 사람이 있을까. 혹은 적어도 세상의 모든 욕망을 접고 평생 면벽을 택한 사람의 속내가 궁금하지 않았을까. 성자 열전의 수많은 순교자는 무슨 믿는 구석이 있었길래 하나뿐인 생명을 쉽게 내던질 수 있었을까.

뱀의 허리를 분질러라

프랑수아 베예르강스François Weyergans가 1981년에 발표한 『콥트 사람 마케르Macaire le Copte』는 구원을 찾아 방랑과 구도로 삶을 마감한 은수자에 관한 소설이다. 가난한 집안에서 태어나 노예로 팔려 갔던 아이는 열여덟 살에 발심發心하여 구도자의 길을 택했다. 그는 자신을 이끌어줄 성자를 찾아 산을 헤매고 홀로 알몸으로 사막과 돌산을 기어 다니거나 캄캄한 움막에 앉아 "주여, 저를 긍휼히 여기소서, 불쌍한 죄인에게 구원을 내리소서"라는 기도만 되풀이했다. 12장으로 구성된 소설은 늪을 찾아가는 늙은 구도자의 장면으로 시작된다. 기도 중에 홧김에 모기를 죽인 그는 사막을 건너 늪지로 들어간다. 알몸을 모기에 내주고 금식 기도를 통해 분노와 살생을 속죄하기 위해서이다. 입안에는 갈증으로 퉁퉁 부은 혀만 가득하고 피부는 모기에 뜯겨 악어가죽처럼 변했다. 그는 무슨 이유로 그런 고행을 마다하지 않는가. 소설은 2장부터 시간순에 따라 그의 행적을 추적한다.

그는 마케르라 불렸다. 그의 부모가 붙여준 이름은 아니었다. 그가 어렸을 적에 불렸던 이름은 잊은 지 오래였다. 부모의 이름조차 그의 기억에서 사라졌다. 기억하려 해도 그들의 얼굴과 음성이 떠오르지 않았을 것이다. 형제와 누이는 모두 어떻게 되었을까? 아직 살아 있다면 삼각주, 혹은 알렉산드리아 같은 큰 도시에서 부잣집의 노예가 되었을 것이다.

마카르에게 추억이란 걸핏하면 물려고 대드는 뱀이었다. 그는 그 뱀의 허리를 분질러버렸다. 아직 모든 뱀을 죽인 데에는 이르지 못했다. 여전히 하찮은 기억이 떠올라 그의 마음을 어지럽혔다.

구도 생활을 위협하는 가장 큰 독은 추억이다. 가족을 비롯해서 세속에서 맺은 인연이 떠오르면 명상이 흐려진다. 뭇 인연의 독사에 물리면 그간 쌓은 공든 탑은 순식간에 무너진다. 그럼에도 불구하고 마케르가 허리를 꺾은 그의 세속 시절을 되짚어보자.

가난한 집안의 맏아들 마케르는 어린 나이에 노예로 팔려 간다. 번듯한 외모 덕분에 그는 주인집 딸의 환심을 받아 인연을 맺는다. 당시에 귀족 여인들과 맺은 관계가 발각되면 노예는 목이 잘렸다. 그의 목숨을 아깝게 여긴 주인집 딸의 충고에 따라 마케르는 도시에서 도망친다. 그는 나루터에서 마술사 무리를 만난다. 그들은 실연당한 사람들에게 제웅을 팔고 주문을 가르쳐주는 사기꾼들이었다. 흙으로 빚은 인형 제웅에 은바늘을 꽂으면 떠나간 연인의 마음을 되돌릴 수 있다는 미신을 퍼뜨리는 무리에 끼게 된 것이다. 혹세무민을 일삼는 그들과 어울려 묘지 도굴에까지 가담한 마케르는 도망자 신세가 된다. 그를 숨겨준 은인에게서 예수의 삶과 은수자들에 대한 이야기를 귀동냥하지만 다시 빵 장수의 눈에 들어 제빵 기술을 배운다. 그러나 빵 굽는 일에 만족하지 못한 그는 성자가 되기로 결심하고 그를 득도로 이끌어줄 스승을 찾아 나선다. 사막과 돌산을 헤맨 끝에 공동묘지에 움막을 틀고 집단생활을 하는 수도승 무리를 만난다. 그러나 은수자의 움막 앞에 엎드려 꼬박 사흘 동안 애원해도 아무도 그를 제자로 거두지 않는다. "신을 입에 올리고 기도를 한다는 행동에 자부심을 느끼는 것, 그 오만을 버리지 못한 자는 제자로 들일 수 없다"는 것이다. 남들보다 가혹한 육체적 고행을 견딘다는 데에서 비롯된 은밀한 자부심, 오만을 버리는 것이 수행의 첫걸음이다. 끊임없이 명상하려고 했지만 "생각은 늙은 원숭이처럼 날뛰었다". 그의 스승 크로니오스는 마케르에게 명상과 울력을 금지하고 공동묘지로 가라고 명령한다.

　　—묘지가 어디에 있는지 아는가?

　　—여기에서 대여섯 시간 걸으면 당도할 수 있는 거리이지요. 이곳에 오다가 보았는데 에둘러 왔습니다.

　　—그곳으로 가라. 무덤 앞에 서서 죽은 자들에게 욕을 해라. 그들에게 돌을 던져라. 모든 것을 짓밟거라.

　　(……)

　　마케르는 무덤을 파헤치고 온갖 욕을 생각해냈다. 묘지의 비문에 새겨진 이름을 읽을 수 없었지만 글을 읽을 줄 모르는 것이 아쉽지 않았다. 묘석을 뽑아 무덤가에 집어 던졌다. (……) 마케르는 72구의 시체를 모욕했다.

—그래서 시체가 널더러 뭐라 하더냐? 꿈쩍이라도 하더냐?

마케르는 고개를 저었다.

—자, 그렇다면 오늘은 거기에 되돌아가 칭찬을 하고 오너라.

마케르는 화난 표정을 지었다.

—어제 한 일은 무슨 소용이 있는 것입니까?

—너는 맹목적으로 복종하는 능력마저 없구나! 너를 보면 도적 떼가 세간을 털어 가는 중인데도 겉모습은 번지르르한 집이 생각나는구나.

마케르는 공동묘지로 돌아가 '성스럽고 공의로운 당신들, 행복하고 찬양받아 마땅한 분들이여 부디 나의 존경을 받아 주시길!'이라 말하며 72번 머리를 조아렸고, 뽑아버렸던 비석을 제자리에 돌려놓았는데 그가 훼손했던 묘비명을 원래대로 복원할 수 없자 글을 배우지 못한 것이 후회되었다. 마케르는 돌아오면서 몇 번인가 실신할 뻔했고 줄곧 넘어졌다. 태양이 머리를 뚫고 지나가는 것 같았다. 그는 크로니오스가 움막에서 나오길 기다렸다. 묘지에 세 번째로 다시 가야 하는 건 아닌지 걱정이 되었다.

―죽은 자들에게 영광을 돌렸는가?

―한 분 한 분에게 '행복하고 찬양받아 마땅한 분들이여 부디 나의 존경을 받아주시길!'이라 말했습니다.

―그들이 뭐라고 하더냐? 무슨 반응을 보이더냐?

―침묵만 지켰습니다.

―네가 퍼부었지만 아무도 동요하게 하지 못했던 욕설을 기억해라. 생전에 결코 들어보지 못했을 법한 찬양도 했을 테지만 그들은 아무 말도 하지 않았다. 너도 그들처럼 하거라. 인간들의 찬양과 모욕에 개의치 말아라. 죽은 자처럼 되도록 노력해라. 그러면 구원받을 것이다.

어미도 자식도 버려라

크로니오스에게 감명받았지만 여전히 구원을 확신하지 못한 마케르는 다시 크로니오스의 스승인 코마이의 움막을 매일 찾아가 "구원을 받기 위해 어찌해야 합니까?"하고 물었다. 코마이는 눈길도 주지 않고 여전히 바구니를 짜면서 "바구니나 짜라"는 말만 할 뿐이었다. 기도하는 시간을 제외하면 수도승은 마른풀을 모아 바구니를 짜는 노동에 집중한다. 바구니는 움막을 찾아오는 농부와 밀가루로 바꿔 식량으로 삼는다. 단 거래 규칙은 농부가 제시하는 밀가루보다 덜 받아야만 한다는 것이다. 열 개의 바구니를 짜서 움막 앞에 내려놓고 다시 물었더니 그의 답은 "너는 이미 오래전에 죽었다고 굳게 다짐하여라"였다. 그리고 그에게 2년간 말을 하지 말라는 명령을 내린다. 묵언수행 중에 어머니가 찾아왔지만 마케르는 굳게 입을 다물고 모른 척했다. 어머니에게 인사를 드리라는 스승의 말에 따라 입을 열었다가 가장 단순한 계율마저 지키지 못했다는 꾸지람과 함께 다시 2년의 묵언수행을 명령받아 마케르는 4년간 말을 끊었다. 앞뒤가 맞지 않는 스승의 말을 이해 못했다. 그러던 중 크로니오스도 처음 수행 생활에 들어설 때 그를 따라왔던 아들을 버리라는 스승의 말을 듣고 아들을 강물에 던져 죽이려 했던 사실을 알게 된다. 그가 모셨던 대스승 코마이가 신의 부름을 받고 죽었다. 임종을 지키며 마지막 한마디를 듣고자 했던 제자들에게 코마이는 "내게 아무것도 묻지 마라, 내가 얼마나 바쁜지 뻔히 보이지 않느냐"라는 말만 남기고 눈을 감았다. 스승의 시신을 팔로 떠받쳐 운구하려는 제자들에게 큰 스승이 일갈한다. "저건 낡은 가죽 자루에 불과하다." 그리고 발목에 밧줄을 묶어 바닥에 끌고 가는 것이 은수자의 운구 방식이라고 가르친다. 수행을 위해 아들도 버리고, 어머니도 외면하는 수행자들 사이에서 생활하던 마케르는 문득 스승과 도반道伴이 그의 새로운 가족이 되었다는 느낌이 들었다. 게다가 그의 모범적 수행 생활이 남의 부러움과 존경을 받게 되어 명성이 자자해지자 그로 인한 자만심을 경계하여 움막을 버리고 다시 사막으로 떠난다. 수행자는 무엇에도 얽매이지 말아야 하며 특히 소유에 대한 집착은 그 무엇보다 먼저 떨쳐버려야 할 것이었다. 가르침을 청하는 은수자들에게 큰 스승은 "마을로 가서 싱싱한 고기를 사서 그것으로 옷을 삼으라"고 명령했다. 그의 말에 따라 선혈이 흥건한 고기로 알몸을 가리고 돌아오는 길에 개와 짐승에게 물어뜯겨 피투성이가 되고 말았다. 스승은 상처에 약을 발라주며 "수행자는 아무것도 소유하지 말아야 한다. 모든 것 중 가장 나쁜 것이 소유"라고 가르친다.

사막을 헤매던 마케르가 돌산 계곡에서 기인을 만난다. 비쩍 마른 '거대한 메뚜기' 형상인 노인은 알몸으로 바닥을 네발로 기어 다니고 있었다. 인간보다 자신을 낮추려고 평생을 오체투지로 살아가는 알몸의 수행자가 적지 않았지만 머리카락과 수염이 온몸을 덮고 날렵하게 무릎으로 기어 다니는 메뚜기는 단연 마케르의 호기심을 끌었다. 날랜 산짐승처럼 달아나는 그의 발목을 잡았다가 손목을 물린 마케르는 애타게 가르침을 청하며 그를 쫓는다. 힘겹게 뒤를 따라 달리다가 치렁치렁한 승복이 거추장스러워 옷을 벗자 메뚜기 수행승은 "세상으로부터 온 그 장옷을 포기하는 순간의 너를 기다렸다"며 걸음을 멈추었다. 그리고 마침내 두 사람의 대화가 이어진다. 마케르는 그를 예수라고 생각하여 "주여, 불쌍한 우리를 긍휼히 여기소서"라고 말을 건네자 노인은 화들짝 놀란다.

─누구에게 하는 말인가?

─우리의 주 예수 그리스도에게 하는 말입니다.

─그가 누구인가?

─하느님의 아들입니다.

─너도 하느님의 아들이다. 그리스도는 우리 모두 가지고 있는 신성한 권력을 드러내었다. 그는 완벽에 이르렀는데 그 완벽이란 우리 모두의 능력으로도 익히 도달할 수 있다. 나는 세상의 종말을 믿지 않고 어느 날 우리 모두가 이 지상에서 그리스도와 비슷해질 것임을 믿는다. 적어도 우리가 용기만 갖는다면. 힘이 아니라 용기이다.

마케르는 흠칫 뒤로 물러섰다.

─나는 신학자가 아니라서.

─기도는 하는가?

─끊임없이.

─네게 말하노니 네가 기도를 한다면 너는 신학자이다. 종교도 교리도 존재하지 않는다. 네가 찾는 신은 바로 너 자신

이다. 신을 다른 데에서 찾는다면 그 길은 멀고 긴 불모의 길일 것이다. 길은 가시밭이라 꽃도 피지 않고 쥐도 다니지 않고 꿀벌도 키우지 못할 것이다. 그런 길은 쓸모없다. (……) 나는 인간의 얼굴을 30년, 아니 40년간 본 적이 없다!

　—나를 구원할 한마디만 부디 해주십시오.

　—일어나라, 나약한 영혼아! 너의 징징거리는 꼴을 차마 볼 수 없다. 너는 사막 깊숙이 들어와 금욕을 실천했다. 네가 얼마나 금욕의 길로 빠져들었는지 네 꼴을 돌아보면 알 수 있다. 이제 인간이기를 그만두어라. 더 이상 한마디도 하지 마라. 사람들을 피하거라. 그러면 구원받을 것이다.

　—내가 했던 일이 바로 그것이지만 구원에 대한 확신이 없습니다.

　—너는 사람을 피하라는 소리를 수천 번 들었을 텐데 나를 보자마자 뒤따라오지 않았느냐.

마케르는 풀뿌리를 캐어 먹으며 홀로 사막에서 40여 년을 지내다 보니 그토록 갈망하던 구원마저도 잊어버리는 경지에 이르렀다. 입으로는 똑같은 기도문을 중얼거리며 그저 생명을 유지하기 위한 몸짓을 무심히 할 따름이었다. 그래서 "그는 더 이상 아무것도 사랑하지 않았고, 결코 심심하지 않았다". 큰 스승이 마케르에게 내렸던 가장 큰 가르침은 "생각을 버려라"였다. "고통은 마음 한구석에 숨겨둔 기억을 먹고 자라며, 생각은 수행자의 가장 큰 적"이었다. 이밖에도 수행자가 지켜야 할 규칙은 소설 여기저기에 언급되었다. 예컨대 고통에서 벗어나 구원을 받으려면 기억과 생각을 버리고 구원의 희망마저 끊어야 하며, 눈과 귀를 통한 미혹에 빠지지 않으려면 두건으로 얼굴을 가리고 인적 없는 캄캄한 움막에 기거해야 하며, 미각에 취하지 않기 위해 몇 개의 대추알과 풀뿌리로 연명하거나 아예 금식에 들어가야 한다. 공동묘지에 모여 살지만 서로 대화를 나누지 않고 스승과 초심자의 대화마저도 선문답처럼 극히 절제되었다. 남 앞에서 신을 호명하거나 기도하는 것마저도 허영심을 키운다고 마케르는 스승에게 질책을 당한다. 근처에 여인이 지나가면 서둘러 빗자루로 발자국을 지워 욕망의 싹을 자른다. 마케르는 신학은커녕 성서도 읽을 줄 모르는 일자무식이었지만 똑같은 기도문만 반복해서 암송하다 보면 천상에서 종소리와 피리 소리가 들린다는 스승의 가르침을 실천한다. 신성을 찾는 마케르에게 스승은 네가 예수이며 누구나 예수가 될 수 있다고 주장한다. 이들의 믿음과 수행 규칙이 먼 훗날 수도원의 토대가 되었다.

소설 표지에 실린 작가 소개에 따르면 베예르강스는 프랑스의 중요한 문학상인 〈르노도상〉과 〈공쿠르상〉을 모두 수상한 유일한 소설가이다. 1941년 벨기에에서 태어난 작가는 스물한 살에 누벨바그의 시원이 된 영화잡지 『카이에 뒤 시네마Cahiers du Cinéma』에 평론을 기고하며 영화평론가로 활동하기 시작했다. 스물두 살에 젊은 안무가 모리스 베자르에 관한 단편영화를 제작하여 베르감 영화제에서 대상을 수상하고, 화가 제롬 보슈에 관한 기록영화를 제작하여 30여 개국에 배포한다. 각본, 제작, 연출을 겸하며 보들레르를 비롯하여 예술가에 관련된 기록영화로 유명세를 떨치며 동시에 자전적 소설도 발표한다. 1981년 『콥트 사람 마케르』를 발표하자 잡지 『르 포엥Le Point』은 "사무엘 베케트가 다시 쓴 플로베르"라고 극찬했다. 1992년 『권투 선수의 치매La Démence du boxeur』로 〈르노도상〉을, 2005년 『엄마 집에서 보낸 사흘』로 〈공쿠르상〉을 받고, 2009년 로브그리예가 죽음으로써 공석이 된 자리를 이어받아 프랑스 학술원 회원으로 추대되었다. 〈르노도상〉을 받은 『권투 선수의 치매』는 훗날 그가 예고한 자전적 소설 3부작의 여러 특징을 두루 보여주는 작품이다. 그의 작품에 반복해서 등장하는 주인공은 이름만 달리할 뿐 대체로 작가의 분신처럼 보인다. 주인공은 영화 시나리오를 쓰는 작가이며, 곁에는 나이가 그의 절반쯤 되는 어린 여자가 항상 붙어 있다. 예술에 조예가 깊은 부모 덕분에 일찌감치 문학을 비롯해 음악과 미술에 해박한 교양을 쌓았지만 어머니는 젊은 남자와 사랑에 빠져 진작에

가정에서 멀어진다. 화자는 창작의 고통에 시달리며 불면
증으로 밤새 술집을 전전하고 쉽게 젊은 여자와 사랑에 빠
진다. 자신의 정신적 문제를 심리학, 정신분석을 통해 스
스로 해명하려는 강박에 사로잡혀 자주 유년기를 되돌아
본다. 여자와 사랑에 빠지지만 주인공의 허무주의와 강박
증을 견디지 못한 여인들은 금세 그의 곁을 떠난다. 이런
특징을 두루 염두에 두고 평자들은 한마디로 그를 "파리
의 우디 앨런"이라 했다. 작품에서 엿보이는 부모와의 갈
등, 특히 어머니의 불륜에서 비롯된 애증관계를 두고 평
론가는 프로이트를 운위했지만 정신분석이라면 누구보
다 작가가 꿰뚫고 있을 것이다. 그는 어릴 적에 자크 라캉
에게 오랫동안 치료를 받았기 때문이다.

가랑비에 젖은 삶

『권투 선수의 치매』의 주인공 멜키오르는 영화를 제작
하며 평생을 보낸 여든두 살의 노인이다. 1900년 1월 1일
자정에 태어난 그의 탄생을 알리기 위해 부모가 친지에게
보낸 엽서에는 19세기 우표가 붙어 있었다. 어린 시절 집
안에 굴러다니는 희귀우표 한 장을 팔아 큰돈을 챙긴 후
미국으로 건너간 화자는 영화계에 진출한다. 할리우드 전

성기에 세실 B. 데빌 감독 밑에서 잔일을 배우며 멜키오르는 유명 여배우들과 화려한 사랑을 나눈다. 파리로 돌아와 제작자 겸 감독으로 변신한 화자는 영화사를 차려 자기보다 마흔 살이나 어린 여자 이렌느와 행복한 여생을 즐긴다. 10년 전 서른두 살이었던 이렌느는 40년 차이야 "고작 15000일에 불과하다"며 선뜻 그와 결혼했다. 아이를 원하는 여자에게 "내가 당신보다 훨씬 앞서 죽는다는 것을 잊지 마라"라며 남은 생애를 즐기자고 권한다. 백수를 누려 새로운 한 세기를 맞이하려는 그는 혹시 심장이 멎을지도 몰라 항상 왼쪽 가슴에 손을 얹고 잤지만 먼저 심장이 멈춘 쪽은 이렌느였다. 이에 충격을 받은 멜키오르는 어린 시절을 보낸 옛집으로 돌아가고자 한다.

삶을 제로에서 다시 출발시킬 수 없다는 것을 그도 잘 알았다. 어머니가 수천 번쯤 그에게 타주었던 초콜릿 우유 잔에 이제 위스키를 부었기 때문이다. 시간에 대해서는 이제 속수무책이란 것을 그도 인정하지 않을 수 없지만 공간마저 그의 손아귀에서 빠져나가는 것은 원치 않았다. 시간은 잡을 수 없었지만 공간은 돈으로 살 수 있었다.

그가 거액을 들여 사들인 유년기의 집은 정부가 관리하는 문화재급 고성이었다. 산을 관리하며 목재상을 하던 아버지는 한 번 산속에 들어가면 장시간 집을 비웠고 그 틈에 어머니는 아버지의 부하 직원과 사랑에 빠졌다. 어린 3형제는 정원에서 놀며 어머니와 외간 남자의 웃음소리를 들어야만 했다. 구도자 마케르와 달리 그는 유년기 공간에 켜켜이 쌓인 옛 기억을 떨쳐낼 수 없었다. 아버지가 1차 대전에서 전사하자 어머니는 그 이전부터 관계를 맺었던 젊은 남자와 정식으로 결혼한다.

정신과 의사가 된 그의 형 조르주는 캐나다 퀘벡이 세계에서 가장 훌륭한 노인 천국이라며 귀국을 거부하고 그의 아들 말콤은 미국에서 시인이 되었다. 홀로 고성에 살게 된 멜키오르는 그가 실현하지 못해 아쉬움으로 남은 무수한 영화 기획을 하나하나 떠올린다. 그 회상은 20세기 프랑스와 미국의 영화사와 다름없었다. 평생 동안 눈으로 보고 귀로 들은 모든 현실은 언제나 그의 상상 속에서 한 편의 영화로 만들어졌다. 마주치는 사람은 그 상상의 영화를 위해 캐스팅되었다. 다만 거의 대부분의 상상은 시작도 못하거나 중도에 무산된 터라 그저 아쉬움으로만 남았다. 돌이켜 생각하니 상상을 완벽하게 실현하는 것, 그것을 마무리해서 극장에서 상영하는 것은 한 생애를 매듭짓는 행위이자 곧 죽음을 상징하는 것이라서 그는 무수한 영화 기획을 마냥 미루거나 중도 포기한 것은 아닌지 되씹는다. 마지막 걸작을 상상으로만 다듬고 주무르며 시간을 끄는 것은 사신의 방문을 유예시키려는 무의식의 발로는 아니었을까. 고성에 홀로 앉아 어린 시절을 떠오르게 하는 풍경과 물건에 둘러싸인 그는 "홀로 있을 때에 덜 외롭다"는 로마 철학자의 말을 떠올린다. 영화에 미쳐서 만났던 수많은 사람들, 그의 곁을 스쳐 지나간 뭇 여인들 사이에서 그는 오히려 더 자주 깊은 고독에 빠져 있었다는 자각에 이른 것이다.

생각이 이쯤에 이르렀을 무렵 화자는 캐나다의 노인병원에 머무는 형에게서 회고록 뭉치를 받는다. 그의 형은 뛰어난 기억력과 추론을 동원해 어린 시절을 복원한 회고록을 써 보냈고, 소설 중반에 이른 그의 회고록은 멜키오르 가문의 역사를 추적한다. 헝가리에서 유대계 시계공이었던 증조부, 가난에서 벗어나려고 평생 미국행을 꿈꾸었지만 프랑스 마르세유 항구에서 발이 묶였던 조부 세대, 할아버지가 죽자 마침내 홀로 미국으로 건너간 할머니 등 그의 가족을 둘러싼 파란만장한 이야기가 형의 회고록에 실려 있었다. 그는 형의 회고록을 보완해서 자신의 회고록도 출간했고 그것을 각색하여 기록영화를 만드는 상상을 한다. 그리고 그가 어린 시절 큰 영감을 받은 페트로니우스의 작품 속 한 구절을 떠올린다. 멜키오르는 페트로니우스의 우아한 풍자를 부러워했고 그를 문학의 한 장르, 유서의 대가라고 생각했다. 페트로니우스는 유언장에 자신의 시체를 먹는 자에게 모든 재산을 넘기겠다는 유서를 썼다. 구역질 나겠지만 살점 하나하나가 금화라고 생각한다면 그리 어렵지 않을 것이란 친절한 충고도 덧붙였다. 유언장을 대신할 자전적 다큐멘터리 영화를 기획하며 멜키오르는 '권투 선수의 치매'라는 의학용어를 떠올린다. 치명적 타격은 아닐지라도 평생 잔매를 맞은 권투 선수가 노년에 들어 시달리는 정신질환을 뜻하는 이 용어를 통해 사각의 정글이라는 권투장은 실은 우리의 삶, 그 자체이며 우리 모두는 노년에 이르면 평생 심신이 견디어야 했던 잔매가 축적되어 치매에 이른다는 것이 멜키오르가 내린 결론이었다. "상상의 타격이 실제의 주먹보다 훨씬 아프고 그 상처는 결코 아물지 않는다. 한 사람의 일생은 일종의 정신적 링에서 전개되며 대개는 자기 자신을 상대로 억지로 싸워야 하는 처지이다. 심판도, 종료 벨도 없고 상대방의 숫자도 제멋대로인 것이 유일한 규칙이다." 멜키오르는 치매가 의학적 진단이 아니라 그의 시대를 이해하는 하나의 단서라고 생각했다. 그의 영화의 마지막 대사는 "내가 이 행성을 떠날 때 수억 명의 문맹자들만 남을 것이다"였다. 텔레비전의 권투 중계에서 자주 듣던 말이 기억난다. 가벼운 잽을 무시하고 파고드는 우리나라 선수가 안타까웠던지 해설위원은 가랑비에 옷 젖는다고 지적했다. 그런 지적을 당한 선수는 하나같이 나중에 제풀에 주저앉았다.

메두사의 뗏목

프랑수아 베예르강스의 소설은 영상은 접어두고 음악이라도 곁들인다면 훨씬 도움이 될 것 같다. 〈르노도상〉과 〈공쿠르상〉을 모두 받고 2009년 학술원 회원이 된 그는 영화를 비롯한 다양한 분야에 관심을 기울였다. 그의 소설에 주로 등장하는 남자 주인공은 일관된 성격과 가족 환경, 직업을 지니고 있고 특히 끊임없이 창작의 고통을 하소연한다. 여러 예술에 두루 해박한 지식뿐 아니라 젊은 육체에 대한 성적 환상에 젖어 걸핏하면 프로이트를 인용하며 자기진단을 내리는 그를 일컬어 평자들은 앞서 언급한 것처럼 "파리의 우디 앨런"이라 평하기도 한다. 1983년에 발표한 『메두사의 뗏목 *Le Radeau de la Méduse*』 또한 그의 작품세계를 두루 엿볼 수 있는 대표작이다. 화자 앙투안은 방송국에 기록영화를 공급하는 작가이다. 그는 제리코의 그림 「메두사의 뗏목」에 관한 기록영화 제작을 의뢰받지만 영상에 곁들이는 시나리오 작업부터 벽에 부딪쳐 신경쇠약에 빠진다. 소설은 루브르박물관에 전시된 작품, 그 작품에 얽힌 역사적 사실, 그것을 역사화로 남긴

화가 테오도르 제리코, 다시 그림과 화가를 둘러싼 일화를 영상으로 옮기는 앙투안이 겪는 사건들 등 여러 층위의 이야기가 중첩되며 전개된다. 14장으로 구성된 소설에서 프롤로그 구실을 하는 1장은 오로지 메두사호와 관련된 역사적 사실을 전하는 데에 할애된다. 가급적 원문을 훼손하지 않을 정도로 발췌해서 읽어보자.

왕의 군함 메두사호는 보름 전부터 영국이 루이 18세와 백색 공포의 프랑스에게 반환하기로 약속한 세네갈로 항해하고 있었다. (……) 배에는 장교, 수병, 식민지 거류자, 군인, 직원, 그리고 식민지의 새 총독과 그 가족, 하인 등 모두 400여 명이 타고 있었다. 혁명 시절에 망명했다가 돌아와 메두사호를 맡은 선장은 그가 지난 25년간 배를 탄 적이 없다고 인정했다. 해도를 읽는 일에 무심했던 그는 항로 중 가장 위험한 구역을 지날 때에 수심이 5미터도 되지 않은 해안선에서 벗어나 먼바다 쪽으로 나갔어야만 했다. 군함은 어느 오후 아프리카 해안에서 60킬로미터 떨어진 아르겡 연안에서 좌초했다. (……) 7월 초의 날씨는 찜통 같았다. 좌초된 메두사호를 버리는 결단을 내려야만 했다. 총독의 도덕적 권위를 등에 업은 선장은 구명정에 승선 가능 인원보다 훨씬 적은 인원만 태웠다. 각자 제 살길을 찾아야 했던 나머지 사람들은 12톤가량 되는 뗏목을 급조했다. 두 척의 구명정이 세네갈까지 뗏목을 끌어주기로 했고 며칠이면 도착하리라 기대했다. 밧줄로 얼기설기 묶은 뗏목에 149명이 겹겹이 올라탔다. 뗏목에 포도주 통과 비스킷을 실었으나 그 양은 보잘것없었다. 선장은 메두사호에 20여 명의 선원을 버려두었다. 훗날 재판정에선 선장은 그 선원들은 배 안에 있는 금화, 은화를 약탈하기 위해 남았던 거라며 선원들을 비난했다. 선장이 구명정과 뗏목을 이은 밧줄을 끊어버리자 뗏목에 탄 사람들은 절망했다. 그들은 비스킷이 파도에 쓸려 나간 탓에 포도주만 마셨고 취기에 자기 몫의 보리전병을 지키려다가 싸움이 붙어 네 명의 선원이 목이 졸려 죽었다. (……) 닷새가 지난 저녁, 뗏목에는 27명만이 남았다. 122명의 동료가 죽었고 생존자는 시체 몇 구를 잘라 식량으로 삼았다. 뗏목 돛대를 지탱하는 밧줄에 인육을 걸어 말렸다. 그들은 좋은 부위를 누가 가로채지 않도록 서로 감시했다. 여드레째 되는 날, 뗏목에 떨어진 날치를 먹은 덕에 17명이 살아남았다. (……) 표류한 지 2주 후에 아르귀스호는 눈알이 바깥으로 튀어나오고 정신착란에 빠진 15명을 구조했다. 구조된 후에도 5명이 더 죽었다. 생존자는 생루이와 고레의 영국인 병원에서 그럭저럭 치료를 받았다.

여기까지가 소설의 첫머리에 서술된 메두사호 침몰 사건의 요약이다. 이 사건이 언론에 보도되자 프랑스 사회는 큰 충격을 받았다. 왕정복고로 권력을 잡은 상황에서 은퇴한 지 25년이 지난 늙은 귀족을 선장으로 임명한 권력층부터 시작해서 특권층만 구명정에 태우고 뗏목과 연결한 줄마저 끊어버린 선장, 의학적 지식을 활용해서 인육을 해체하여 나눠 먹는 데에 앞장선 외과의사 등 메두사호의 침몰과 뗏목을 둘러싼 사건은 당시의 프랑스 사회를 보여주는 축도였다. 이 사건에 흥미를 느낀 젊은 화가가 있었다.

유부녀와 사랑에 빠졌다가 실연당한 젊은 화가는 메디치 가家 가족묘에 그림을 그리면서 연인을 잊고자 이탈리아로 떠났다. 그런데 잊기는커녕 그는 무수한 에로틱한 그림만 그렸다. 다시 파리로 돌아온 그는 메두사의 뗏목을 영감의 원천으로 삼기로 결심한다. 그의 이름은 테오도르 제리코이다.

그는 이 사건의 생존자 중에서 뗏목을 만들었던 목수와 사건에 대한 증언을 신문에 기고한 외과의사 장 밥티스트 사비니를 만났다. 그들의 증언을 토대로 뗏목의 모형과 밀랍인형을 만들었다. 보종 병원 근처에 넓은 작업실을 구하고 병원에서 의사들이 연구용으로 사용한 시체와 인체 부위를 구했다. 작업실에 시체 썩는 냄새가 진동하는 바람에 일이 끝난 저녁마다 시체를 지붕에 올려두었다. 화폭의 크기는 가로 7미터, 세로 5미터로 정했다.

1818년 11월부터 1819년 8월까지 딱 한 번 하늘빛과 바다색을 연구하려고 르아브르 항구에 나간 것을 제외하고 그는 단 한 번도 화실에서 나가지 않았다. 그림은 1819년 살롱전에 출품되었다. 당국은 도록에 제리코가 붙인 '메두사의 난파'라는 제목을 인쇄하길 거부했고 자기들 멋대로 '난파의 장면'이라고 바꾸었다. 왕당파 계열 잡지『백기』는 제리코가 해양부 장관을 모독했다고 비난했고 자유주의자들은 '진정한 애국적' 붓질을 환영했다. 왕립박물관 관장은 논란거리가 된 작품을 구입하여 틀에서 떼어낸 화폭을 둘둘 말아 루브르 창고에 처박았다. 분노한 제리코는 화업을 포기하려다가 그림을 가지고 런던으로 건너가「메두사의 뗏목」을 전시하고 유료 입장객만 받았다. 그의 나이 스물아홉이었다. 그 수입으로 영국에서 몇 달을 버티었다. 이후 그는 살페트리에르 정신병원으로부터 미친 사람의 그림 열 점을 그려달라는 주문을 받아 그림을 완성한 후 5년 후에 죽었다. 낙마해서 한쪽 다리에 생긴 염증을 제대로 치료하지 않은 탓이었다. 몇 차례 자살을 시도했지만 계속해서 친구가 이를 저지했고 제리코는 그에게 "내게 아주 나쁜 도움을 주었네"라고 했다.

앙투안 표류기

『메두사의 뗏목』 1장은 난파 사건과 그것을 그림으로 재현했던 예술가 제리코에 관한 역사적 사실을 제시하는 것으로 마무리되고 2장부터 마지막 14장까지는 제리코의 작품을 주제로 삼은 기록영화 제작을 주문받은 앙투안의 이야기가 전개된다.

앙투안은 시나리오를 도무지 완성하지 못했다. 일주일 전부터 감히 전화를 받지 못했다. 벨 소리가 열 차례, 열두 차례 울리도록 내버려두는 것은 의지력을 시험하는 훌륭한 연습이 되었다.

방송 마감을 앞둔 제작자의 독촉에 시달리는 앙투안은 머릿속으로 수많은 줄거리와 장면을 상상하지만 시나리오조차 쓰지 못한 상태이다. 두 번의 이혼을 겪은 후 만난 세 번째 여자와 동거 중인 주인공은 정작 시나리오보다는 생계에 시달렸던 많은 예술가의 삶만을 떠올리며 음악에서 위안을 찾는다. 난파선을 재현한 제리코에 대한 삶을 재현하려는 앙투안의 삶이 표류하기 시작한 것이다. 말을 그리는 데에 집착했다가 결국 말에 채여 죽은 제리코, 정신병원에서 연구용으로 주문한 광인의 초상화에 예술혼을 불태운 제리코의 삶을 추적하다 보니 앙투안의 삶도 정처 없이 표류하기 시작한 것이다. 제리코가 인육을 먹고 살아남은 뗏목 위의 생존자를 광인으로 그렸듯이 앙투안의 눈에는 주변 사람 하나하나가 뗏목의 광인처럼 보인다. 우선 치매기를 보이는 그의 아버지가 뗏목의 승객이다. 그의 아버지 "피에르 뒤푸르는 1915년 2월에 태어났다. (……) 뒷배를 봐줄 사람이 없던 그의 아버지는 징집을 피하지 못해 1차 대전에 징병되었고 참호에서 시체를 뜯어 먹는 쥐를 보며 전쟁을 견디었다. 관이 부족해서 전사자를 장롱에 넣어 파묻는 참상을 목격했다". 피에르 뒤푸르는 호적상의 아버지가 전쟁터에 나간 사이에 태어났다. 어머니가 아버지의 사업 파트너인 은행가와 저지른 불륜으로 태어난 것이다. 아버지가 전쟁에서 사망하자 어머니는 기다렸다는 듯 은행가와 재혼했다. 앙투안의 아버지는 과연 자신의 아버지가 누구인지 평생 고민했다. 앙투안도 아버지와 더불어 뗏목에 동승했다. 첫 번째 아내 카트린과의 이혼은 정신과 의사의 충고에 따른 것이었다. 학자로 대성할 것이라 믿는 부모의 기대가 부담이 된 앙투안은 신경쇠약에 걸려 정신과 치료를 받았다. 정신과 의사는 아내 탓에 죽을 수도 있다며 이혼을 권한다. 문득 아내가 앙투안을 파가니니와 비교하며 그의 선병질腺病質적 예술가 모습을 사랑했던 것이 기억났다.

파가니니와 제리코가 대충 동시대에 살았던 사람인 것 같
았다. 그는 '데이비드 오스트라기, 바이올린의 대가를 연주하
다'라는 LP를 찾아 턴테이블에 올렸다. 당시의 레코드판에는
항상 '깨지지 않는 LP'라는 딱지가 붙어 있었다. 결국 판은 그
의 결혼보다 훨씬 견고한 것으로 판명되었다.

두 번째 아내는 첫아이를 잃자 불교에 빠져들었다. 집
안에 향을 피우고 종을 치며 금강경을 외는 아내를 그는
견디기 어려웠다. 두 번째 아내로 겪는 고민 상담을 위해
그는 첫 번째 아내를 만났다. 첫 번째 아내는 이혼을 권
했다. 수년 동안의 결혼 생활 중 단 한 번도 의견일치를
본 적이 없던 여자와 처음으로 공감한 순간이었다. 앙투
안은 불교도 포르노영화처럼 하드 계열과 소프트 계열로
나뉜다고 생각했는데 아내가 빠져든 불교는 하드 계열의
티베트 불교였다. 그가 두 번째 이혼에 이른 것은 전적으
로 모택동 탓이었다.

그것은 티베트에서 승려를 내쫓은 모택동 탓이었다. 승려
들은 우선 인도로 은신했고 그곳에 몰려 있던 미국인 히피족
이 승려를 캘리포니아로 데려갔고 이제 유럽은 캘리포니아
를 흉내 내고 있다.

세 번째 여자 니에바는 딸 하나를 둔 브라질 출신의 모델이다. 늙은 영화감독인 화자는 그녀, 정확히 말해 그녀의 육체 때문에 노구가 달아올랐지만 모델은 항상 출장 중이라 곁에 둘 수 없었다. 아테네로 향한 비행기에 몸을 실은 니에바를 상상하며 앙투안은 새벽까지 술집을 전전한다.

비행기에서는 모든 사람이 똑같은 장소로 향한다. 술집에서는 모든 사람이 표류 중이다. 사람들은 물에 빠지지 않으려고 술집 카운터에 기를 쓰고 매달려 있었다. 이 술집이 바로 메두사의 뗏목이었다.

세 명의 여인과 겪는 만남과 결별이 소설의 뼈대라면 독자에게 진정한 즐거움을 주는 부분은 앙투안의 머리를 스치고 지나가는 수많은 예술가와 그들의 좌절된 삶의 이야기이다. 미술, 음악, 영화를 넘나들며 예술 때문에 삶을 희생하거나, 예술로 삶에서 구원받은 일화가 끊임없이 개입되는 것은 이 소설뿐 아니라 베예르강스의 전작을 관통하는 특징 중 하나이다. 머릿속으로만 각본과 촬영 작업을 반복하던 화자는 소설 중반에서야 루브르 박물관에 방문하여 「메두사의 뗏목」을 관찰하고 마침내 파리의 공동묘지에 묻힌 제리코를 만나러 가는 것으로 이야기는 마무리된다.

폐결핵에 걸린 존 키츠는 피를 토하며 시詩에 매달렸는데 시야말로 그 어떤 의사도 해낼 수 없었던 생에 대한 애착을 불러일으키는 데는 성공했다.

두 번째 이혼을 위해 법원에서 나오던 화자는 "예술보다 예술가의 삶이 더욱 극적, 혹은 더욱 희극적"이라고 생각한다. 그는 스탕달을 떠올렸다. 글줄이 막혀 고민하는 작가 메리메에게 스탕달은 "한 여인과 마주할 기회가 생기면 5분 내에 사랑을 고백해야 한다"고 충고했다. 전쟁터에 나가면 총을 닦기보다는 방아쇠를 당겨야 하는 것과 마찬가지로 일단 주제가 잡히면 무조건 글로 옮겨야 한다는 것이 스탕달의 지론이었다. 화자는 제리코가 묻혀 있는 묘지에서 자전적 영화의 첫 장면을 찍는 상상에 이른다. "묘지에서 시작된 영화 「제3의 사나이」나 「맨발의 백작부인」이 기억났다. 그런데 어디에서 조셉 코튼이나 험프리 보가트를 찾을 것인가?" 묘지에서 나오다가 길거리에서 자메이카인들이 틀어놓은 밥 말리의 노래 가사를 듣게 된다. "너는 이것이 끝이라고 생각하지, 그런데 이건 바로 시작일 따름이야." 화자는 당장 집으로 들어가 시나리오를 쓰고 제리코를 떨쳐버리겠다고 결심한다.

"그에게는 이것 말고도 다른 일도 있었다"가 이 장편소설의 마지막 문장이다.

에필로그

때때로 맑음

프랑스 소설을 읽는 것이 나의 일이다. 남의 나라 말이라 여전히 새로운 표현이나 모르는 단어가 많다. 만사가 그렇듯 그런 일이 좋기도 하고 싫기도 하지만 어쨌거나 나의 일상이다.

대체로 흐린 날이 이어지다가 때때로 햇살 한 줄기가 책갈피에 비치면 밑줄도 치고 메모도 한다. 그런데 나중에 다시 펼치면 그 흔적이 내 것 같지 않고 무슨 이유로 밑줄을 쳤는지 속셈도 모르겠다. 어차피 까맣게 잊을 것에 왜 그리 시간을 보냈는지 허망한 생각이 들던 참에 『현대문학』이 귀한 지면을 내주었다. 밑줄과 메모를 정리해서 기록하라는 배려가 고맙지만 나의 사사로운 생각이 남에게 어떤 쓸모에 닿을지 걱정이고 가난한 집 제사처럼 매달 돌아오는 마감이 부담스럽다.

연재분 중 앞부분부터 일부를 책으로 펴낸다. 가급적 남보다 먼저 읽은 신간 소설을 소개하고 거기에 오래된 책에 대한 기억도 겹쳐놓아 새것과 옛것을 비교해보려고 했다. 창가에 둔 화분이 자꾸 뿌리는 썩고 새잎은 말라버린다. 이 글이 부디 저 화분을 닮지 않았으면 좋겠다.

2015년 2월

이재룡

참고 문헌

심장과 실핏줄

· Patrick Deville, *Peste & Choléra*, Seuil, 2012.

개의 아포리즘

· 영화 「재담꾼Ridicule」, 파트리트 르콩트 감독, 1996. (국내 소개 제목 「리디큘」)

숲 속의 빈터

· J.-B. Pontalis, *L'amour des commencements*, Gallimard, 1986.
· Georges Pérec, *W ou Le Souvenir d'enfance*, Denoël, 1988.
  조르주 페렉, 『W 또는 유년의 기억』, 이재룡 옮김, 펭귄클래식코리아(웅진), 2011.

파리의 황금기

· 영화 「미드나잇 인 파리Midnight In Paris」, 우디 앨런 감독, 2011.
· Gilles Leroy, *Alabama song*, MERCURE DE FRANCE, 2007.
· Jean-Paul Clébert, *Femmes d'artistes*, Presses de la Renaissance, 1989.
· Ralph Schor, *Écrire en exil : Les écrivains étrangers en France 1919-1939*, CNRS, 2013.

모호와 양가

· Marie NDiaye, *Ladivine*, Gallimard, 2013.
· Marie NDiaye, *Trois femmes puissantes*, Gallimard, 2009.
  마리 은디아이, 『세 여인』, 이창실 옮김, 문학동네, 2014.

가족작가, 대중작가

· Grégoire Delacourt, *L'Écrivain de la famille*, JC Lattés, 2011.
· Grégoire Delacourt, *99francs*, Grasset, 2002.
  프레데리크 베그베데, 『9,990원』, 문영훈 옮김, 문학사상사, 2004.
· Grégoire Delacourt, *La liste de mes envies*, JC Lattés, 2012.
  그레구아르 들라쿠르, 『내 욕망의 리스트』, 김도연 옮김, 레드박스, 2012.
· Grégoire Delacourt, *La première chose qu'on regarde*, JC Lattés, 2013.

우유 같은 소설

· David Foenkinos, *Qui se souvient de David Foenkinos?*, Gallimard, 2007.
· David Foenkinos, *La Délicatesse*, Gallimard, 2009.
  다비드 포앙키노스, 『시작은 키스』, 임미경 옮김, 문학동네, 2012.
· David Foenkinos, *Je vais mieux*, Gallimard, 2013.

토요일 오후 네 시

· Jean Echenoz, *14*, Les Éditions de Minuit, 2012.
· Henri Barbusse, *Le Feu*, Gallimard, 2007.
· Pierre Drieu la Rochelle, *La comédie de Charleroi*, Gallimard, 2007.

이별 4부작

· Blaise Pascal, *Pensées*, 1670.
  블레즈 파스칼, 『팡세』, 하동훈 옮김, 문예출판사, 2009.
  블레즈 파스칼, 『팡세』, 이환 옮김, 민음사, 2003.

· Jean-Philippe Toussaint, *L'Urgence et la Patience*, Les Éditions de Minuit, 2012.

· Jean-Philippe Toussaint, *La Salle de bain*, Les Éditions de Minuit, 1985.

· Jean-Philippe Toussaint, *Faire l'amour*, Les Éditions de Minuit, 2002.

· Jean-Philippe Toussaint, *Fuir*, Les Éditions de Minuit, 2005.

· Jean-Philippe Toussaint, *La Vérité sur Marie*, Les Éditions de Minuit, 2009.

· Jean-Philippe Toussaint, *Nue*, Les Éditions de Minuitt, 2013.

유혹의 산

· Vassilis Alexakis, *Ap.J.-C.*, First Thus, 2007.

미치거나 죽거나

· 영화 「카미유 클로델 1915Camille Claudel 1915」, 브루노 뒤몽 감독, 2013. (국내 소개 제목 「까미유 끌로델」)

· Anne Delbée, *Une Femme*, Presses de la Renaissance, 1982. 안느 델베, 『어떤 여자 : 로댕의 연인 카미유 클로델』, 성옥련 옮김, 예하, 1989. 안느 델베, 『까미유 끌로델』, 김옥주 옮김, 투영, 2000년.

· Dominique Bona, *Camille et Paul*, Grasset, 2006.

2013년산 전후문학

· Pierre Lemaitre, *Au revoir là-haut*, Albin Michel, 2013.

검은 영혼 하얀 언어

· Victor Hugo, *Bug-Jargal*, Édition du groupe "Ebooks libres et gratuits" 〈http://www.ebooksgratuits.com〉

· Victor Hugo, *Han d'Islande*, Gallimard, 1981.

· Dany Laferriére, *L'Énigme du retour*, Grasset, 2009.
· Dany Laferriére, *Journal d'un écrivain en pyjama*, Grasset, 2013.

20세기의 악몽

· Jean-Luc Benoziglio, *Cabinet portrait*, Seuil, 1980.
· Jean-Luc Benoziglio, *Peinture avec pistolet*, Seuil, 1993.

팔베개의 서사

· Daniéle Sallenave, *La vie fantôme*, P.O.L., 1986.
· Daniéle Sallenav, "La séparation", *Un printemps froid*, P.O.L., 1983.
· Daniéle Sallenav, *Les Portes de Gubbio*, Hachette, 1980.

말의 씨

· Gréoire Bouillier, *Rapport sur moi*, Allia, 2002.
· 영화 「이발사의 남편Le Mari de la coiffeuse」, 파트리크 르콩트 감독, 1990.
  (국내 소개 제목 「사랑한다면 이들처럼」)
· Gréoire Bouillier, *L'invité mystère*, Allia, 2012.
· Sophie Calle, *Des histoires vraies*, Actes Sud, 2002.

지하철과 시장

· Annie Ernaux, *La vie extérieure*, Gallimard, 2000.
· Honoré de Balzac, "Un début dans la vie", *La Comédie humaine*, 1844.
  오노레 드 발자크, 『인생의 첫출발』, 선영아 옮김, 문학과지성사, 2008.
· Emile Zola, *Au Bonheur des Dames*, 1883.
  에밀 졸라, 『여인들의 행복 백화점』, 박명숙 옮김, 시공사, 2012.

메두사의 뗏목

· Emile Zola, *Le rêve*, 1888.
  에밀 졸라, 『꿈』, 최애영 옮김, 을유문화사, 2008.

· François Weyergans, *Macaire le Copte*, Gallimard, 1984.
· François Weyergans, *La démence du boxeur*, GRASSET, 1992.
· François Weyergans, *Le Radeau de la Méduse*, Gallimard, 1983.

소설, 때때로 맑음 1

초판 1쇄 펴낸날 2015년 2월 23일

지은이 이재룡
펴낸이 양숙진

펴낸곳 (주)현대문학
등록번호 제1-452호
주소 137-905 서울시 서초구 신반포로 321(잠원동)
전화 02-2017-0280
팩스 02-516-5433
홈페이지 www.hdmh.co.kr

ISBN 978-89-7275-735-1 04810
세트 978-89-7275-734-4

* 책값은 뒤표지에 있습니다.